OEUVRES

DE

HENRI FONFRÈDE.

Bordeaux, Imprimerie de SUWERINCK, Bazar Bordelais.

ŒUVRES

DE

HENRI FONFRÈDE,

RECUEILLIES ET MISES EN ORDRE

PAR CH.-AL. CAMPAN,

SON COLLABORATEUR.

TOME PREMIER.

BORDEAUX,

CHAUMAS - GAYET, LAWALLE JEUNE,
LIBRAIRE, LIBRAIRE,
fossés du Chapeau-Rouge. allées de Tourny.

PARIS,
W. COQUEBERT, LIBRAIRE,
rue Jacob. 48.

1844.

De la Société, — Du Gouvernement,

ET

De l'Administration.

DE LA SOCIÉTÉ,

DU GOUVERNEMENT

ET

DE L'ADMINISTRATION.

───── ⊃●⊂ ─────

LIVRE PREMIER.

DE LA SOCIÉTÉ ET DE SES LOIS FONDAMENTALES.

═════

CHAPITRE PREMIER.

Sur l'Origine et le But de la Société.

──

Je dois commencer par ma profession de foi en philosophie morale et politique : — Je crois, — et je ne raisonne
que pour ceux qui croient comme moi, — que l'ensemble
des choses humaines est lié par l'invisible filiation de
vérités morales primitives et absolues, nées de la nature
même des choses, en dehors de toute démonstration, de
tout raisonnement, à l'abri de toute négation dans leur
action éternellement inévitable. Je crois que la raison, la
justice, la vertu, quoiqu'accidentellement défigurées par
les aberrations arbitraires des hommes, ont néanmoins
une existence réelle, un type absolu, une force morale
au-dessus de toute volonté humaine, de toute convention
humaine, de toute loi humaine.

Je crois que l'espèce humaine, — dont je ne puis rationnellement préciser ni l'origine, ni la nature, ni le but, — a néanmoins une origine, une nature et un but, qui concordent avec les grandes vérités morales et primitives dont je viens de parler : que tout ce qui se fait en dehors ou contre cet accord, est faux, mauvais, nul.

Sans pouvoir définir d'une manière complète, — et je doute qu'aucun homme le puisse jamais, — le but où doit tendre l'espèce humaine, je sais seulement, et je regarde comme une vérité absolue, que l'espèce humaine est destinée à marcher vers ce but en vivant sous forme de *société*; que sa réunion par masses ayant des lois et un gouvernement commun, est une des conditions essentielles de sa nature. C'est autre chose qu'un *droit* pour elle; — c'est une nécessité en dehors et au-dessus de toute volonté. — Il lui est impossible de vouloir autre chose.

Cette réunion de l'homme en société, cette création par l'homme de son gouvernement et de ses lois, n'est donc point de sa part un fait arbitraire, purement conventionnel, auquel il soit libre de donner telle forme, telle direction, telle règle, que dicteront accidentellement ses caprices et sa volonté. Je sais bien que la plupart des théoriciens entendent ainsi la liberté politique et les sociétés humaines : mais, moi, je n'admets ni cette liberté politique, ni cette sorte de droit social.

Je crois que la société humaine, même avant d'être établie par l'homme, avait des règles fondamentales dans la nature même de l'humanité, et que de ces règles il lui est éternellement et souverainement défendu de s'écarter. Elles circonscrivent un espace dans lequel la société peut aller, venir, s'agiter ou rester tranquille; marcher ou s'asseoir, avancer ou reculer, mais dont il ne lui est pas permis de sortir.

La première de ces règles est celle-ci : — C'est que l'homme étant nativement sociable, civilisable par sa sociabilité, progressif par sa civilisation, toute maxime contraire à sa sociabilité, à sa civilisation et à son progrès, est fausse. Toute maxime qui établit un droit au-dessus de la raison, de la justice, de la vertu, est fausse.

CHAPITRE II.

Des Lois fondamentales de la Société.

L'école libérale a des sentiments généreux, mais il y a beaucoup d'erreurs dans ses principes. De là viennent ses désappointements perpétuels. De là viennent, surtout, les malheurs qui marchent souvent avec elle, dans les voies où elle précipite les peuples qui la suivent inconsidérément.

La première base sur laquelle elle s'appuie est fausse.

Selon elle, les hommes qui jouissent primitivement d'une indépendance complète, font, en se réunissant en société, chacun le sacrifice d'une portion de sa liberté native, pour constituer un pouvoir commun qui dirige l'ensemble de la réunion d'hommes, nommée peuple ou nation.

Il suit de là, que moins le sacrifice que chaque homme fait de son indépendance native est grand, moins la masse de pouvoir actif remis au Gouvernement est grande, plus les hommes restent libres et heureux; que plus au contraire, ils abdiquent une portion de leur indépendance native entre les mains du pouvoir social, plus ils sont esclaves et opprimés.

La conséquence immédiate de cet aperçu pousse toujours l'école libérale à plaider pour l'individu contre la société ; à confondre la liberté sociale avec la capricieuse indépendance de l'insubordination personnelle. En un mot, pour elle, le gouvernement qui gouverne le moins est le meilleur de tous : le peuple qui est le moins gouverné est le plus libre de tous.

En remontant, comme l'école libérale, à l'état primitif de l'homme, je ne fais pas l'immense faute de regarder cet état primitif comme son *état naturel*, car la nature humaine est faite pour la société, non pour l'isolement et la barbarie. —L'humanité, en débutant sur la terre, a eu, aura toujours, le sort de toute chose. Elle est faite pour un but où elle marche, mais elle n'est dans son état naturel et normal que lorsque son but est atteint ; de même que le chêne qui germe ne sera parvenu au sort qui lui est destiné, qu'après avoir tracé ses racines dans la terre et jeté ses branches dans les airs.

Il est difficile de savoir au juste comment vivraient les hommes dans l'état d'*isolement*, car cet état ne fut jamais le leur. Les hommes créés pour la société, sont contraints, par leur instinct animal, à vivre en société. La société n'est point un état de leur choix, créé, constitué par leur volonté : elle naît forcément de leur nature même. Ils ne sont pas maîtres de vivre autrement, et jamais ils n'ont vécu autrement. Ceux que vous appelez *sauvages* ont une société moins avancée, voilà tout. Nulle part, dans le monde, vous ne trouverez l'homme vivant seul.

Les hommes ne sont ni égaux ni libres par leur nature ; ils sont au contraire naturellement et toujours très-inégaux en force intellectuelle et en force physique. Le résultat inévitable de cette inégalité exclut toute supposition de liberté naturelle, car le plus faible, matériellement et moralement, serait, dès l'origine, dominé par le plus fort. C'est contre cette inégalité naturelle, contre cet asservissement naturel, que l'instinct de la sociabilité a été créé par la Providence : c'est la société seule qui, en protégeant le faible, constitue l'égalité et la liberté *relatives,* que les hommes sont susceptibles d'acquérir, mais que naturellement ils n'ont pas.

Car l'homme, dans l'état de barbarie, n'est point indépendant et libre. Il est au contraire assujéti à toutes les agressions, à tous les despotismes que ses semblables exercent sur lui, à toutes les rigueurs de la nature, à toutes les atteintes des bêtes féroces.

Il ne fait point un sacrifice, *ni grand, ni petit,* de sa liberté, pour se constituer en état social; au contraire, il se constitue en état social pour acquérir *la liberté qu'il n'a pas.* Ce dont il se dépouille, ce n'est pas la faculté d'être libre, c'est le droit d'agression sauvage et despotique qu'il exerçait sur ses semblables, et qu'à leur tour ses semblables exerçaient sur lui. Or, ce n'est pas une perte qu'il fait là, c'est une grande amélioration de son sort, et plus elle est complète, mieux c'est.

Il résulte de cette manière d'envisager la société, que c'est le pouvoir social lui-même qui, par sa protection et sa force, engendre et conserve la liberté de chaque citoyen. Il résulte de là, que bien loin de constituer la liberté et le pouvoir comme deux ennemis jaloux et rivaux, dont l'un doit tendre sans cesse à détruire l'autre, on doit tenir pour certain que, dans toute société bien organisée, c'est de l'action même du pouvoir que doit sortir le bien-être et la *liberté sociale*, qui, après tout, n'est que le bien-être des peuples sous un autre nom.

C'est donc une double erreur, une erreur énorme, de dire que les hommes, pour se former en société, ont le droit de régler et de limiter le sacrifice qu'ils veulent faire d'une portion de leur égalité et de leur liberté. Ils ne peuvent sacrifier ce qu'ils n'ont pas. Ils acquièrent, au contraire, le peu d'égalité *relative* et le maximum de liberté *limitée* dont ils sont capables, par le fait même de la société, où leur instinct, non leur choix libre, les pousse impérieusement.

Buffon, en étudiant la nature, avait dit que la réunion des hommes en société était le plus grand œuvre de leur raison. Cuvier, notre grand naturaliste, a rectifié cette erreur de son devancier. Il a prouvé que la société était une conséquence *nécessaire* de la nature de l'homme, et qu'elle n'était produite ni par son raisonnement, ni par sa volonté.

La société n'émanant pas de la volonté de l'homme, la volonté de l'homme ne peut en créer les lois fondamentales. La société étant *nécessaire*, elle porte en elle-même et dans sa nature ses règles *nécessaires aussi*, comme toutes les choses dont Dieu a composé l'univers. Ces règles nécessaires sont la constitution sociale dont la volonté de l'homme ne peut jamais s'affranchir, qu'il ne peut jamais dominer, et qui forme la *souveraineté*. Les hommes, sans doute, par les caprices de leurs passions tumultueuses, peuvent enfreindre, violer, suspendre momentanément ces règles nécessaires et constitutives de la société; ils peuvent les remplacer par des règles factices et symétriques, improvisées par leur orgueil ; ils peuvent renier la divinité et mettre une idole sur l'autel : mais alors la société se dissout, s'anarchise ; les intérêts individuels surgissent, violents et désordonnés comme dans la barbarie primitive ; le méchant, affranchi de la crainte du pouvoir, redevient despote ; l'innocent, dépouillé de la protection du pouvoir, redevient esclave ; la souveraineté s'éparpille en lambeaux, chacun veut en saisir sa part ; et d'innombrables calamités pèsent sur la race humaine, jusqu'à ce que l'homme ait courbé sous la loi de son origine et qu'il ait subi de nouveau les règles qu'il avait voulu changer.

La société émanant de la nature même des choses et portant en elle-même ses règles nécessaires, constitutives, *sine quá non* de son existence, il est rigoureusement vrai de dire que les hommes, loin de naître *souverains*, naissent *sujets*. Il est rigoureusement vrai de dire que l'*obéissance* est la loi constitutive et réglementaire de leur destinée, et non pas la *souveraineté*; car voici l'enchaînement des choses : l'homme ne peut vivre qu'en société ; la société ne peut vivre qu'avec un gouvernement ; le gouvernement ne peut vivre qu'avec l'obéissance des peuples ; — donc l'éternelle loi de la race humaine, c'est l'obéissance. — Ainsi l'a voulu la Providence divine. Sophistes, vous pourrez nier ses décrets ; mais les changer, jamais.

Sans doute, l'obéissance des peuples n'est point absolue et sans conditions. Rien n'est sans conditions, rien n'est absolu dans le monde. Lors donc que ces conditions sont méconnues et enfreintes par le pouvoir, l'équilibre se rompt, comme il se rompt dans le corps humain, quand les conditions normales de l'existence sont viciées dans ses organes. — Alors il y a trouble et révolution chez les peuples, comme il y a maladie et fièvre dans le corps humain ; mais les révolutions ne sont pas plus un *droit* que la fièvre. La suspension momentanée de l'obéissance des peuples n'est pas plus le principe de la vie sociale, que la fièvre n'est le principe de la vie humaine. C'est un état passager, anormal, maladif, qui doit cesser par la guérison ou par la mort. Vouloir transformer la fièvre révolutionnaire, le trouble intérieur des fonctions sociales, la résistance des peuples, en droit fondamental, en principe et en gouvernement, c'est une folie ridicule. Le gouvernement ne renaît que lorsque les conditions de l'obéissance des peuples sont rétablies et ont remplacé leur résistance momentanée. L'obéissance est la règle, la résistance une rare et déplorable exception ; toute société chez qui cette exception devient règle, est atteinte d'une fièvre inguérissable ; c'est une nation morte ou qui va mourir. Le souffle divin qui fait la vie s'est retiré d'elle.

On m'accuse, je le sais, de prêcher le droit divin !.... J'accepte l'accusation. Tout est de s'entendre. Oui, la société est de *droit divin*, car elle est l'état pour lequel Dieu a créé l'homme ; elle est le résultat nécessaire des éléments dont Dieu a composé la nature humaine, et ce résultat obligatoire a ses règles aussi certaines que les équations de l'algèbre éternelle qui conduit les astres du firmament. Et si l'expérience, l'observation, l'histoire, prouvent que la société ne peut pas exister sans un gouvernement unitaire, directeur, précis ; si elles prouvent que ce gouvernement ne peut exister lui-même sans la consécration reconnue et permanente d'un *pouvoir légitime*, — qu'on l'appelle roi, consul, empereur, peu importe,—il faudra forcément reconnaître aussi que ce pouvoir unitaire et directeur est d'une nature divine comme la société dont il émane, et qui cependant ne vit que par lui.

CHAPITRE III.

De la Propriété.

Les deux fondements éternels, essentiels, indispensables de la société et de la civilisation, sont..... l'*inégalité* et la *propriété*.

La propriété n'est autre chose que le travail de l'homme réalisé, représenté sous une figure matérielle et compacte. Or, comme le travail de l'homme est le résultat de l'emploi successif de toutes ses facultés intellectuelles et physiques, altérer ou violer la propriété, c'est attaquer l'homme social au cœur, c'est le refouler dans la barbarie, c'est lui ôter à la fois le mobile et le but de l'association. Tout pays où l'indépendance, la sécurité absolue de la propriété n'est pas garantie, n'est pas entièrement à l'abri de toute tentative d'usurpation, est un pays d'où le crédit, le commerce, le travail s'éloignent, et qui doit tomber promptement dans la misère. Lorsque le peuple dépouille les riches pour s'enrichir à leur place, il se ruine. Le signe matériel de la fortune subsiste quelque temps encore, mais aussitôt que le rouage de l'activité sociale basée sur la propriété, s'est arrêté, tout disparaît dans un gouffre d'anarchie et de désorganisation.

Et il ne s'agit pas de respecter *un peu* la propriété,

d'avoir quelques égards pour elle, de ne pas lui porter
des coups trop multipliés, de ne pas lui faire des blessures trop profondes. — Il faut que la propriété, comme
droit, soit complètement respectée et inviolable. Si on
l'entame, si peu que ce soit, il n'y en a plus. Toute la
propriété à la fois est atteinte par le coup qui n'en frappe
qu'une partie. Il n'y a pas là de juste milieu.

La propriété et l'inégalité sont donc les bases indispensables de l'état social. L'essence même de la propriété
est d'être inégale. Si elle était divisée en lots égaux entre
tous les citoyens, et que, par un miracle, on pût maintenir cette égalité contraire à toutes les lois de la nature
la propriété totale ainsi divisée, serait si peu de chose
pour chacun, que tout le monde serait pauvre et misérable à la fois, et bien plus pauvre que les pauvres ne
le sont dans notre civilisation actuelle, car ils peuvent
trouver du travail, un salaire, un bénéfice, et s'enrichir
ou du moins vivre avec aisance. Mais avec la division
égale de la propriété, personne n'aurait ni travail ni salaire. Chacun ayant misérablement de quoi manger un
morceau de pain, de quoi se couvrir et s'abriter dans une
échoppe, tous languiraient orgueilleusement dans cette
misère bourgeoise : très-peu voudraient travailler ; et s'ils
le voulaient, d'ailleurs, il n'y aurait personne qui pût
payer ce travail, qui pût exciter les arts et l'industrie, en
achetant leurs produits. La société ne peut marcher, ne
peut faire de progrès, ne peut cultiver les arts, l'industrie,
produire les résultats admirables qui procurent à l'humanité tant de ressources et de bien-être, qu'à la condition
rigoureuse, nécessaire, indispensable de l'inégalité des
fortunes ; il faut des pauvres et des riches ; et si on se

révolte contre cette loi de la Providence, les riches deviendront pauvres, c'est possible : mais les pauvres ne deviendront pas riches, et la société démocratisée s'abaissera dans l'abîme où la propriété sera descendue.

L'inégalité des fortunes et des conditions est le caractère type de la société, sa racine principale, son essence. Lorsque Jean-Jacques écrivait contre l'inégalité des conditions et contre la propriété, il faisait de l'athéisme sans s'en douter. Jamais le génie n'a plus complètement déraisonné.

CHAPITRE IV.

De l'Inégalité.

Le principe de l'école républicaine est l'égalité comme droit fondamental et primitif des hommes, et par conséquent le devoir, sinon de ramener la société au dogme de cette égalité absolue, du moins de l'en rapprocher le plus possible.

Cela paraît juste et sensé; cela n'est ni sensé ni juste.

Quoi, dira-t-on, les hommes créés par la même Providence ne sont-ils pas égaux devant elle? Pourquoi celui-ci aurait-il le pouvoir et ses jouissances, celui-là la subjection et ses misères? Pourquoi les uns, riches et oisifs, auraient-ils tous les avantages dans ce monde? Pourquoi les autres, pauvres et astreints au travail, seraient-ils condamnés à gagner péniblement un salaire qui ne les affranchit qu'imparfaitement de la détresse? Comment peut-on défendre une organisation sociale qui conduit à ce résultat? — On pourrait parler bien long-temps contre les inégalités sociales, et on trouverait toujours dans la masse populaire, des admirateurs et des sectaires pour le nivellement de la société.

Mais, si, après avoir cédé au premier mouvement du cœur qui gémit à l'aspect des misères humaines, on veut interroger la raison et lire dans le grand livre du monde, on verra que l'égalité des hommes est une chimère, un non-sens, une impossibilité. On verra que l'inégalité est leur loi fondamentale, la règle éternelle, immuable de leur nature, et que vouloir organiser la société sur le dogme de l'égalité, c'est détruire la société dans son germe et la rendre impossible.

Les hommes sont inégaux en tout. En force physique, en force morale, en force intellectuelle. Ils sont inégaux dans leurs qualités, ils sont inégaux dans leurs défauts; ils sont inégaux dans leurs vertus, ils sont inégaux dans leurs vices. — Prétendre que des êtres inégaux en tout, doivent avoir des droits égaux, c'est donner un démenti complet, universel à la création.

On peut, sans doute, imaginer un monde où l'égalité serait la loi naturelle : on est libre de trouver ce monde plus beau et mieux conçu que celui que Dieu a fait, et dont le mystérieux équilibre échappe à notre courte vue; on est libre de gouverner ensuite ce monde imaginaire à sa fantaisie, de l'organiser en république, je n'y trouve rien à redire.

Mais si l'on s'adresse au monde réel, à l'humanité réelle, et si on veut, bon gré malgré, la coucher sur le lit de Procuste, la raccourcir par en haut, l'alonger par en bas, afin de la traîner forcément à cette égalité de droit et de fait que l'on a rêvée, alors je lutterai de toute la force de ma conviction indignée, afin d'épargner à notre pays les catastrophes effroyables qui sortiraient de cette tempête des vanités humaines.

L'inégalité des fortunes, des conditions, des droits, est la base, le dogme nécessaire, indispensable de la société et du gouvernement, quelle que soit d'ailleurs la forme que l'on donne au gouvernement. Que l'on ne me demande pas pourquoi la chose est ainsi. Je répondrais franchement que je l'ignore. Je n'ai pas le secret de la création. Je ne connais pas la raison d'être de l'univers. J'ignore pour quel but il est construit, et quelle place, quelle mission, quel rôle doit remplir la société humaine dans cette œuvre immense, que mon esprit ne peut saisir. J'ignore pourquoi l'inégalité physique et morale est la loi de l'espèce humaine. Mais le fait étant certain, étant placé sous mes yeux, il ne m'est pas permis de le nier, parce que je n'en comprends pas la cause et le but. Il ne m'est pas permis de vouloir organiser la société, contre le principe même de l'existence humaine.

Le père de toutes les erreurs démocratiques, Jean-Jacques, a voulu déduire le droit social, du droit individuel de tous les membres de la société; et comme la société n'accordait pas à chaque homme toute la satisfaction qu'il lui croit due, *l'homme est bon*, a-t-il dit, *mais les hommes sont méchants*.

Je ne réfuterai point l'erreur absolue de ce jeu de mots prétentieux (1); cela n'est pas nécessaire. M. de Maistre

_____

(1) Jean-Jacques a fait un jeu de mots plus ridicule encore, quand il a dit que *la loi était l'expression de la volonté générale*. Dans cette phrase se trouve tout l'athéisme politique du jacobinisme.

en a fait suffisante justice. Depuis que je vis, a-t-il dit, j'ai vu *les hommes* partout ; mais *l'homme*, je ne l'ai rencontré nulle part. C'est un être que je ne connais pas.

C'est qu'en effet *l'homme*, abstractivement et isolément considéré, n'existe pas : l'homme seul n'aurait ni droits, ni vertus, ni vices. Tout cela naît des rapports des hommes entre eux. L'homme moral n'existe que comme partie de la société, parce que Dieu l'a créé pour vivre en société. Il ne tire de lui-même aucun droit. Tous les droits politiques qui lui appartiennent, et qu'il peut exercer, émanent de l'intérêt et du droit de la société dont il fait partie.

Si donc il est nécessaire à l'établissement, à la stabilité pacifique et durable de la société humaine, que les hommes qui la composent n'aient pas tous les mêmes droits et la même position, cette inégalité n'est point une injustice. En la supprimant pour égaliser les individus, on détruirait la société elle-même, et la dissolution de la société se résoudrait ensuite en incalculables malheurs pour les individus eux-mêmes, qui auraient cru s'élever et qui se seraient perdus en rabaissant les supériorités qui les protégeaient.

Or, l'inégalité de droits et de positions, c'est ce que j'appelle l'aristocratie. C'est là que tend nécessairement la nature même des choses.

L'égalité de droits et de position, c'est ce que j'appelle la démocratie. C'est là que la clameur de l'intérêt individuel pousse les hommes contre l'inégalité qui découle de la nature des choses, et qui constitue l'essence même de la société.

Ceci est si vrai, que si, par un effort surhumain, on parvenait à rendre tous les droits égaux, toutes les positions égales, il n'y aurait plus de société possible; de même qu'il n'y aurait jamais d'édifice construit, si l'on maintenait au même niveau sur le sol toutes les pierres destinées à le bâtir.

Car, en outre de toutes les autres impossibilités, avec l'égalité il n'y a aucune hiérarchie possible, point de classement possible, point d'organisation possible. La hiérarchie suppose indispensablement l'inégalité. On aura beau faire des conventions contraires, ces réglements insensés crouleront sous leur propre nullité. Or, sans hiérarchie il n'y a pas de gouvernement, et sans gouvernement il n'y pas de société ; le gouvernement par mandat est une dérision, parce que le mandant domine toujours le mandataire.

Avant donc de proclamer le principe de gouvernement de la société humaine, il faut bien éclaircir ceci.

L'égalité sociale est impossible. On l'établirait, à l'heure qu'il est, par une réaction complète, que dans un quart d'heure elle n'existerait plus. — Si par un miracle elle durait, alors la société disparaîtrait, elle passerait de l'anarchie au néant.

Égaliserait-on les fortunes? — Mais dans un court espace de temps, l'un aurait doublé son patrimoine par le travail et l'économie, l'autre aurait détruit le sien par la paresse et la débauche. — On serait obligé, à de courts intervalles, de dépouiller les créanciers, de libérer les débiteurs, de repartager la propriété. La société serait en état de banqueroute perpétuelle.

Le moyen étant trop grossier, quoiqu'il soit le seul logique et complet, on a pris un biais; on a calculé les lois de manière à retenir la société dans l'enfance, à restreindre l'industrie, à proscrire le luxe, à flétrir le développement des arts. Ne pouvant faire tout le monde riche, on s'est appliqué à faire tout le monde pauvre : ne pouvant faire tout le monde savant, on s'est appliqué à faire tout le monde ignorant. C'est encore là de l'égalité. Ne pouvant donner à tous les citoyens des mets distingués et savoureux, on les met tous au pain et à l'eau, ou bien encore au brouet noir des Spartiates.

Égaliserait-on les conditions? Chacun parviendrait-il au pouvoir à son tour? Voilà le dogme de l'égalité dans son application réelle. Montesquieu l'a dit : Le suffrage aveugle, *le suffrage par le sort*, est tout-à-fait dans l'esprit de la démocratie. — Mais alors il est trop facile de voir le résultat où l'on serait conduit. Je ne prendrai pas la peine de le dire.

D'autres théoriciens repoussent l'égalité réelle, pour avoir recours à l'égalité électorale. Ils confient à l'élection le soin de pourvoir à la distribution de toutes les charges sociales. Mais on arriverait immédiatement ainsi à la plus dégradante aristocratie, à l'aristocratie de l'intrigue, de la corruption, de la plus misérable médiocrité; parce que le nombre des incapables étant infiniment plus grand que celui des capables, ils se coaliseraient nécessairement, inévitablement, contre l'aristocratie du talent, comme on se serait coalisé d'abord contre l'aristocratie de la naissance ou contre l'aristocratie de la fortune.

Il existe une école intermédiaire, qui serait très-logique si les hommes étaient d'une nature simple et rationnelle.

Cette école, placée entre l'aristocratie qui veut l'inégalité, et la démocratie qui réclame l'égalité, leur donne tort et raison à toutes les deux à la fois.

Elle leur dit : vous aurez droit à des positions proportionnelles à vos mérites, à vos capacités.

Ces positions seront inégales *en fait*, parce que vos capacités, parce que vos mérites sont inégaux.

Et cependant *votre droit sera égal*, puisqu'il consistera également pour tous à obtenir ce que vous aurez mérité d'avoir.

Je commence par reconnaître qu'effectivement une société où chaque citoyen parviendrait à la fortune, aux emplois, au pouvoir, en proportion de son mérite et de sa capacité, serait la mieux organisée de toutes, précisément parce qu'elle serait constituée directement contre le dogme absurde de l'égalité; parce qu'elle s'appliquerait à transporter les inégalités de fait dans la législation; à transformer les inégalités de fait, en inégalités proportionnelles de droit, puisque l'homme qui aurait quatre fois plus de mérite que son voisin, aurait aussi quatre fois plus de fortune ou de pouvoir. La société serait alors la consécration de la plus éclatante inégalité, de l'inégalité des intelligences.

Mais pour arriver à cette proportionnalité des fonctions et des mérites, il faudrait d'abord commencer par abdiquer tous les principes démocratiques : l'*égalité électorale*, par exemple; car, dans ce système, l'égalité électorale, entre citoyens qui ont tous des mérites, des défauts, des capacités et des incapacités si inégales, serait le pire des contre-sens. On détruirait au premier pas les bases de la proportion que l'on voudrait établir. — Si l'égalité électorale subsistait, toute proportion serait impossible.

On arriverait du premier coup à la plus brutale, à la plus aveugle égalité.

C'est là l'instinct fondamental de la démocratie. C'est pour écarter la proportion des mérites et des fonctions sociales, que la grande majorité des incapables veulent disposer du scrutin pour s'adjuger à eux-mêmes, la fortune et les places auxquelles ils ne parviendraient jamais par leur mérite et leur vertu. Dans quelle partie de la société se trouve le plus grand nombre de démocrates ? Toujours dans la partie inférieure, ignorante, violente et pauvre. C'est la guerre du dessous contre le dessus. C'est la guerre de ceux qui n'ont pas, contre ceux qui ont. Pas autre chose.

C'est donc une erreur de croire qu'avec de beaux raisonnements l'on fera comprendre au grand nombre qu'il doit renoncer à l'égalité réelle pour s'en tenir à la proportionnalité. A ses yeux, ce système sera de l'aristocratie et du privilége. Il ne comprendra jamais que l'égalité de droit et de fait : qu'on lise l'histoire de toutes les républiques.

Je ne verrais donc rien à objecter à la théorie de la proportionnalité, si les qualités et les défauts des hommes permettaient à la société humaine de la pratiquer. Ce serait évidemment le beau idéal de la raison et de la justice. C'est pour cela que la société des hommes ne peut supporter une telle loi. — Dans la pratique, la proportionnalité tendrait violemment à se transformer en égalité. La démocratie prendrait le dessus ; l'aristocratie disparaîtrait, et la société croulerait faute de hiérarchie et de ciment.

CHAPITRE V.

L'Inégalité est le principe fondateur et conservateur de la Société.

—

Prouvons que l'inégalité des droits et des positions est nécessaire à l'établissement et à la durée de la société.

Nous verrons ensuite si cette inégalité peut être réglée par la loi, sur la proportion des mérites et des capacités.

Je n'opposerai pas uniquement au système de l'égalité l'impossibilité où l'on serait de la maintenir. Cet argument frappe l'esprit, mais il ne résout pas la question; car il ne prouve pas que l'égalité est un mauvais et faux principe. Ses partisans répondraient que le principe peut être bon, quoique son application soit difficile. Ils feraient ce qu'ont fait tous les démocrates : ils demanderaient qu'on ramenât la société à l'égalité toutes les fois qu'elle s'en serait écartée; que, passé un certain temps, l'on repartageât les biens, qu'on abolît les créances, qu'on relaxât les débiteurs, etc.

Je dirai seulement sur ce point que, puisque l'on convient que la marche de la société détruirait l'égalité qu'on lui aurait donné pour début; puisque l'on reconnaît qu'il faudrait fréquemment employer des moyens coërcitifs et violents pour la ramener à l'égalité, c'est déjà un indice bien grave que l'égalité est contraire à la nature de l'homme, et que Dieu, en le créant, lui a donné une autre loi !

Mais voici la discussion véritable :

Commençons d'abord par déclarer que nous ne sépa-

rons pas l'égalité *de droit* de l'égalité *de fait*. L'une tend
à l'autre. Les démocrates ne sont pas enflammés d'un
enthousiasme idéal, d'un amour platonique pour l'égalité
Ils la veulent en droit pour l'avoir en fait. Voyez les loi
de toutes les démocraties. Elles sont toutes combinées dan
ce but. Aussitôt qu'il est atteint, la société se dissout e
l'état périt. Égalité, anarchie, despotisme, mort. Voilà la
progression naturelle des faits.

Car l'égalité, soit en droit, soit en fait, est un princip
anti-social, parce qu'il est absolu.

En effet, les choses n'ont pas deux manières d'êtr
égales. Elles sont égales ou elles ne le sont pas. L'égalit
ne comporte ni plus ni moins : ni tempérament, ni degré
ni modification, ni compensation. Lorsqu'on imagin
qu'on peut proclamer le principe de l'égalité et le modére
ensuite, on rêve un non-sens. On est forcément réduit à
le détruire ou à le pratiquer jusqu'au bout.

L'inégalité, au contraire, est susceptible de tous le
degrés, de toutes les modifications, de tous les tempéraments. Les choses n'ont qu'une manière d'être égales
mais elles ont mille manières d'être inégales. Voilà pourquoi l'inégalité est un principe éminemment social ; u
principe intelligent, qui se prête à toutes les exigences relatives du gouvernement, des mœurs, des imperfections hu
maines. L'égalité, au contraire, principe absolu, sans élas
ticité, sans flexibilité, brise la faiblesse humaine sous so
niveau de fer. L'homme, créature finie et bornée, n'e
peut supporter le poids.

C'est pourquoi l'aristocratie, qui n'est autre chose qu
l'inégalité régularisée et hiérarchisée, est le principe fon-
dateur et conservateur de la société.

C'est pourquoi la démocratie, qui n'est autre chose que l'égalité, détruisant les rapports et la hiérarchie nécessaires, qui naissent de la nature même des êtres et des choses, est le principe révolutionnaire et dissolvant de toutes les sociétés.

Aussi le problème libéral est insoluble : car, en partant de son point de vue égalitaire et rationnel; en supposant, comme l'école libérale, que *la société est un contrat, que le gouvernement est un mandat, que la loi est l'expression de la volonté générale,* — triple axiome philosophique, qui n'est qu'une trinité de mensonges concentrés dans ces seuls mots : *la souveraineté du peuple,* — il arrivera toujours, si républicaine que soit l'organisation, si démocratiques que soient les lois, que l'inégalité qui ressort des lois éternelles de la Providence réagira constamment contre elles. Alors la plus grande partie des citoyens, égaux en droit, seront dépourvus des jouissances de la fortune et des arts, et seront plus misérables encore que dans une société réellement constituée ; alors, s'armant des principes légaux de l'égalité contre l'invasion perpétuelle de l'inégalité de fait, ils feront de l'état un océan orageux, une tempête éternelle, une révolution incessante. Alors inévitablement, l'égalité légale détruira l'état, soit qu'elle triomphe, soit qu'elle succombe. C'est un cercle vicieux dont on ne sortira jamais.

La société, comme je l'ai déjà dit, n'est point un contrat né de la volonté d'hommes égaux en droit et en fait; elle est un fait instinctif et nécessaire, né spontanément de l'inégalité des hommes; elle se conserve par la consécration de cette inégalité même, coordonnée et tempérée par les traditions et par les lumières. La hiérarchie sécu-

laire qui en résulte constitue la nation, l'état, la patrie.
— Les prétendus contrats métaphysiques n'existent que
dans le cerveau des ambitieux qui les improvisent pour
leur usage particulier, et ils n'ont de sanction possible
nulle part.

Si la société n'était pas retenue en faisceau par les liens
puissants de l'*inégalité*, elle se dissoudrait à l'instant même.
Elle n'a pas d'autre vie collective et morale. C'est l'inégalité seule qui donne aux uns le sentiment de l'autorité,
aux autres le sentiment de l'obéissance; double foi sans
laquelle la loi serait impuissante, de quelque formule
que l'on se servît pour la faire et pour la promulguer.
Si ce sentiment universel n'existait pas comme un instinct spontané qui plane sur la société entière, le gouvernement n'aurait plus d'autre action que la force : or, la
force n'est pas en lui, elle est dans les gouvernés. — Ce
qui signifie qu'il n'y aurait plus de gouvernement, et, partant, plus de société.

Aussitôt qu'on proclame l'égalité, *le principe d'autorité*
s'éteint et disparaît de la terre. Aucune convention ne
peut le suppléer, parce que toute convention entre les volontés humaines est précaire, mobile, changeante, et, qui
pis est, toujours incertaine, presque toujours impossible.
A défaut d'*unanimité* pour constater cette *volonté générale*
que l'on donne faussement pour base à la loi, il faudrait
au moins la majorité. Or, dans une foule immense agissant sous le niveau de l'égalité, il n'y a point de majorité,
pas plus dans trois cent mille électeurs que dans dix millions de citoyens actifs. Non, il n'y a jamais ni majorité,
ni minorité. Il y a vingt, cent, mille fractionnements,
mille dissidences éparses, tumultueuses, sans authenticité

constatée. Il y a dans ce mécanisme politique cent moyens
de dissolution et d'anarchie; il n'y a pas un seul moyen
de conservation et de gouvernement. Et dans cette incertitude perpétuelle, où trouvera-t-on le *principe d'autorité*,
incessant, éternel, souverain, qui doit, sans une minute
d'interruption, diriger et concentrer en corps de nation
tous ces millions d'individualités égales et indépendantes ?

On a compromis une grande et sainte cause quand,
par une définition obscure et inexacte, on a fait remonter le *principe d'autorité* au droit divin. — Et cependant
on pensait bien, quoiqu'on s'exprimât mal. — Le principe d'autorité, cette base impérissable de la société, ce
lien qui conserve instinctivement, à travers les siècles,
les états politiques que la tempête orageuse des volontés
humaines menace de dissoudre à chaque instant; cette
grande vie collective que l'on sent partout et que l'on
n'aperçoit positivement nulle part, c'est l'*inégalité*, que
Dieu a donnée pour loi nécessaire à l'espèce humaine.
C'est un *droit divin* sans doute, puisqu'il émane du créateur lui-même; mais c'est aussi un *droit humain*, puisqu'il a sa source et sa base dans la nature même de l'homme. C'est la conscience instinctive de cette inégalité qui
crée la double foi de l'obéissance et de l'autorité, invisible
force qui régit le monde social, et sans laquelle la force
matérielle, mue par l'indépendance des volontés égales,
dissoudrait tout. — C'est pourquoi le but de la société
ne doit jamais être l'égalité : ce serait un suicide social :
mais il doit être la régularisation et la hiérarchie de l'i-
négalité, c'est-à-dire l'aristocratie. Il faut en tempérer les
abus. Il ne faut jamais en altérer, encore moins en nier
le principe.

Ce n'est donc point seulement parce que l'égalité ne pourrait pas se maintenir, qu'il ne faut pas en faire la base de l'ordre social. S'il était possible de maintenir l'égalité après l'avoir établie, ce serait une raison de plus, une raison invincible, pour ne pas chercher à l'établir, car ce serait la mort de la liberté, de la civilisation, de la société. C'est pour rendre la civilisation et la société possibles que Dieu a créé, pour base normale et constitutive de l'univers physique et moral, l'*inégalité*, cette immense, cette immuable source de toute organisation, de toute hiérarchie, de toute conservation : ce principe éternel, qui réagit perpétuellement du fait sur le droit et du droit sur le fait, et qui lie seul en faisceau toutes les forces génératrices du monde créé !

LIVRE II.

CHAPITRE PREMIER.

Du Pouvoir social et de son Origine.

La souveraineté du peuple n'est point l'origine du pouvoir; elle en est la négation éternelle et irrémédiable.

Le *pouvoir* en politique n'est point un droit théorique : c'est un fait, une puissance, une force. La volonté humaine ne peut créer un pouvoir réel là où il n'y en a point.

Si la volonté, le consentement, la souveraineté du peuple n'est pas l'origine du pouvoir, où donc est son origine?... Je demanderai, moi, quelle est l'origine de la vie, de la pensée, de la circulation du sang ? — Le pouvoir n'a pas d'origine, il se produit tout fait, il est lui-même son effet et sa cause, il est co-existant à la société, il naît avec elle, il la forme, il la soutient, il l'anime; aussitôt qu'il y a deux hommes réunis, le pouvoir est né. Le plus faible de corps, le moins intelligent d'esprit, obéit; l'autre est le pouvoir : de faits en faits, de progrès en progrès, de siècle en siècle, la circulation du pouvoir s'agrandit, se rectifie, se continue, quoiqu'il soit impossible d'en discerner l'origine. Le pouvoir n'est point un *droit* primordial, conçu à *priori* : c'est un fait, un grand fait qui

domine et dirige le monde. Cuvier, que je cite encore,
exprimé cette vérité en peu de mots : « *Le pouvoir na*
de la force (1), *il se conserve par l'habitude.* »

Lors donc que l'on cherche l'origine du pouvoir da
l'aveu de la population, qui ne fait que constater so
existence, on tombe dans la plus évidente pétition d
principe.

Le pouvoir est un cercle qui commence et qui s'achèv
à tous les points de sa circonférence ; il est lui-même s
cause et son effet, ou bien il n'est rien.

Il est donc d'une source à la fois divine et humaine
il ne naît pas de la volonté de l'homme, mais bien de s
nature. Dieu a créé l'homme pour vivre en société ; l
société est pour l'homme une destinée obligatoire et pro
videntielle, dont il ne peut régler les conditions fonda
mentales ; Dieu a voulu que cette société fût nécessairemen
constituée par la protection du fort et par l'obéissance d
faible, obéissance et protection également utiles à l'un e
à l'autre : dès-lors la relation qui s'établit entre les gou
vernés et les gouvernants n'est pas un sentiment d'anta
gonisme et de haine, mais de sympathie et d'affection.

On comprend bien comment entre la force qui protég
en dirigeant, et la faiblesse qui soutient en obéissant, il s
forme une union morale qui lie à la fois les gouvernants e
les gouvernés, par la double chaîne de la reconnaissanc
et de la nécessité. Le premier homme fort qui protég
deux hommes faibles, trouve en eux appui et secours
ils obéissent parce qu'ils sont faibles ; ils obéissent parc

_____

(1) C'est force morale, *supériorité morale,* qu'il faut entendre ici. La grand
difficulté sociale vient de ce que le pouvoir né de la force doit réagir ensuit
contre elle, et la transformer, en équitable *proportionnalité,* en protégeant le fai
ble contre le fort.

que cette obéissance leur est profitable; mais elle est profitable aussi à celui qui les dirige, et qui fait bien plus à
l'aide de leur concours, qu'il ne pourrait faire à lui tout
seul. Cette alliance, toute bonne et toute sainte, ne naît
pas de la volonté. Il ne dépend pas de la volonté de l'empêcher. La volonté s'y ploie, elle s'y accoutume, et l'union
sociale en est le résultat. Doublez le nombre et les forces,
vous ne changez rien au principe des choses ni à leur nature. De sorte que, peu à peu, à mesure que la société
s'agrandit, se ramifie, se continue à travers les siècles, le
lien réciproque des gouvernants et des gouvernés est toujours la protection et l'obéissance. Ce n'est pas une lutte
de l'individu contre le pouvoir; ce n'est pas un prétendu
droit de chaque citoyen isolé qui voudrait follement en
appeler à sa propre décision. C'est la relation toujours
suivie, non interrompue, d'une obéissance nécessaire et
d'une protection indispensable, qui constitue la durée de
l'État et les droits politiques conférés par lui aux citoyens
dans l'intérêt commun.

Ainsi se forme le pouvoir social, cette première base
de toute liberté, de toute paix, de toute sécurité pour
l'homme échappé à la barbarie native, à la seule condition d'organiser en faisceau ce pouvoir tutélaire qui doit
recevoir de tous l'obéissance à l'aide de laquelle il protège
chacun, et supplée à la faiblesse individuelle des citoyens;
ce pouvoir social, ce génie gouvernemental qui, par un
miracle de la Providence, n'est pas tout-à-fait aboli et
qui reste encore debout au milieu des flots soulevés par la
tempête universelle.

Et cependant, au lieu de le raffermir, au lieu de rappeler vers lui l'assentiment et la confiance, au lieu de voir

en lui l'égide, le soutien, la garantie de tout ce qui est utile et bon dans le travail humanitaire,.... on le critique avec aigreur, avec injustice, avec opiniâtreté; on le dé-nonce comme le seul ennemi de la liberté des citoyens; on laisse en oubli ce qu'il fait de bien; on cherche, on scrute, on découvre avec ravissement le mal qu'il peut commettre par erreur; on l'envenime, on le grossit, on le dénature; à défaut de mal dans ses actions, on en cherche, on en suppose, on en invente dans ses pensées; tout ce qui l'approche, on tente de le flétrir; lumières, vertus, cou-rage, dévoûment, services publics, rien n'est épargné; les vies les plus intègres, les plus nobles caractères, les cœurs les plus indépendants et les plus purs sont une pâture d'autant plus délicieuse pour la calomnie démocratique. Et ce pouvoir social, quand on l'a ainsi déconsidéré, souillé, calomnié; quand on lui a ôté toute force morale, quand on a frappé d'ostracisme tous ceux qui veulent le soutenir; quand on l'a obligé d'employer à se défendre le peu de moyens de résistance qui lui soient encore laissés, on l'accuse du mal qu'on lui a fait, on l'accuse du bien qu'on l'empêche de faire, on l'accuse de ce qu'il ne veut pas se laisser tuer entièrement, et pour parvenir à sa des-truction définitive, on proclame la nécessité de lui arra-cher enfin les dernières armes qui lui restent !

Le pouvoir social !.... Ceux qui l'attaquent ainsi com-prennent-ils seulement et la valeur et la sainteté de ce mot? En ont-ils la sensation et l'instinct? Savent-ils par quelle génération sublime la civilisation naît du pouvoir lui-même, et comment il est, de tous les éléments de paix et de liberté, le plus grand, le plus fort, celui qui quel-quefois remplace tout et que jamais rien ne peut remplacer ?... Non, pour eux tout cela est lettre close. Quelques récriminations bien vulgaires et bien usées contre l'arbitraire, quelques appels aux vanités éparses de la foule, quelques invectives contre les noms illustres que l'ostracisme de l'opinion cherche à punir de leurs services et de leur gloire, voilà toute leur science. Et tu t'étonnes, peuple français, après avoir écouté patiemment ces éloquentes rapsodies, de rester inerte et stationnaire, de ne pas voir luire enfin ce calme producteur, ce progrès social, objet de tes éternelles espérances !

Eh bien ! peuple trop crédule et trop méfiant à la fois, souviens-toi que de toutes les carrières stériles, la plus stérile est celle où ces sophistes te poussent : il faut que le soleil ait sa chaleur et son éclat pour faire naître tes moissons et mûrir ton pain ; il faut que le pouvoir social ait sa force et sa dignité pour couver la civilisation sous ses ailes, pour lui donner enfin cet essor grandiose et libre qu'elle ne recevra jamais d'une main d'esclave. Tu crains l'arbitraire dans l'autorité, là est ta folie, là est l'artifice dont les factions t'abusent. L'arbitraire ne vit et ne dure que dans la nuit ; il fait trop jour maintenant : l'autorité publique n'est plus dans les nuages, elle est à nu sous le ciel, et le Gouvernement est plus ouvert à tous les regards que la maison sans portes du consul romain. Honore donc le pouvoir, incline-toi devant lui, découvre ton front et salue-le avec respect ; dans le pouvoir tu trouveras la vie, le progrès, la liberté : hors du pouvoir, la faim, l'esclavage et le néant.

CHAPITRE II.

De la Liberté.

—

La liberté, c'est le droit que chaque homme a de jouir sans entraves de ses facultés physiques et morales.

La liberté n'est possible que pour l'homme en société, car l'homme isolé dans l'état de nature a bien le droit, mais n'a pas la force de faire respecter ce droit par ses ennemis.

La société n'est possible qu'avec des lois. Dans la société, la liberté n'est possible que par l'exécution de ces lois.

Ce sont ces lois qui protégent la liberté de chaque citoyen contre les prétentions rivales de tous les autres. Les lois étant égales pour tous, le droit de chacun se convertit en fait, et n'a pour limites que le droit des autres, exercé aux mêmes conditions et par les mêmes moyens.

Voilà la liberté sociale dans tout son développement possible.

Ce mot, bien compris, renferme tout; car la vraie liberté, c'est la civilisation, c'est le progrès, c'est le développement facile et non interrompu de toutes les facultés humaines, — c'est tout.

CHAPITRE III.

La Liberté et l'Égalité ne sont pas également nécessaires au bien-être de la Société.

——

Il s'en faut de beaucoup que la *liberté* et l'*égalité* soient deux principes également nécessaires au bien-être et à la justice des sociétés humaines.

La liberté est un droit natif : converti en fait social, il élève l'homme, l'agrandit, le fortifie ; il porte dans l'ordre politique cette dignité que l'âme humaine tient de sa liberté morale, de son libre arbitre, de cette mystérieuse et noble faculté de vouloir qui caractérise seule la conscience et la vertu.

Il n'en est pas de même de l'égalité : j'entends l'*égalité politique*.

J'ai déjà démontré que l'attribut naturel et général de la race humaine est l'*inégalité*.

Un sentiment de justice fait sentir que l'état social n'est pas créé pour aggraver encore, par des inégalités factices, l'inégalité naturelle des hommes.

C'est donc contre les inégalités factices de la société, que les excitateurs des masses populaires les insurgent et les poussent.

Mais lorsqu'il faut venir à l'application, on s'acharne contre les inégalités raisonnables et justes, tout autant que contre les inégalités oppressives et factices, et l'ordre social est détruit.

Voici pourquoi : C'est que personne ne s'apprécie tout juste ce qu'il vaut. Le sot se croit l'égal de l'homme d'es-

prit, l'ignorant l'égal du savant; le poltron se ferait volontiers ministre de la guerre, le dissipateur qui détruisit
sa propre fortune se sent des dispositions à diriger les
finances de l'État.

Alors chacun se croit l'égal de ceux qui, en réalité,
sont plus que lui. Chacun veut ramener la législation
politique à ce degré de complaisance qui permette à sa
médiocrité d'arriver à tout, capable ou non; et dans chaque nivellement nouveau, il cherche principalement à
renverser la barrière qu'il trouve sur le chemin qu'il veut
parcourir.

Il résulte de cette triste disposition des esprits une telle
confusion d'idées, que l'égalité politique, qui paraît si
belle et si juste en théorie, se trouve transformée en pe-
titesse, en vanité, en égoïsme, dans la pratique. C'est la
société que chacun découpe, taille, transforme pour s'y
faire une case à sa fantaisie, s'inquiétant fort peu de savoir si les autres y seront bien logés, et si l'édifice lui-
même pourra résister au souffle du vent !

Mais le mal ne s'arrête pas là : on commence par vouloir égaler celui qu'on voit au-dessus de soi, puis on veut
le dépasser; de sorte que les partisans les plus décidés de
l'égalité finissent par la détruire avec jouissance et volupté.

Ce n'est donc pas l'égalité politique que l'on doit chercher, égalité folle qui, lors même qu'elle serait établie,
ne pourrait se suffire, et périrait misérablement après avoir
dégénéré en ostracisme; c'est l'*inégalité naturelle* qu'il faut
consolider dans l'ordre social, malgré les passions vaniteuses qui s'insurgent contre elle ! Inégalité qui n'est ni
le monopole, ni le privilége, mais la loi juste et nécessaire
de l'Univers !

L'égalité civile, voilà le bien, le patrimoine, l'héritage sacré que Dieu commande aux hommes de léguer à leurs enfants ! Voilà, non pas la liberté, mais l'œuvre de la liberté même !

La liberté véritable, en effet, ne peut pas être séparée de l'ordre, c'est-à-dire de la consécration, dans la loi politique, des inégalités naturelles que l'imperfection de l'homme lui-même incorpore toujours à l'ordre social ! de la conservation des barrières qui ne permettent pas que des droits politiques égaux soient attribués à des capacités politiques inégales, ce qui serait le bouleversement de tout ordre et de toute raison ! La liberté véritable, enfin, c'est la hiérarchie des pouvoirs et la négation de cette souveraineté populaire, droit de la force, volonté sans limites, puissance sans règles, judicature sans lumières, *forme la plus absolue du pouvoir absolu !*

CHAPITRE IV.

La Liberté n'est pas la Souveraineté.

L'erreur perpétuelle de ceux qui cherchent la liberté dans la souveraineté, c'est de confondre la liberté avec le droit de gouverner : erreur immense, car tous les hommes ont un droit égal à la liberté, mais tous n'ont pas un droit égal au pouvoir. La liberté est un droit natif, le pouvoir ne devient un droit que sous condition. La liberté doit appartenir à tous et le pouvoir seulement à quelques-uns. — La liberté n'est pas le droit de gouverner : elle est le droit d'être bien gouverné. — Le peuple le plus libre n'est pas celui qui est souverain ; le peuple le plus libre est celui où la souveraineté réside dans les mains les plus capables de la bien exercer. Le peuple le plus libre n'est pas celui qui se gouverne lui-même, mais celui qui est le mieux gouverné. Le peuple le plus libre n'est pas celui qui fait lui-même ses lois, mais celui dont les lois sont les mieux faites et les mieux exécutées.

CHAPITRE V.

Le Pouvoir doit être la garantie de la Liberté.

L'école révolutionnaire veut ôter au pouvoir tous ses moyens d'action, parce qu'elle le croit inévitablement disposé à s'en servir pour opprimer la liberté des citoyens.

L'école gouvernementale veut constituer le pouvoir en lui donnant tous les moyens d'action dont elle croit qu'il a indispensablement besoin pour protéger la liberté des citoyens.

La première infiltre dans les veines de la société une hostilité immuable de l'individu contre le pouvoir : l'état normal de la société serait, dans ce système, la puissance politique de chaque citoyen portée au plus haut degré dans le but de résister aux abus présumés du gouvernement. Dans ce système, pour empêcher l'abus du pouvoir on anéantit le pouvoir lui-même.

La seconde tend à établir une hiérarchie tout opposée. Elle ne suppose pas que l'individu ait raison contre la société ; elle ne suppose pas que le pouvoir ait un intérêt distinct de la société; elle ne suppose pas, si l'intérêt des citoyens et celui des gouvernants étaient accidentellement en contradiction, que le moyen de remédier à cette discordance passagère fût l'organisation légale d'une guerre constante des citoyens contre le gouvernement.

Le gouvernement, d'après elle, doit être le directeur *moral* et *pratique* de la société.

Pour qu'il y ait gouvernement, en effet, il faut une direction : pour qu'il y ait unité et direction, il faut que la liberté de chacun des citoyens ne soit pas arrachée pièce à pièce au pouvoir social, ainsi considéré comme l'ennemi public du pays. Il faut, au contraire, que le gouvernement, par son action régulière, par le jeu légal de ses ressorts, *produise, protége* et *limite* la liberté de chaque citoyen. Voilà le principe gouvernemental qui doit prévaloir dans la société. Jusque-là elle pourra bien avoir une organisation passagère et des chefs provisoires; mais elle n'aura réellement ni liberté, ni constitution, ni gouvernement.

Le but de l'organisation politique est sans doute la *liberté* des citoyens; mais il faut s'entendre complètement sur le sens de ce mot, si l'on ne veut s'exposer à d'étranges mécomptes.

L'école révolutionnaire considère, comme on l'a vu, la liberté comme un droit absolu plutôt naturel que social. Selon elle, la constitution doit avoir pour but de donner des garanties à la liberté de chaque citoyen contre le gouvernement. C'est donc, en quelque sorte, le droit de l'homme sauvage qu'elle défend contre l'action du pouvoir social.

Dans ce système, le pouvoir est en perpétuelle suspicion

de tendance oppressive. La loi arme les individus contre le pouvoir. L'autorité morale est d'avance détruite. La confiance n'est qu'exceptionnelle. L'hostilité, ou tout au moins la défiance, est la règle générale.

Et du moment que la loi doit armer le citoyen pour qu'il arrache lui-même sa liberté aux embûches présumées qui lui sont préparées par le pouvoir, on conçoit que ce n'est pas à ce pouvoir lui-même qu'on donnera jamais le droit de régulariser la liberté entre les citoyens et de la protéger.

Il résulte de là que, dans ce système, rien de stable et d'organique ne peut se fonder. Ce n'est pas constituer la société que de baser ses lois sur de pareils principes ; c'est évidemment la *déconstituer*.

Car, si la liberté des citoyens est une conquête perpétuelle que chaque individu doit arracher à la mauvaise volonté du gouvernement, ce dernier, loin de diriger l'État, doit se tenir perpétuellement sur la défensive ; il s'occupe à vivre, non à gouverner. Les libertés individuelles ne seront certainement pas attaquées par lui, mais elles agiront sans concert, sans union, sans ensemble, et se heurteront l'une l'autre, à leur grand détriment. Divisées par l'intérêt, elles n'auront d'autres sympathies, entre elles, que le principe unanime de leur haine contre le pouvoir.

Aux yeux des publicistes révolutionnaires, cet état d'anarchie morale s'appelle le gouvernement des *majorités*. Ils tombent dans une grande méprise en s'exprimant ainsi ; car le nombre ne constitue pas par lui seul *majorité*, pas plus qu'un million de pierres entassées sans ciment et sans ordre ne constituent un édifice. Toutes les libertés individuelles, agissant par leurs volontés multiples et changeantes, ne se lient ni ne s'additionnent en une édification commune. Il n'y a pas là majorité, il y a confusion et chaos. Et cette confusion, ce chaos sera pire encore dans l'ordre moral, que ne pourrait jamais être le désorde d'un entassement de pierres sans architecte; car la nature inanimée reste silencieuse, immobile dans son repos, et son désordre natif ne s'accroît pas. Le désordre social s'accroît au contraire à chaque pas, par la volonté et l'action des mille intérêts humains, quand ils flottent, abandonnés et dissidents, sur l'océan sans rivages de la souveraineté du peuple.

Il est donc difficile de comprendre cette maxime : *La liberté est le principe, et le pouvoir n'en est que l'exception.* Au premier coup-d'œil, elle présente l'apparence d'une pensée, mais elle n'a aucun sens.

Effectivement, dans leurs rapports réciproques, le pouvoir et la liberté ne sont ni *droit commun*, ni *exception.* L'un et l'autre sont tellement liés, tellement unis, tellement identiques, si j'ose m'exprimer ainsi, qu'on ne peut les concevoir isolément. Il est impossible d'admettre l'idée d'une liberté sociale quelconque, sans admettre forcément et au même instant un pouvoir pour la faire respecter. Sans pouvoir public, les volontés individuelles, seules arbitres de leurs droits, se heurteraient confusément, et donneraient naissance à la plus monstrueuse anarchie. Le pouvoir n'est donc pas une *exception;* il est de *droit commun*, si jamais il y a eu un droit commun; il est un principe; il est la première de toute les nécessités politiques. Avec un pouvoir, même vicieux dans son essence, on conçoit une société possible : sans pouvoir, on n'en conçoit pas.

La liberté n'est pas non plus une exception... Elle est un principe, elle est un droit commun, elle est le droit de tous. Sans liberté, il n'y a pas de pouvoir véritable : il y a une puissance de fait, une force prédominante; mais de pouvoir moral, il n'y en a pas.

CHAPITRE VI.

De l'Unité du Pouvoir.

Dans tous les travaux, dans toutes les entreprises, dans tous les actes de la vie humaine qui demandent de l'ordre et de l'ensemble, il faut une pensée dirigeante, unique et suprême à toute chose; il faut à toute chose cette grande unité morale, devant laquelle doivent s'incliner et obéir les dissidences d'esprit. *Les pouvoirs* peuvent être divisés sans doute dans un État; mais *le pouvoir*, c'est autre chose : si on le divise, il s'évanouit, il disparaît, il meurt. On le cherche vainement dans l'état social. On ne le trouve plus nulle part, parce qu'on a voulu qu'il fût partout.

Il faut à tout pouvoir *unité* et *direction*, pour qu'il puisse lui-même produire et organiser la liberté, imprimer à la société une marche uniforme et directe vers son but... Et si, au lieu de laisser au pouvoir l'unité et la direction qui doivent constituer son essence, on le livre à tous les morcellements, à tous les tiraillements des *intérêts individuels* qui luttaient dans l'état barbare que la société a remplacé; si on excite, on réveille, on exhume ces intérêts d'un bout de la patrie à l'autre pour les convier au festin de la souveraineté, n'est-il pas vrai que dans cette orgie politique, dans cet écartellement du pouvoir dont les partis populaires se disputeront les membres en lambeaux, on ravira à la nation la providence terrestre qu'elle s'était faite, le foyer central d'où la lumière et la vie devaient rayonner sur elle?...

Vainement voudrait-t-on imaginer que l'ordre et la direction vont naître spontanément de cette confusion de pensées et de paroles, et qu'il se fera, dans un vaste pays, comme une sorte de transmission magnétique qui, d'arrondissement en arrondissement, ira inculquer à tous les cerveaux les idées générales de gouvernement, les traditions de gouvernement, les connaissances acquises et les documents de gouvernement. C'est une chimère. Des millions de volontés individuelles sans cohésion intime, séparées par les distances, divisées par les intérêts, resteront toujours *individuelles* et ne donneront jamais l'unité collective que l'on poursuit si vainement sous le titre pompeux et faux de *volonté générale*. Une fois par siècle, une grande volonté nationale, caractérisée et solennelle, peut apparaître, lorsque quelqu'événement gigantesque galvanise une nation et n'en fait momentanément qu'une seule pensée. Mais cela ne se voit jamais dans les temps de calme, de repos. Jamais sur une telle base il ne sera possible d'organiser une machine régulière fonctionnant d'une manière suivie, en politique, en administration, en diplomatie, en commerce. Quand nous analyserons la manière fausse et à contre-sens dont le mécanisme représentatif fonctionne en France, je ferai voir, facilement je crois, la source même de ces erreurs et la cause de ces mécomptes. Un peuple n'est jamais libre quand ses lois sont mal faites, et on se met souvent dans la nécessité de faire mal les lois, par l'excès de précautions mal conçues que l'on prend pour les bien faire.

La liberté sociale est le fruit de l'action même du pouvoir. Affaiblir le pouvoir, c'est donc détruire la liberté, car alors les forces individuelles n'étant plus contenues par la force sociale, surgissent et oppriment la liberté.

Il faut donc que l'*unité* et la *direction* du pouvoir soient appuyées par des institutions qui lui donnent une force constante et de tous les moments, pour que les volontés individuelles ne puissent pas l'envahir et ramener le peuple à l'état de barbarie. Aussi, toutes les fois qu'une révolution brise la force du pouvoir, jusqu'à ce que cette force soit rétablie, les peuples, semblables à un faisceau dont le lien est brisé, s'éparpillent, se fractionnent, et se mettent dans une anarchie morale qui dissoudrait bien vite la société, si le pouvoir n'était promptement rétabli.

Cette *unité*, cette *direction*, cette *force* du pouvoir est donc un fait social, qu'il faut d'abord mettre hors de doute, hors de toute contestation, si l'on veut qu'il y ait liberté chez un peuple. En seconde ligne, qu'il y ait des garanties, un contrôle, une surveillance pour que le pouvoir lui-même ne puisse abuser de sa force, cela est juste et nécessaire. Mais ce ne doit jamais être une seconde direction, une seconde action qui veuille remplacer, absorber la première, ou bien on détruira l'œuvre sociale avant de l'avoir achevée.

CHAPITRE VII.

L'Élection ne crée pas le Pouvoir.

—

Imaginer que le pouvoir naît par scrutin, par intransmissible délégation de volonté : imaginer que l'élection crée, improvise et rend pouvoir, un pouvoir qui n'existe pas par lui-même, c'est une véritable dérision. — L'élection ainsi comprise, je le prouverai, produirait pour résultat un contre-sens définitif et complet. Elle détruirait l'administration, la législation, le gouvernement ; la souveraineté du peuple elle-même mourrait par l'élection, qui n'ayant plus rien à tuer ensuite, s'anéantirait par son propre mécanisme. C'est la négation la plus absolue que l'on ait jamais rêvée, et je ne vois rien de plaisant comme les docteurs du jour qui croient trouver une force gouvernementale quelconque dans l'élection, lorsqu'elle n'est en réalité qu'un instrument qui agit toujours pour empêcher l'action quelconque de tout gouvernement quel qu'il soit. La foi électorale est la grande mystification de l'époque.

Excepté dans les moments de péril imminent, de dangers extérieurs surtout, le peuple élirait toujours pour le gouverner, non pas le plus fort et le plus capable, mais au contraire le plus incapable et le plus faible, afin que la volonté populaire le maîtrisât plus facilement. Dans le péril, la peur remplacerait la souveraineté, et le peuple obéirait à la capacité qui pourrait seule le sauver. Une fois le péril passé, il détruirait son sauveur, afin de ne pas avoir sous les yeux une preuve vivante de

la supériorité du chef, et de l'infériorité des masses. Si
la démocratie ne tuait pas César, elle craindrait toujours
d'être étouffée par Cromwell ou par Napoléon !... L'immense majorité numérique des incapacités exclurait les
capacités du gouvernement, afin de s'y frayer un passage.
L'action électorale doit toujours agir de décroissance en
décroissance. Vous ne pouvez deviner encore, vous qui
lisez ceci, à quels imperceptibles nains les palmes électorales seront décernées en France avant long-temps !

En me voyant parler ainsi, on croira me prendre en
flagrant délit d'absolutisme. — Faire un tel tableau de la
souveraineté électorale, n'est-ce pas, dira-t-on, demander
la suppression de l'élection elle-même ?

Point du tout. — Mais c'est vouloir que l'élection ne soit
point souveraine. C'est vouloir que l'élection n'ait jamais
la prétention illusoire et fatale de créer et de constituer
le pouvoir, mais qu'elle se borne à instituer des garanties,
à placer des limites, des barrières, à surveiller le pouvoir
dans son action, non à vouloir l'altérer et le remplacer
dans son essence même. — En un mot, l'élection peut entrer dans la constitution sociale, mais en petite dose,
comme ces substances violentes et actives que l'on mêle,
en portions presqu'infinitésimales, aux médicaments, pour
réveiller l'organisme humain par irritation, mais qui
tueraient infailliblement le malade, si on en faisait la
base principale de son régime. — A petites doses, c'est un
remède. Données imprudemment, c'est un poison.

CHAPITRE VIII.

La Force physique n'est pas le Pouvoir.

———

Aucun pouvoir ne peut exister, dit-on, sans le consentement des peuples. Aucun gouvernement ne peut s'établir, durer, fonctionner, contre la volonté des peuples. Le peuple se lève et tout est dit. Quand il veut renverser un gouvernement, il n'a qu'à frapper, et le gouvernement tombe. Donc, le vrai pouvoir est dans le peuple.

Certes, je ne le conteste pas : la puissance destructrice du peuple est irrésistible. Que le gouvernement soit bon ou qu'il soit mauvais, si le peuple veut le renverser, il le peut, il en est le maître. Mais par quel singulier sophisme conclut-on de la force brutale qui détruit, à la souveraineté morale qui crée et qui organise? Ne sent-on pas que cette manière de raisonner est totalement fausse, et qu'elle ne prouve rien parce qu'elle prouve trop? Le peuple peut renverser un bon gouvernement, un gouvernement faible et doux, aussi facilement, plus facilement même qu'un gouvernement mauvais, qui se fait habilement une arme de sa méchanceté même : est-ce là ce que l'on appelle un *droit*?—Eh! bon Dieu, pour détruire un monument magnifique, chef-d'œuvre de Michel-Ange; pour détruire un tableau merveilleux, création sublime de Raphaël, il ne faut que quelques furieux, une torche et une hache. Est-ce à dire que les hordes qui auront outragé le génie et l'art, seront souveraines dans les régions de l'art et du génie? Et parce que les forces populaires déchaînées peuvent détruire le gouvernement et les lois, sera-t-on plus logique d'en conclure qu'elles sont souveraines dans les régions politiques où s'engendrent les lois et le gouvernement?

Supposez qu'un ingénieur habile ait construit une machine hydraulique, qui élève l'eau de la Gironde sur la coupole de l'église Saint-André, et qui, de là, la distribue dans toute la ville de Bordeaux. Admettez qu'il plaise aux cinq cent mille habitants du département de trouver la machine trop dispendieuse, ou trop lente, ou trop compliquée, et que, trompés par quelques intrigants, rivaux du constructeur, ils espèrent, à moitié prix, construire une machine plus efficace et plus prompte : imaginez qu'alors ils s'insurgent pour détruire la machine hydraulique; que leur million de pieds se mette en route, que leur million de bras s'arme et frappe; en un clin-d'œil la machine sera renversée, c'est très-clair. — Mais quand le million de pieds aura marché, quand le million de bras aura frappé, voici la souveraineté des cinq cent mille cerveaux qui doit régner, et qui, dans la confusion de sa complète ignorance de l'art, décide le plan et la construction de la machine nouvelle. Le million de bras recommencera à agir, et la machine sera bientôt faite. Les ennemis voudront-ils la briser?... Le million de bras s'armera et suffira pour la défendre : tant qu'il ne faudra que détruire ou empêcher de détruire, la souveraineté populaire réussira très-bien. Mais une fois la machine faite, une fois les ennemis vaincus, quand, livrée à elle-même, il faudra qu'elle fonctionne, là commencera l'impuissance complète de la souveraineté des cinq cent mille cerveaux et du million de bras. Ils auront beau dire à la machine : « Je veux que tu fonctionnes, je fais serment que tu fonc-

» tionneras, je déclare traîtres et perfides à la patrie tous
» ceux qui oseront dire que tu ne fonctionneras pas, » la
machine n'en fonctionnera pas davantage; la volonté du
peuple, le suffrage électoral, tous les scrutins du monde
n'y feront rien. Les ressorts mal calculés se briseront par
leur propre jeu, et alors l'on comprendra que, pour construire un monument, ce sont les milliers d'ouvriers qui
doivent obéir à l'architecte, à l'ingénieur, au lieu de s'i-
maginer follement qu'ils peuvent, par leur volonté, dominer la nature et l'art.

Eh bien! cette vérité est cent fois plus vraie quand il
est question de la machine gouvernementale, que lorsqu'il
ne s'agit que d'une simple mécanique. Si ingénieuse que
soit celle-ci, jamais elle n'approchera de la grande machine politique, compliquée par les passions des hommes
qu'elle prend pour levier ou pour point d'appui. Immense
appareil hydraulique qui doit puiser le pouvoir à sa
source, dans toutes les veines du corps social, pour élever
à flots pressés cette grande puissance motrice au faîte même
de l'État, et, de là, la faire circuler dans tout l'organisme
national, dont elle fait alors la force et la vie! Machine
sublime, que l'homme n'organiserait jamais à lui seul,
si l'invisible main de la Providence, âme immortelle du
monde, ne le poussait à son insu vers le but qu'il atteint
bien souvent avant de l'avoir aperçu.

CHAPITRE IX.

Conclusion.

—

Si l'on a pris la peine de me suivre jusqu'ici, on sera conduit à reconnaître avec moi que le *pouvoir* ne naît point de la volonté des hommes, mais qu'il émane invisiblement de la nature humaine, comme par une sorte de transpiration permanente; on reconnaîtra qu'il est l'âme de la société, la condition *sine quâ non* de son existence; que le pouvoir, organisé en gouvernement, crée l'égalité relative des hommes, la liberté limitée dont ils sont susceptibles, le développement de grandeur et de prospérité dont ils sont capables. — C'est pour cela que, sans aucun intérêt personnel, moi qui ne suis rien et qui ne veux rien être dans le gouvernement, après de longues études, après des réflexions solitaires où j'ai tourné en dedans toutes les forces de mon esprit, pour réagir sur lui-même, pour le labourer en tous sens, pour le creuser jusqu'au fond et en extraire tout ce qu'il pourrait me fournir de lumière intime et de conviction, j'ai définitivement consacré ma vie à la défense, à la glorification du pouvoir! — La civilisation, la liberté, l'égalité, tous les biens de l'espèce humaine, découlent de cette source féconde!.. Honte éternelle aux ambitieux qui veulent y puiser pour s'enivrer eux-mêmes en la tarissant! — Honneur, éternel honneur, aux hommes généreux qui s'attèlent en laborieux esclaves à la grande machine du gouvernement, et qui font péniblement tourner la roue, pour abreuver à la source sacrée le peuple ingrat qui les soupçonne ou les maudit!

LIVRE III.

DE LA SOUVERAINETÉ.

CHAPITRE PREMIER.

De la Souveraineté.

La souveraineté est un pouvoir primitif au-dessus de tout pouvoir, source de tout pouvoir, s'appliquant à tout ce que le pouvoir peut régler sur la terre; par sa nature, par son essence même, elle ne peut être *ni représentée, ni limitée, ni aliénée.* Elle réside intacte et toujours dans le souverain.

La souveraineté est *absolue* en ce sens qu'elle ne peut recevoir ni dans sa compétence, ni dans son exercice, aucune limite imposée par un autre pouvoir humain ; car, alors, cet autre pouvoir serait le véritable souverain.

La souveraineté est *absolue* en ce sens qu'elle ne peut être aliénée au profit d'un autre pouvoir, car alors elle cesserait d'être souveraine. L'exercice peut seul être délégué par elle. Mais le droit de reprendre et de borner cette délégation réside toujours en elle.

La souveraineté est *absolue* en ce sens qu'elle ne peut être représentée. Quand le souverain délègue l'exercice de la souveraineté, cette délégation est toujours subordonnée à la volonté réelle du souverain, et par conséquent ne la représente pas. Elle est seulement l'*expression présumée* de la décision du souverain; et comme la présomption dis-

paraît devant la réalité, la décision contraire du souverain lui-même est toujours au-dessus de celle de ses représentants.

Mais si la souveraineté est absolue dans son rapport
avec tout autre pouvoir, cela n'empêche pas qu'elle ne
porte en elle-même des conditions d'existence qui la bornent, des principes éternels qui la prédominent, indépendamment de la volonté humaine. Ce sont ces principes
éternels de raison, de justice, de vertu, qui établissent et
bornent la compétence et l'exercice de la souveraineté.

Ainsi considérée, la souveraineté devient *relative*; et
c'est parce que le peuple est un être essentiellement *absolu*,
qu'elle ne peut lui appartenir.

Pour être conforme à ses conditions d'existence, la souveraineté doit être intelligente et morale. Ce ne sont pas
les pieds qui doivent conduire la tête. C'est la tête qui
doit diriger les pieds. C'est la volonté morale qui doit
donner l'impulsion à la force numérique, au lieu de la
recevoir d'elle.

C'est une grande erreur de confondre l'usage de la force
avec le droit de souveraineté, avec le droit de commandement. C'est bien par l'emploi de la force du peuple que
les révolutions s'accomplissent, comme c'est par l'emploi
de la force des soldats que l'on gagne une bataille; mais
on n'a jamais imaginé que l'armée, parce qu'elle remporte
la victoire à l'aide du nombre et de la force, fasse en cela
acte de *souveraineté*. Bien au contraire, si elle voulait être
souveraine, au lieu d'être *obéissante* et *disciplinée*, elle serait vaincue. Eh bien! dans l'ordre civil, la partie éclairée
et morale de la nation, est l'*état-major-général* du pays;
c'est là qu'est le droit de commandement, *la souveraineté*.

La souveraineté, c'est la pensée qui délibère, l'intelligence qui décide, la volonté qui commande. Les corps qui agissent, les pieds qui marchent, les bras qui frappent, — c'est la force, c'est le nombre. — Mais pour arriver au but, il faut que le nombre et la force obéissent au lieu de vouloir commander. — En paix comme en guerre, voilà la solution du problème.

CHAPITRE II.

La Souveraineté ne peut appartenir au Peuple.

La souveraineté *est un droit supérieur auquel il ne doit jamais être permis de résister*; car, s'il était permis de résister une fois, qui déciderait de l'éventualité du cas? Qui dirait : il est permis de résister à tel acte de la souveraineté, il n'est pas permis de résister à tel autre? — Dès-lors, il n'y aurait plus de souveraineté que dans le pouvoir auquel on attribuerait cette décision.

Cela posé, il est évident que la souveraineté n'appartient pas au peuple.

Assemblez un peuple de Caraïbes, réunissez-le, non pas même par représentants, mais dans sa totalité, et soumettez-lui cette question :

Que faut-il faire des prisonniers de guerre ?

Il répondra unanimement :

Il faut les tuer, les rôtir et les manger.

Croyez-vous qu'on ne puisse, sans crime, résister à cet acte de souveraineté ?

Je vais trop loin, dira-t-on ? — Eh bien, prenons un autre exemple.

Assemblez le peuple espagnol du dix-septième siècle (je ne vais pas bien loin de nous, cette fois), et soumettez-lui cette question :

Faut-il admettre la liberté de conscience, et tolérer les hérétiques ?

Le peuple souverain vous répondra immanquablement :

Tolérer la liberté de conscience est un crime; il faut saisir les hérétiques et les faire brûler vifs, en chantant le *Veni Creator* et les autres cantiques sacrés.

Croyez-vous qu'on ne puisse résister, sans crime, à cet acte de souveraineté ?

Je pourrais multiplier les exemples. et me rapprocher bien plus de nous, encore; ceux-là suffisent : ils prouvent que la souveraineté ne peut exister sans l'infaillibilité, qui, quoi qu'on en dise, n'existe nulle part sur la terre.

Cela est si vrai, que Rousseau, dans le *Contrat social*, quand il a voulu établir la souveraineté du peuple, a été conduit forcément, par la logique, à déclarer que *la volonté générale du peuple ne pouvait errer* : ce qui est faux, radicalement faux, en point de fait; et, de plus, *que si un peuple voulait se faire du mal à lui-même, personne n'avait le droit de l'en empêcher* : ce qui est tout aussi faux, sous le point de vue moral.

CHAPITRE III.

La Souveraineté du Peuple est le Pouvoir égal de tous sur tout.

—

On a dit : — La souveraineté du peuple est le principe fondamental de l'association humaine, la base des lois politiques, la source unique du pouvoir gouvernemental.

Puis, on s'est mis à l'œuvre, et on a été arrêté au premier pas ; car, dès le premier pas, il a fallu nier les conséquences de ce prétendu principe, ou renoncer à toute possibilité de gouvernement, puisque ce principe conduisait immédiatement à la république, que nos mœurs, nos intérêts, nos antécédents, notre position territoriale, rendent physiquement et moralement impossible.

En effet, qu'est-ce que la souveraineté ? qu'est-ce que le peuple ?

La souveraineté ?.... ainsi que nous l'avons établi, c'est un pouvoir au-dessus de tous les pouvoirs ; c'est un pouvoir que nulle loi ne peut restreindre, puisqu'il est lui-même la source, le principe, le juge, le réformateur de toute loi ; c'est un pouvoir qu'aucune autorité politique ne peut limiter, car si une autorité quelconque pouvait limiter la souveraineté, la souveraineté ne serait plus souveraine ! — Elle passerait dans les mains de l'autorité qui la prédominerait.

Le peuple ?... C'est l'ensemble de tous les individus qui habitent le sol national, — riches ou pauvres, grands ou petits, forts ou faibles, savants ou ignorants, moraux ou immoraux, le peuple les renferme tous dans son sein ; il est le grand tout composé de tous les citoyens.

Voyons donc maintenant, par l'exacte définition des termes, ce que c'est que *la souveraineté du peuple*.

C'est un pouvoir *égal*, appartenant *à tous, sur tout*.

Dès-lors ce pouvoir n'est plus limitable ni dans sa compétence, ni dans son exercice.

Il n'y a plus de loi dans le monde qui puisse priver logiquement un citoyen de sa part de souveraineté. Il n'y a plus de loi dans le monde qui puisse restreindre cette souveraineté à tel ou tel objet, à telle ou telle durée, à telle ou telle partie de l'organisation sociale. Elle est *souveraineté*, donc elle s'étend *à tout*; elle est souveraineté du *peuple*, donc elle appartient *à tous*, car le peuple, c'est *tous*. Pour limiter la souveraineté dans sa compétence ou dans son exercice, il faudrait un pouvoir au-dessus du pouvoir souverain, ce qui est un non-sens.

La *souveraineté* est donc un pouvoir primitif au-dessus de tout pouvoir, source de tout pouvoir, s'appliquant à tout ce que le pouvoir peut régler sur la terre. Le *peuple*, ce n'est pas telle classe haute ou telle classe basse d'une nation, c'est la collection totale et complète de tous les citoyens, sans admission ni exclusion arbitraire.

La souveraineté du peuple, c'est donc *le pouvoir égal de tous sur tout*.

Voilà le principe réel de la démocratie. C'est celui-là que je combats; il n'y en a pas d'autre. Si l'on veut imaginer une *souveraineté* que de prétendues lois bornent à certains objets, ou un *peuple* qui ne comprenne que telle ou telle partie de la nation, c'est-à-dire une souveraineté qui ne soit pas la souveraineté, et un peuple qui ne soit pas le peuple, cette définition détruirait si complètement la souveraineté du peuple, tout en l'admettant, que très-certainement ainsi elle ne conduirait jamais à rien.

CHAPITRE IV.

La Souveraineté du Peuple est incompatible avec le Progrès social.

—

Si la souveraineté du peuple, — *le pouvoir égal de tous sur tout*, — était vraie, si elle était la base morale de l'association humaine, si elle était le seul principe légitime de gouvernement, il suivrait de là qu'elle serait vraie, non pas pour tel peuple, non pas pour telle situation géographique, non pas pour telle époque de civilisation, mais pour tous les peuples, pour toutes les situations, pour toutes les époques. Le peuple le plus barbare et le peuple le plus civilisé, le plus ignorant ou le plus instruit; le peuple du Nord et le peuple du Midi, le peuple marin et le peuple agricole, le peuple des montagnes et le peuple des plaines, devraient avoir le même genre de gouvernement. Partout et toujours, toute loi, toute institution, tout gouvernement ayant une autre base, serait illégitime et n'aurait aucun droit moral à l'obéissance des hommes.

Le *pouvoir égal de tous sur tout*, serait partout et toujours la règle sociale. — Or, toute sociabilité, toute civilisation, tout progrès serait alors impossible. — Dieu, qui a fait l'homme sociable, se serait étrangement démenti lui-même, en donnant à cette sociabilité un principe qui la détruirait.

En effet, il résulterait de l'application générale de la souveraineté du peuple, que plus les masses humaines seraient ignorantes, barbares, incivilisées, plus leur volonté souveraine aurait d'empire légal sur le gouvernement et

l'organisation de la société. Lorsque, dans les temps barbares, quelques hommes supérieurs, en avant de leur
siècle par leur forte organisation intellectuelle, paraî-
traient à peine çà et là, au milieu de cet océan de têtes
humaines remplies d'une ignorance sans bornes et d'une
brutalité toute matérielle, ce ne serait pas ce petit nombre
de hautes volontés morales, de fortes intelligences, de
grandes vertus qui devraient diriger le reste ; au contraire,
ce serait l'ignorance et la brutalité colligées par milliers
de votes, qui devraient décider du sort de la société, qui
feraient ses lois, qui constitueraient son gouvernement et
en régleraient l'action. Il ne serait plus question d'intelligence, de raison, de justice. Le nombre seul prédominerait, et le *pouvoir égal de tous sur tout* consacrerait
éternellement le règne de la barbarie.

Eh bien ! que l'on remonte dans l'histoire humaine
aussi haut que les souvenirs pourront s'étendre. Où verra-
t-on une grande innovation, un grand progrès moral,
scientifique, social, improvisé par les masses humaines,
exerçant collectivement ce pouvoir souverain qu'on imagine rétroactivement ? Où ne verra-t-on pas bien plutôt
les préjugés et les ignorances multiples de ces grandes
masses animées, se soulever contre tout progrès, contre
toute idée nouvelle, contre tous les développements sociaux que la Providence faisait éclore par l'organe de
quelques intelligences supérieures ? Eh quoi ! la souveraineté du peuple serait la base de la sociabilité, de ses
progrès, de ses développements, et l'humanité, dans tous
les siècles, aurait présenté un tableau directement contraire à cette maxime ! Partout la civilisation aurait pro-
gressé par l'action de quelques-uns sur tous, et l'on vou-

drait faire du pouvoir égal de tous sur tout, la règle fondamentale de la civilisation. Partout, l'intelligence l'aurait
graduellement emporté sur le nombre, et on donnerait au
nombre un pouvoir souverain sur l'intelligence? Partout
les grandes vérités morales, créées par Dieu lui-même,
ces grandes souverainetés qui se sont toujours fait obéir
et qui encore se feront obéir toujours, ont tôt ou tard
triomphé des routines et des ignorances de la multitude,
et l'on voudrait aujourd'hui donner à ces ignorances et à
ces routines le sceptre du monde et de l'avenir? Ce ne serait plus Moïse, Minos, Lycurgue, Solon, Numa, Pierre-
le-Grand qui dirigeraient la civilisation de leur pays,
mais ces grands hommes inclineraient humblement leur
front sous les ignorances populaires, et s'en feraient simplement les rédacteurs officiels? Napoléon serait forcément
renfermé dans la loi commune, et le code civil n'aurait
aucun droit à notre obéissance, car il n'émane pas de la
souveraineté du peuple. Il n'a pas été, que je sache, produit par le vote universel. Il s'en faut de quelque chose.

Le droit de gouvernement ne naît pas du *nombre*, mais
de la *capacité*; mille incapacités réunies ne valent pas, à
elles toutes, une seule capacité : bien au contraire, par
leur réunion loin de s'éclairer, elles se pervertissent encore; elles s'échauffent, elles se greffent les unes sur les
autres, elles s'infusent mutuellement leurs erreurs, et dans
les grands drames populaires, on voit presque toujours
des folies et des crimes collectivement conçus et exécutés,
quoique la plupart de leurs auteurs en eussent été individuellement incapables, s'ils n'eussent été corrompus par
le magnétisme de leur entraînement commun.

La première des vérités éternelles que Dieu a données

pour base à la société humaine, vérité souveraine dont il n'est pas loisible de s'écarter, c'est que le pouvoir naît de l'intelligence morale et non du nombre; c'est que les intelligences étant inégales, le pouvoir ne peut, sans injustice et sans folie, être également réparti à tous; c'est que la proportion relative des intelligences instruites et des incapacités ignorantes, variant avec les siècles, avec la succession des âges, avec les conditions diverses des temps, des mœurs, des situations territoriales ou industrielles, la source légitime du pouvoir varie et se déplace avec le déplacement des intelligences et des incapacités, se resserre ou s'étend selon que leur cercle s'étend ou se resserre; et qu'il est incommensurablement absurde et anti-social de donner au *nombre*, à la *collection de tous*, un pouvoir *éternellement égal et souverain*.

Et que l'on ne dise pas que tout le peuple est souverain, mais que l'on bornera à quelques-uns, à une partie seulement du peuple, à la partie éclairée, l'exercice de cette souveraineté. Outre que nul pouvoir n'étant au-desus du pouvoir souverain, n'aurait droit de le borner et de le mutiler ainsi, cette opération restrictive de la souveraineté porterait encore sur une base fausse, car elle admettrait que la partie du peuple qui est sans capacité, possède néanmoins la souveraineté dont on lui retrancherait arbitrairement l'exercice. Or, la souveraineté n'existe point en ceux qui n'en ont pas la capacité, car ce serait admettre pour maxime social, que ceux qui sont incapables de gouverner en ont cependant le droit; c'est-à-dire, donner pour fondement à la société une maxime qui tendrait directement à la détruire.

CHAPITRE V.

La Souveraineté du Peuple est un principe absolument et essentiellement faux.

—

La souveraineté du peuple est une maxime si essentiellement fausse, que toutes les conséquences logiques en sont fausses, et qu'en définitive elle est impraticable. Lors même qu'on croira le plus en être en possession, on n'en aura que l'ombre.

La souveraineté du peuple implique l'anéantissement de toute justice, de toute raison, de toute morale. Elle met dans les mains de la force et de l'ignorance, — car la force est au plus grand nombre, au plus grand nombre *ignorant*, surtout dans les premiers temps où se fondent les gouvernements, — le droit de décider ce qui est juste ou injuste. Elle n'est, à vrai dire, que le droit du plus fort.

Pour reconnaître au peuple le pouvoir souverain, on est d'abord obligé de le considérer comme revêtu d'une unité compacte, de lui supposer une volonté *unique* et *complète*, tandis qu'il y a toujours en lui au moins deux volontés, celle de la majorité et celle de la minorité; et que fort souvent ni l'une ni l'autre n'est un acte de volition moral et complet qui puisse faire loi; de sorte que sur beaucoup de questions, il n'a réellement ni majorité, ni minorité, ni unanimité : c'est un vaste chaos fractionné en mille déterminations incomplètes, incapables de rien décider.

Qu'un simple individu soit tellement souverain de sa

personne, qu'il ait le droit de se faire mal à lui-même, sans qu'on ait le droit de l'en empêcher, la morale et la raison humaine n'admettent même pas cette souveraineté. Très-certainement, si vous voyez un homme prêt à se martyriser, à se mutiler, pour être agréable à Dieu, une veuve vouloir se brûler au Malabar, un homme, las de la vie, en France ou en Angleterre, usant de sa souveraineté individuelle pour se brûler la cervelle, vous vous croiriez le droit de les en empêcher, si vous le pouviez. Bien plus, vous vous en feriez un devoir.

Mais relativement à un peuple, à un être collectif, la chose est encore bien autre. Si la majorité d'une nation décidait qu'elle a le droit de faire mal à la nation sans que personne eût le droit de l'en empêcher, il s'ensuivrait que sa souveraineté lui donnerait le droit de faire mal volontairement, non-seulement à elle-même, mais encore à la minorité qui ne le voudrait pas. Si, — portons les choses au dernier point, pour nous faire bien comprendre, — si la majorité d'une nation décidait que plutôt que de subir un grand malheur, la nation doit se brûler la cervelle, croyez-vous que cet acte de souveraineté fût obligatoire, qu'on n'eût pas le droit d'en empêcher l'exécution, et que la minorité fût obligée, en conscience, de se tirer un coup de pistolet?...

Pour accorder la souveraineté au peuple, il faudrait trois choses : que sa volonté fût unanime, et elle ne l'est jamais; que sa volonté fût infaillible, et elle ne l'est jamais; enfin, et j'insisterai très-fortement sur ce point, que sa volonté fût *complète et certainement exprimée......* elle ne l'est jamais et ne peut jamais l'être.

Si le peuple était souverain, il s'ensuivrait que nulle

loi ne serait obligatoire pour lui, puisqu'en vertu de la souveraineté il pourrait toujours détruire la loi : donc nul gouvernement n'aurait droit de compter sur son obéissance, il n'y aurait ni promesses, ni engagements, ni stabilité dans rien de ce qui émanerait de lui, pas plus dans ses engagements envers les gouvernements étrangers qu'envers son propre gouvernement. Si un peuple a le droit de se faire du mal à lui-même, sans qu'on ait le droit de l'en empêcher, à plus forte raison a-t-il le droit de faire du mal à son gouvernement, de le changer sans motif, de le proscrire sans qu'il ait commis aucune faute, et lors même qu'il aurait été fidèle à tous ses devoirs. Un bon gouvernement n'a pas plus de garantie qu'un mauvais, un gouvernement fidèle pas plus qu'un gouvernement parjure, une loi raisonnable pas plus qu'une loi inique. La volonté du peuple suffit à tout et remplace tout. Loi, gouvernement, engagement moral, intérêts des tiers, naissant des lois faites et exécutées, tout cela disparaît et s'anéantit quand la volonté du peuple parle.... ou quand les factions parlent pour elle.

De cette sorte, toute question humaine et sociale se résout par le nombre et la force.

Qu'on le veuille ou non, il en sera toujours ainsi, me dira-t-on. Que vous reconnaissiez la souveraineté au peuple ou que vous ne la lui reconnaissiez pas, toutes les fois que la masse populaire, le nombre, la force interviendront pour ou contre un gouvernement, pour ou contre une révolution, le nombre et la force du peuple emporteront la balance et décideront les grandes questions politiques.

D'accord sur ce fait !... Sans doute, c'est une des plus

tristes conditions de l'humanité que la force domine partout où elle intervient, et que le bon droit lui-même ne triomphe que par son aide ou succombe sous son hostilité. — Mais ne voit-on pas, même sous ce point de vue, l'immense bonté de notre doctrine et la désolante infériorité de la doctrine opposée ?

Si nous parvenons, malgré les passions, malgré les préjugés haineux, à ramener le peuple à de justes idées de raison et de devoir ; s'il comprend que, comme tout être moral, il a des engagements et des liens ; qu'il doit respect et obéissance à l'autorité du gouvernement, toutes les fois que celui-ci respecte ses propres engagements et les lois ; que lui, peuple, n'est pas un être tellement infaillible et absolu, que sa volonté puisse agir sans tenir aucun compte de ses obligations ; que, de même que chaque homme doit être fidèle à ses promesses, le peuple doit être fidèle aux siennes, et agir par les voies légales, s'il veut être réellement libre ; si nous parvenons à lui faire comprendre qu'il se nuit à lui-même toutes les fois qu'il veut usurper la décision des questions que le plus grand nombre est incapable de bien décider, parce qu'il n'a pas les connaissances nécessaires, et qu'alors il est le premier à porter la peine de ses erreurs ; alors il ne sera pas excité à faire intervenir sa volonté et sa force dans les grandes questions d'état que les masses populaires ne peuvent comprendre ; il les laissera débattre par les hautes intelligences morales que le jeu du gouvernement représentatif place nécessairement au timon des affaires publiques. Peu à peu il s'éclairera, il se formera, il deviendra capable de faire un bon usage de sa force, et cette force n'interviendra, en définitive, qu'en cas d'extrême nécessité, de besoin absolu, à l'appui de la morale, de la justice, des lois violées. Cette force n'interviendra pas, vagabonde et arbitraire, mais disciplinée, régulière, obéissante à la direction des capacités sociales qui, en ce cas, exerceront la véritable souveraineté.

J'ai dit, et ceci est décisif dans notre sujet, que le peuple était par sa nature incapable d'avoir une *volonté complète et certaine* sur les grandes questions gouvernementales, et que sur ces questions, n'ayant pas de volonté, il n'avait pas de souveraineté possible.

En effet, il ne faut pas confondre un caprice sans base et sans tenue, avec un acte de volonté. Toute volonté réelle sur un objet ne peut être enfantée que par l'appréciation de l'objet lui-même. D'où il suit que si on ne le connaît pas, on ne peut décider de sa convenance ou de son inconvenance; on ne peut en faire le sujet ni d'une affirmation ni d'une négation. On n'a pas de volonté morale.

Quand il est impossible de former en soi un jugement, d'avoir une complète et morale décision dans sa pensée, il est impossible aussi de faire, sur le même sujet, un acte de volition. Si l'on prononce, ce n'est pas son opinion, ce n'est pas sa volonté que l'on exprime; c'est un non-sens, fruit du hasard et de la déraison : c'est un mensonge. — Étrange source de souveraineté!....

Or, quand on demande au peuple, — c'est-à-dire à l'ignorance du grand nombre, car en définitive, quand on convoque l'universalité des citoyens, c'est toujours l'ignorance du nombre qui a la majorité sur les intelligences éparses, instruites par la science et l'étude, — quand on lui demande sa volonté, et par conséquent son jugement sur de grandes questions politiques, dont les principes, les termes. les conséquences, les avantages et les dangers lui sont inconnus, on lui demande ce qu'il ne peut donner, car il ne l'a pas. Les études historiques, morales, économiques, lui manquent aussi. N'ayant ni la perception complète de la question, ni les éléments moraux de la décision, comment est-il possible qu'il décide ! et s'il ne peut juger, comment peut-il *vouloir* ?... Évidemment, sur les dix-neuf vingtièmes des questions politiques, la volonté, et par conséquent la souveraineté, est tout-à-fait impossible au plus grand nombre des habitants d'un pays.

Qu'importe, dit-on, que la chose lui soit impossible si le peuple en a le droit?... Mais j'ai déjà prouvé qu'il n'en a pas le droit, et que l'on fait une éternelle confusion du droit et du pouvoir !

N'est-il pas vrai que vous avez bien le droit de voler d'ici à la lune? Quelqu'un a-t-il le droit de vous empêcher d'accomplir cette ascension si la fantaisie vous en prend ? Est-ce une raison pour que vous en ayez la capacité, la puissance? Est-ce une raison pour excuser la folie d'un pareil essai? Celui-là n'aurait pas grand danger, parce que vous ne pourrez seulement le tenter. Mais essayez de voler d'un clocher à un autre, et je gage que vous vous romprez le cou ! — Voilà la souveraineté du peuple !

Le peuple n'a donc point de volonté sur les grandes questions gouvernementales, partant, point de souveraineté. Faire résider dans l'incapacité de décider le droit de vouloir, de juger, de commander, c'est à la fois le comble de l'absurde, de l'injuste et de l'impossible.

Qu'arrivera-t-il donc si l'on reconnaît au peuple en masse, le droit de prononcer sur de telles questions et de gouverner l'État?... Le peuple ne dira pas son opinion

et sa volonté, parce qu'il n'aura ni volonté, ni opinion !
Mais, séduit, capté par les intrigues et les factions, il se
laissera persuader par tous ceux qui le flatteront, qui lui
donneront de fausses espérances dont il ne peut apprécier
la vérité, et il se fera l'écho de leur volonté perverse. Ce
n'est pas sa volonté qu'il dira, c'est la leur. Les factions
savent cela tout aussi bien que nous; et c'est précisément
parce qu'elles le savent, qu'elles prêchent la souveraineté
du peuple. C'est leur propre souveraineté sous un autre
nom.

CHAPITRE VI.

La Souveraineté du Peuple ne peut s'exercer par représentants.

Pour éluder la difficulté, on répondra que le peuple
n'exercera pas sa souveraineté lui-même, mais qu'il l'exercera par des représentants nommés par lui. — La réponse
ne répond à rien.

De ce que la plus grande partie du peuple est incapable d'exercer la souveraineté, il suit forcément qu'il est
incapable de l'exercer par représentant. On ne délègue
pas une capacité qu'on n'a pas. J'ai entendu certaines
personnes qui ont la manie de chercher des règles politiques dans le droit civil, dire : — Un mineur est incapable
d'exercer ses droits de propriété, néanmoins il est bien
propriétaire; son tuteur le représente et gère pour lui. —
Sans m'arrêter ici à tout ce que cette comparaison offre
d'infirme, je me borne à un seul point. Oui, le tuteur
gère pour le pupille et le représente, mais la loi qui re-

connaît que le mineur est incapable d'exercer ses droits, n'a pas été assez folle que de lui donner le droit de choisir celui qui doit les exercer pour lui. La loi civile n'accorde la faculté de déléguer l'exercice de leurs droits qu'à ceux qu'elle reconnaît capables de les exercer eux-mêmes. La raison en est si simple qu'il est inutile de s'y appesantir ; à plus forte raison en politique. Ceux-là seuls qui sont capables d'exercer la souveraineté, sont capables d'en déléguer l'exercice ; car l'acte qui le délègue est lui-même un acte de souveraineté.

La souveraineté du peuple ne peut donc être exercée ni directement par lui-même, ni indirectement par voie d'élection.

Le premier point n'est pas contesté. Les plus hardis démocrates n'osent plus soutenir que le peuple lui-même puisse exercer la souveraineté. Ils ont recours, eux aussi, à l'élection. Seulement ils la veulent très-étendue, et s'il est possible, universelle.

Cependant, qu'on le remarque bien, l'élection, du moment qu'on lui confie le gouvernement, si universelle qu'on la fasse, nie et détruit la souveraineté du peuple. Rousseau, le plus hardi des logiciens populaires, l'a dit en termes exprès dans le *Contrat Social*. Or, il est certain que Rousseau raisonne toujours bien. Le principe sur lequel il se base est faux, mais la déduction des conséquences qu'il en tire est incontestable. Je m'arme donc de ces conséquences mêmes, et parce qu'étant bien déduites elles conduisent à une erreur palpable, j'en conclus que le principe lui-même est faux. Car ce ne sont pas les *abus* de la souveraineté du peuple que j'attaque ; c'est le *principe même* de cette souveraineté que je nie, sous quelque forme

qu'on le déguise, dans quelque proportion qu'on s'efforce
de le rapetisser pour le faire paraître moins dangereux.
Voici le texte de Rousseau :

« Sitôt que le service public cesse d'être la principale
» affaire des citoyens, et qu'ils aiment mieux servir de
» leur bourse que de leur personne, l'État est déjà près
» de sa ruine. Faut-il marcher au combat? ils payent des
» troupes et restent chez eux. Faut-il aller au conseil ? ils
» nomment des députés et restent chez eux. A force de
» paresse et d'argent, ils ont des soldats pour servir la
» patrie, et des représentants pour la vendre.

» *La souveraineté ne peut être représentée,* par la même
» raison qu'elle ne peut être aliénée. Elle consiste essen-
» tiellement dans la volonté générale, *et la volonté ne se*
» *représente point.* Elle est la même, ou elle est autre : il
» n'y a point de milieu. Les députés du peuple ne peu-
» vent donc être ses représentants; ils ne sont que ses
» commissaires : ils ne peuvent rien conclure définitive-
» ment. Toute loi que le peuple, en personne, n'a point
» ratifiée, *est nulle. Ce n'est point une loi.* Le peuple an-
» glais pense être libre; il se trompe fort; il ne l'est que
» pendant l'élection des membres du parlement. Sitôt
» qu'ils sont élus, *il est esclave, il n'est rien.* Dans les
» courts moments de sa liberté, l'usage qu'il en fait mé-
» rite bien qu'il la perde (1). »

Tel est le langage de l'esprit le plus fort, de la plume
la plus éloquente qui jamais ait prêché le dogme de la

---

(1) Je ne puis citer ici que ces deux alinéas ; mais j'engage mes lecteurs à re-
lire en entier le chapitre de Rousseau, c'est un chef-d'œuvre d'éloquence et de
logique au service de l'erreur. Pour qui peut bien le comprendre, il devient ainsi
la plus admirable démonstration de la vérité opposée à son système.

souveraineté du peuple. Et très-certainement si ce dogme
absurde était vrai, tout ce que Rousseau dit dans ce passage remarquable serait évident.

En effet, si le peuple était souverain, il serait complètement inadmissible que les députés élus pussent faire *la
loi*. On conçoit bien, en effet, que le mandant puisse faire
la loi au mandataire. Mais que le mandataire puisse faire
la loi au mandant-souverain, et que cette loi soit obligatoire!... cette supposition est le comble de l'absurde. Je
prends pour exemple la loi électorale, parce que, dans ce
cas, le contre-sens, quoiqu'il ne soit pas plus grand que
dans les autres, est néanmoins plus apparent. Vous ren-
dez-vous un compte bien exact de ce que font des députés
quand, par une loi, ils entreprennent d'étendre, de restreindre, de constituer le droit électoral, c'est-à-dire le
droit dont ils tiennent leur être politique et sans lequel
ils n'existeraient pas? Vous figurez-vous l'*élu* réglant le
droit de l'*électeur*? L'effet créant sa cause, réagissant sur
sa cause pour la changer, l'amplifier ou la resserrer à son
gré?

La volonté ne peut se représenter, dit Rousseau; M. Guizot
l'a démontré après lui, et cela est parfaitement vrai. —
Je vous élis aujourd'hui, moi, le peuple souverain, parce
que vous me dites que vous pensez comme moi, et que
par conséquent votre volonté est conforme à la mienne.
Mais demain, après-demain, dans six mois, sur un événement nouveau, sur un cas nouveau, après un nouvel
examen, après les effets d'une discussion nouvelle, pen-
serez-vous, voudrez-vous ce que je penserai, ce que je
voudrai alors? Ni vous ni moi ne le savons. Personne
au monde ne le sait. Donc, s'il est vrai que moi, le peu-

ple, je sois souverain, la loi que vous ferez dans six mois ne pourra m'obliger que si elle est alors conforme à ma pensée, à ma volonté, et par conséquent ne sera loi que si je la ratifie. — Sans cela, le député serait despote, et le peuple souverain serait esclave. Si la souveraineté du peuple est vraie, Rousseau a raison.

Si donc l'on admet la souveraineté du peuple, non-seulement le suffrage universel devient inévitable, mais encore les députés ainsi nommés devraient rester forcément sous l'action directe du peuple. Il aurait le droit non-seulement de leur donner un *mandat impératif* dont ils ne pourraient s'écarter, mais il aurait le droit, pendant la durée de la session, de surveiller l'exécution de ce mandat, d'en changer les termes et les conditions si cela lui paraissait convenable à ses intérêts, de révoquer le député qui ne lui plairait plus, comme on révoque un procureur fondé, en tout état de cause; de le remplacer par un nouveau choix, sans attendre que le terme de ses fonctions fût expiré; car pour le peuple souverain, il n'y a pas de *durée obligatoire* au mandat qu'il donne, et rien ne pourrait le contraindre à conserver une seule minute un mandataire dans lequel il suspecterait un traître ou un incapable. A chaque instant, il aurait le droit de le révoquer, de le juger, de le punir. Il serait beau de voir le mandataire voulant être irresponsable envers le sourain!... Sous un tel régime, le député n'est point inviolable et ne peut l'être. Pendant que les députés exprimeraient la volonté *présumée* du peuple, le peuple souverain conserverait bien le droit de s'assembler pour exprimer son *vote réel*, et le scrutin serait en permanence dans les sociétés populaires.

En quatre-vingt-treize, la constitution, votée par *qua-rante-trois mille neuf cent quatre-vingt-dix-neuf communes*, avait bien prévu cette difficulté, et l'avait nettement résolue. Non-seulement elle avait établi le suffrage universel, mais elle avait stipulé que les députés élus par le suffrage universel *ne pourraient faire la loi.*—Elle leur avait seulement donné le droit de préparer les *projets de lois.*—Une fois la proposition de loi *adoptée comme projet* par l'assemblée nationale, elle devait être envoyée au peuple souverain, réuni en assemblées primaires. Si la *dixième partie de la moitié* des assemblées primaires, après un délai fixé, ne réclamait pas, le peuple souverain était censé avoir donné son assentiment au projet. Mais si la *dixième partie de la moitié*, c'est-à-dire la *vingtième partie*, réclamait la discussion et le vote, il était de droit; la loi était alors votée ou rejetée au scrutin par le peuple lui-même. Il suffisait donc d'un vingtième, c'est-à-dire de *dix* sur *deux cents*, pour remettre tout au vote du peuple. Or, il est bien impossible qu'une si faible minorité n'existe pas toujours contre tout projet de loi, dans une nation.

Avec la souveraineté du peuple, il n'y a donc pas de gouvernement représentatif possible.

Que l'on ajoute à cela que le gouvernement représentatif, sous la souveraineté du peuple, fût-il essayable, il n'en serait pas moins vicié par l'inévitable *suffrage universel.* Ce suffrage, par une voie détournée, mettrait toujours l'expression de la volonté nationale dans la masse populaire, qui, par le fait seul de son incapacité, n'a pas et ne peut avoir de volonté politique. Et, de plus, comme nos mœurs, nos occupations, nos industries, détourneraient de la fréquence de ces bacchanales du forum la partie la plus morale, la plus instruite, la plus réellement et utilement active de la nation ; comme la nature des choses en écarterait tous ceux qui, ayant des affaires commerciales, des travaux assidus à surveiller, des études de cabinet à continuer, des familles à diriger, à instruire, à établir, ne pourraient déserter leurs foyers, pour s'établir en permanence sur la place publique ; le régime d'élections populaires et souveraines, au lieu d'être réellement universel, tomberait exclusivement dans un petit nombre de mains, dans les plus indignes et les plus incapables de l'exercer. — Rien ne serait plus partiel et plus partial que le prétendu suffrage universel, et en cela comme en tout, la souveraineté du peuple serait un éternel mensonge.

La seule constitution dans le monde qui ait voulu mettre en vigueur la souveraineté du peuple, telle que Rousseau, son inventeur, la comprend et l'explique avec raison, c'est la constitution de 1793. — Or, on sait ce qu'elle est devenue ; elle a eu un acte de naissance et un acte de décès. Entre les deux, elle a dormi dans une arche ; elle ne s'est réveillée que pour mourir et faire place à sa sœur de 1795 ; fratricide indifférente qui l'étouffa sous les pieds sans daigner seulement prononcer son nom !...

La souveraineté du peuple est donc, en principe même, une impossibilité, un mensonge. — Exercée directement par le peuple, elle ne fonctionnerait pas vingt minutes. Que l'on imagine le peuple à Paris, à Lyon, à Marseille, à Bordeaux, à Langon, à Saint-Macaire, dans les hameaux, dans les villages, dans les champs, s'assemblant partout à la fois, pour délibérer sur la paix, sur la guerre ;

quittant la charrue ou le rabot pour discuter la conversion des rentes ou la vénalité des offices ! — Exercée par voie d'élection, elle meurt à l'instant, à moins que la loi faite par les députés élus, ne soit chaque fois soumise à la ratification du peuple souverain, ce qui, par un cercle vicieux, revient à l'impossibilité primitive de l'exercice de la souveraineté par le peuple lui-même.

Et d'ailleurs la volonté de borner à la simple délégation l'exercice de la souveraineté, n'en donnerait ni le droit, ni les moyens. Si le peuple veut exercer sa souveraineté par délégués, il le fera ainsi. Mais s'il ne se trouve pas satisfait de ce moyen, et qu'il veuille exercer sa souveraineté lui-même, est-ce que ses délégués pourront l'en empêcher ?

La souveraineté par sa nature, par son essence même, ne pouvant être ni représentée, ni limitée, ni aliénée, ainsi que je l'ai déjà dit, elle réside par conséquent intacte et toujours dans le souverain. — C'est un torrent auquel on voudrait résister sans aucun point d'appui. — Il devrait nécessairement tout entraîner.

CHAPITRE VII.

Des Élections par le Peuple souverain.

Venons à la pratique. Examinons, non pas le peuple délibérant dans le *forum*, mais le peuple se gouvernant par voie d'élection. Oublions un moment le vice de logique d'une constitution qui prétendrait admettre en même temps la souveraineté du peuple et le gouvernement par

élection : cherchons quel doit être le résultat positif de ce
genre de gouvernement, que tant de monde aujourd'hui
s'imagine être le beau idéal de la souveraineté du peuple,
qu'il détruit. — Nous reconnaissons que ce gouvernement
absurde et détestable, n'est autre chose que la plus inévitable et la plus corruptrice des anarchies jusqu'à présent essayées par les peuples en délire ; que le *gouvernement électif* est la pire des absurdités impossibles.

Voyons comment procède l'élection. — Prenons un
exemple.

Supposez que dans un régiment les soldats nomment
leurs officiers au scrutin : qu'après un temps donné les
officiers soient soumis à une nouvelle élection, soit pour
conserver leurs grades, soit pour obtenir de l'avancement.

On aura simultanément sous les yeux ces deux résultats : Les soldats, pour ne pas sentir d'une manière irrésistible le joug toujours pesant de la discipline, éliront pour
officiers les hommes à faibles volontés, à caractère facile,
complaisants, peu susceptibles d'imposer aux autres une
direction ferme qu'ils n'ont pas pour eux-mêmes : — ensuite, les officiers élus, sachant que la conservation de
leur grade et leurs chances d'avancement dépendent de
la volonté des soldats dans les élections futures, n'oseront
pas exercer d'une manière efficace l'autorité passagère
qui leur est confiée. Loin de commander, ils feront la
cour à leurs subordonnés, afin de se ménager plus tard
leurs suffrages. L'élection corrompra donc tout d'abord
l'obéissance dans les uns, l'autorité dans les autres.

Cet exemple seul doit faire comprendre que l'élection
agit toujours comme moyen d'affaiblissement dans le
pouvoir.

Quelle discipline, quelle unité, quelle hiérarchie, pourrait-il exister dans une armée où les soldats éliraient leurs officiers? Quel effroyable désordre ne verrait-on pas naître à chaque pas de la source même du commandement ?

Mais dans l'ordre civil et dans l'ordre politique, il y a bien autre chose vraiment ! — Toutes les fois qu'au lieu d'employer seulement l'élection comme limite du gouverment, on lui reconnaît le droit de créer une assemblée qui gouverne, en imposant ses volontés aux actions du pouvoir, elle porte des extrémités de l'empire au centre du gouvernement; elle fait rejaillir ensuite du centre de l'empire jusqu'aux points les plus éloignés de sa circonférence, une corruption incessante, sans borne, sans mesure, qui infuse son virus dans tout le corps social ! Les citoyens et l'État se corrompent l'un par l'autre. A ce mal, il n'y a plus remède.

On s'est extasié souvent sur la corruption qu'on a remarqué dans plusieurs gouvernements représentatifs à divers titres. — Mais elle n'a eu jusqu'à ce jour rien de comparable au degré de perversité que produirait l'élection admise comme principe général de gouvernement. — Dans tous ces gouvernements, en effet, il y avait une part du commandement promise à l'élection, mais la plus grande partie était réellement réservée à l'aristocratie héréditaire. La république romaine et la monarchie anglaise en fournissent l'exemple. — Mais si l'élection était la source de tout pouvoir, de tout commandement, de tout poste lucratif ou honorifique, de toute dignité, de toute fortune, de toute récompense, la puissance électorale serait, à la fois, la plus commode et la plus lucrative des industries. — On se ferait électeur ou député, comme autrefois on se serait fait courtier ou armateur. — Et il en résulterait à la fois un affaiblissement complet dans le gouvernement, une impuissance totale dans l'administration, une corruption sans bornes dans le gouvernement et dans les gouvernés.

CHAPITRE VIII.

La Souveraineté du Peuple est incompatible avec l'Hérédité du Trône.

Dès qu'on admet l'hérédité du trône, même à titre d'élection populaire, le principe de la souveraineté du peuple n'est pas moins, non-seulement violé, mais radicalement détruit. Car entre ces deux faits, — *souveraineté du peuple, hérédité du trône*, il y a une si complète incompatibilité, que l'un détruit nécessairement l'autre.

L'hérédité du trône implique, en effet, non-seulement la renonciation du peuple à la souveraineté actuelle, mais à la souveraineté future des populations qui ne sont pas encore nées. Le peuple actuel non-seulement se lierait lui-même, ce qui serait absurde, parce que la souveraineté est inaliénable et peut réformer demain ce qu'elle a fait aujourd'hui, mais encore le peuple actuel aliénerait les droits du peuple futur. Et de deux choses l'une : — ou l'hérédité du trône serait obligatoire pour ce peuple futur, ou elle serait facultative, soumise à son approbation. Or, si elle était obligatoire, le peuple ne serait plus *souverain*; si elle était facultative, le trône ne serait plus *héréditaire*. Jamais on n'a imaginé rien de plus incompré-

hensible qu'une *monarchie héréditaire basée sur la souveraineté du peuple*.

CHAPITRE IX.

La Souveraineté du Peuple est incompatible avec l'Unité nationale.

En remontant au mécanisme même de la souveraineté
du peuple, j'ai fait voir que ce prétendu principe détruisait toute possibilité de gouvernement, même le gouvernement républicain. Les républiques anciennes n'ont
vécu qu'en luttant sans cesse contre la souveraineté du
peuple, au moyen d'institutions aristocratiques, et par
l'empire d'un absolutisme personnel exercé par quelques
grands hommes. Toutes ont péri aussitôt que la souveraineté du peuple a dominé, et elle les a promptement con-
duites à la dissolution sociale, par l'anarchie ou par le
despotisme,—deux variétés du même monstre.

Si l'on examine les républiques modernes, on n'en
trouvera de quelque valeur que dans les temps du moyen
âge, et principalement en Italie. — Eh bien, là, comme
ailleurs, je pourrais montrer, et cela serait un travail
intéressant, que la force démocratique a toujours exercé
une tendance destructive, et que la prospérité qui étin-
cela par éclairs dans certaines de ces républiques nomi-
nales ou réelles, est toujours venue de la direction aristocratique qui leur était incidemment imposée par la nature des choses.

Si, d'un autre côté, on regarde l'état politique du reste
de l'Europe où régnait l'organisation monarchique, on y

voit, à la même époque, une civilisation moins avancée,
qui par conséquent réflétait sa barbarie et son ignorance
dans les gouvernements. Mais on reconnaît aussi que la
civilisation italienne provenait de causes spéciales, de
mœurs particulières, et non pas de la forme républicaine
qui a fini par s'y briser, et par fractionner en lambeaux
la nationalité de l'Italie; tandis que dans le reste de l'Europe, c'est par l'effort même du principe monarchique,
tout impressionné qu'il était lui-même des ignorances et
des barbaries nationales, que les obstacles ont été vaincus,
que les peuples se sont concentrés en grandes organisations sociales, en états forts, puissants, durables, éclairés, qui sont parvenus à la civilisation et à la liberté,
par l'influence du développement moral de l'homme; non
par le choc tumultueux et dévastateur des volontés démocratiques.

Un des plus miraculeux non-sens des républicains français, c'est d'avoir proscrit le fédéralisme et d'avoir décrété
l'INDIVISIBILITÉ de la république. La république est, par
son essence même, éternellement, incessamment, inévitablement *divisible*. — La forme fédérale, détestable en elle-
même, est le seul moyen d'éviter le morcellement indé-
fini de tout grand état républicain : encore le lien fédé-
ral est-il destiné à se briser lui-même, corrodé qu'il est
par l'action délétère de la souveraineté du peuple. C'est
le principe républicain, lueur trompeuse de l'Italie du
moyen âge, qui l'a divisée et qui a détruit sa nationalité
collective. Si la France eût été dominée par le même
principe, au lieu de s'être constamment raffermie, liée,
concentrée, fortifiée par de nouvelles acquisitions réunies
au domaine héréditaire de ses premiers rois, elle se se-

rait divisée, subdivisée, en états séparés et indépendants.

Pourquoi voudriez-vous, en effet, que deux millions d'hommes habitant la Guienne, ne se considérassent pas comme formant un peuple souverain ? Quelle loi native a décidé que les trente-deux millions de Français sont un être indissoluble, et par quelle convention primitive sont-ils nécessairement unis? Pourquoi un million, deux millions, trois millions d'hommes, ne seraient-ils pas un peuple souverain, les uns en Languedoc, les autres en Dauphiné, les autres dans la Guienne, les autres dans la Flandre?... Comment le million d'hommes, souverain dans la Flandre, serait-il soumis à la volonté du million d'hommes, souverain dans la Guienne? Il n'y a là, ni centre, ni lien commun, si ce n'est un congrès comme aux États-Unis, et dès-lors, la forme fédérale, ou l'anarchie sous un despote, devient l'alternative inévitable et finale de tout grand état républicain. N'a-t-on pas vu une des colonies espagnoles qui commença naguères en se proclamant république *indivisible*, et qui fut fractionnée plus tard en *quatorze* états républicains?... C'est ainsi que la souveraineté du peuple fonctionnera toujours. Elle tend d'abord à fractionner l'État, puis elle tend à détruire les fractions elles-mêmes. Si la république romaine ne s'est pas fractionnée, c'est que le sénat y constituait une véritable royauté héréditaire. Puis César et les Empereurs sont venus. L'aristocratie sénatoriale s'est anéantie entre l'anarchie prétorienne et le despostime impérial, et la ré-publique romaine a fait bien pis que se diviser; elle a croulé tout à la fois par le centre, par la base et par le sommet.

CHAPITRE X.

Le Peuple souverain n'est pas libre : il est esclave et despote à la fois.

———

Le sénat d'Athènes, composé des principaux citoyens, faisait de sages propositions au peuple. Ce peuple frivole et corrompu, livrait aux sarcasmes de ses orateurs les propositions du sénat; et après s'en être amusé quelque temps, il les rejetait avec de grandes huées et des acclamations ironiques.

Sur quoi le scythe Anacharsis disait à Solon :

J'admire particulièrement une chose dans votre république, Solon : les sages proposent, et les fous décident.

Ce n'est point ma faute, répondait Solon, si je ne leur ai point fait de bonnes lois. De bonnes lois à un tel peuple n'iraient pas. Je leur ai donné les lois les moins mauvaises qu'ils voulussent recevoir et qu'ils pussent supporter. Encore ils les trouvent trop bonnes, et sont sans cesse à me demander des changements pour achever de les rendre entièrement semblables à eux. Je suis dégoûté du métier de législateur. Je vais m'exiler. — Il partit, et resta dix ans absent.

Le premier despotisme que le peuple souverain exerce porte donc sur ses législateurs. Il ne peut faire ses lois lui-même. Il comprend quelquefois son incapacité. Il charge donc des législateurs de les faire pour lui; mais il a grand soin de mettre leurs lumières dans une dépendance presqu'absolue de ses erreurs, de sorte que les

législateurs sont condamnés à faire une mauvaise loi,
sachant bien qu'elle est mauvaise, mais n'étant pas libres
de la faire bonne.

« Aux États-Unis d'Amérique, dit M. de Tocqueville, il
» n'existe pas de législation relative aux banqueroutes
» frauduleuses. Serait-ce qu'il n'y a pas de banqueroutes?
» Non; c'est, au contraire, parce qu'il y en a beaucoup.
» La crainte d'être poursuivi comme banqueroutier sur-
» passe dans l'esprit de la majorité la crainte d'être ruiné
» par les banqueroutes, et il se fait dans la conscience
» publique une sorte de tolérance coupable pour le délit
» que chacun individuellement condamne. »

D'où il résulte que le législateur est obligé de respecter
la fraude et l'immoralité; car, dit le même auteur, s'il
portait une loi que *la majorité de la nation trouvât gênante,
la loi ne serait pas obéie.*

Grande source de progrès, comme on voit !

Le même auteur observe que, dans les nouveaux États-
Unis du Sud-Ouest, les citoyens se font presque toujours
justice à eux-mêmes, et les meurtres s'y renouvellent sans
cesse. — D'où cela vient-il? De ce que le peuple y est encore trop ignorant et trop rude, et ne sent pas *l'utilité de
donner force à la loi.* En conséquence, la loi n'est pas
exécutable, elle est comme si elle n'était pas. — Nouveau
bienfait de la souveraineté du peuple !

M. de Tocqueville observe encore qu'à Philadelphie
presque tous les crimes sont causés par l'abus que le bas
peuple fait des liqueurs fortes. Ayant demandé pourquoi
l'on ne songeait pas à empêcher cet abus par les lois, on
lui répondit : — « Nos législateurs y ont bien souvent
» pensé, mais l'entreprise est difficile, on craint une ré-

» volte ; d'ailleurs les membres qui voteraient une pareille
» loi seraient bien sûrs de n'être pas réélus. »

Ainsi donc ce peuple, si soumis aux lois, selon M. de
Tocqueville, n'est disposé à leur obéir qu'autant qu'elles
lui conviennent. S'il les trouve gênantes, son obéissance
est plus que douteuse, et les législateurs sont ainsi dans
la position précise où se trouvait Solon, n'ayant pas la
faculté de faire de bonnes lois, mais condamnés à les
faire les moins mauvaises que le peuple veuille supporter.

Du despotisme que le peuple souverain exerce sur ceux
qui font ses lois, nous passons au despotisme qu'il exerce
sur leur exécution ?...

Voici la loi faite, tant bien que mal. Étant générale,
il est impossible que la minorité n'ait pas quelqu'occasion
d'en réclamer l'application. Mais comment l'obtiendra-
t-elle, cette application, lorsque le peuple souverain, par
sa majorité, aura *sans exception* composé tous les pouvoirs
exécutants à sa guise ?.. Il n'en sera que ce qu'il voudra.
S'il ne veut pas que la minorité jouisse de la faible protection que le hasard a fait stipuler pour elle dans la loi,
la minorité n'a rien à espérer. Elle ne doit attendre de
secours d'aucune autorité. — A qui voulez-vous qu'elle
s'adresse, dit encore M. de Tocqueville ? A l'opinion publique ? c'est la majorité. Au corps législatif ? il représente
la majorité et lui obéit aveuglément. Au pouvoir exécutif ? il est nommé par la majorité. A la force publique ?
c'est la majorité. Au jury ? c'est la majorité. Aux juges ?
souvent ils sont eux-mêmes élus par la même majorité. —
Il n'existe pas des *autorités indépendantes* nommées par le
roi, par un pouvoir exécutif *indépendant du peuple*, et
qui par conséquent l'oblige à respecter la loi, qu'il le

veuille ou qu'il ne le veuille pas. Non, tout vient du peuple;
tous ceux qui font la loi, tous ceux qui l'exécutent. La
tyrannie est donc infaillible. Contre ses injustices, il n'y
a aucun recours. C'est le despotisme le plus complet qui
existe sur la terre.

Le même auteur cite deux exemples frappants de cet
inévitable despotisme. — Nous allons copier textuellement :

« On vit à Baltimore, lors de la guerre en 1812, un
» exemple frappant des excès que peut amener le despo-
» tisme de la majorité. A cette époque la guerre était très-
» populaire à Baltimore. Un journal qui s'y montrait
» fort opposé excita par cette conduite l'indignation des
» habitants. Le peuple s'assembla, brisa les presses, et
» attaqua la maison des journalistes. On voulut réunir
» la milice, *mais elle ne répondit pas à l'appel !* Afin de
» sauver les malheureux que menaçait la fureur popu-
» laire, on prit le parti de les conduire en prison, comme
» des criminels. Cette précaution fut inutile. Pendant la
» nuit, le peuple s'assembla de nouveau. Les magistrats
» *ayant encore échoué pour réunir la milice,* la prison fut
» forcée, un des journalistes fut tué sur la place, les autres
» restèrent pour morts. — *Les coupables, déférés au jury,*
» *furent acquittés.* »

Voilà l'obéissance du peuple aux lois, quand il est souverain. Et notez bien que le peuple américain est celui
que l'ignorance de nos doctes républicains nous présente
sans cesse pour modèle.

« Je disais un jour à un habitant de la Pensylvanie, —
» continue le même écrivain : — Expliquez-moi comment
» il peut se faire que, dans un État fondé par des quakers
» et renommé par sa tolérance, les nègres affranchis ne

» sont pas admis à exercer les droits de citoyen. Ils paient
» l'impôt, n'est-il pas juste qu'ils votent ? — Ne nous faites
» pas cette injure, me répondit-il, de croire que nos lé-
» gislateurs aient commis un acte aussi grossier d'injustice
» et d'intolérance. — Ainsi, chez vous, les noirs ont droit
» de voter ? — Sans aucun doute. — Alors, d'où vient qu'au
» collége électoral ce matin, je n'en ai pas aperçu un seul
» dans l'assemblée ? — Ceci n'est pas la faute de la loi, me
» dit l'Américain : les nègres ont, il est vrai, le droit de
» se présenter aux élections ; mais ils s'abstiennent *volontai-*
» *rement* d'y paraître. — Voilà bien de la modestie de leur
» part. — Oh ! ce n'est pas qu'ils refusent d'y aller, *mais*
» *ils craignent qu'on les y maltraite.* Chez nous il arrive
» quelquefois que la loi manque de force, quand la ma-
» jorité ne l'appuie point. Or, la majorité est imbue des
» plus grands préjugés contre les nègres, et *les magistrats*
» *ne se sentent pas la force de garantir à ceux-ci les droits*
» *que le législateur leur a conférés.* »

Voilà comment la souveraineté s'exerce chez le peuple-
modèle des républiques. Ainsi, elle est viciée à sa source
même, puisque les électeurs y sont empêchés par la force
d'exercer leurs droits ; ainsi elle est viciée dans son accomplissement, puisqu'ensuite les élections se font à main
armée ; ainsi elle est viciée dans son exécution, puisqu'ensuite les membres du congrès se tirent des coups de pis-
tolets et se donnent des coups de cravache jusque dans le
temple des lois. Ainsi, elle est enfin couronnée par ce
dernier acte de despotisme, par la majorité *des petits*, qui,
après s'être réservé de faire les lois à sa guise, se réserve
le droit d'empêcher leur exécution, quand leur exécution
ne lui convient pas.

Voilà la souveraineté du suffrage universel.

En France il n'en est point de même. Il y a des préjugés contre les noirs. Mais qu'un nègre soit propriétaire, inscrit sur la liste électorale, il votera comme tout autre citoyen. En France, le peuple pourrait se porter à quelque attentat contre la sûreté individuelle; mais la garde nationale ne refusera pas le service comme la milice américaine. Mais les autorités nommées par le roi, et indépendantes du peuple, réprimeront ces excès; mais la troupe de ligne, obéissante à ses officiers nommés par le roi, prêtera main forte à la loi. Mais les cours royales, nommées par le roi, maintiendront la sainte dignité de la législation. Aux États-Unis, législateurs, milice, juges, jury, tout est suffrage universel. — Où voulez-vous trouver un appui contre le despotisme populaire ?

M. de Tocqueville dit bien qu'il n'en serait pas ainsi, si, tout en conservant le principe démocratique de la souveraineté du peuple, on avait créé des pouvoirs judiciaires et exécutifs *indépendants du peuple*, ayant une force qui leur *fût propre*; mais cela est tout-à-fait impossible; car s'il y avait dans l'État un pouvoir indépendant du peuple, le peuple souverain ne serait plus souverain. S'il existait au-dessus de lui un pouvoir qui ne vînt pas de lui, et auquel il serait contraint d'obéir, que deviendrait sa souveraineté ?

Il n'y a que deux pouvoirs possibles indépendants du peuple : — La royauté héréditaire, ou la pairie. — Allez donc en parler aux États-Unis !... A Rome, il y avait un certain ordre, un grand respect des lois.... mais le sénat était *héréditaire*, mais pendant long-temps les consuls ne pouvaient être pris que dans le *patriciat*, mais la *dictature*

réprimait les excès populaires. — Chez les Athéniens
même, Solon avait institué des magistrats qui avaient le
pouvoir de casser les décrets du peuple. Mais un beau
jour, le peuple ennuyé de ce dernier frein imposé à ses
injustices, cassa les magistrats eux-mêmes. Voilà la démocratie souveraine.

Cette nécessité d'un pouvoir indépendant du peuple a
frappé la conscience des plus grands hommes d'état de l'A-
mérique. Tous se sont effrayés de la tyrannie future des
majorités populaires, et auraient voulu lui préparer une
digue. Ils ont cru la trouver dans l'existence du congrès
central, qui, intervenant dans chaque état séparé, pourrait tempérer la souveraineté du peuple dans cet état, en
y faisant prévaloir une volonté qui prend sa source dans
tous les autres états. Mais cette barrière est insignifiante,
parce que le congrès ne peut intervenir en aucune manière
dans les affaires intérieures et spéciales de chaque état.
Il ne peut y agir que pour ce qui touche l'union générale
qu'il représente. Ainsi, les fédéralistes ont porté atteinte
au principe de la souveraineté individuelle des états, sans
en retirer aucun avantage marquant contre le despotisme
de cette souveraineté.

Le président *James Madisson* écrivait ces paroles re-
marquables — et je pourrais en citer de semblables de
Jefferson, qui cependant est le plus démocrate des hommes d'état américains. — *Hamilton* s'exprime de même.

« Il est d'une grande importance pour les républiques,
» dit *James Madisson*, non-seulement de défendre la société
» contre l'oppression de ceux qui la gouvernent, *mais*
» *aussi de garantir une partie de la société contre l'injustice*
» *de l'autre.* »

C'est-à-dire, de garantir la minorité contre les injustices de la *majorité numérique*. — Or, s'il n'y a aucun pouvoir qui soit indépendant de cette majorité numérique,
si tous sont élus par cette majorité numérique, je le demande à tous les hommes d'état américains réunis, où la
minorité persécutée trouvera-t-elle un appui contre la
majorité? C'est, comme le dit plus bas Madisson, rabais-
ser la société à l'état sauvage, *où la force seule fait droit.*

« S'il existait une société, continue Madisson, dans
» laquelle le parti le plus puissant fût en état de réunir
» facilement ses forces et d'opprimer le plus faible, on
» pourrait considérer que l'anarchie règne tout aussi bien
» dans une pareille société que dans l'état de nature, où
» l'individu le plus faible n'a aucune garantie contre la
» violence du plus fort.... Si l'état de *Rhode-Island* était
» séparé de la confédération, et livré à un gouvernement
» populaire, exercé souverainement dans d'étroites limi-
» tes, on ne saurait douter que la tyrannie des majorités
» n'y rendît l'exercice des droits tellement incertain, qu'on
» n'en vînt *à réclamer un pouvoir* ENTIÈREMENT *indé-*
» *pendant du peuple.* Les factions elles-mêmes qui l'au-
» raient rendu nécessaire se hâteraient d'en appeler à lui. »

Or, ce que dit Madisson de l'état de Rhode-Island, est
vrai de tout état isolé, exerçant pleinement chez lui la
souveraineté du peuple. Madisson reconnaissait alors
l'absolue nécessité d'un pouvoir *entièrement* indépendant du peuple. — Or, je le répète, il est impossible de
trouver un pouvoir qui puisse remplir cette condition,
si le peuple est souverain. Il est impossible de trouver
un pouvoir *entièrement indépendant du peuple*, si ce n'est
la royauté héréditaire et la pairie de la royauté.

Ainsi j'ai justifié le titre de ce chapitre, et j'ai démontré que, loin d'être libre, le peuple souverain est esclave et despote à la fois.

------------◉------------

CHAPITRE XI.

Histoire de la Constitution populaire de 1793.

—

En quatre-vingt-neuf, la souveraineté du peuple surgit, en quatre-vingt-onze on la proclame, en quatre-vingt-douze la monarchie tombe, en quatre-vingt-treize la souveraineté du peuple fait une constitution plus authentiquement et plus solennellement consacrée par la nation entière que quelque constitution qui ait jamais paru dans le monde. Sait-on l'histoire de cette constitution sacrée?... Non, presque tous l'ont oubliée; — je vais la dire :

Envoyée aux quarante-quatre mille communes de la France, la constitution de 1793 fut acceptée par *quarante-trois mille neuf cent quatre-vingt-dix-neuf communes,* — UNE SEULE *protesta.* (1). — Leurs procès-verbaux authentiques, dont l'histoire a conservé le modèle, furent envoyés à Paris et solennellement dépouillés par la convention nationale, — qui constata cette acceptation qu'on peut appeler *unanime.*

Le 10 août 1793, les députés des assemblées primaires et les membres de la convention nationale se rendi-

----

1 La commune de St-Tonnent (département des Côtes-du-Nord) qui redemanda la monarchie.

rent au Champ-de-Mars pour célébrer la fête de la réunion.
Le président de la convention nationale ayant déposé sur
l'autel de la patrie tous les actes de recensement des votes des assemblées primaires, le vœu des Français fut
proclamé en présence de tous les envoyés du *souverain*.

Le 15 août suivant, les commissaires des quatre-vingt-
trois départements déposèrent, dans le sein de la convention, *le faisceau départemental, et l'*ARCHE *qui renfermait
l'acte constitutionnel !!!*...

Voilà les faits. Ils sont clairs, précis. Cette constitution, votée par *quarante-trois mille neuf cent quatre-vingt-
dix-neuf communes*, établissait la souveraineté du peuple
dans toute sa hideuse beauté. — Les pouvoirs de la convention avaient été déclarés, par *elle-même*, épuisés, et
son premier acte devait être l'*indication du jour où les
assemblées primaires se réuniraient, en vertu de la nouvelle
constitution, pour élire l'assemblée nationale qui devait remplacer la convention*. Tout était prévu, tout était régulier;
jamais la démocratie n'avait été aussi logique. Elle avait
enfanté son chef-d'œuvre.

Eh bien; que devint-il, ce chef-d'œuvre? — Il était si
complétement absurde, si ridiculement impuissant, si ad-
mirablement impossible, qu'on n'osa pas essayer de le faire
fonctionner, un seul jour, une seule minute, une seule
seconde ! — Il sommeilla d'abord, paisiblement enfermé au
fond de l'*arche* où les *envoyés du souverain* l'avaient déposé
dans le sein de la convention, jusqu'au 10 octobre 1793.
Puis, le dix octobre, cette convention, qui n'avait plus de
pouvoirs que pour convoquer les assemblées primaires
chargées de la remplacer, décréta que *la constitution décrétée par la souveraineté du peuple ne serait point exécutée;*

et elle ne le fut pas. Elle resta close dans son *arche*, jusqu'au 22 août 1795. Alors la convention nationale, sans
tenir le moindre compte de cette constitution vierge, si
solennellement produite par le peuple souverain, fit comme
si elle n'avait jamais existé, et proposa au susdit peuple
souverain une nouvelle déclaration des droits et une nouvelle constitution, aussi dogmatiquement, mais moins or-
ganiquement démocratique; et le peuple souverain, toujours puissant, toujours sage, et qui plus est, toujours
unanime, oubliant la constitution qu'il avait faite, accepta
fort complaisamment la nouvelle constitution qu'on lui
proposait. Sur *neuf cent cinquante-six mille deux cent vingt-
six* votants, *neuf cent quatorze mille huit cent cinquante-
trois* l'acceptèrent.

Puis, la convention proclama cette acceptation avec la
même solennité que la première; puis, les nouveaux pouvoirs élus recommencèrent à la suspendre selon leurs caprices ou leurs intérêts; puis, arriva la constitution consulaire, acceptée par la souveraineté du peuple, qui ne
conserva pas plus d'attachement pour son œuvre de 1795,
que pour son œuvre de 1793, que pour son œuvre de
1791; puis, vinrent les sénatus-consultes organiques qui
détruisirent la constitution consulaire; puis, enfin, Napoléon, tenant par la main Marie-Louise, fit entendre
gravement ces mots : *Mon oncle, le roi Louis Seize !!!....*

Encore, si toutes ces aberrations de la souveraineté du
peuple, si officiellement, si authentiquement, si histori-
quement proclamées comme constitutions de la nation
française, avaient été détruites par les rois coalisés, par
les ambassadeurs de la légitimité, par les plénipotentiai-
res de l'absolutisme, les démocrates pourraient en appeler

à la postérité de ce jugement contemporain. — Mais point
du tout : ils ont toujours été vainqueurs quand il n'a
fallu que défendre leur œuvre absurde contre l'étranger,
parce que *la force du peuple* était avec eux. Ce sont les
plus célèbres d'entr'eux qui nièrent, qui blasphémèrent,
qui détruisirent immédiatement l'œuvre du peuple souverain ! C'est Saint-Just, le premier, qui frappa d'interdit la
constitution de 1793 ; qui ensevelit cette œuvre du souverain
dans l'*arche sainte* où on l'avait déposée ; qui déclara que *si on
essayait de l'exécuter, elle perdrait la patrie et la liberté !* Ce
sont les élus du peuple qui, successivement, ont toujours
détruit les constitutions unanimement votées par le peuple ; et dans cette longue suite d'absurdités, la souveraineté du peuple a roulé d'impuissance en impuissance,
jusqu'au moment où la volonté d'un homme, de Napoléon, vint suppléer à ce chaos de désordre et d'anarchie,
et en dix-huit mois rétablit l'ordre, en détruisant dans
les faits tous les principes démocratiques dont il n'avait
laissé que quelques vains simulacres sur les pages du *Mo-
niteur* ou dans l'exergue des monnaies !...

C'est que tous les chefs révolutionnaires, depuis les
Gracques jusqu'à Saint-Just, corps de fer, cœurs d'acier,
esprits de flamme, ne sont pas dupes des vaines parades
qu'ils jouent sur les tréteaux populaires. La souveraineté
du peuple, pour Saint-Just, pour Robespierre, n'était
qu'une hache destinée à détruire les restes encore subsis-
tants d'un édifice social, où il n'y avait pas de place pour
leur grandeur. Une fois en possession du commandement,
ils auraient troqué la hache pour la truelle ; ils auraient
recommencé à bâtir un palais pour eux, en rassemblant
les débris des palais renversés ; ils auraient essayé de

reconstruire le gouvernement sur les principes éternels sans lesquels il n'y aura jamais de gouvernement en ce monde. Et le principe fondamental de tous ces principes, c'est celui-ci : — *Les peuples sont nés pour obéir, non pour commander. Telle est l'éternelle loi de leur nature. La souveraineté ne fut jamais leur droit, et se détruira par eux-mêmes dans leurs mains, toutes les fois qu'ils voudront l'usurper.*

CHAPITRE XII.

Un exemple de l'exercice de la Souveraineté du Peuple.

Je sais qu'on flagorne aujourd'hui le peuple, qu'on l'encense, qu'on l'enivre des éloges de son bon sens, de sa sagacité, de toutes ses vertus. Je reconnais sans doute ses vertus et les éloges qu'elles méritent dans la sphère d'action dont elles ne doivent pas sortir; mais au-delà, je les nie. Elles n'existent plus, elles disparaissent pour faire place aux plus effrayantes aberrations. Je ne connais rien de plus monstrueusement absurde, de si incommensurablement fou, que les masses populaires ne soient susceptibles d'admettre, par acclamation, comme une incontestable vérité. En voulez-vous des exemples frappants ? Je ne remonterai pas aux horreurs de 93 pour les mettre sous vos yeux.

Le choléra-morbus éclate à Paris : déjà l'existence de ce fléau était connue depuis long-temps; il avait ravagé les grandes villes de l'Asie et de l'Europe. Il était une notoriété publique dans le monde entier. Hé bien ! on répand le bruit que ce n'est qu'un mensonge, que le choléra parisien n'est, en réalité, qu'un empoisonnement universel, médité et effectué par les riches contre le peuple,... et le peuple le croit, et il refuse les remèdes, et il se rue sur les médecins, et il assomme, déchire, écartelle les premiers individus qu'on lui signale comme empoisonneurs, sans preuve, sans examen, sans raison, sans réfléchir un instant à la hideuse impossibilité d'une telle imposture!

Cela s'éclaircit cependant, et enfin l'orage se calme. Vous croyez qu'il est fini? Pas du tout. La même aberration renaît à Bordeaux, dans nos faubourgs, dans nos campagnes; la fable de l'empoisonnement y est accueillie avec crédulité, long-temps après qu'elle a perdu toute créance à Paris; et cette première expérience ne sert pas de préservatif contre une nouvelle déraison populaire. Il faut que les magistrats, l'archevêque interviennent et opposent à la fois la vigueur de l'administration et la persuasion de la charité chrétienne, pour arrêter à sa source cette funeste folie. Elle n'a pas eu de suites fatales, mais pourquoi? Parce que l'épidémie ne s'est pas manifestée à Bordeaux : mais admettez que le choléra-morbus eût éclaté le jour même où le peuple y était en émoi par la fable des poisons et des cercueils préparés d'avance ; admettez que le fléau eût frappé avec force sur les classes pauvres, comme cela est malheureusement partout, et dites si vous ne frémissez pas des catastrophes qui auraient pu survenir par l'effet de l'effervescence populaire! Tout ce qu'on avait fait pour le peuple : souscriptions, maisons de secours, permanence médicale, eh bien! toute cette philanthropie même était directement l'objet de ses soupçons et de son acharnement!.... Et les erreurs populaires ont cela de désolant, que l'expérience n'y sert de rien. Après Paris, c'est Bordeaux; après Bordeaux, ce sera ailleurs!.. O peuple souverain, quel génie infernal pourrait vouloir remettre en tes mains le sceptre social dont tu ne pourrais te servir que pour ta ruine et ton éternel malheur !

CHAPITRE XIII.

Conclusion.

L'expérience, l'observation, l'histoire, prouvent que la société est impossible sans gouvernement; elles prouvent que le gouvernement de la souveraineté du peuple est impossible lui-même : on est forcément obligé d'en conclure que la souveraineté du peuple est un mensonge, car Dieu ne pourrait avoir créé l'homme pour vivre en société, et, en même temps, avoir donné à cette société une règle fondamentale qui la détruirait, en rendant impossible le gouvernement dont elle ne peut se passer.

La souveraineté du peuple est donc une doctrine fausse, impie, anti-sociale, digne de l'exécration de tous les cœurs patriotes. —Certes, la souveraineté royale absolue est bien absurde et bien fausse, plus fausse même que la souveraineté du peuple, en théorie; mais à l'application, elle est moins mauvaise et moins dangereuse, quoiqu'elle soit très-dangereuse et très-mauvaise; et si, entre ces deux grands malheurs, il fallait choisir l'absolutisme de tous ou l'absolutisme d'un seul, il vaudrait mieux se résigner au second, que de courber la tête sous le joug du pre-

mier. La raison en est simple. Quand la volonté d'un seul
homme gouverne, cette volonté n'est pas indestructible-
ment, nativement unie à la force. Au contraire, elle en
est séparée. Pour se soutenir donc, pour durer, elle est
obligée d'appeler à elle la force qu'elle n'a pas, et elle ne
peut y réussir qu'en se ployant elle-même aux exigences
de la raison, de la modération, des circonstances, des intérêts nationaux. Ce n'est que dans l'approbation obtenue
pour les actes de son pouvoir, que tout roi absolu peut,
aujourd'hui, trouver la force gouvernementale qui n'est
point en lui, et de cette sorte, les vices de ce système sont
tempérés par sa faiblesse et par la subordination morale
qui est imposée à sa puissance apparente; mais la souveraineté du peuple est bien autre chose; elle met l'absolutisme gouvernemental dans les mains où réside la force,
et par cela seul elle crée un despotisme plus dangereux
et plus terrible que tout autre despotisme, parce qu'il est
à la fois *force* et *pouvoir*, parce qu'il trouve en lui la
source des violences arbitraires et le moyen d'exécution ;
parce que, à l'ignorance des moyens qui peuvent assurer
le progrès social, il joint la passion invincible de l'accomplir sans gradation et sans patience. Contre le despotisme du peuple, à quelle protection peut-on recourir ?
Il n'en est aucune. On ne peut même pas recourir à sa
conscience, parce qu'elle est alors faussée, et que jamais
il ne se croit plus irréprochable, qu'au moment même où
il franchit toutes les bornes du droit. — C'est l'omnipotence dans le mal.

Où donc est la souveraineté ? me demandera-t-on. Je
l'ai déjà dit : la souveraineté, sur la terre, n'est point
absolue. Elle a des bornes, elle a des conditions, tout à

la fois dans sa compétence et dans son exercice. C'est pour cela qu'elle ne peut appartenir au peuple, qui, lui, est un être essentiellement absolu, que rien ne borne, que rien ne circonscrit, que rien n'arrête. La souveraineté, conforme aux conditions supérieures imposées par la sagesse éternelle, existe dans la partie moralement éclairée de chaque peuple, et non pas dans le peuple entier. La souveraineté, placée à cette source, d'absolue qu'elle serait dans l'ordre théorique, devient relative dans sa réalisation, et se proportionne aux faiblesses de l'humanité. Elle s'y prête sans les sanctionner, elle les tempère sans les froisser, elle les dirige sans les opprimer, elle est souveraine sans être despotique; elle est, enfin, ce grand, ce philosophique, cet immortel *juste-milieu*, que le créateur de toute chose a donné pour règle fondamentale à la race humaine, quand elle est sortie de ses mains.

LIVRE IV.

DE LA RELIGION DANS UN ÉTAT LIBRE.

―――――

CHAPITRE UNIQUE.

De la Religion dans un État libre.

―

La religion a été et devait être partout la base fondamentale de la société humaine.

La loi politique des sociétés qui veulent être libres et durables, ne doit pas être basée sur la religion. Je veux démontrer la vérité de ces deux assertions.

On verra ainsi quelle place appartient à la religion dans un état libre. On verra que le principe, *la loi est athée et doit l'être*, est un principe faux en philosophie morale et politique. La loi ne doit pas plus être *athée* qu'elle ne doit être *orthodoxe*. La première dissoudrait la société, la seconde l'étoufferait. C'est la mort sociale des deux côtés.

Je dis, en premier lieu, que la religion a été à peu près partout la base de la société humaine.

Le fait est assez constant pour se passer de démonstration. Quand le gouvernement primitif n'a pas été matériellement théocratique, comme il l'était chez le peuple juif, la théocratie y avait néanmoins, toujours, une influence morale et légale qui dirigeait réellement la société. L'Égypte, la Grèce, Rome, tous les peuples de l'antiquité en font foi. — Et quand l'ère des peuples modernes a commencé, le christianisme a été leur point de départ, la règle centrale à laquelle toute l'organisation se rattachait. Puis le mahométisme a fait, en Asie et en Afrique, ce que le christianisme avait fait en Europe. — Je ne parle pas en détail des autres religions isolées qui ont régi la société, soit dans l'ancien, soit dans le nouveau monde. Le fait est positif.

Ceci ne prouve rien, ni pour ni contre la vérité d'un dogme religieux, quel qu'il soit. Qu'il soit vrai ou qu'il soit faux, il a la même action sur la conscience du peuple qui le croit vrai : et c'est pour cela que tant de religions contraires, s'excluant et se déclarant, par le fait, mutuellement fausses, ont pu servir également de base aux sociétés qu'elles régissaient.

Un fait si général n'a pu exister à la fois et successivement partout, sans avoir une cause générale aussi.

D'où l'on a conclu que cette cause étant inhérente à la nature de l'homme, la religion devait être la base éternelle et normale de la société humaine, et constituer le fondement de sa loi politique. — De là les *religions d'État*, et leurs conséquences.

Or, en raisonnant ainsi, on a mal conclu. D'un fait vrai, on a tiré une conséquence fausse.

C'est ce que je vais prouver.

L'homme qui sort de la barbarie pour suivre l'instinct de la sociabilité dont Dieu a fait la loi fondamentale du genre humain, est si faible qu'il cherche un appui partout, si ignorant qu'il adopte de prime-abord toute fable surnaturelle qui lui offre cet appui au nom d'un être divin dont les apôtres se chargent de diriger les destinées de la société.

Aussi, partout, le premier pouvoir moral a été celui

de la religion; partout le premier pouvoir social a été celui du prêtre ; partout , le premier pouvoir légal a été le prêtre lui-même, ou placé sous la dépendance du prêtre.

Il suit de là que, soit pour s'attribuer ce pouvoir, soit pour l'exercer, soit pour le conserver, le prêtre, dans les temps primitifs, a été porté partout à acquérir plus d'instruction, plus d'habileté, plus de science, que la masse des hommes réunis en société.

Alors, non-seulement la foi religieuse a été le point de départ de la société naissante, mais elle a été encore le point d'appui de la société organisée, et la civilisation a, pendant des siècles, marché dans cette voie.

Mais les institutions sociales sont nécessairement d'une nature bornée et finie. Quand elles ont épuisé la force, la vitalité qu'elles ont pu trouver primitivement dans le principe de leur organisation, ce principe n'a plus de valeur réelle; il s'éteint, il se consume lui-même, il nage dans le vide, et la société lui demande vainement ce que pendant long-temps il lui a procuré, la *force* et la *stabilité*. Il ne peut plus les lui donner, parce qu'il ne les a plus pour lui.

Pour que la foi religieuse, qui a servi de base à une société naissante, pût lui servir de point d'appui dans la continuité de sa vie politique, il faudrait que cette foi religieuse fût stable elle-même, à l'abri de tout changement, de toute innovation, de toute incrédulité dans les esprits. — Dans tout État où la loi politique est basée sur la foi religieuse, la loi politique croule quand la foi religieuse est atteinte. — L'édifice ne peut plus durer quand sa base lui manque.

La première condition d'un tel gouvernement est donc la nécessité absolue de conserver intacte la force et l'unité de la foi religieuse qui lui sert de base : — c'est-à-dire l'impossible.

Je dis l'impossible, et je pourrais dire aussi l'immoral, le barbare, le hideux abus du pouvoir.

Car l'esprit humain tendant à se diviser sans cesse dans ses croyances religieuses, altérées, renovées, modifiées par les progrès généraux des sciences physiques ou morales, pour conserver une *croyance religieuse fixe et immobile*, il faudrait que la loi politique opprimât les esprits, leur imposât leur foi, leur servît en quelque sorte de conscience, et que ses bourreaux achevassent l'ouvrage impossible à ses prédicateurs.

Or, la loi politique se trouve alors entre ces deux écueils : elle ne peut plus vivre, si elle ne maintient pas, par la force, l'unité de la foi, et elle ne peut pas maintenir cette unité par la force, car nos croyances intimes sont, par leur nature, tellement indépendantes, que chacun de nous ne peut pas les modifier selon sa propre volonté. — Essayez arbitrairement de croire vrai ce qui vous paraît faux, ou de croire faux ce qui vous paraît vrai, vous n'y réussirez pas : votre volonté sera complètement impuissante sur votre esprit. Comment la volonté d'autrui aurait-elle sur votre conviction une puissance que n'a pas votre propre volonté?

La loi politique est donc, malgré toutes les rigueurs qu'il lui plaira d'imaginer, impuissante à maintenir les croyances religieuses. Ses rigueurs peuvent faire des victimes ou des hypocrites, non des croyants. Or, la loi politique, dans ses victimes, trouve de nouveaux ennemis;

dans les convertis hypocrites, elle ne trouve jamais la
force d'obéissance active et d'influence dont aucun gouvernement ne peut se passer.

Toute loi politique, basée sur la loi religieuse, doit
donc arriver invinciblement à sa mort, après avoir passé
par l'impuissance des persécutions. — C'est là que doit
conduire, un peu plus tôt, un peu plus tard, *toute religion d'État.*

On objecte, je le sais, que la religion catholique fait
exception, parce qu'elle est éternelle, immuable, universelle. — A Dieu ne plaise que j'entre ici dans une discussion politique pour prouver le contraire de cette assertion.
Je respecte toutes les religions dans leurs croyances intimes. Je laisse donc de côté ce dogme essentiel de la foi
catholique. Je n'ai pas besoin de le contester d'ailleurs
pour soutenir ma thèse contre l'objection qu'on veut en
faire sortir.

Car en admettant même l'éternité de la foi catholique dans son ensemble, en admettant que cette foi ne
puisse jamais périr dans l'univers, et qu'elle se retrou-
vera tôt ou tard plus pure et plus forte dans d'autres
parties du monde ou dans d'autres siècles, sans jamais
cesser, sans jamais s'éteindre, je suis fondé à dire que son
unité s'est déjà éteinte, s'est déjà divisée, a déjà disparu
dans certaines contrées. Cette unité de croyance catholique
n'existe pas en France, en Allemagne, en Angleterre, en
Suisse, en Pologne, en Russie, en Suède, en Hollande,
etc., etc. Il est donc évident, en point de fait, que, dans
tous ces pays, la loi politique, basée sur la loi religieuse,
n'aurait pu trouver son point d'appui durable, même
dans la foi catholique, à plus forte raison dans aucune
autre foi.

Il est donc impossible que la religion catholique elle-même serve de religion d'État, de base politique au gouvernement; car là où elle viendrait à cesser de dominer les esprits, la loi politique serait ébranlée comme elle, sans pouvoir la rétablir.

C'est donc une vérité incontestable que la loi religieuse a été la base de toute société naissante, et que la foi religieuse ne doit pas être la base de l'organisation politique des sociétés établies. — Suit-il de là que la *loi doive être athée*? Suit-il de là que la loi religieuse, sans être la base même de l'État, ne puisse lui être un bon et puissant auxiliaire, un bon moyen de progrès, de morale, de bien-être? Non, sans doute, aucune de ces conséquences ne découle des principes que j'ai posés. Ceci nous conduit à la seconde vérité que j'ai promis de démontrer.

Les croyances religieuses ayant leur foyer intime dans la portion la plus active, la plus forte et la plus tendre de l'âme humaine, sont nécessairement une partie essentielle de la société. C'est un fait que la raison proclame et que nul gouvernement ne peut méconnaître impunément. Il suit de là que la politique, autant que l'éternelle justice, ordonne à la loi civile de maintenir pour chaque fraction religieuse de la société, pour chaque réunion de citoyens professant en commun une croyance religieuse spéciale, la faculté la plus complète de pratiquer librement sa foi sans qu'aucune circonstance extérieure puisse y apporter un empêchement quelconque, et avec cette seule borne qui naît du principe lui-même, que nulle religion n'apportera d'obstacle à l'exercice d'une autre religion co-existante dans l'État.

Cette protection égale, la loi civile la doit à tous les

cultes, et elle ne peut accorder de préférence à aucun
d'eux en particulier, non pas parce qu'aucun culte n'est
vrai à ses yeux, mais au contraire parce qu'aux yeux de
la loi civile toutes les religions existantes dans l'État *sont
vraies*, mais en dehors de son empire et de son action
pour tout ce qui touche à la croyance. De sorte que, selon
moi, loin de dire que *la loi est athée et doit l'être*, il serait
infiniment plus juste de dire que *la loi est polythéiste et
doit l'être*.

En effet, la religion est pour chaque portion croyante
de la société un véritable besoin social, une part principale
d'existence sociale.

Or, si nous voulons nous rendre compte de l'essence
même de la loi civile, nous verrons qu'elle est et doit
être l'expression de la volonté sociale, agissant pour pourvoir aux besoins sociaux et pour en régler la satisfaction.
La loi civile, en tant qu'elle est appliquée à chaque collection de citoyens professant dans l'État une des religions
co-existantes, est donc, quant à cette partie de la société,
censée faite par elle-même ; et quel bon sens y aurait-il
à croire que cette partie de la société eût concouru à se
faire à elle-même une loi qui nierait ses croyances ?...
Cela serait absurde. Or, ce qui est vrai d'une des com-
munions religieuses, l'est également pour toutes : la loi
civile étant faite par la société entière, c'est-à-dire par la
réunion de toutes les sociétés religieuses existantes dans
l'État, admet donc moralement la vérité de toutes ces religions, loin de les nier en masse. Dire que la loi civile
doit être athée, est donc le non-sens le plus complet qu'il
soit possible d'imaginer.

La tolérance de la loi civile pour tous les cultes existant dans l'État, ne vient donc point de ce que la loi civile est basée sur une négation des croyances religieuses; mais bien au contraire de ce que toutes les parties de la société qui professent des religions différentes ayant virtuellement concouru à la confection de la loi, y ont mis essentiellement la reconnaissance de leurs opinions et de leur culte, et en ont nécessairement, quoique tacitement, stipulé la protection; et s'il ne doit point y avoir de *religion d'état,* c'est-à-dire de religion privilégiée, c'est uniquement parce que chacune étant également vraie aux yeux des citoyens qui la professent, nulle n'a de titre pour dominer les autres. Là, comme dans toutes les hypothèses semblables, le droit de chacune est borné par les droits de toutes, et les droits de toutes sont bornés par le droit de chacune.

Pour peu qu'on ait de portée dans l'esprit et de chaleur dans l'âme, combien l'on trouvera de simplicité, de grandeur, d'action morale dans cette base donnée à la tolérance civile ! combien la société trouvera, dans ce grand sentiment religieux qui devient alors l'âme inséparable de la loi sociale, sans lui imposer la nécessité d'un dogme et d'une forme unique, ce levier puissant, seul capable d'agir dans le foyer intime des volontés humaines !... Alors la loi civile, qui, pour l'exécution de ses volontés, joint toujours à ses dispositions une sanction coërcitive et pénale, peut espérer, sans inconséquence, que la morale religieuse émanée de l'autel consacré ou de l'autel domestique, suppléera à l'insuffisance éventuelle de l'intimidation humaine. Au lieu d'agir avec cette main restrictive et froide d'une législation athée, le pouvoir peut agir avec cette influence magnétique qui émane du sanc-

tuaire ; chaque communion, protégée par une loi qui est
la pensée vivante des membres du corps social qui professent sa foi, rend à l'État confiance pour confiance. Depuis le berceau jusqu'à la tombe, depuis l'action de la
mère de famille sur ses enfants, jusqu'aux derniers adieux
du vieillard qui s'éteint au milieu des hommes libres
qu'il a formés, la religion, sœur de la loi civile, lui donne
la main pour l'exécution volontaire et spontanée de ses
dispositions ; — immense et puissante garantie que nul
commandement positif né de l'intérêt humain ne saurait
remplacer !...

Ce n'est donc point une part inaperçue, inerte, morte,
que la religion doit occuper dans l'État ; ce n'est donc
point à une tolérance froide et négative qu'elle a droit de
prétendre ; c'est une admission fraternelle à l'action sociale
dont elle fait partie, et dans la proportion selon laquelle
elle en fait partie. C'est pour chaque communion de citoyens, le droit actif et réel, d'être efficacement protégée
dans son culte par la force sociale, toutes les fois qu'une
force individuelle égarée voudrait y porter obstacle ou
empêchement. Les croyances religieuses et les actes qui en
résultent, sont la portion la plus sacrée de chaque fraction de la société, et toutes se doivent mutuellement appui pour que cette portion si essentielle de la liberté sociale ne soit point troublée, envahie, opprimée par des
désordres grossièrement sortis des plus basses, des plus
ignobles, des plus despotiques erreurs de l'ignorance et
de la brutalité !

Quand un citoyen, d'un culte quelconque, est troublé
dans l'exercice de ses croyances, le droit le plus sacré que
la loi civile ait à faire respecter de tous, est violé dans

sa personne. Si la loi civile n'appelle pas alors la force publique à son aide pour faire respecter ce droit, quel est le droit qui resterait moralement et fermement inviolable dans l'État ?... Je le dis avec conviction : il n'y en aurait plus. Le perturbateur qui pourrait troubler l'acte religieux, se croirait certainement le droit de troubler l'acte civil ; ce ne serait pour lui qu'une question de circonstance et de force : voilà tout. La sanction légale, détruite sur un point, n'existerait plus nulle part.

Les querelles religieuses elles-mêmes s'éteignent, et toutes les croyances sincères ont compris qu'elles devaient contracter ensemble comme une sorte d'*assurance mutuelle*, pour consolider cette grande œuvre morale, gloire immortelle de notre siècle, de voir une tolérance complète présider à la renaissance du sentiment religieux, aussi ardent quoique moins généralisé dans les masses, et tout aussi puissant, en étant plus juste et plus conforme aux lumières de la raison humaine.

C'est qu'en effet il fut un temps où l'inimitié réciproque des religions les livrait moralement déconsidérées et matériellement désarmées aux attaques dirigées contre elles. Alors toutes les imputations, vraies ou fausses, contre le culte et le clergé catholique, étaient accueillies avec faveur par les protestants, comme une sorte de représailles qui complétait leur défense contre les persécutions auxquelles ils venaient à peine d'échapper, et qui, si elles n'étaient pas renouvelées, pouvaient du moins l'être à chaque instant, puisque la loi frappait le culte réformé d'une exclusion injuste et humiliante. A la même époque, toutes les méfiances, toutes les accusations d'impiété, toutes les inculpations de tendances anarchiques dirigées contre les protestants, étaient reçues comme autant de vérités incontestables par la plus grande partie des populations et du clergé catholique, et lorsque les deux branches de la famille chrétienne s'étaient ainsi affaiblies par les blessures profondes émanées de part et d'autre de leur fratricide hostilité, épuisées par les coups qu'elles s'étaient portés, quelle force leur serait-il restée contre la réaction populacière qui les menaçait toutes les deux d'une commune destruction? (1)

Mais il n'en est plus de même aujourd'hui. Comme la législation n'est plus fanatique, personne ne veut plus que la loi soit athée. En admettant également tous les cultes, la loi civile, fondée sur les sentiments religieux et laissant le dogme hors de son empire, les a tous réconciliés. Vous ne trouveriez pas un protestant pieux qui approuvât l'exhérédation de Saint-Germain-l'Auxerrois; pas un catholique éclairé n'applaudirait à l'exhérédation d'un temple protestant. — En aurait-il été de même sous la restauration?... Non, sans doute, au moins avec la même unanimité, la même sympathie. — En créant *une religion d'État*, en lui laissant la chance possible de redevenir *religion dominante*, la loi civile avait ressuscité le mal qu'elle aurait dû guérir. Il y avait déjà réaction contre l'oppression future d'un culte par l'autre, et cette seule cause donnait une force terrible contre le culte catholique.

Ceux qui ont accusé la révolution de 1830 d'être irreligieuse, ont donc commis une bien grande erreur :

---

(1) Je n'ai point parlé nominativement du *culte israélite*, parce que, n'ayant avant la révolution aucune tendance hostile contre les autres religions professées en France, il n'a eu besoin de rien changer à sa ligne de conduite pour vivre en paix avec elles

c'est elle, au contraire, qui, de sa puissante main, a placé un pont sur l'abîme infranchissable qui séparait autrefois tous les cultes. Divisés encore par leurs dogmes, ils sont unis du moins par le sentiment religieux et par la loi; telle est l'œuvre de la liberté. Et si jamais une union plus grande, une unité plus complète pouvait s'effectuer dans les croyances nationales, certainement c'est la dernière révolution qui en aurait préparé les voies.

Si quelques personnes m'accusaient, en refusant à la loi religieuse d'être le fondement de la loi civile, d'avoir émis une contradiction choquante, puisque j'ai reconnu que la croyance religieuse était pour chaque citoyen la partie la plus intime et la plus précieuse de sa liberté morale, je crois que ces personnes se tromperaient.

Elles auraient raison, si l'unité de croyance existait dans l'État, et s'il était possible d'assurer le maintien de cette unité par des moyens humains et légaux. Mais, en face de cette impossibilité que je crois avoir démontrée, il est bien évident que la loi civile du pays, qui doit être une, égale, protectrice et défensive pour tous, ne peut être fondée sur une loi religieuse variable et multiple.

Si jamais la grande famille humaine n'avait qu'une foi, qu'un culte, qu'une doctrine religieuse éternellement assurée, certes, j'en conviens, alors la loi civile devrait prendre cette religion universelle et immuable pour sa base infaillible et nécessaire. Mais il sera temps de songer à cette réforme de la loi civile, quand le grand fait religieux, le miracle infini de l'unité de croyance se sera manifesté chez tous les hommes. Ce n'est pas pour cet avenir idéal que j'écris, c'est pour ma patrie, c'est pour l'époque actuelle; et dans ce moment, la sympathie des sentiments, l'alliance de tous les cultes pour s'assurer une protection commune et réciproque sous l'égide de la liberté, c'est tout ce que nous devons prétendre, c'est tout ce que nous pouvons espérer.

Il avait bien compris cette grande et sainte vérité, le prélat vénérable que la ville de Bordeaux voyait avec une respectueuse et tendre confiance à la tête du diocèse dont elle est la capitale. — Lorsqu'arrivant à Montauban, pour prendre les rênes de l'administration épiscopale, il fut visité par les notables catholiques du lieu qui venaient, en députation, lui offrir leurs hommages, les délégués Montalbanais s'excusaient sur le peu de convenance du logement qu'allait occuper leur évêque. — « Mais pourquoi donc? leur répondit-il : je vous assure, Messieurs, que je suis parfaitement logé. » — « C'est, répondit l'un d'entr'eux, c'est que le temple protestant est presqu'immédiatement contigu à votre palais épiscopal, Monseigneur. » — « Comment, répondit M. de Cheverus, *comment pouvez-vous croire, Messieurs, que je sois mal placé dans le voisinage des gens qui prient Dieu?* »

Aucun commentaire, aucune réflexion ne doit suivre ces paroles. Elles renferment toute la politique, toute la foi, toute la tolérance de notre époque. Elles disent, mille fois mieux que je ne pourrais le faire, ce que doit être la *religion dans un état libre.*

LIVRE V.

DES BASES DU GOUVERNEMENT.

CHAPITRE PREMIER.

Du Gouvernement.

Nulle société ne peut exister sans gouvernement.

Le gouvernement est un *droit convenu* auquel le peuple doit obéissance.

Une révolution est la destruction de ce *droit convenu*, anéanti par la *force* du peuple.

Toute révolution est donc une exception à l'ordre social, puisque l'ordre social a pour base la suprématie du droit sur la force.

CHAPITRE II.

De la Légitimité du Pouvoir.

La *légitimité du pouvoir* est la seule base du gouvernement des peuples.

En analysant le moral de la race humaine, il n'est pas impossible de voir comment la légitimité naît, comment elle s'éteint, comment elle renaît; — c'est toute l'histoire du monde, — c'est la clef de l'interminable série de gouvernements et de révolutions qui se partagent sa durée. — Gouvernement quand la légitimité du pouvoir est re-

connue, — révolution quand la légitimité du pouvoir est
niée ou suspendue; — gouvernement encore, quand la
légitimité du pouvoir reprend le dessus, pour diriger les
volontés des peuples qui sont et seront éternellement incapables de se gouverner eux-mêmes, ni directement par
leurs propres mains, ni indirectement par les mains de
leurs élus.

L'ordre ne peut exister dans un pays, que lorsque la
souveraineté du peuple y a été démasquée et vaincue,
quand la légitimité du gouvernement y a été reconnue
et consacrée. — Il n'y a pas de gouvernement sans *légitimité* dans le pouvoir. — Tout est de s'entendre sur le véritable sens du mot.

Le mot *légitimité*, en politique, a deux sens. Son sens
général et abstrait, qui s'applique au gouvernement établi
sur les justes bases que réclame le bonheur des peuples :
son sens précis et spécial, applicable à la monarchie, et
qui s'entend spécialement du droit monarchique transmis
par hérédité, dans la famille investie de la couronne.

J'adopte le mot et la chose dans ces deux sens qui pour
ma raison se confondent en une parfaite identité. — J'a-
joute que la légitimité, de quelque manière qu'on l'en-
visage, est toujours indispensable au bonheur des peuples :
qu'elle est toujours incompatible avec la souveraineté du
peuple, et que jamais un pouvoir légitime et régulier ne
peut être créé par cette souveraineté.

Le mot *légitimité* par lui-même se prend toujours en
bonne part. Les démocrates eux-mêmes veulent bien
la légitimité du gouvernement; mais, pour eux, la légitimité du gouvernement consiste dans son émanation de
la souveraineté du peuple : la volonté collective des indi-

vidus qui composent la nation, constitue, selon eux, la souveraineté nationale. Le pouvoir qui, par élection, représente cette volonté nationale, est le gouvernement légitime.

La *légitimité* n'a donc été attaquée, par l'école libérale, que dans son sens monarchique. C'est le pouvoir transmis par *filiation royale*, dont elle a contesté la légitimité. — C'est cette légitimité qu'elle a voulu remplacer par la monarchie émanant de la souveraineté du peuple. C'est dans la volonté du peuple qu'elle a placé l'origine et le droit du gouvernement.

J'ai déjà prouvé la fausseté absolue de cette doctrine. — La légitimité du pouvoir ne résulte pas de la volonté populaire; elle a pour base la conformité du gouvernement avec les grandes vérités morales qui dominent la société, et l'harmonie qui existe entre le pouvoir gouvernemental et la civilisation du peuple qu'il doit régir.

A chaque époque de sa vie, en effet, une nation n'est pas susceptible de plusieurs genres de gouvernement. Elle n'en peut recevoir, elle n'en peut supporter, elle n'en peut faire vivre qu'un seul.

C'est donc une déplorable erreur de croire qu'il dépend de la volonté populaire de pousser, selon sa fantaisie, le gouvernement dans telle ou telle voie, sous telle ou telle forme.

La volonté humaine, si souveraine qu'elle se croie dans son orgueil, ne peut rien contre la nature des choses. Le gouvernement d'une société civilisée ne s'improvise pas à volonté. — Il existe en elle, elle le porte à son insu dans ses flancs, comme le corps humain porte sa vitalité, ses germes de durée et de mort, dans l'intimité de son

être. Il ne dépend pas de la nation, dans la situation
donnée où son origine, ses mœurs, ses malheurs ou ses
gloires, ses siècles historiques et ses rapports actuels,
l'ont placée, il ne dépend pas d'elle, dis-je, de se *reconstituer*, de se créer un nouvel être gouvernemental. Une
nation ne naît pas deux fois, et quoiqu'on en dise, jamais elle ne ressuscite.

A chaque âge du monde, dans chaque peuple, au milieu des tendances diverses qui se heurtent et se croisent
sous l'inspiration des intérêts opposés, il y a une tendance générale, principale, qui envahit, entraîne, en-
globe toutes les autres. Ce n'est point une volonté exprimée, une résolution préméditée, une œuvre entreprise à
dessein par les nations. C'est le résultat spontané des besoins, des desirs, des souffrances qui s'agitent en elles;
c'est une force intime, ignorante souvent du principe qui
la guide et du but où elle tend; et vainement la souveraineté populaire, agissant dans toute sa plénitude, voudrait
suivre une autre marche que celle-là : la nature des choses est bien autrement souveraine en réalité que la volonté des peuples.

La légitimité du pouvoir naissant de l'intelligence des
besoins nationaux aux diverses périodes de la civilisation des peuples et de la nécessité de confier le gouvernement aux mains de ceux qui sont capables de diriger la
nation dans ses voies providentielles, le gouvernement
légitime est celui qui satisfait à ces conditions diverses et
remplit ainsi la mission qui lui est donnée.

Depuis la barbarie des premiers âges jusqu'aux siècles
les plus éclairés, cette mission est toujours la même.....
mais elle doit s'accomplir par des moyens différents et

souvent d'une nature contraire. A toutes les époques de
la civilisation, le devoir et par conséquent le droit du
gouvernement est de diriger la société dans la voie de la
raison et de la vérité; de lutter contre la violence et l'erreur; de conserver surtout son libre arbitre, sa volonté
pure et intacte, hors de l'atteinte des influences extérieures ou intérieures qui veulent la dominer, pour en faire
un instrument d'égoïsme ou de passions personnelles.

Pour conserver cette liberté du gouvernement lui-
même, — et je ne conçois pas de peuple libre quand il
traîne à la remorque son propre gouvernement lié, gar-
rotté comme un esclave; — pour conserver cette suprématie morale, seul moyen efficace de diriger la société
qui lui est soumise, le gouvernement doit apprécier d'un
coup d'œil sûr l'état physique et moral des populations,
afin d'employer, pour les conduire au but, des mesures
politiques et administratives, je ne dirai pas toujours
conformes aux opinions, mais toujours conformes aux intérêts et aux mœurs du pays. — Cette condition est quelquefois fâcheuse, mais elle est inflexible comme la destinée elle-même. Hors de là il n'y a aucun gouvernement
durable ni possible.

Cela se remarque surtout dans les âges un peu avancés
de la civilisation; car dans les temps primitifs le gouvernement est généralement beaucoup plus simple. La croyance
religieuse et la force d'un côté, la servitude de l'autre, établissent quelques despotismes absolus. Ou bien encore l'absence de toute supériorité dominatrice, laissant onduler
comme une vague mobile toutes les égalités vulgaires de la
multitude, il en résulte une sorte d'état anarchique et confus
qu'on décore provisoirement du nom de république. En

tout cela, on peut distinguer seulement le besoin que les hommes ont d'être gouvernés, l'instinct qui les pousse à se faire gouverner; mais on ne voit pas encore là un véritable gouvernement, celui qui dirige les forces humaines, en impressionnant les intelligences par la persuasion et la volonté.

Dans les âges avancés, quand la société brille à la fois et se confusionne par le choc des mille intérêts issus de sa vie historique, la tâche des gouvernements, cette grande mission qu'ils ont reçue de la Providence elle-même quand elle créa l'homme pour la vie sociale, ce devoir et ce droit corrélatif de diriger la population nationale, au lieu de se laisser envahir et dominer par elle, devient d'une extrême difficulté; car il faut alors renoncer aux deux moyens absolus précédemment employés : la force barbare, ou les croyances dogmatiques; il faut à la fois commander aux hommes et respecter leur liberté; il faut à la fois maintenir leur obéissance à titre de devoir, et cependant subir la nécessité d'obtenir leur assentiment.

C'est alors que s'applique la distinction entre les mœurs, les besoins réels d'un peuple et ses opinions. — Les mœurs et les besoins d'un peuple sont des faits existants par eux-mêmes qu'un gouvernement peut modifier à la longue, mais qui, pendant qu'ils existent, sont la base nécessaire de la force et de la direction gouvernementales. — Les opinions, c'est autre chose : elles sont quelquefois fausses, souvent exaltées, toujours mobiles, — surtout dans les temps qui suivent les commotions révolutionnaires. — Je n'admets donc pas que le gouvernement soit toujours tenu de s'y conformer. Bien au contraire, je pense que son droit, son devoir est très-souvent de leur résister, s'il veut rester fidèle à sa mission progressive et civilisatrice.

Cependant arrive une époque où les opinions politiques, par mille publications simultanées, élèvent bruyamment la voix; elles remplissent pour ainsi dire toute l'atmosphère gouvernementale, elles font des maximes, elles érigent des principes, elles tracent des règles, elles crient anathème à tout ce qui s'en écarte, et le gouvernement, ahuri lui-même au milieu de ce chaos factice, sent l'empire moral de la société lui échapper sans qu'aucune autre force directrice puisse s'en emparer. Vainement, fidèle encore aux traditions du pouvoir, veut-il s'appuyer sur les mœurs, sur les besoins, sur les intérêts du pays, les opinions soulevées lui font obstacle, lui barrent le passage, lui indiquent chacune une voie différente où elles veulent le forcer d'entrer. Ne pouvant suivre sa propre impulsion, ne voulant pas suivre l'impulsion fausse et multiple qu'on lui impose, il s'arrête; il résiste encore, mais il ne dirige plus. Alors les intérêts souffrent, les besoins sont méconnus, les mœurs politiques s'affaiblissent ou se corrompent, la société se meurt d'égoïsme, d'impunité, d'un tumulte incessant presque sans cause grave et sérieuse. — Au milieu de ce désordre, la crédulité libérale cherche le *gouvernement de l'opinion*, et ne trouve en réalité que l'*anarchie des opinions*.

Mais si ceux qui gouvernent comprennent que la force réelle des hommes et des partis politiques, que la légitimité des gouvernements, naissent principalement de leur conformité, de leur sympathie, de leur analogie avec la tendance générale, maîtresse invincible de l'époque qu'ils veulent régir; qu'il importe peu que l'opinion, momentanément égarée, se trompe et indique une autre route : s'ils ont le discernement qui fait les hommes d'état, ils doivent traverser les erreurs de l'opinion, porter leur regard jusqu'au fond même de la société; et là, au milieu des convulsions des partis, saisir la vérité, l'emporter en triomphe, la placer au pouvoir comme sur un piédestal pour forcer l'opinion détrompée à lui rendre hommage. — Il y a lutte, il y a péril, il y a tout un océan d'orages à braver. — C'est pour cela que l'entreprise est belle et qu'il est glorieux de l'accomplir !...

CHAPITRE III.

Principes du Gouvernement.

—

Il y a dans la nature humaine deux principes toujours dissidents et quelquefois hostiles, qui, par leur lutte, coopèrent simultanément à la marche de la civilisation.

La société est naturellement *progressive*. Sans cela, de quelle utilité lui seraient l'étude et l'expérience? L'une et l'autre n'ont pour but que d'améliorer le sort de l'homme social, en le perfectionnant au moral et au physique.

Mais pour améliorer il faut innover, pour innover il faut détruire ce qu'on veut remplacer; de sorte que, jointe à cet instinct créateur et progressif qui pousse la société vers le maximum encore inconnu de sa perfectibilité, se trouve une perpétuelle tentation de détruire l'organisation que le cours des choses lui a déjà donnée.

Cependant cette organisation a créé dans sa durée des intérêts qui s'y rattachent, et qui veulent la conserver.

De ces intérêts quelques-uns sont légitimes, quelques autres sont abusifs, et les défenseurs de la société existante tendent à les conserver tous, de peur de voir détruire ceux qui doivent être maintenus.

Ainsi, d'un côté, instinct de novation et de destruction générale.

De l'autre, instinct de persistance et de conservation universelle.

L'histoire et nos propres réflexions nous enseignent que le premier de ces instincts finit par triompher, mais qu'il trouve sa perte dans son triomphe, quand il ne rencontre pas une digue qui l'empêche d'en abuser; car de sa nature même il est insatiable, et cherche toujours à se répandre dans un horizon sans limites.

Quand ces deux esprits de la société sont balancés dans son gouvernement, une lutte loyale s'établit entre eux. L'agression du principe destructeur et progressif est forte, mais régulière; la résistance du principe conservateur est constante et modérée; et comme elle se sent destinée à être vaincue, elle abandonne alors les points les plus faibles, pour concentrer tous ses moyens et les consacrer à la défense de ce qui peut et doit être conservé. Ainsi les abus seuls sont détruits, et les institutions tutélaires sont maintenues; ainsi le *progrès* de la société s'opère graduellement et sans secousse.

L'instinct progressif qui nécessite à la fois novation et destruction est naturellement celui des masses populaires, car elles souffrent bien plus du poids des abus existants, qu'elles ne comprennent de quels maux bien plus grands les préserve l'organisation gouvernementale, et qu'elles ne sentent la difficulté de mieux combiner les ressorts de cette machine compliquée. L'instinct de résistance, au contraire, est celui des classes riches et éclairées.

Ainsi donc, dans un état politique quelconque, qu'on le nomme république, aristocratie, monarchie, peu importe, il y aura toujours deux forces en lutte, quelle que soit d'ailleurs l'apparente pacification que la forme du gouvernement parvienne à leur imposer.

D'un côté, les classes heureuses, riches, prospères, dont les positions acquises sont un fait consacré par la possession; possession qui est elle-même un autre fait consacré, garanti, défendu par les lois. C'est ce que je nomme l'aristocratie.

De l'autre côté, les classes inévitablement nombreuses, actives, inquiètes, ayant moins de fortune que de besoins et surtout que de desirs; enviant avec passion les avantages possédés par l'autre portion de la société, toujours excitées à regarder cette inégalité comme une injustice, et ne pouvant se prêter à concevoir qu'elle est l'effet de la nature humaine, et que l'inégalité des conditions se rétablirait inévitablement dans un sens ou dans un autre, et fort promptement, lors même que le législateur parviendrait momentanément à les égaliser sous son niveau de fer : c'est ce que je nomme la démocratie.

Ainsi, d'un côté, se trouve l'action conservatrice éminemment gouvernementale; de l'autre, l'action novatrice éminemment révolutionnaire.

Au milieu, doit être le gouvernement, — cherchant à modérer le progrès par la conservation, à améliorer la conservation par le progrès : — voilà la destinée éternelle de la société humaine. Et c'est pourquoi tout gouvernement, quel qu'il soit, tend toujours, par ses nécessités et

par son instinct, à se rapprocher du *juste-milieu*. Voilà
pourquoi il en est toujours écarté par les tendances exclusivement aristocratiques, ou exclusivement démocratiques.

Pour éviter cette violence, qui peut lui être faite alter-
nativement par l'une ou par l'autre de ces deux grandes
forces sociales, il faut absolument que le gouvernement
les appelle à lui, qu'il les équilibre en son sein.

Si cet équilibre parfait était possible, le problème social
serait résolu, le progrès s'accomplirait sans révolution,
la conservation se maintiendrait sans répression. Nous
serions dans le beau idéal de la constitution sociale. Ce
serait le gouvernement par excellence. La règle politique
suffirait à tout. Jamais elle n'aurait besoin d'exception.
Malheureusement il n'en est point ainsi, et tout ce que
l'on peut espérer, c'est de se rapprocher le plus possible de
cet état de choses, que l'imperfection humaine empêche
de réaliser complètement.

Trois intérêts inséparables composent donc l'intérêt de
l'État : — Le besoin de direction et d'unité, le besoin de
continuité et de conservation, le besoin de changement
et d'acquisition. — *Diriger*, *conserver*, *acquérir*, voilà
toute l'histoire des gouvernements et des sociétés humaines.
Si un de ces éléments manque, il y a trouble et confusion.
S'ils sont simultanément actifs et respectés, il y a *progrès*
et *civilisation*.

C'est vainement que l'on se flatterait de former un
gouvernement libre en n'y constituant qu'un seul pouvoir, celui du peuple, qu'il déléguerait par voie d'élection ;
car l'intérêt du peuple est composé de trois éléments, dont
deux au moins ne peuvent être représentés par l'élection,

et dont le troisième, né de l'élection, doit nécessairement détruire les deux autres, si on le laisse agir sans contrôle et sans contrepoids.

La royauté représente l'unité et la direction; le corps aristocratique, quelque nom qu'on lui donne, représente la continuité de la conservation; l'élection représente le besoin de novation, qui marche et qui grandit avec la race humaine.

La royauté ne doit point être élective. Je le démontrerai plus tard.

Il en est de même de la pairie, ou du corps aristocratique.

Les hautes positions, les intérêts acquis dans un état, — et il y en a toujours, à moins que l'on n'établisse la loi agraire contre la fortune et l'industrie, et l'ostracisme contre les talents et la vertu, — sont toujours exposés aux attaques des situations inférieures qui invoquent contre eux une égalité qui serait le comble de l'injustice; car réduire au même niveau des choses essentiellement inégales, est un acte de violence et de despotisme. Pour que ces intérêts soient en sécurité, il faut qu'ils soient défendus. Pour qu'ils soient défendus, il faut un corps dont l'esprit de conservation soit la règle et le mobile.

Or, ce corps ne peut et ne doit pas être électif, car l'instinct éternel de l'élection est de tendre au changement, et non pas à la conservation.

La raison en est simple.

L'élection se fait toujours à la majorité.

Or, dans quelque catégorie que vous placiez l'élection, il y a toujours un plus grand nombre d'électeurs dans les situations relativement inférieures que dans les situations plus heureuses. C'est donc toujours un instinct d'acquisition qui dirige la majorité, bien plus qu'un esprit de conservation. Il n'y a pas de *double vote* qui puisse remédier à cet effet constant de la nature des choses. Si l'on veut un corps politique essentiellement conservateur, il ne faut pas qu'il soit électif. — Si on le rend électif, il deviendra nécessairement novateur.

Vainement dira-t-on qu'en organisant un pouvoir conservateur dans l'État, on le mettra en hostilité constante avec le pouvoir électif. Il y aura sans doute dissidence sur bien des points; mais comme cette dissidence existe inévitablement dans l'État lui-même, entre l'esprit de conservation et l'esprit d'innovation, il faut bien qu'elle soit aussi dans le gouvernement, pour qu'il représente réellement l'État.

Toutefois cette dissidence, représentée dans le gouvernement, s'y transforme en lutte légale, et perd le caractère d'hostilité civile qu'elle conserverait, si on la laissait à l'abandon; et cette lutte légale, par l'intervention de la royauté, se change perpétuellement en transaction progressive entre les intérêts conservateurs et les intérêts novateurs, transaction qui seule amène et consolide le progrès social.

Cette dissidence a même un terme, un résultat inévitablement pacifique, car le pouvoir conservateur se renouvelle lui-même et suit le cours des choses. On a prouvé que malgré l'hérédité, la pairie ou le corps aristocratique, par les adjonctions que le pouvoir royal, dans son intérêt, doit y faire de toutes les illustrations qui s'élèvent successivement et par les extinctions qu'amènent les années en s'écoulant; le corps aristocratique, dis-je, se renouvelle dans sa majorité au bout de quelques générations. Il y a donc tout à la fois en lui continuité et renouvellement. Seulement il ne change qu'après un certain nombre de générations, tandis que le pouvoir électif change plusieurs fois dans le cours de chaque génération ; de sorte qu'en définitive, le pouvoir conservateur est continu sans être stationnaire, et cède, mais seulement quand ce qu'il a dû défendre ne doit plus être défendu, quand le |progrès dans les mœurs a été accompli, et sert de base au progrès de la législation. Alors point de bouleversement, ordre, progrès réel, marche graduelle dans le corps social, semblable au corps humain dans ses développements. Mais si au contraire il existait deux pouvoirs électifs, c'est-à-dire deux pouvoirs novateurs simultanés, c'est-à-dire *la république*, le changement serait accompli avec une émulation si ardente et si rapide, qu'il serait une tempête incessante, une instabilité dévoratrice de tout perfectionnement réel et de toute sécurité.

Je le dis donc avec une conviction profonde, le gouvernement des trois pouvoirs, — la royauté, l'aristocratie, l'élection. — n'est point un gouvernement artificiel, combiné dans le cerveau de quelques théoriciens. Ces trois grandes forces sociales existent dans la nature humaine, et si bien, qu'il n'est pas de gouvernement si barbare, si absolutiste, si démocratique, où vous n'en trouviez la trace, l'ébauche, l'indication plus ou moins grossière. Mais le seul gouvernement vraiment libre, le gouvernement qui approchera de la perfection, autant que l'imperfection des hommes peut en approcher, sera celui où ces trois pouvoirs seront distincts, et cependant réunis dans l'équilibre natif où Dieu en a mis l'instinct au cœur de l'homme. — Car la société elle-même, ce n'est qu'un homme immense.

une immense individualité, composée de millions d'êtres semblables, et gouvernée par un instinct natif, comme celui de chacun des membres qui la composent.

CHAPITRE IV.

Du Progrès social.

Pour être bon, le gouvernement doit faciliter à la nation le but qu'elle veut et doit atteindre.

Le but que toute nation doit se proposer, c'est *le progrès social*.

Le progrès social est l'amélioration successive du sort des peuples, soit par le développement de leurs facultés morales, soit par l'accroissement du bien-être matériel, fruit de leurs travaux.

Le pouvoir de faire usage de ces facultés morales et de jouir de ce bien-être matériel, en disposant sans obstacle de leurs personnes et de leurs biens, c'est ce que je nomme *la liberté* des peuples. Dès-lors, on voit que pour moi la liberté et le progrès social sont deux termes identiques, ou du moins corrélatifs, inséparables comme la cause et l'effet; d'autant que perpétuellement, et par un enchaînement qui ne doit pas être rompu, la liberté est une cause de progrès, et le progrès une cause de liberté. Ainsi doit se perfectionner la civilisation jusqu'à ce qu'elle ait atteint la borne encore inconnue que la nature humaine lui imposera par ses imperfections.

Avant d'entrer dans la discussion, j'ai dû commencer par définir les termes que je veux employer : il m'était d'autant plus nécessaire de procéder ainsi, que les mots *liberté* et *progrès* ont été si vicieusement interprétés, que toutes les idées saines et raisonnables en ont été confondues.

Effectivement, nous voyons chaque jour confondre la liberté avec l'extension des droits politiques, le progrès avec les changements imposés au système gouvernemental, dans le sens de la démocratie ; de sorte que, selon cette doctrine, en augmentant continuellement les droits politiques des citoyens, on les rend plus libres ; en augmentant continuellement, et d'année en année, l'élément démocratique du gouvernement, on maintient la société dans une voie de progrès. — Je pense tout différemment. Et pour bien suivre la liaison des idées, je prie qu'on ne perde pas de vue la définition que j'ai donnée de la vraie liberté et du vrai progrès social.

Je connais la nécessité du *progrès* de la race humaine, mais j'en connais aussi les lois : je sais qu'un mouvement raisonnable et graduel vers le bien est le plus bel apanage de l'homme. Mais je ne confonds pas avec cette marche logique et calculée, le fol emportement d'une course irréfléchie, qui, s'élançant au hasard, se précipite vers la liberté avant d'en connaître la route ; je ne veux pas abandonner un bien certain pour un perfectionnement chimérique ; je fais cas du raisonnement, mais je veux aussi compter l'expérience pour quelque chose.

Je regarde le champ de la civilisation comme une vaste carrière où la race humaine s'avance de *station* en *station*. Quand certains développements sociaux sont obtenus, elle s'y arrête, pour s'y assurer, pour en jouir, pour attendre les retardataires, et pour se remettre en route avec eux

vers une *station* nouvelle, quand ses éclaireurs ont débarrassé la route et préparé les voies : c'est ainsi que je suis
stationnaire.

Mais imaginer que la société doive sans cesse marcher,
courir, haleter, pour ne pas séjourner une minute; voya-
ger toujours pour n'arriver jamais au but; malheureuse
esclave de la destinée ou des hommes, traverser la liberté,
sans pouvoir s'y arrêter, et jeter constamment les bases
d'un édifice qui ne serait jamais achevé !... c'est ce que
je ne puis admettre. Il me semble voir cette fiancée blas-
phématrice d'une ballade allemande, s'élancer sur le cour-
sier du fantôme qui l'emporte à travers les champs, sous
une lune froide et glacée; l'horison fuit, et recule dans les
ténèbres mouvantes. Quand nous arrêterons-nous, dit-
elle, toute éperdue ! — Marchons, marchons, répond le
fantôme en pressant sa course : les morts vont vite, les
morts vont vite. — Quand nous arrêterons-nous, répète-
t-elle encore d'une voix plus faible ? Les morts vont vite,
répond-il de nouveau, plus rapidement emporté... Ils arrivent enfin; les grilles du cimetière se brisent devant
eux, et tous les deux s'engloutissent dans la fosse humide
qui leur sert de couche nuptiale !

Les développements successifs de la civilisation humaine
ne nécessitent pas des changements perpétuels dans les
principes qui servent de base à la société. On pourvoit à
ces changements partiels par les lois spéciales à chaque
objet. Leur proportion ou leur rapport change ?.... On
change les lois qui les régissent; c'est l'affaire successive
des gouvernements. Il ne faut donc pas qu'on objecte la
nécessité de faire cadrer les constitutions avec le progrès
des mœurs et des arts. Ce sont les grands changements,

les transformations générales des habitudes et des besoins
des peuples, qui nécessitent seuls le changement des bases
fondamentales de leur organisation. Aussi une constitution
bien faite peut durer un très-long espace de temps sans
être modifiée dans ses principes essentiels.

Je ne nie point que, dans certaines circonstances et dans
une certaine mesure, il ne soit avantageux à la liberté et
au progrès d'augmenter l'exercice des droits politiques
chez les citoyens, et de faire dans les institutions certains
changements qui renforcent dans le gouvernement son élément démocratique. Mais ce n'est pas dans l'usage de ces
droits que consiste la liberté, ce n'est pas dans ce changement
gouvernemental que consiste le progrès; ces droits ne sont
pas la liberté, mais seulement le moyen d'y arriver. Cette
modification gouvernementale n'est point par elle-même
le progrès social, mais les moyens de l'obtenir. Dire le
contraire, c'est confondre le moyen avec le but.

Lors donc que, comme *moyen*, des droits politiques
nouveaux ou plus étendus favorisent l'amélioration des
lois, et par suite le progrès et la liberté, cette extension
de droits politiques est bonne, désirable, libérale; dans
le cas contraire, quand elle porte le trouble dans le gouvernement, et l'anarchie dans l'État, cette extension de
droits politiques est mauvaise, dangereuse, illibérale : il
ne faut donc pas examiner les droits politiques en eux-
mêmes, mais dans leurs rapports avec l'état réel de la
société, sans quoi on sacrifie le but aux moyens, et l'on
détruit la liberté par les mesures destinées en apparence
à l'accroître et à la fortifier.

J'appelle donc *progrès*, non pas de folles extensions démocratiques qui, sous prétexte de liberté, intronisent la

licence et détruisent tous les moyens réels de prospérité sociale; mais bien le développement de toutes les facultés morales et de tous les moyens de bien-être pour le plus grand nombre possible des citoyens.

Ce libre et fécond développement des facultés humaines, ce n'est ni la violence, ni le nombre, ni la force, ni la souveraineté d'une volonté fausse, soit que cette souveraineté vienne d'en haut, soit qu'elle vienne d'en bas, qui pourront en poser les bases ni en assurer le succès : mais l'empire de l'intelligence, en un mot la souveraineté de la raison, qui seule pourra dissiper l'anarchie morale, et rallier tous les esprits à une marche commune.

C'est pourquoi, comme je vois que le mal-être qui nous tourmente vient de la faiblesse d'un gouvernement auquel tout le monde aspire, et qu'on affaiblit pour s'en emparer, sauf à n'en pouvoir faire usage soi-même lorsqu'on y est parvenu, je vais au secours de la partie de l'édifice social qui est menacée, convaincu qu'en agissant ainsi, je sers les intérêts de ceux mêmes qui me combattent, et que je suis conséquent aux principes que j'ai défendus toute ma vie.

C'est ainsi que je veux être fidèle au nom que je porte, et que je me suis efforcé d'honorer; car, qu'on ne l'oublie pas, ce n'est pas quand ils combattaient le pouvoir, que mon père et ses illustres amis trouvèrent l'échafaud ! c'est en luttant contre les flatteurs du peuple, poussés à la dictature par la souveraineté de la populace; et c'est alors que ce peuple égaré prit parti pour ses corrupteurs contre ses véritables amis. — Après avoir défendu la liberté contre l'absolutisme, mon père la défendit contre les excès de la liberté elle-même. Je suis la même route, et je n'en sortirai pas !

———————◈———————

CHAPITRE V.

La Démocratie est incapable de gouverner.

—

Gouverner, c'est *diriger*, *guider*, *conduire*. — La démocratie ne peut gouverner, parce qu'elle est incapable de diriger, de guider, de conduire. — Pour accomplir ces trois actions, il faut la volonté et les lumières. J'ai prouvé que le peuple ne pouvait avoir de volonté générale, il ne peut avoir non plus les connaissances nécessaires pour gouverner.

Ce qui rend, en effet, nos sociétés modernes répulsives même aux formes démocratiques, c'est principalement la nécessité où chacun de nous est de consacrer la presque totalité de son temps aux soins de ses intérêts particuliers. L'agriculture, le commerce, l'industrie, le barreau, les milliers d'entreprises qui se croisent dans tous les sens, et sur le succès desquelles chacun fonde la richesse, l'aisance, ou même seulement la vie, les strictes ressources de la vie physique, pour lui-même, pour les siens, pour sa famille entière, doivent ôter à l'immense majorité des citoyens la possibilité de mettre la main aux affaires de l'État, à moins cependant que dans les affaires de l'État, au lieu du bien public, on ne cherche que son bien-être particulier, un moyen d'honneur, de gloire, de fortune personnelle. Alors le patriotisme disparaît, l'État est exploité comme une entreprise industrielle ; l'intrigue et l'ambition deviennent les dieux de ce monde. — Regardez autour de vous.

Le plus simple raisonnement indique que ces obstacles à la vie publique sont bien plus grands encore pour la jeunesse que pour l'âge mûr.

A moins de tomber dans un régime exceptionnel, tout-à-fait aristocratique, et d'établir comme en Angleterre des positions toutes faites pour une portion de la jeunesse au moyen du droit d'aînesse et des substitutions, il est évident que tout homme jeune a son état à faire, les bases de sa fortune à poser, son établissement à calculer. Non-seulement l'instinct de l'âge qui le porte à l'amour, et qui absorbe ainsi la part la plus active de sa force morale, le rend peu propre à s'occuper de la direction législative de l'État ; mais destiné à devenir père de famille, aussitôt qu'il voit ses jeunes enfants naître et croître devant lui, voilà déjà son imagination qui travaille pour eux, voilà déjà de nouvelles nécessités de travail et de fortune qui le dominent. — Or, avec notre égalité civile, avec notre partage égal des successions, où les jeunes gens pourront-ils trouver les moyens d'abandonner le foyer domestique pour le forum et pour la tribune ? — Cela serait absurde et contradictoire.

La foule, le nombre, le peuple sont donc dépourvus des connaissances nécessaires pour gouverner, et la nature des choses les empêchera d'acquérir cette capacité dans l'avenir comme dans le présent.

Aussi perfectible que soit la race humaine, elle n'est pas ce que la croient les défenseurs de la démocratie. La masse des hommes sans doute s'éclaire, s'instruit, se per-

fectionne; mais si l'on examine la nature de ces progrès
eux-mêmes, les éléments dont ils se composent, les désirs
et les jouissances qu'ils produisent, les besoins et les occupations qui en naissent, la complication des rouages politiques intérieurs et extérieurs qu'ils rendront chaque jour
plus indispensables, on comprendra que plus la foule s'é-
clairera, plus elle sentira qu'elle est incapable de gouverner;
la réaction morale se fera alors vers le pouvoir. Quand
elles seront plus avancées, les nations renonceront aux
vains désirs qui les tourmentent aujourd'hui et qui leur
font labourer le vide dans tous les sens. Ce n'est pas seulement parce qu'elle n'est pas éclairée que la foule est incapable de gouverner... c'est parce qu'elle est *la foule*, et
cette incapacité éternelle lui est inhérente à tout jamais.

Pour gouverner, d'ailleurs, non-seulement il faut bien
agir, mais il faut agir constamment, tous les jours, à la
minute. La vie gouvernementale n'admet pas de solution
de continuité, pas plus que la vie humaine.

Or, le propre des gouvernements démocratiques est la
mobilité. Les hommes ne restent pas au pouvoir dans les
démocraties. Chaque homme poussé au gouvernement par
un parti, produit du va-et-vient populaire, apporte avec
lui une idée nouvelle et diamétralement opposée à celle de
son prédécesseur. Il veut faire autrement que lui; il le
faut même, car que serait-il venu faire au pouvoir s'il
était venu continuer le système de son adversaire? Il craint
avec raison qu'on ne dise : Pourquoi changer l'homme,
si les choses ne changent pas?

Combien de fois, en effet, n'a-t-on pas vu, dans le
monde, que la tendance du principe démocratique, quand
il exclut tout autre base d'organisation sociale, et qu'il

se pavane orgueilleusement sous le nom de souveraineté
du peuple; combien de fois, dis-je, n'a-t-on pas vu que
cette tendance républicaine, poussant toujours l'homme
qui occupe le rang le plus infime à l'exercice de la souveraineté, l'excite inévitablement à renier, à maudire, à
détruire les chefs démocratiques qu'il a pris d'abord pour
le guider dans la lutte contre l'ordre social, afin de les
sacrifier le lendemain et d'occuper la place qu'ils laisseront vide?

Car, ce que le principe républicain hait indispensablement, c'est le pouvoir, en quelques mains qu'il monte ou
qu'il tombe. Le chef d'insurrection qui guide les hordes
radicales contre le pouvoir social, quand il devient lui-
même chef de gouvernement, perd instantanément le caractère qui lui attirait la confiance des démolisseurs. Un
autre lui succède dans leur confiance pour mettre en action contre lui le principe dissolvant qui l'a exalté. Son
crime est d'avoir passé le premier. On le tue pour prendre sa place.... jusqu'à ce qu'un autre souverain surgisse
du fond de quelque carrefour, pour égorger le second
égorgeur.

Aussi l'anarchie, qui commence par détruire les principes d'ordre et de gouvernement, ne garde pas long-temps
la douceur pateline de ses premiers semblants de philanthropie envers les individus. Ses premiers actes sont toujours des simagrées d'impartialité, de grandeur d'âme.
On propose l'abolition de la peine de mort, l'atténuation
de tous les châtiments rigoureux, etc. Mais aussitôt qu'on
est débarrassé des braves gens qui auront eu la bonhomie
de se laisser prendre à ces trompeuses amorces, l'assassinat
et l'échafaud sont à l'ordre du jour.

Comment le gouvernement pourrait-il fonctionner avec cette perpétuelle mobilité, cette révolution incessante qui exclut toutes les qualités essentielles à la direction des affaires publiques ?

Car, qu'on ne l'oublie point, la première nécessité de tout gouvernement, c'est l'*unité*; la seconde, qui découle de la première, c'est la *direction*; la troisième, qui résulte des deux autres, c'est la *suite* dans les vues, la *modération* dans l'exécution, et la *patience* dans les difficultés.

Or, la démocratie n'a ni unité, ni direction, ni suite, ni modération, ni patience, elle est par conséquent complètement inhabile à gouverner. Cela est si vrai, qu'en examinant la nature des gouvernements, on verra que plus l'élément démocratique y est mis en jeu d'une manière puissante, plus l'influence dictatoriale devient inévitable à son tour; que moins au contraire l'élément démocratique est influent dans le gouvernement, plus l'influence dictatoriale est dispensée d'agir accidentellement. La raison en est simple. Il faut à toute société une certaine dose de pouvoir concentré pour la diriger. Si l'on ne donne pas au gouvernement la quantité de pouvoir nécessaire dans son état habituel, cette quantité de pouvoir, au lieu d'être divisée entre les diverses époques de la vie sociale, se rassemble, s'additionne, se produit simultanément le jour où la nécessité l'exige. On a, dans une dictature de trente jours, la dose de pouvoir qui aurait peut-être suffi à la vie régulière du gouvernement pour trente années, si elle ne lui avait pas été inopportunément refusée.

Il suit de là que, de tous les états possibles, la constitution démocratique, la république est celui où l'influence dictatoriale est la plus inévitable; non qu'elle suffise jamais aux républiques pour leur donner une existence paisible et durable, mais elle les maintient, elle les défend, elle les sauve dans les convulsions populaires auxquelles elles sont destinées par leur nature même.

En dehors même de toutes ces considérations, la démocratie ne peut pas gouverner, parce qu'ainsi que je l'ai dit, elle est la négation perpétuelle du pouvoir. Le pouvoir en effet ne peut exister sans hiérarchie, et la souveraineté du peuple exclut toute hiérarchie, car la démocratie ne peut supporter rien de ce qui s'élève. Elle prend toute supériorité d'esprit pour une insulte à ses nullités. Elle opprime l'intelligence, de peur que l'intelligence ne se transforme en aristocratie. De même que la monarchie tend à élever l'homme pour l'égaliser par en haut, de même la souveraineté du peuple tend à l'abaisser pour l'égaliser par en bas. C'est à son point qu'elle veut tout ramener. Le palais doit se modeler sur le salon, le salon sur le comptoir, le comptoir sur la boutique, la boutique sur l'échoppe, l'échoppe sur le ruisseau, le ruisseau sur la boue. Entre le gouvernement réel et la souveraineté du peuple, il y a un abîme sans fond; il faut que le pouvoir légitime s'y engloutisse ou que la souveraineté du peuple y descende. Elle annihile tout sous son niveau de fer. L'ostracisme de toute grandeur est sa fin inévitable. Elle commence par l'orgueil et finit par le néant. — C'est l'athéisme de la politique.

Je ne veux pas le dissimuler, j'éprouve une horreur profonde, invincible, pour l'ignoble contre-sens qui tend à soumettre la direction sociale à la foule éparse, — qu'elle

soit un peu plus haut ou un peu plus bas dans l'échelle
sociale, cela importe peu, — à cette foule éparse, dis-je,
composée de tant de gens sans études, sans expérience,
sans traditions politiques, affairés de leurs propres affaires,
intéressés à leurs seuls intérêts ; foule incohérente où bour-
donnent à l'envi mille médiocrités pour une seule intelligence éminente qui, loin de pouvoir les guider, est
obligée de les courtiser, de les suivre, de se rappetisser
pour leur plaire, et de s'abaisser pour se mettre à leur
niveau. On a dit que le gouvernement populaire est l'a-
ristocratie de la médiocrité. Cette sentence est trop douce :
le gouvernement populaire est le *despotisme de la médiocrité.* Je voudrais même trouver quelqu'expression plus
nerveuse et plus incisive. Celle-là ne peint pas la moitié
de mon dédain pour ces influences fausses et corruptrices
qui rendent toute grandeur impossible, qui transforment
en embarras nouveaux tous les éléments d'ordre et d'action
dont elles empêchent le gouvernement de disposer. Vous
craignez un mauvais roi, et dans vos craintes chimériques
vous neutralisez la royauté, vous l'empêchez de bien agir
de peur qu'elle n'agisse mal. Mais vous ne savez donc
pas qu'un mauvais roi ne pourrait jamais être aussi
mauvais que la souveraineté populaire ? Qu'il ne pourrait
jamais être assez mauvais pour faire au pays autant de
mal par son action, que la démocratie par l'atonie, par
la désorganisation dont elle le frapperait ? Comment ne
voit-on pas que, bien ou mal, le premier besoin de la société c'est de vivre et d'agir ? Que veut-on donc qu'elle
devienne au milieu de toutes ces libertés dans lesquelles
on emmaillote le pouvoir comme dans des chaînes, de

telle sorte qu'il ne peut rien faire ni pour lui ni pour la nation? — Et la terre tourne, en attendant!...

CHAPITRE VI.

Le Gouvernement n'appartient point aux classes moyennes.

—

Il y a dans la démocratie une double action dont on ne s'est jamais rendu un compte exact : c'est pour cela que les uns adorent et que les autres maudissent le pouvoir du peuple; il y a dans la démocratie une grande vertu et un grand vice, indissolublement unis par un adultère perpétuel. Tant que la démocratie lutte pour monter, la vertu domine; aussitôt qu'elle a triomphé, la vertu s'affaisse et le vice de la nature démocratique prend le dessus avec un absolutisme invincible. Pour qu'un peuple soit vertueux et libre, il faut qu'il ait toujours à lutter. Le jour où son triomphe est complet, il devient esclave de son propre despotisme, et tout est perdu.

C'est donc une bien malheureuse pensée, un bien déplorable contre-sens, que de vouloir tout à-la-fois implanter et légaliser l'action de la démocratie dans la sphère des classes moyennes, et de proclamer en même temps leur triomphe! — C'est leur ôter, d'un côté, les qualités de l'aristocratie constitutionnelle qu'on cherche à organiser; c'est leur donner, de l'autre, le maximum des vices de la démocratie, dépouillés seulement de leur violence apparente, mais ne détruisant que plus sûrement le gouvernement et la puissance sociale. — Il ne peut sortir de là qu'une négation complète de gouvernement.

Il faudrait un livre pour expliquer à fond les ramifications et les conséquences de ce délire métaphysique. Nous allons seulement en indiquer les principaux points.

Nous ne disons pas *la classe* moyenne, nous disons *les classes* moyennes, pour rendre l'expression un peu moins impropre, un peu moins inexacte : car la bourgeoisie actuelle n'est point *une classe* : elle est un composé bizarre, sans ensemble, sans homogénéité, formé par l'agglomération mobile de cent fractions diverses, à chaque instant réunies ou divisées par la lutte de leurs intérêts. —Le mot classe moyenne est donc une fausse expression politique. Il n'y a point de classe sans classement; point de classement sans hiérarchie; point d'hiérarchie sans aristocratie, c'est-à-dire sans supériorité d'un côté, sans infériorité de l'autre, sans droit de commandement d'un côté, sans devoir d'obéissance de l'autre. Or, la partie du peuple qu'on a faussement appelée classe moyenne, ne veut entendre parler de rien de tout cela. Elle poursuit aveuglément l'application d'une fausse théorie d'égalité politique, et rend le gouvernement impossible en détruisant elle-même les moyens d'action du gouvernement qu'elle veut exercer.

Pour parler un langage exact, il faudrait donc au mot *classe moyenne*, substituer le mot *démocratie moyenne*, par opposition à la royauté d'un côté, à la *démocratie inférieure*, à la démocratie des masses populaires, de l'autre.

Le mot *classes moyennes*, nous le répétons, est un mensonge. Il n'y a pas de classes moyennes. Il y a dans la société actuelle une foule de *positions intermédiaires* entre la grande fortune et la misère, entre la haute intelligence et l'incapacité, entre l'instruction et l'ignorance : positions intermédiaires essentiellement mouvantes, essentiellement incapables de subordination et de hiérarchie, ayant en outre une horreur native contre toute pensée de *classification*. — A tel point que sous la restauration, le seul mot de *classes*, introduit dans un projet de loi, fit tomber en convulsion toute la bourgeoisie libérale de France.

Tout ce libéralisme menteur repose donc sur deux bases fausses : l'*égalité* des droits politiques substituée à leur proportionnalité; puis, la destruction de tout lien moral qui pourrait unir les citoyens par les similitudes, par les sympathies d'intérêts, de position, d'association, de *classification*. Aussi, la société est un édifice dont les pierres ne sont ni ajustées ni cimentées; elle est pulvérisée en une foule d'individus, sans classement possible, sans rapports réguliers, sans hiérarchie efficace, sans union praticable, nivelés forcément par une égalité factice qui lutte à toute minute contre l'inégalité réelle de leur force morale, de leur puissance intellectuelle, de leur influence héréditaire ou personnelle dans le monde.

C'est cette grande confusion qu'on a consacrée par l'expression sacramentelle de *triomphe des classes moyennes*. Dans leur position intermédiaire entre les hautes et basses destinées, on a cru trouver une pensée consistante et résistante de gouvernement; dans leur mobilité, on a cru trouver l'action énergique de la démocratie : mais en cela on s'est doublement trompé. On a voulu classer la société sans avoir de classes; on a voulu rendre la société stable, en perpétuant sa mobilité; on a voulu l'ordre sans hiérarchie, et l'organisation sans fixité dans les rapports qui constituent l'organisme social lui-même :

c'est à peu près comme si Dieu avait organisé le corps humain, en décidant que la tête, le cœur, les nerfs, la poitrine, l'estomac, changeraient perpétuellement et arbitrairement de place et de fonctions! — Que peut-il résulter de là, si ce n'est la négation, l'impuissance, la vaporisation du gouvernement lui-même, qui s'évanouit dans les régions idéales du libéralisme, tandis qu'on nie et qu'on détruit son action dans les régions pratiques de la société?

Et on doit remarquer combien l'action démocratique, qui était excellente et civilisatrice dans la bourgeoisie municipale du moyen âge, se trouve détestable et antisociale dans la bourgeoisie parlementaire de l'époque actuelle !

La bourgeoisie municipale luttait pour résister à l'oppression féodale; la lutte était régulière, il y avait système; c'était *classe* luttant contre *classe*, c'était une idée contre une idée : l'une pesant d'en-haut, l'autre résistant d'en-bas. — Celle-ci prenait son point d'appui aux deux extrémités dans la royauté et dans le peuple : elle combattait, non pour dépouiller la royauté et gouverner à sa place, mais, au contraire, pour se délivrer en délivrant la royauté, pour devenir forte en renforçant la royauté, pour être libre, et en un mot, en étant gouvernée par la royauté, à l'exclusion des mille petits tyrans que la féodalité avait semés sur la terre de France. — C'était un des plus beaux, un des plus libéraux, un des plus logiques spectacles qu'ait jamais offert l'humanité.

Mais aujourd'hui la bourgeoisie parlementaire, portant sur le front la couronne électorale, usurpant, une à une et toutes ensemble, les fonctions et les attributions de la royauté, ne lutte pas contre la féodalité, — il n'y en a plus;

ne combat plus pour la liberté, la liberté est conquise ; ne
demande pas la famille, la cité, la liberté de conscience,
la vie morale de l'homme et l'inviolabilité du foyer domestique : tous ces grands biens lui sont acquis, et leur
possession incontestée en a tellement détruit le prix à ses
yeux, qu'elle les compte pour rien. Ce qu'il lui faut, ce
qu'elle réclame, pour gage de *son triomphe*, au prix de
tous les parjures, de toutes les apostasies, de toutes les
coalitions les plus honteuses, c'est le bénéfice de la puissance, c'est l'apanage de l'ambition, c'est le sceptre du
gouvernement, c'est la domination absolue de toute la société, livrée en pâture à l'insatiable égoïsme des candi-
dats improvisés qui s'élancent des classes moyennes par
myriades innombrables, pour dépouiller les possesseurs
précaires des honneurs et du pouvoir. — Jamais mobile
plus honteux n'a dirigé une ascension plus perturbatrice ;
jamais on n'a essayé de baser l'ordre social sur un désordre
plus permanent et plus immoral. C'est *la corruption dog-
matisée*.

Nous n'entendons pas cependant contester les qualités
et les mérites de la *démocratie moyenne* en France. Nous
reconnaissons en elle un esprit d'ordre, de justice, et un
grand désir de conservation. Le trait le plus caractéristi-
que de cette démocratie moyenne, c'est surtout un esprit
universel de *modération*. Tous les extrèmes lui répugnent,
soit en haut, soit en bas. Elle ne veut ni licence ni despotisme. Elle veut l'ordre et la liberté. Elle veut surtout
le repos et la sécurité. C'est pour cela qu'elle a cru pouvoir prendre le titre de *parti conservateur*.

Eh bien ! malgré tous ses mérites, que nous procla-
mons nous-mêmes, nous contestons à la démocratie

moyenne ce titre de *parti conservateur* dont elle a cru
pouvoir se parer ; ce titre qui lui fait illusion à elle-
même, elle ne le mérite pas, elle est incapable de remplir
les devoirs qu'il impose, elle n'en comprend pas même la
signification. Elle la comprend si peu, que c'est elle, elle,
la démocratie moyenne, qui, au lieu de conserver la force
tutélaire et protectrice de la royauté, l'a perpétuellement
désarmée, épuisée ; c'est elle qui a démantelé l'édifice
monarchique, et y a pratiqué la large brèche par laquelle
la *démocratie inférieure* se prépare à donner l'assaut pour
y entrer de toutes parts.

Le trait distinctif de la démocratie moyenne, avons-
nous dit, c'est la *modération*. Mais la modération est une
qualité du caractère, — conséquence d'une certaine satisfaction de position personnelle, — bien plus qu'une
lumière de l'intelligence, une force, une direction de
l'esprit. On peut être modéré dans la voie de l'erreur,
comme dans la voie de la vérité. On peut poursuivre avec
modération l'application d'un système faux, comme on
peut poursuivre avec modération la réalisation d'un
système vrai. — Or, le mal que fait la démocratie moyenne,
c'est précisément d'appliquer son esprit de modération
dans une fausse voie, de sorte qu'en ayant l'air de résister à la démocratie inférieure, elle lui fraie au contraire
le chemin, et prépare son inévitable triomphe.

Tant qu'il y a lutte matérielle et violente entre la
démocratie inférieure et la démocratie moyenne, celle-ci,
pour son propre intérêt, par égoisme plus que par dévouement, fait cause commune avec la royauté, tout en
la dépouillant partiellement de quelques-uns de ses droits.
Mais lorsque l'aggression violente de la démocratie infé-

rieure a été réprimée dans les rues par la défaite de l'é-
meute, dans la vie civile par les lois répressives, la démocratie moyenne, revenant à son vice natif, à sa nature
démocratique, se redresse contre la royauté. Vainement
voudrait-on faire un appel à sa raison contre ses préjugés.
Ses préjugés l'emportent, elle s'éloigne de la royauté; elle
se rapproche de la démocratie inférieure. Celle-ci, voyant
cette fausse route où tombe la démocratie moyenne, la
laisse faire, l'encourage, pour lui inspirer une fausse
sécurité

La démocratie moyenne, préoccupée des intérêts individuels de ceux qui la composent, d'ailleurs sans organisation, sans force de cohésion, n'a pas assez d'intelligence
gouvernementale pour comprendre qu'elle se perd en se
séparant de la royauté; elle livre les avant-postes à la
démocratie inférieure, c'est-à-dire à l'anarchie interminable
et dévorante, et ceux qui l'avertissent de ses déplorables
erreurs sont traités de transfuges, d'apostats, d'absolutistes,
par ceux-là mêmes qu'ils veulent sauver. Mais quand la
royauté a été exclue du gouvernement, quand la démocratie moyenne, constituée en chambre élective, a absorbé
le gouvernement qu'elle fait exercer par ses ministres,
après avoir destitué par son scrutin les ministres du roi,
elle se trouve face à face avec la démocratie inférieure,
qui, à son tour, réclamant l'application des mêmes principes, veut en tirer les conséquences à son profit. De sorte
que la démocratie moyenne, ayant détruit toutes les forces
morales, toute l'organisation politique que la royauté
aurait pu employer pour contenir les envahissements de
la démocratie inférieure, est réduite à ses propres forces,
c'est-à-dire à sa *modération*, pour lutter contre l'*exagération*

de cette démocratie inférieure. — Or, qui ne voit, du premier coup d'œil, que la lutte n'est pas égale, et que du moment qu'on en est réduit pour tout gouvernement à l'application du principe démocratique, c'est la démocratie inférieure, forte, nombreuse, énergique, et fidèle à son principe, qui doit l'emporter sur la démocratie moyenne, faible, peu nombreuse, engourdie, et très-inconséquente, puisqu'elle s'oppose aux conséquences du principe démocratique proclamé par elle-même !

Or, lorsque l'autorité royale a été dépouillée du gouvernement, lorsqu'elle a perdu le droit de choisir ses ministres selon sa propre appréciation, lorsqu'elle a été contrainte à recevoir les ministres de la démocratie moyenne et de la démocratie inférieure, coalisées, lorsque le nerf principal de la direction sociale a été paralysé, lorsqu'il n'y a plus de centre, de sommet, de tête au corps de l'État, comment veut-on, comment peut-on croire possible que la désorganisation ne réagisse pas, par un contre-coup inévitable, dans toutes les ramifications secondaires de l'organisation administrative? Le même vent qui enfle les voiles de la démocratie politique, enflera les voiles de la démocratie administrative, et la réaction de l'une sur l'autre sera incessante, éternelle, jusqu'à la destruction complète de l'influence précaire et passagère des *situations moyennes*. Et, à moins d'une réaction imprévue et forte qu'il est difficile d'espérer de la *modération* de la démocratie moyenne, modération qui se transforme en une sorte d'engourdissement, elle sera successivement chassée de toutes ses positions, parce que les conséquences de son libéralisme fatal se développeront toutes à la fois.

Et quel droit la démocratie moyenne aurait-elle de se plaindre?

Qui a proclamé la souveraineté du peuple, si ce n'est elle?

Qui a ôté le gouvernement à la couronne, pour le transporter à la chambre élective, si ce n'est elle?

Qui a détruit la puissance du corps aristocratique, si ce n'est elle?

Qui a fait ces lois dissolvantes, qui livrent toute l'administration à l'intrigue des situations inférieures, inévitablement et toujours coalisées contre les notabilités, contre les influences de fortune, de propriété, de commerce, au profit des ambitions et des erreurs de la démocratie inférieure, si ce n'est la démocratie moyenne?

Qui a fait tout cela, et bien d'autres choses encore? N'est-ce pas la démocratie moyenne, dirigée par les apôtres crédules qui ont rêvé qu'on peut gouverner la démocratie avec des mots, avec des formules d'apparat, quand on lui abandonne les choses elles-mêmes et la réalité de la puissance!... Ah! pourrait-on dire à ceux qui ont conduit la démocratie moyenne dans des voies aussi déplorables, que vous avez été prétentieux, médiocres et routiniers! Ah! que l'orgueil de votre faconde oratoire cache de pauvres caractères et de stériles esprits! — Peut-être, sans vous, la démocratie moyenne serait revenue à la raison et à la vérité!... Mais le génie de l'orgueil qui dormait en vous, s'est réveillé comme un démon tentateur. Vous avez flatté l'orgueil de la démocratie moyenne pour en être flattés vous-mêmes. Vous l'avez poussée dans ses envahissements sur la royauté, pour être vous-mêmes les exploitateurs de cette démocratie royale, sophistes in-

sensés qui avez cru qu'il suffisait d'ôter le bonnet rouge
aux masses populaires et de les coiffer d'une couronne,
pour vous substituer vous-mêmes à leur puissance ! Mais
la Providence ne le permettra pas ; le mal que vous avez
voulu faire sera fait, mais il ne le sera ni par vous ni
pour vous. Ceux à qui vous avez frayé les voies, se char-
geront de vous punir de l'appui que vous leur avez donné.
La démocratie populaire vengera la royauté après l'avoir
détruite par vos mains.

En résumé, la mobilité perpétuelle des classes moyennes, mobilité inhérente à leur nature, mobilité qui exclut
la possibilité de toute hiérarchie, de toute classification,
de toute aristocratie constitutionnelle, peut être un excel-
lent élément de société civile, mais elle constitue un élément antipathique à la société politique. Le gouvernement
ne peut donc être fondé sur les classes moyennes, parce
qu'elles sont sans stabilité, et que l'autorité qu'elles usur-
pent momentanément, ne pouvant avoir d'autre origine,
d'autre principe que la souveraineté populaire, ramène
forcément au règne de la démocratie pure et simple, c'est-
à-dire à l'absence de tout gouvernement.

CHAPITRE VII.

Du véritable Gouvernement.

L'école libérale place le gouvernement dans la démocratie organisée et modérée par les lois. Je crois le gouvernement de la démocratie, précaire, impuissant, impossible, de quelque manière qu'on l'organise pour le

légaliser. Je place le gouvernement dans l'aristocratie,
tempérée par les lumières, organisée par les mœurs, et
conservant la société par l'esprit d'ordre et de tradition.
On dit que cette aristocratie n'existe pas en France; je
dis qu'elle existe en France, mais que l'école du libéralisme vulgaire travaille à détruire, avec une déplorable
et persévérante ardeur, cette aristocratie bienveillante,
cette puissance tutélaire que Dieu lui-même a placée partout dans le monde; car là où Dieu ne l'aurait pas mise,
la société humaine serait impossible, et la Providence
mentirait à elle-même. Sans aristocratie, point de gouvernement; sans gouvernement, point de société. Voilà
notre foi politique, consacrée par l'histoire entière de
l'humanité.

L'aristocratie est donc l'élément indispensable, régulateur de tout gouvernement. Elle existe dans toutes les
sociétés humaines et elle doit toutes les gouverner.

Je n'entends point par là que l'aristocratie existe spontanément partout sous une seule forme, tout organisée
en corps de gouvernement.

Mais je dis que les éléments, les principes, la vitalité
de l'aristocratie, existent partout, dans toutes les sociétés
humaines, et que c'est en les concentrant dans un foyer
commun, comme des rayons de chaleur et de lumières
gouvernementales, que le législateur peut organiser une
population, une masse d'hommes, en véritable société,
en société durable, civilisable, progressive. — Je dis que
si l'on sort de cette voie, lente il est vrai, mais certaine,
mais progressive et tutélaire parce qu'elle est conservatrice des progrès acquis par le temps et par l'expérience;
si l'on sort de cette voie, dis-je, pour entrer dans la voie

démocratique, qui promet un progrès plus rapide et plus général, à l'instant on détruit le gouvernement dans son essence même et on le rend impossible.

Sur cela, il y a un ouvrage à faire, un ouvrage de plusieurs volumes, même en procédant avec une analyse, avec une concision sévère. Mais aussi toute la philosophie politique et pratique serait là; car il n'y pas deux espèces de gouvernement dans le monde : il n'y en a qu'une, qu'une seule, plus ou moins déguisée ou abâtardie sous le poids des fausses décorations qu'on lui donne.—C'est la monarchie aristocratique, c'est-à-dire le gouvernement des supériorités sociales, telles que la vie historique des peuples les constitue chez chaque nation. — L'Angleterre est le pays qui, jusqu'à présent, s'en est le plus approché. Mais, comme la perfection n'appartient pas aux institutions humaines, il est probable que l'Angleterre ne parviendra pas à réaliser ce gouvernement dans toute sa vérité, parce qu'en voulant corriger les abus que le travail de son enfantement a rendus inévitables, et qui sont évidents, il est à craindre que la démocratie réformatrice n'altère le principe lui-même et ne le détruise en détruisant ses abus. Alors tout sera dit. L'Angleterre deviendra révolutionnaire comme la France, et la plus belle expérience sociale que les hommes aient jamais tentée, aura avorté. — Dans l'intérêt de l'humanité, plus encore que dans celui du royaume-uni, les fils de la vieille Angleterre doivent veiller sur le dépôt sacré de leur constitution. C'est dans ce qu'on nomme ses défauts que se trouvent sa force et sa vie. Les tories ont plus d'instinct social dans leurs erreurs mêmes, que les wighs n'en ont dans leurs syllogismes en apparence les mieux déduits.

Quant aux radicaux, je n'en dis rien. Je les tiens pour fous. C'est leur aspect le plus favorable.

En dépit de toutes les déclamations vaniteuses des démocrates, il est certain qu'il faut que la partie éclairée de la nation influence, domine et gouverne la multitude; c'est une loi de nécessité à laquelle on se flatterait vainement d'échapper.

Il est naturel, ainsi que le dit Rousseau lui-même, que le petit nombre gouverne le grand; et même je dis plus, car je prétends qu'il en sera toujours ainsi, en dépit des institutions les plus républicaines qu'il soit possible d'imaginer. Le seul résultat que l'on obtiendrait par cette création serait que le petit nombre gouvernerait l'État au moyen de mille moyens coupables qui lui serviraient à tromper une multitude ignorante et frivole, de manière à s'en faire un instrument de pouvoir; tandis qu'avec des institutions tempérées, le pouvoir électoral étant placé dans les mains qui peuvent en faire usage avec discernement, serait mille fois plus difficile à séduire, à tromper, à égarer; il serait vraiment force raisonnable, indépendante, exerçant une surveillance efficace; il opposerait au pouvoir exécutif qui voudrait abuser des droits qui lui sont confiés, un obstacle moins violent, moins destructeur, mais bien plus effectif, bien plus insurmontable; de sorte qu'avec la monarchie constitutionnelle quelques-uns gouvernent, mais dans l'intérêt de tous; tandis qu'avec la république, tous gouvernent dans l'intérêt de quelques-uns.

Le vice du gouvernement démocratique n'est point seulement dans son défaut de lumières, mais dans son défaut d'unité, unité impossible parce que les masses sont des com-

posés d'intérêts divers et par conséquent d'opinions diver-
gentes; que, dès-lors, ce n'est plus le droit, la justice, la
vérité qui gouvernent, mais bien l'intérêt le plus puissant,
numériquement parlant, fût-il le plus injuste, légalement
parlant. Le seul moyen de diriger tous ces intérêts, de les
coordonner, c'est de les soumettre à une direction indépendante, à un pouvoir placé dans une région élevée, à
l'abri des influences locales et individuelles, et accessible
seulement aux intérêts de la justice, du droit et de l'ordre :
le pouvoir monarchique peut seul atteindre ce but.

Le *gouvernement d'un seul pouvoir* a sans doute des inconvénients, ainsi que toutes les choses de ce monde, mais
il n'est pas vrai de dire que ces deux locutions, *gouver-*
nement d'un seul pouvoir et *gouvernement absolu et arbi-*
traire, soient termes synonymes. — Ces deux choses sont
souvent différentes, quelquefois opposées. Le gouvernement d'un seul peut être modéré par des garanties, par
des institutions qui, sans être elles-mêmes un second gouvernement dans l'État, empêchent le pouvoir gouvernant
d'être absolu et arbitraire. On voit souvent, au contraire,
le *pouvoir de plusieurs*, le pouvoir d'une assemblée élective et nombreuse, être absolu et arbitraire; et, par sa
nature, il est beaucoup plus difficile d'avoir des garanties
contre le pouvoir absolu d'une assemblée, que contre le
gouvernement d'un seul. En un mot, le gouvernement
d'une *Chambre élective sans Roi* serait beaucoup plus absolu, beaucoup plus arbitraire, que le gouvernement d'un
Roi sans Chambre élective.

Je l'ai déjà dit, *les pouvoirs* peuvent et doivent même
être divisés; mais *le pouvoir*, c'est autre chose, si on le
divise, il n'existe plus. — Cette distinction entre *les pou-*

voirs politiques et *le pouvoir* lui-même n'est point une subtilité métaphysique, un jeu d'esprit paradoxal. Que l'action législative soit divisée, confiée simultanément à divers corps politiques dont le concours soit nécessaire et qui se surveillent mutuellement pour éviter le despotisme d'un seul, cela peut être bon sans doute. Mais au fond, et dans l'essence même des trois pouvoirs politiques, il faut une nature commune, un principe semblable qui les dirige vers le même but : un pouvoir suprême qui pense, qui veuille, qui dirige; de sorte que la balance, quoiqu'en apparence indécise après des oscillations passagères, en définitive incline toujours dans le même sens.

C'est ce qui a fait vivre glorieusement en Angleterre le gouvernement qu'on a appelé très-improprement *des trois pouvoirs*. Il y avait sans doute trois organes du pouvoir, mais il n'y avait qu'*un pouvoir*, et c'est parce qu'il dominait virtuellement toutes les parties actives du gouvernement, qu'il y avait dans sa marche, ordre, direction, progrès.

On a disputé long-temps sur ce mot, *monarchie*, qu'on a défini, *pouvoir d'un seul*. Je crois que le mot monarchie et le mot gouvernement sont absolument synonymes, si on veut bien les comprendre; car, ce n'est pas *pouvoir d'un seul* qu'il faut dire, mais bien *pouvoir d'une seule volonté*; or, très-incontestablement, à mes yeux, tout gouvernement où il y a deux volontés rivales, deux directions en lutte, n'est pas un gouvernement. C'est un état de transition qui doit aboutir ou à un gouvernement, si une des deux directions l'emporte sur l'autre; ou à l'anarchie, à la barbarie même, si la lutte se prolonge.

Si l'on examine, d'après ces bases même, l'état répu

blicain, cette organisation informe qui s'éloigne le moins possible de l'état primitif de l'homme, c'est-à-dire, de la barbarie et de l'insubordination primitive de l'individu, on reconnaîtra que les grandes organisations républicaines n'ont vécu que par une sorte de mécanisme artificiel, qui, au milieu de toutes les directions contraires émanant de la démocratie, et qui naturellement tendaient toujours à dissoudre la société, établissait une volonté prépondérante, suivie, organisée en un corps compact et serré. On verra que tant que ce mécanisme a duré, l'État s'est maintenu quoique agité par les convulsions de sa nature démocratique ; mais qu'aussitôt que les directions diverses émanées de la foule ont dominé la direction unique et centrale, tout a été dit : l'État s'est écroulé ; on ne s'est sauvé qu'en tombant sous le despotisme.

Voyez à Rome, que de précautions pour conserver dans le sénat *l'unité* et la *direction* du gouvernement !... Certes, je ne crains pas de l'affirmer, la république romaine était bien plus *monarchique* que ne serait la monarchie française, si l'on écoutait l'école libérale.

Non-seulement la république romaine conserva la division par centuries, qui rendait illusoire et impuissante la manifestation des votes de la plus grande partie du peuple, mais encore les censeurs, revêtus d'une magistrature que je nommerai *discrétionnaire*, pour ne pas effaroucher la pudeur libérale que le mot *arbitraire* révolterait, tous les cinq ans faisaient le dénombrement du peuple, le distribuaient dans les tribus de manière à conserver la proportion relative, qui laissait l'influence au gouvernement. « Il y avait trente-cinq tribus, dit Montesquieu, qui donnaient chacune leur voix, *quatre* de la ville et *trente-une* de la campagne ». Et comme les principaux citoyens étaient inscrits dans les trente-une tribus rurales, et que la masse du peuple était classée dans les quatre tribus urbaines, il en résultait inévitablement qu'il était sans influence dans la décision des affaires, puisque l'aristocratie avait *trente-une* voix et le peuple *quatre* voix seulement; de sorte que l'unité et la direction restaient toujours au sénat. — *Cela était regardé,* dit encore Montesquieu, *comme le salut de la république.* Et lorsque *Fabius* remit dans les quatre premières tribus le peuple qu'*Appius Claudius* avait répandu dans toutes, il en acquit le nom de *très-grand !.. Fabius Maximus !*

Tant que l'intervention du peuple fut ainsi limitée, tant qu'elle put servir de contrôle, de contre-poids, de limite à l'autorité directrice du sénat, qui était dans la nécessité de réussir dans ses projets, pour qu'on ne lui imputât pas la mauvaise issue d'une direction qu'il avait donnée, la machine gouvernementale marcha et Rome grandit. Mais quand le peuple put lui-même donner à ses favoris une autorité formidable, toute la sagesse du sénat fut inutile, et la république fut perdue.

Et si à la direction gouvernementale de ce patriciat héréditaire, de ce *sénat-roi,* vous joignez le secret complet de ses délibérations, de ses résolutions, de ses ordres, qui souvent étaient exécutés au fond de l'Asie que le peuple de Rome ne les connaissait pas encore, vous saurez comment la république romaine a pu vivre et durer; non point par la souveraineté réelle du peuple, mais au contraire malgré cette souveraineté dont le peuple avait les honneurs et la gloriole retentissante, bien plus que l'exercice réel. — Encore, remarquez-le bien, le peuple romain n'avait pas la

presse que vous avez! S'il avait eu la liberté de la presse,
la république aurait été tout-à-fait impossible; au lieu
d'une *royauté-sénatoriale*, Rome aurait eu la dictature en
quasi-permanence, ou aurait péri.

Ce qui cause donc en France l'état d'incertitude et
d'anxiété du pays, c'est que nous avons établi une forme de
gouvernement sans trop nous inquiéter si nous en avions
le fond. Je trouve admirable qu'on m'ait si souvent ob-
jecté le manque d'aristocratie constituée en France, pour
me prouver la nécessité d'agir comme on l'a fait. Mais c'est
précisément tout le contraire. Si nous avions une aristocratie constitutionnelle, puissante comme l'a été si long-
temps celle de l'Angleterre, notre machine pourrait s'organiser assez facilement. Nous aurions unité et direction
dans nos pouvoirs parlementaires. Nous pourrions y trouver de la suite, des traditions, de l'ensemble, une pensée
directrice et des hommes parlementaires capables de la
réaliser, pour l'imposer ensuite à la royauté. C'est précisément parce que tout cela nous manque, que nous bâ-
tissons sur le vide. C'est pour cela que les chambres ne
peuvent avoir une pensée commune et durable. C'est pour
cela qu'elles ne peuvent trouver en elles l'initiative et la
direction. C'est pour cela que la direction doit venir de la
royauté, ou bien que nous n'en aurons jamais. Or, je n'ai
jamais conçu, je l'avoue, ce que c'est qu'un gouvernement
sans direction.

Ici, j'entends déjà renaître les clameurs auxquelles je
suis accoutumé depuis long-temps. Je prêche, dira-t-on,
l'absolutisme et le pouvoir arbitraire. Je puis assurer
qu'on se trompe bien profondément en me supposant une
telle intention. Jamais rien ne fut plus loin de ma pensée.

De ce que la direction doit venir de la royauté, il ne s'ensuit pas du tout que cette royauté doive être absolue. De ce qu'elle ne doit pas être un mannequin passif, esclave obéissant d'une volonté changeante et capricieuse qu'on cherche vainement dans des assemblées passagères et inconsistantes, il ne s'ensuit pas du tout que la volonté royale ne doive trouver ni limites ni conditions. Hélas! il y en a tant de limites, d'empêchements, d'obstacles dans la nature même des choses et dans les mœurs générales de ce siècle, que ce ne serait pas l'action despotique de la couronne que l'on devrait craindre, ce serait bien plutôt son impuissance à vaincre tant de difficultés, à établir l'ordre et la hiérarchie au milieu de tant de confusion. Si nous examinions de sang-froid tous ces fantômes de despotisme que la vanité démocratique crée à dessein, pour se donner un prétexte à devenir despotique elle-même, nous verrions que le pouvoir royal est à peine possible, et que le despotisme royal est maintenant la plus chimérique de toutes les impossibilités!...

On voit donc ici toute ma pensée, et je la dis assez franchement pour qu'on ne doive pas chercher à m'attribuer une tendance plus grande encore vers le pouvoir. — Je n'admets qu'une seule direction, une seule initiative gouvernementale possible dans un état. Mais je crois qu'elle doit être *tempérée*, *limitée*, *modérée* par de sages garanties; que le système électif doit avoir pour but de créer, ou, pour parler plus exactement, d'*organiser ces garanties* (car si elles n'existaient pas, certainement il ne les créerait pas). Mais le principe démocratique ne doit jamais avoir la prétention de produire la direction suprême de l'État, d'en prendre l'initiative, d'en improviser le gou-

vernement: sans cela, il n'y aura jamais ni unité ni direction dans le gouvernement. On verra comme, à chaque
pas que nous ferons, cette vérité apparaîtra dans tout
son jour.

CHAPITRE VIII.

**Le système de résistance et de transaction n'est point
circonstanciel et transitoire : il est humanitaire
et définitif. — C'est pour cela que le Gouvernement appartient à la royauté et à
l'aristocratie.**

La *résistance* est le principe fondamental de tout gouvernement, de toute organisation politique, de toute
administration. La résistance est le principe éternellement
progressif et conservateur de tout progrès.

Tout gouvernement, quel qu'il soit, est condamné, par
la nature même des choses, à faire entrer une forte dose
de *résistance* dans son action. La fermeté consiste à savoir
résister assez ; la prudence consiste à ne pas résister trop. —
Aussi, toute cette partie de la direction politique dépend
essentiellement de la saine appréciation des faits. La
théorie ne peut rien ici : la science de l'homme d'état,
sous ce point de vue, c'est l'instinct : celui qui en manque,
fût-il le plus savant théoricien du monde, ne sera jamais
un homme de pouvoir.

J'ai dit que tout gouvernement est condamné à la *résistance* : le fait est bien évident. Chargé de la direction
de l'État, il rencontre devant lui une foule d'intérêts qui
voudraient faire plier la loi devant eux, et la remplacer
par une loi faite exprès pour eux et à leur guise. Cette

opposition inévitable dans toute société humaine, se traduit en actes, les uns illégaux ouvertement, les autres s'efforçant de recouvrir leur usurpation d'un faux extérieur de légalité. Cet empêchement doit être surmonté, ou le pouvoir doit mourir; il n'a pas d'autre option. Aussi, l'essence même du pouvoir est de résister : un pouvoir qui ne résisterait pas n'aurait même pas un semblant d'existence.

Il est dans la vie des peuples des époques paisibles où peu d'intérêts agissent réellement contre le gouvernement; celui-ci, par réciprocité, a besoin d'employer peu de *résistance* pour se maintenir. Mais il est des époques de troubles et de fermentation où de nombreuses influences politiques poussent au désordre, au bouleversement, à l'anarchie. Alors, la résistance du gouvernement doit prendre un caractère plus énergique. C'est alors seulement qu'elle devient apparente et qu'elle caractérise principalement les actes des hommes d'état.

La race humaine est ainsi faite qu'elle porte toujours en elle-même une soif de progrès et de bonheur, soif incessante qui ne peut jamais être complètement appaisée, parce que nos désirs vont toujours au-delà de nos facultés. Les passions politiques sont en outre si actives, qu'elles compliquent encore cette difficulté qu'un gouvernement, quel qu'il soit, rencontre toujours à son action, trouvant devant lui une masse de besoins réels qu'il ne peut entièrement satisfaire, de besoins factices qui crient encore plus haut que les besoins réels, et d'ambitieux égoïstes qui s'emparent des uns et des autres comme moyen de renversement contre le pouvoir, afin de s'ériger à sa place en régulateurs du pays. Pour atteindre ce but, ni promesses aux peuples, ni menaces aux gouvernants, ne leur font faute. A les entendre, rien n'est plus facile que de changer la société en *Eldorado* politique. Mettez-les au pouvoir, ils opéreront cette transformation en un clin-d'œil. C'est ce qu'ils appellent *le progrès*.

Cette machination politique est plus sensible, plus à découvert sans doute immédiatement après une révolution ; mais elle existe toujours dans toutes les sociétés humaines. Toujours, ce levain dissolvant fermente et s'aigrit ; toujours, les ambitieux s'en servent pour imposer au pouvoir une tâche de perfection qu'ils savent impossible à remplir, pour se servir de cette impossibilité même afin d'arriver à le renverser.

La résistance à cette tendance excentrique et dissolvante, a donc toujours été et sera toujours la première base, la première nécessité de tout gouvernement, quel qu'il soit. Seulement la résistance doit être plus forte dans les années qui suivent une révolution que dans les temps ordinaires. Alors la résistance ne peut être ni trop prompte, ni trop ferme, ni trop incessante. Sans elle point de salut, sans elle point de progrès, sans elle désordre et confusion universelle ; sans elle, révolution interminable, état insurrectionnel sans limite, sans mesure ; sans elle, dégradation morale si complète que la conscience des peuples mêmes en devient faussée, et que, sans une réaction de despotisme, ils ne peuvent plus rentrer dans la voie du bien.

Mais quand cette résistance aux exigences révolutionnaires a rempli sa tâche, faut-il en conclure que le système de résistance doit être supprimé ?... Supprimez donc aussi la tendance éternellement dissolvante des masses populaires, qui, prenant leurs désirs pour des possibilités, ne trouvent jamais l'ordre social convenable tant qu'elles ne sont pas poussées au premier rang !... Non, sans doute, la résistance ne doit pas être supprimée, mais elle doit être modifiée proportionnellement aux hostilités que l'action gouvernementale est destinée à trouver toujours devant elle; et quelque marche politique que l'on suive, il en sera toujours ainsi.

Mais, qui peut résister à l'action populaire? Evidemment ce ne sont pas les délégués, les mandataires du peuple, car la force de résistance ne peut pas procéder de la force d'envahissement. Il faut donc chercher le pouvoir de résistance dans une autorité qui n'émane pas de la force populaire; cette autorité ne peut se trouver que dans la royauté et dans l'aristocratie, c'est-à-dire dans l'influence que la fortune, les lumières, le caractère, le prestige des souvenirs donnent à quelques hommes sur toute la nation.

S'il en était autrement, si l'influence des classes éclairées et de la royauté était remplacée par la volonté régularisée ou par l'action arbitraire des masses ignorantes et brutes, les pouvoirs publics n'ayant plus de contre-poids seraient perpétuellement dégradés, déconsidérés, avilis, ne reconnaîtraient plus d'autres mobiles que le nombre et la force, d'autres règles que le caprice, d'autre droit que la passion, d'autre justice que le nivellement et la violence.

Mais le gouvernement doit être non-seulement une œuvre de *résistance*, mais encore une œuvre de *transaction*, et c'est précisément pour travailler à cette transaction graduelle et pacifique entre les intérêts trop exigeants des deux côtés, qu'il est dans la nécessité de résister aux intérêts exclusifs. *Résistance* et *transaction*,

ces deux faits politiques sont intimément liés, et tout
homme qui voudrait exercer le gouvernement en renon-
çant au principe de la résistance, serait dans l'absolue
nécessité de renoncer à toute transaction entre les intérêts.
Il serait inévitablement condamné à faire triompher
exclusivement les uns, à sacrifier exclusivement les autres.
Il n'y aurait plus de milieu à garder, plus de transaction
à espérer. Tout un ou tout autre : ce serait à choisir.

C'est ce qui arriverait inévitablement dans le gouvernement démocratique. La démocratie, juge et partie tout
ensemble, ne transigerait jamais ; elle détruirait impitoya-
blement tous les intérêts qui lui seraient opposés et empêcherait ainsi tout progrès véritable.

Car le progrès humanitaire n'est qu'une longue, une
incessante, une éternelle transaction entre l'esprit de la
conservation et l'esprit du changement, entre les intérêts
vieillis et les intérêts nouveaux, entre le passé et l'avenir.
Dans les moments de révolution politique, cette transaction
devient plus vive et plus pressante d'un côté ; mais le seul
moyen de la rendre juste et durable, c'est de ne pas lui
permettre d'anticiper la marche des temps, c'est de porter
secours aux intérêts les plus faibles, tout en les obligeant
à céder ce qu'ils ont encore l'intention de vouloir défendre,
alors même que cette défense leur est devenue impossible.

C'est de cette double résistance du pouvoir aux intérêts
nouveaux qui veulent tout envahir, aux intérêts anciens
qui voudraient tout conserver, que naît graduellement et
par transaction, toujours ainsi et jamais autrement, le
progrès humanitaire accompli par le gouvernement qui
succède au fait révolutionnaire : voilà le véritable, le
sacré, le sublime système du juste milieu ! système éter-

nel duquel on ne sortira jamais, à moins de tomber dans un chaos inextricable, parce que, de part ou d'autre, on ne voudra voir dans la société qu'une seule influence, qu'une tendance unique, qu'une impulsion exclusive, tandis que la société subit nécessairement deux tendances rivales, deux impulsions opposées, deux influences entre lesquelles il faut opérer une transaction pacifique, si l'on ne veut les voir aux prises pour s'égorger à l'envi, et pour partager les dépouilles ensanglantées de la plus faible ou de la moins habile, jusqu'à ce que, devenue à son tour plus habile ou plus forte, elle profite des fautes de sa rivale pour la dépouiller à son tour!...

L'ordre, c'est-à-dire le véritable gouvernement, ne peut résulter que de la résistance opposée par l'aristocratie à l'esprit d'envahissement et de destruction qui est l'essence de la démocratie, et de la sagesse des transactions entre l'esprit novateur et l'esprit conservateur, transactions qui ne peuvent s'accomplir que par le pouvoir modérateur de la royauté.

CHAPITRE IX.

Des abus dans le Gouvernement et de leur réforme.

Il est un dicton populaire qui mériterait d'être aussi un dicton politique : *Les meilleures choses ont leurs inconvénients.*—Les institutions les plus efficaces entraînent après elles des abus; et c'est le côté des abus que les oppositions ont toujours l'art de présenter. Cette tactique ne réussit que trop avec les intelligences incomplètes qui

se laissent préoccuper par les imperfections de détail, et
sont inhabiles ou nonchalantes à saisir les vues d'ensemble.

Sans doute, ce serait un sublime gouvernement que
celui où l'on pourrait réunir la force et la stabilité monarchique, en évitant tous les inconvénients, tous les abus de
la monarchie. Mais il ne faut pas perdre de vue que les
choses humaines, ainsi que les hommes eux-mêmes, ont
les qualités de leurs défauts et les défauts de leurs qualités. Ces qualités et ces défauts sont mêlés, incorporés les
uns aux autres, unis, enchassés, soudés, en quelque sorte,
par une mixtion indissoluble. Il arrive donc qu'en s'opi-
niâtrant à détruire, à extirper jusque dans leurs racines
les inconvénients éventuels, les abus possibles d'un système de gouvernement quelconque, on détruit le gouvernement lui-même dans son essence : on ne supprime la
possibilité éventuelle de tout abus qu'en supprimant la
possibilité de toute action. — Or, un gouvernement sans
action n'est-il pas lui-même le pire de tous les abus ? —
On arrive ainsi au néant du pouvoir, à l'anarchie, à la
dissolution de tout ordre social.

Voilà ce que comprend le parti conservateur anglais ;
voilà pourquoi il est conservateur. — Voilà ce que ne
comprend pas du tout le parti conservateur français : il
est *réformiste* comme l'opposition elle-même, et il s'en
fait gloire. Aussi, l'envahissement révolutionnaire manque de contre-poids en France, et tout se démolit.

Sans doute, le parti conservateur anglais tend à conserver des abus apparents, et il ne faut pas être doué d'un
bien grand talent pour apercevoir et pour dénoncer ces
abus à la vindicte populaire. Mais ce que les esprits vul-

gaires de l'opposition anglaise et du parti conservateur
français n'aperçoivent pas, c'est la liaison intime qui
existe entre la cause d'où émanent ces abus et la cause
d'où émane en même temps la force sociale protectrice de
la gloire, de la prospérité, de la liberté réelle de l'Angleterre. On s'est accoutumé à penser que le gouvernement
anglais était une conception équilibrée d'un seul jet par
un calcul de l'esprit humain, qui avait proportionné les
divers ressorts aux conséquences politiques qu'on voulait
en obtenir, et on s'est mis à imiter en France ce prétendu
système qui n'existe pas, ce prétendu calcul qui n'a jamais été fait. Loin d'être un édifice mathématiquement
calculé, le gouvernement anglais est un vieux palais où
les irrégularités même se compensent et se supportent, de
telle sorte que l'édifice trop fortement poussé vers un
bord, n'y tombe pas cependant, parce qu'il est trop fortement retenu de l'autre par un autre mobile; de sorte
que les deux excès se compensent, et l'édifice reste debout.
Mais, en détruisant la force aristocratique d'un côté et
les abus qui en découlent, comme il arriverait que la
force contraire et ses abus augmenteraient dans la même
proportion, au lieu de diminuer, il s'ensuivrait naturellement que tout l'édifice pencherait d'un côté, et que la
démocratie détruirait promptement le gouvernement lui-
même, pour y substituer un radicalisme absolu.

C'est donc avec une injustice bien présomptueuse que le
parti libéral accuse en France sir Robert Peel et ses amis
d'un instinct despotique et rétrograde. Dussent-ils être
vaincus, leur résistance seule est une glorieuse action, un
immense bienfait pour leur pays; ils font le bien et le
salut de ceux-là mêmes qui les combattent.

Mais en France nous ne voyons rien de semblable.
Notre parti conservateur, aussitôt que l'on signale une
possibilité d'abus dans le pouvoir monarchique, fait cause
commune avec les assaillants et tient à honneur de porter
lui-même les plus beaux coups, afin de se populariser. De
cette sorte, on n'aura pas, j'en conviens, les abus éventuels
de la monarchie, mais on aura la destruction complète
de la monarchie; on perdra sa grandeur, sa force, sa
modération, gage de durée et de liberté pour tous les intérêts, et l'on y substituera un régime monstrueux d'intrigues vénales, de mobilités vacillantes, de corruption
électorale, de néant organisé, qui pulvérisera le système
parlementaire lui-même par les mains de ses plus ardents
zélateurs.

Les esprits superficiels, en lisant ces lignes, s'écrieront
sans doute que je consacre l'existence éternelle des abus
dans la société, puisque je prétends que le parti conservateur doit les défendre, doit combattre leur réforme, et
s'opposer ainsi aux progrès d'organisation libérale réclamés par les populations, à mesure qu'elles s'éclairent et
se civilisent. A ce compte, diront-ils, la féodalité, la servitude, les lettres de cachet, et la question, seraient encore la base de notre droit public? N'est-il pas odieux et
ridicule, de prétendre que le parti conservateur doit résister au progrès et défendre les abus?

J'espère qu'on me fera l'honneur de croire qu'une objection si naturelle s'est présentée à mon esprit. Si je n'en ai
pas tenu compte, ce n'est donc pas par légèreté ou par
inattention. Je l'ai, au contraire, très-sérieusement analysée: et c'est parce qu'elle m'a paru dépourvue de vérita-

ble force, toute spécieuse qu'elle semble au premier coup-
d'œil, que j'ai passé outre sans m'y arrêter.

Si l'on veut bien comprendre cette matière, il faut
d'abord reconnaître que les abus dont toutes les nations
sont atteintes dans l'organisation de leur gouvernement,
sont de deux natures distinctes : les uns ne peuvent
pas être réformés et doivent être conservés; les autres
peuvent être réformés, mais ceux-là mêmes doivent être
défendus, et ne doivent presque jamais être abandonnés
de prime-abord à la hache des réformateurs. — Examinons successivement ces deux points.

Si tous les abus pouvaient et devaient être réformés,
il s'ensuivrait logiquement, rigoureusement, inévitablement, que la race humaine pourrait concevoir, exécuter
et supporter un gouvernement parfait. — Or, cela est
évidemment faux et impossible : un gouvernement parfait ne vaudrait rien pour l'humanité, par cela seul qu'il
serait parfait et qu'elle est imparfaite. Si quelque législateur venait proposer à une nation un gouvernement théoriquement épuré de l'éventualité de toute espèce d'abus,
il faudrait le mettre aux Petites-Maisons comme un misérable charlatan. Un gouvernement sans inconvénients
possibles serait le plus détestable des gouvernements,
parce qu'il serait le plus impraticable des gouvernements.

Il faut, de toute nécessité, ou que la société se dissolve,
ou qu'elle soit pourvue de certaines institutions défensi-
ves, dont l'usage entraîne cependant avec lui des abus
inévitables. Pour réformer ces abus, il faudrait détruire
ces institutions elles-mêmes, c'est-à-dire la société, qui ne
peut s'en passer. Le remède serait pire que le mal. Voilà

ce que comprennent les hommes qui ont l'expérience des affaires publiques.

Cherchons-en des exemples. J'en citerai deux frappants et incontestables.

Les fonctionnaires publics ne sont pas infaillibles. Pour qu'ils puissent remplir utilement leurs fonctions, il faut cependant leur laisser une certaine latitude d'action. Ils peuvent donc en abuser, et profiter, contre les citoyens, de la puissance publique, qu'ils feraient ainsi servir d'instrument à leur rancune, à leurs passions mauvaises, à leurs ambitions. — Certes, il n'est pas de source d'abus plus évidente, et plus incontestable.

Il est cependant réglé par nos lois que les citoyens qui auront à se plaindre d'abus vexatoires de ce genre ne pourront poursuivre les fonctionnaires inculpés sans y être autorisés par le gouvernement.

Or, je le demande, aux yeux de l'esprit libéral et réformateur, vit-on jamais un pareil contre-sens, un abus plus révoltant? — Quoi! le pouvoir aura pu ordonner aux fonctionnaires d'abuser contre vous de leurs fonctions, et vous ne pourrez poursuivre devant les tribunaux la réparation de cet abus, qu'avec l'autorisation de l'autorité administrative elle-même! et cette autorité aura ainsi les moyens d'assurer l'impunité à ses agents!

Et pourquoi cette source d'abus évidents doit-elle être conservée? Pourquoi ne faut-il pas la réformer? — Parce que, en confessant ainsi la faculté éventuelle qu'ont les agents de l'autorité d'abuser de leurs fonctions pour satisfaire leurs passions privées, vous placeriez l'autorité sociale en état constant de suspicion légitime; tous les fonctionnaires ne seraient plus que des coupables présu-

més ; ils ne pourraient accomplir l'acte le plus légèrement
rigoureux de leurs fonctions, sans tomber sous le coup
des intérêts envahisseurs qu'ils ont mission de réprimer :
depuis le dernier village jusqu'à la plus grande ville, tous
les administrés tiendraient l'administration sous l'intimidation perpétuelle de leurs huissiers et de leur papier
timbré. Vous corrompriez jusqu'à la magistrature elle-
même, ce grand boulevard de la civilisation, et vous en
feriez un moyen d'ébranlement social en faisant germer
en elle un esprit de domination sur le régime politique
et administratif du gouvernement. — De sorte que, pour
éviter l'abus éventuel que le libéralisme fait sonner si
haut, vous auriez décomposé toute l'organisation du pays.

Autre source d'abus, qui doit être précieusement conservée : le pouvoir préventif des procureurs du roi et des
juges d'instruction ; le pouvoir discrétionnaire des présidents des cours d'assises. Certainement, personne ne nie que
l'arrestation préventive, que les rigueurs du secret, que
le droit d'admettre d'office ou de refuser les témoignages
invoqués pendant les débats, ne puissent atteindre des
citoyens innocents que des apparences trompeuses auraient
compromis ; personne ne nie que, dans certains cas donnés,
les magistrats d'instruction, poussés, soit par leurs passions privées, soit par les instigations politiques de gouvernants passionnés, ne puissent abuser contre les citoyens
de cette puissance absolue. — Cependant il faut la conserver, il faut la conserver à tout prix, ou bien la répression efficace et réelle des crimes deviendrait impossible,
et la société périrait sous la perfection prétendue de votre
libéralisme réformateur !

Il est donc des abus nécessaires, des imperfections indis-

pensables, des inconvénients *sacramentels*, en quelque
sorte, dont la société ne peut être dépourvue, et que le
parti conservateur doit conserver, quelles que soient les
clameurs de la démocratie. — Je ne m'appesantirai pas
plus long-temps sur ce point, il est assez clair par lui-
même; et si tout le parti conservateur ne le comprend
pas en France, une partie de ce parti du moins s'en
aperçoit de temps en temps.

Mais le point difficile à admettre, pour notre parti conservateur démocratique, c'est le second que j'ai signalé
et que je vais discuter. — Le voici : — C'est que les abus,
même ceux qui peuvent et *doivent être réformés*, doivent
néanmoins *être défendus par le parti conservateur* contre
l'opposition qui en demande la suppression; pas un ne
doit être abandonné sans coup férir. Si cette manière de
procéder irrite les populations contre le parti conservateur,
peu importe : il doit se dévouer, il doit se résigner à
l'impopularité, aux haines populaires mêmes, et ne jamais permettre que l'esprit de réforme devienne la base
morale, le pivot du gouvernement. La réforme en tout
genre doit toujours être une exception lentement admise,
et jamais le mobile directeur du pays.

Car, qu'arriverait-il dans un grand royaume comme
la France, comme l'Angleterre, si, quand la réforme d'un
abus est demandée, elle était accordée sans résistance,
sans débat, sans délai, par conséquent? — Il arriverait
que l'instabilité deviendrait universelle partout; et comme
on agirait de premier mouvement, mille institutions nécessaires, mais susceptibles d'être spécieusement qualifiées
d'abus, seraient à l'instant dénoncées, attaquées, détruites. — Que voyez-vous dans les régions judiciaires? —

N'y voyez-vous pas, inscrite en caractères éternels, cette
grande maxime de tous les pays libres et justes, que nul
coupable, même le criminel le plus endurci, le plus flagrant, le plus entaché de récidive, ne doit jamais être
condamné *sans avoir été défendu*? S'il n'a pas lui-même de
défenseur, ne voyez-vous pas la société qu'il a outragée
lui donner un défenseur d'office? Pourquoi cette précaution solennelle? Pourquoi charger un orateur habile de
lutter contre l'évidence même, pour arracher au glaive
de la loi le scélérat qui a violé toutes les lois humaines
et divines? Est-ce donc du crime lui-même que la société
prend la défense contre sa propre sécurité, contre sa propre conservation? Non, sans doute; mais on a compris
que si un seul coupable était condamné sans avoir été
défendu, mille innocents, suspectés à tort, pourraient être
aussi privés de défense et de salut. Il en est de même
dans l'ordre politique : si un seul abus est réformé le
premier jour qu'il est signalé, sans avoir été défendu, il
n'est plus d'institutions sociales que l'esprit révolutionnaire ne puisse menacer au même titre.

D'ailleurs il ne faut pas croire que tout soit abus dans
un abus. Il n'en est aucun peut-être qui, vu l'époque où
il a régné, n'ait eu un côté utile au milieu de tous les
inconvénients qui devaient plus tard le faire réformer.
Si une institution n'avait que de mauvais effets, sans
aucun mélange de bien, ou sans être un moyen d'empêchement à d'autres maux, elle ne se serait pas établie, et
surtout elle n'aurait pas duré. — Il arrive sans doute un
moment où elle doit disparaître sous ses inconvénients,
mais il faut pour cela attendre l'époque où la société qui
s'est organisée sous l'empire de cet abus, sera assez fortifiée,

assez éclairée pour pouvoir supporter sa réforme. — Or, si un abus n'est pas défendu, il sera réformé la première fois qu'il est signalé, c'est-à-dire qu'il sera toujours réformé prématurément, et quand la société n'est pas encore prête pour cette réforme. C'est une révolution éternelle qui serait organisée en permanence.

Ainsi, la réforme électorale en Angleterre, combien de temps n'a-t-elle pas été réclamée par la démocratie, et refusée par le parti conservateur, avant d'être obtenue? — On voit, cependant, l'ébranlement terrible qu'elle imprime à la constitution anglaise, dont elle arrête presque les rouages parlementaires; on voit qu'elle commence à rendre problématique la majorité, dont l'existence non interrompue, soit qu'elle reste au ministère, soit qu'elle passe à l'opposition, est indispensable au gouvernement anglais. Le voilà menacé de voir son parlement fractionné en minorités, sans majorité. Eh bien! si la réforme des abus aristocratiques du système électoral de l'Angleterre eût été accordée sans résistance par le parti conservateur, il y a longues années, quand elle fut réclamée pour la première fois, ne comprenez-vous pas que l'Angleterre, qui peut à grand'peine la supporter aujourd'hui, n'aurait pu y résister alors, parce qu'elle n'aurait pas encore été préparée à ce grand changement, et qu'elle serait tombée en révolution immédiate? Mais heureusement pour sa gloire et pour sa grandeur, elle avait un parti conservateur véritable, qui, en s'opposant à la réforme, a retardé l'époque de cette grande crise et en a adouci les dangers, autant que faire se pouvait.

Pourquoi, en France, au contraire, sommes-nous arrivés, dès notre début, au fractionnement parlementaire qui divise la chambre élective en dix minorités, sans majorité réelle? — C'est que notre parti conservateur entre en pamoison et se crispe de scrupule, aussitôt qu'on attaque une institution à titre d'abus, et que, loin d'oser la défendre, il se joint lui-même aux assaillants. C'est que lorsqu'il a été question de réformer la Charte, en 1830, par exemple, notre parti conservateur a laissé faire, que dis-je? a fait lui-même, en quatre heures, ce que l'Angleterre n'aurait fait qu'en cent ans, parce que son parti conservateur aurait défendu l'édifice et n'aurait pas permis qu'on le démolît pour le rebâtir en un clin d'œil, à tout hasard. — En un mot, c'est que l'Angleterre a un parti conservateur et que la France n'en a pas.

Oui, il faut que le parti conservateur défende les abus eux-mêmes, afin que les réformes ne soient pas hâtives, prématurées, improvisées, mal combinées, source de nouveaux abus pires que les abus réformés. Il faut qu'il les défende, pour que les questions soient discutées, analysées, débattues sous toutes leurs faces, afin qu'on sache bien distinguer s'il n'y a pas quelque partie utile à conserver, même dans l'abus que l'on réforme. — Il y a d'ailleurs un autre motif encore que je vais dire, et je terminerai par-là ce long chapitre, où cependant je n'ai pu faire entrer qu'une bien petite portion de ce grand débat.

Quand l'ennemi envahit un pays, il y a quelques postes faibles, mal fortifiés, qu'on ne peut sauver, qui, une fois attaqués, doivent être inévitablement pris. Cependant on les défend. On a un bataillon d'élite, on lui dit : — battez-vous là, mourez jusqu'au dernier; vous devez être vaincus; le poste que vous défendez doit être pris; cependant, battez-vous comme si vous aviez espoir de vaincre; retardez votre

défaite d'un mois, d'une semaine, d'un jour, d'une heure ;
— pendant ce temps, le corps de la place ne sera pas attaqué. Nous aurons le temps d'organiser la défense générale. Quand l'ennemi aura passé sur vos cadavres et arrivera pour donner l'assaut à la grande citadelle, il sera
fatigué, épuisé par son combat contre vous ; il n'aura plus,
contre le pays, les forces que vous lui aurez ôtées ; de sorte
qu'il aura moins de moyens d'attaque, et nous aurons plus
de moyens de défense. Votre résistance et votre défaite dans
la mauvaise bicoque mal fortifiée que vous aurez défendue
sans pouvoir la sauver, auront sauvé la patrie. Votre chute
est un triomphe, votre mort est l'immortalité !

Eh bien ! la société humaine est une grande cité toujours attaquée par un ennemi que rien ne peut appaiser,
que rien ne peut vaincre, et qui doit un jour la détruire.
La révolution est la tombe des sociétés politiques. Elle est
toujours ouverte, elle les attend. Rien ne peut la combler.
La société, comme l'homme lui-même, commence à mourir
en commençant à vivre. — Il n'y a pas de miracle qui
puisse l'éterniser. — Seulement, elle renait sous une autre
forme, et recommence à mourir sans que l'expérience du
passé puisse la guérir du germe de dissolution inhérent
au germe même de sa vie.

Cet ennemi de la société humaine, c'est... la démocratie ! — Cette grande qualité et ce grand vice de l'homme,
qui le pousse de bas en haut, et qui détruit tôt ou tard
le gouvernement en rendant toute hiérarchie morale illusoire, c'est-à-dire tout commandement et toute obéissance
impossibles. — Tout doit périr par-là, même le despotisme.

Eh bien ! il faut que cet ennemi, né pour détruire, ait
toujours quelque chose à détruire ; si vous lui abandon-

nez, sans combat, le mauvais poste, la bicoque mal fortifiée, à l'instant il marchera sur la citadelle du gouvernement, ouvrira la brèche, plantera les échelles, montera
à l'assaut. — Plus, par une résistance perpétuelle, vous oc-
cuperez ses forces à l'attaque des ouvrages avancés, à l'attaque des avant-postes, plus il arrivera tard au corps de
la place, plus tardivement il l'envahira. — C'est là l'éternelle
loi de la destinée. — Des politiques sentimentaux ont voulu
dogmatiser, distinguer, diviser. Ils ont imaginé deux
démocraties : celle des temps antiques et celle des temps
modernes. Ils ont rêvé que celle-ci avait changé de nature,
qu'elle n'était plus destructrice, et qu'on pouvait la fa-
çonner en guise de gouvernement ; que tout était de lui
faire des concessions volontaires, au lieu de lui disputer
le commandement qu'elle veut prendre et qu'elle ne peut
exercer. — Folie ! — Loin de la calmer en lui cédant, on
l'exalte, on la rend intraitable. La démocratie moderne
est la même que celle de l'antiquité. Elle ne changera jamais, parce que la nature humaine ne change pas. — Et
faites attention que je ne vous donne pas l'espoir de la
vaincre… vous ne la vaincrez jamais. Seulement il s'agit
de retarder le plus possible sa victoire. qui sera votre
mort et la sienne.

CHAPITRE X.

Du Droit du Gouvernement vis-à-vis des Citoyens.

Les démocrates trouvent absurde, inouï et *sauvage* qu'on
leur enlève le droit de discuter contre le gouvernement, et
même de le combattre et de travailler à le renverser.

Le principal argument qu'ils se soient accordé à faire valoir est celui-ci : — Nous sommes républicains, vous êtes essentiellement monarchiques. Nous n'admettons aucune des conditions d'ordre politique sur lesquelles votre gouvernement est basé. Par conséquent, vous devez être nos ennemis comme nous sommes les vôtres. Toute loi, toute constitution a le droit de se produire. — Ainsi, d'après ce raisonnement, un gouvernement constitué ne signifie rien; on a le droit de le nier, de le combattre, de passer outre, et de perpétuer l'emportement révolutionnaire. Les apôtres de ce système demandent que la révolution soit en permanence dans la société. L'état de paix et de repos sont des exceptions qu'ils ont hâte de retrancher du monde, en y organisant le désordre, et en y faisant vivre la loi du bouleversement. Qu'on imagine, si l'on peut, une société livrée à de pareils législateurs ! Ce sera secousses sur secousses; ce sera ruines sur ruines; ce sera la réalisation sanglante de l'affreuse pensée de Hobbes : *Homo homini lupus.*

Qu'est-ce, au fond, que cet argument? La négation de tout gouvernement et de toute justice.

S'il suffisait de dire à un gouvernement ou à un tribunal : « Je n'ai pas les mêmes opinions que vous; je ne » professe pas les mêmes principes que vous; ces institu-» tions que vous faites, et sous la protection desquelles » vous vivez, je ne les reconnais pas, moi; je les hais, je » les repousse. Donc, nous sommes ennemis; donc, vous » ne pouvez, sans indignité, devenir juges de mes actes, » — si, disons-nous, il suffisait de tenir un pareil langage au pouvoir social ou à un tribunal, pour décliner sa compétence, que l'on m'indique quand et comment il serait possible qu'il y eût un gouvernement et une justice dans un pays? Qui empêcherait de transporter ce merveilleux raisonnement du domaine politique dans celui des idées sociales? Manque-t-il aujourd'hui de ces utopistes qui se font une morale à part, une religion à part, des habitudes et des croyances qui ne ressemblent en rien aux croyances et aux habitudes généralement reçues? Et s'il plaît à l'un d'eux de blesser tous les principes et toutes les lois que la société a consacrés, ne serait-il pas pleinement autorisé, par l'étrange système que je combats, à venir dire aux magistrats de la cour d'assises : « Que me voulez-vous? » Vous savez bien que je ne reconnais ni ces conventions » que vous appelez vos lois, ni ces préjugés que vous ap- » pelez vos croyances; vous savez bien que je les attaque » et les méprise; qu'il y a dissidence complète entre vous » et moi sur ce point; que nous sommes ennemis, en un » mot! Et c'est dans cet état d'hostilité bien connue que » vous voulez me juger ! »

Pourquoi les esprits à systèmes extra-sociaux n'au- raient-ils pas le même droit à présenter, devant les tri- bunaux institués par nos lois, la fin de non-recevoir que les hommes à idées extra-constitutionnelles font valoir devant l'État? Et si l'on ne peut logiquement le leur dé- nier, comment, encore une fois, le gouvernement et la justice seraient-ils possibles? Le gouvernement, son droit serait méconnu par tous les utopistes, tous les ambitieux, tous les révolutionnaires, enfin; la justice, elle serait à la merci de tout accusé. Ceux qui la reconnaîtraient, seraient seuls passibles de ses arrêts; pour lui échapper, il suffirait de se mettre ou de se dire en dehors des conditions so- ciales et politiques sur lesquelles elle est fondée, c'est-à-dire qu'il faudrait joindre le mépris de son origine à l'infraction de ses préceptes.

Ces étranges sophismes découlent tous de ce déplorable scepticisme politique qui a trouvé des organes dans nos sociétés modernes, scepticisme qui glorifie l'individualité aux dépens de la société tout entière, et aux yeux duquel les notions consacrées du juste et de l'injuste sont lettres closes, du moment qu'elles ne se plient pas aux convenances de tel individu, de tel parti, de telle secte. On n'a pas voulu comprendre qu'il y avait dans ce monde quelque chose de plus immuable et de plus sacré qu'une volonté particulière, qu'un intérêt exclusif et personnel. On a maudit la loi, quand la loi a fait obstacle; on a maudit le juge, quand le juge a voulu appliquer la loi. Voilà à quel degré d'aberration l'on a été conduit par la pente des fausses doctrines, et, si l'on n'y met bon ordre, elles mèneront bien plus loin encore.

CHAPITRE XI.

Des Droits politiques.

Par un préjugé funeste, par le plus funeste des préjugés, on a cru que le libéralisme par excellence consistait à augmenter sans cesse les attributions démocratiques, dans la composition des corps politiques et administratifs, et à diminuer, à affaiblir d'autant les attributions directrices de la royauté : alors, il s'est trouvé, ce qui au reste s'est vu dans tous les pays et dans tous les siècles qui ont pratiqué ces maximes fatales, que la direction politique a été énervée, le gouvernement graduellement

amené à l'impuissance, la chambre élective à l'éparpille-
ment le plus complet, les administrations à la faiblesse
relative que leur imprime le peu de cohésion du gouvernement lui-même, les corps municipaux à toute l'inexpérience décousue d'un essai démocratique confié à des
classes populaires qui jamais n'en avaient étudié ni pratiqué le mécanisme, et qui, par ce fait seul, offrent une
chance de succès plus facile que tout autre aux ambitions et à l'intrigue de tous ceux qui veulent partir de
bas et arriver haut, race nombreuse en temps de révolution : marche ascendante utile au pays quand elle est
contenue par une ligne fortement conçue d'institutions
politiques qui garantissent la stabilité de l'État; marche
ascendante la plus dangereuse de toutes les calamités sociales quand elle est abandonnée libre et sans barrière à
son impulsion envahissante et hâtive.

Non, il n'est pas vrai qu'une plus grande extension
de droits politiques soit nécessairement et toujours pour
un peuple une plus sûre garantie de sa liberté et de son
bonheur.

En effet, la nation la plus libre est celle dont l'organisation sociale réunit trois conditions indispensables : des
lois spéciales bien faites, un gouvernement qui exécute
fidèlement ces lois, un peuple qui obéit à ces lois sans
contrainte, spontanément, et sans employer jamais, pour
s'y soustraire, ni sa force physique, ni son prétendu droit
de souveraineté législative, avec lequel aucune loi n'est
compatible.

A quoi bon, pour une nation, avoir des lois, si elles
ne sont pas bien faites? A quoi bon avoir des lois bien
faites, si le gouvernement ne veut pas les exécuter? A

quoi bon avoir des lois bien faites, exécutées par le gouvernement, si le peuple ne veut pas y obéir?

Or, le peuple auquel on accordera le plus de droits politiques, sera-t-il celui qui réunira au plus haut degré ces trois conditions essentielles de liberté? J'en doute fort, ou plutôt je ne doute pas que l'extension des droits politiques que l'on réclame pour le peuple, ne soit le meilleur et le plus direct moyen pour lui d'avoir des lois spéciales mal faites, mal exécutées, mal obéies ; par conséquent, d'être privé d'aisance, de progrès et de liberté.

Des lois spéciales mal faites. — J'entends par lois spéciales celles qui règlent le développement des facultés morales et industrielles des citoyens, et qui sont destinées, tout à la fois, à accroître le plus possible ce développement, et à en assurer la libre jouissance, la libre disposition, à chaque membre de la cité, dans quelque position sociale, haute ou basse, qu'il soit placé : ces lois spéciales sont la vie même, la substance, la providence terrestre d'une nation. Les droits politiques ne sont que les moyens employés pour arriver à la bonne confection de ces lois spéciales, et n'ont de valeur réelle que lorsqu'ils parviennent à ce résultat.

Mais pour que ces lois spéciales soient bien faites, est-il nécessaire que l'universalité des citoyens, ou seulement le plus grand nombre des citoyens concourent à leur conception, à leur discussion, à leur sanction? Je ne le crois point. Il m'est prouvé au contraire que, passé certaines limites, le grand nombre nuit, non-seulement à cause de la confusion de système qui en résulte, à cause du choc des intérêts privés qui, forcément, cherchent à se glisser dans les lois sociales, et qui y parviennent par l'intrigue,

par la corruption, par la dépendance obligée d'une grande
partie des législateurs ou des électeurs pris dans les rangs
inférieurs de la société ; non-seulement à cause de l'ardeur
convulsive qu'une telle organisation donne à tous les
partis, à toutes les ambitions ; mais encore, et surtout,
parce que les connaissances nécessaires pour la législation
civile, commerciale, judiciaire, industrielle, diplomatique, financière, manquent au très-grand nombre des citoyens qui ne sont même pas dans une situation à pouvoir jamais les acquérir. Augmenter le nombre des législateurs chez une nation (et dans le système démocratique,
tous les électeurs sont législateurs souverains), c'est, si l'on
ne se tient dans de justes bornes, accroître rapidement les
chances qu'elle a d'être régie par de mauvaises lois. Si
l'on allait jusqu'au suffrage universel, alors le mal serait
porté à son apogée, et la liberté serait détruite, souverainement détruite, criminellement égorgée dans son temple et sur ses propres autels !...

Une réflexion bien simple mettra, je l'espère, cette vérité à la portée de tous les esprits. Un citoyen est électeur, un autre citoyen ne l'est pas ; eh bien ! l'un des
deux est-il en réalité plus libre que l'autre ? Pas du tout,
pas le moins du monde. Les lois qui seront faites par les
députés joints aux autres pouvoirs de l'État, obligeant
également le citoyen électeur et celui qui ne l'est pas,
protégeant l'industrie, la fortune, la personne de l'un et
de l'autre au même titre et au même degré, si ces lois
sont bien faites, tous les deux sont libres ; si elles sont
mal faites, tous les deux manquent de liberté, d'aisance,
de bonheur.

Vainement dirait-on que si le droit électoral est con-

centré dans une seule classe de citoyens, les lois seront
exclusivement faites en leur faveur.—Cela serait soute-
nable dans un pays où réellement les citoyens seraient
divisés, séparés, parqués en classes distinctes, ayant des
intérêts opposés. Mais en France, par exemple, où tous
les intérêts sont confondus et mêlés, cette supposition devient chimérique. En assurant la prospérité du vignoble
qui paie trois cents francs d'impôt, par exemple, on assu-
rerait évidemment dans le même rapport la prospérité du
vignoble qui ne paie que deux cents francs, ainsi de suite
pour le reste.

Ce qui importe aux citoyens d'un état libre, ce n'est
donc pas d'être tous électeurs ; c'est que l'électorat soit
constitué de telle sorte, que les lois faites par les députés
élus soient bien faites, soient calculées avec sagesse, avec
science, en pleine connaissance des intérêts qu'elles doivent régler. Au-delà de cette vue, toute nouvelle extension de droits politiques n'est plus un progrès, c'est une
haute imprudence, c'est la chance très-probable d'une dégradation, d'une diminution du bonheur et de la liberté
de l'État.

Or, est-il vrai qu'en descendant de plus en plus vers les
régions pauvres, peu instruites, nombreuses et fortes, et
en multipliant l'électorat basé sur la souveraineté du peuple, c'est-à-dire sur le principe qui veut que le titre seul
de *citoyen* soit la source du droit politique, on soit sûr
d'avoir par cela seul des lois conçues et rédigées avec
plus de sagesse, avec plus de prudence, avec une plus
grande connaissance de tous les intérêts sociaux aujour-
d'hui si compliqués?... Je n'insulterai pas le bon sens public en discutant de nouveau cette question ; il est trop

clair qu'on arriverait au résultat contraire. Tous les citoyens pourraient bien être ainsi flattés dans leur vanité
en songeant qu'ils dirigent les destinées de l'État, mais
très-certainement les lois seraient mal faites ; ils seraient
lésés dans leurs intérêts, dans leur bonheur, dans leur
liberté ; le progrès social serait compromis, et les destinées
de la nation inclineraient rapidement vers leur penchant.

La seconde condition, l'exécution fidèle des lois par
le gouvernement serait-elle, dans ce système, mieux accomplie ? Il est impossible de le croire. Le gouvernement,
chargé de mettre en pratique de mauvaises lois, s'apercevrait à chaque pas de leurs vices, de leur fâcheuse influence, de leur déplorable effet. En dépit de lui-même,
il ne pourrait s'en faire l'instrument docile, et par l'exécution chercherait à corriger les défauts de la législation.
Il torturerait le texte pour en tirer autre chose que le sens
naturel, il interprèterait tout ce qui pourrait paraître susceptible d'être interprété dans un autre esprit que dans
l'intention réelle du législateur populaire ; et, placé entre
le mal de la loi et la nécessité d'en dévier, il usurperait
forcément les fonctions de législateur pour amender la loi.

En agissant ainsi, le bien qu'il pourrait faire deviendrait un mal, deviendrait la source du plus grand des
maux ; car il forcerait le peuple ou à souffrir l'arbitraire,
ou bien à s'armer contre le gouvernement pour conserver
une mauvaise loi : sur-le-champ toute la société serait
remise en question. Il n'y aurait plus ni légalité ni illégalité. Il n'y aurait plus rien que l'emploi de la force. Si
le peuple cédait, le gouvernement deviendrait arbitraire :
si le peuple triomphait, la mauvaise loi conservée détruirait l'État : si le gouvernement triomphait, toute loi de-

viendrait impossible, et le despotisme règnerait sans contrepoids et sans frein.

Dans le système de l'extension de droits politiques réclamés par l'opinion démocratique, les lois qui, comme nous venons de le voir, seraient mal faites d'abord, mal exécutées ensuite, seraient-elles enfin *mieux obéies?...* Point. Il est visible au contraire qu'elles ne le seraient pas du tout, et qu'elles ne pourraient pas l'être.

Elles ne pourraient pas l'être, puisque l'obéissance à ces mauvaises lois réalisant chaque jour un malheur de plus pour le peuple, ce peuple, ce plus grand nombre, qui se saurait souverain et législateur suprême, résisterait par instinct au mal qu'il se serait fait à lui-même. Il ne voudrait permettre au gouvernement ni de violer, ni d'exécuter la loi. Ce serait la perfection de l'anarchie. C'est ce que nous avons déjà vu pendant la première révolution.

On espérerait en vain que le peuple, au lieu d'avoir recours à la force contre le mal résultant des mauvaises lois qu'il aurait faites, se contenterait d'en demander, d'en opérer la réforme légale, en les révisant, en les corrigeant, en les améliorant. Cette manière de procéder n'est pas dans sa nature, ne cadre pas avec ses passions, est trop au-dessus des conceptions du grand nombre; d'ailleurs, dans cette tentative d'amélioration, les vices politiques, cause primitive de l'imperfection des lois, agiraient de nouveau avec une plus grande force, empirés qu'ils seraient par les souffrances et l'exaltation générales; de sorte qu'au lieu d'améliorer la loi, on la rendrait pire et définitivement insupportable, jusqu'à ce que quelque fier génie surgissant tout armé de sa grandeur et de sa force, au milieu de cette éruption volcanique, mît sous les pieds

les droits, les lois, la liberté, pour organiser un nouvel
état de choses conçu et réalisé par sa volonté seule, bien
loin d'être le fruit des volontés confuses de la multitude
souveraine!

Ainsi, nous voyons que les trois conditions de la liberté : la bonté des lois, l'exécution des lois, l'obéissance
aux lois, ne sont point compatibles avec l'extension sans
cesse agissante des droits politiques; qu'accorder la puissance au peuple, ce n'est point lui donner la liberté,
c'est au contraire lui fournir les moyens de la détruire;
et je ne connais rien de plus platement criminels que les
sophistes qui soulèvent les vanités populaires et persua-
dent aux masses que, du moment où elles seraient en
possession du pouvoir politique, elles jouiraient du bonheur et de la liberté.

Si nous faisons l'application de ce qui précède à l'état actuel de la France, nous verrons d'abord que, pour bien apprécier l'état réel de ce pays, il faut bien se garder de confondre quelques symptômes démocratiques qui bouillon-
nent à sa surface, avec la nature même de sa constitution
organique. Il faut remonter à la cause de cette fièvre accidentelle; l'on verra ainsi que cette cause ne tient nullement au besoin d'*institutions républicaines*, et que de tous
les peuples, le peuple français est peut-être le moins propre à la vie du forum, le moins disposé à suivre la direction des influences tribunitiennes.

Peu enclin à la vie publique, le peuple français n'aime
point l'exercice des droits politiques pour eux-mêmes, et
n'a point pour eux cette passion outrée, ardente, fanatique de certains peuples de l'antiquité, qui faisaient con-
sister la liberté plus dans l'exercice des fonctions politi-

ques, que dans l'aisance et le bonheur produits par l'exercice de leurs droits : pour eux , s'assembler, voter, décréter des lois, élever, juger, proscrire leurs gouvernants, c'était être libres. Pour nous, être libres, c'est jouir; sous la protection des lois, de tous les développements de fortune, d'industrie, de bonheur social, auxquels nos facultés personnelles peuvent nous donner les moyens de parvenir. Nous ne voulons de *droits politiques* que tout juste ce qu'il nous en faut pour obtenir ce résultat, et en définitive, la forme de gouvernement qui nous assurera le bonheur de la vie privée en nous obligeant le moins possible aux charges actives de la vie publique, sera celle que nous préférerons, celle qui s'acclimatera sur notre sol, celle que les intérêts généraux du pays protégeront de leur toute puissante influence.

Qu'une telle disposition d'esprit soit bonne ou mauvaise, égoïste ou libérale, ce n'est point ce que je veux examiner ici; elle a de graves inconvénients, sans doute, et cependant il serait peut-être possible de prouver qu'elle est éminemment raisonnable et conforme au but de toute créature humaine dans sa carrière mortelle; mais quelque jugement qu'on en porte, cette disposition d'esprit du peuple français est un fait incontestable.

Cependant, quand il arrive que les droits politiques, dont l'exercice nous paraît absolument indispensable pour garantir notre bonheur social, sont menacés, alors nous nous armons pour leur défense avec toute l'impétuosité du caractère national, encore excité par le vif désir de conserver les jouissances sociales dont la destruction des droits politiques attaqués nous présagerait la ruine; c'est précisément ainsi que s'explique cette grande activité politique qui s'est emparée de tous nos esprits sous la Restauration. Notre zèle avait pour principale cause la méfiance profonde que nous inspiraient les partis nobiliaire et sacerdotal qui prédominaient la faiblesse de la dynastie restaurée, et pas du tout un vrai fanatisme de droits politiques, un besoin d'institutions démocratiques, une manifestation de mœurs républicaines.

Mais au milieu du mouvement général que cette lutte imprime aux esprits, quelques hommes ardents ont pensé que si certains droits politiques nous étaient nécessaires comme garanties de notre bonheur social, une plus grande extension de ces droits politiques nous donnerait encore de plus sûres garanties; et cette idée jetée à la foule, reçue par les uns avec indifférence, par les autres avec une adhésion irraisonnée, est en réalité la seule base de cette fausse exaltation dont le parti démocratique est animé : exaltation sans vraie chaleur, sans base, sans racine dans la nation, et qui manquerait tout-à-coup d'action et de moyen de gouvernement, si jamais elle parvenait au pouvoir.

L'extension des droits politiques en France, bien loin d'accroître le bonheur et la liberté de la nation, produirait nécessairement un effet opposé.

Il y a d'abord à cela une cause générale qui ne tient pas uniquement à notre caractère national, mais qui se reproduit presque toujours chez les grands peuples au sortir d'une révolution. Le changement de gouvernement affaiblit alors l'action du pouvoir, d'autant que la réussite d'une insurrection heureuse est un appât toujours subsistant pour les partis dissidents de tenter une insurrection nouvelle. Il résulte de cette double situation des choses, que l'extension de droits politiques établie en un pareil moment tourne toujours à l'avantage des factions, et leur fournit des armes terribles contre le gouvernement nouveau. Qu'on argutie sur ce fait comme l'on voudra, il est inévitable. L'Angleterre, après sa révolution, non-seulement n'établit pas de nouveaux droits politiques, mais fut obligée, au contraire, de restreindre l'action des droits politiques pour lesquels elle avait combattu. L'*habeas corpus* fut plusieurs fois suspendu, et la *liberté de la presse* ne fut pleinement établie que très-long-temps après la révolution. En France, depuis la révolution de juillet, les droits établis par les lois municipales et par l'institution des gardes nationales, ont été forcément suspendus dans plusieurs départements; cela était inévitable.

Mais en outre de ce motif général qui fait voir le peu de sens de ceux qui, à l'appui de la révolution, sollicitent une plus grande extension de droits politiques, j'invoque, avec bien plus de force, un motif dont les observations précédentes feront, j'espère, sentir la justesse. C'est que la méfiance générale, qui nous excitait à user avec ardeur de nos droits politiques sous la restauration, à laquelle nous rendions de bon cœur l'hostilité qu'elle nous témoignait, n'existe plus aujourd'hui contre le gouvernement actuel : alors, le caractère national perce de nouveau. L'insouciance naturelle pour les droits politiques renaît, et la très-grande partie des citoyens, comptant avoir assez fait en concourant à la révolution, est disposée à la laisser marcher maintenant toute seule. Aussi voyez les élections de députés, les élections municipales; peu de monde s'y rend, et, dans ces dernières surtout, cette tiédeur des citoyens a été d'autant plus remarquable, que c'était un droit entièrement nouveau qu'ils avaient à exercer; cependant presque personne ne s'en est soucié; en général la moitié ou le tiers seulement des électeurs ont voté.

Or, dans cette disposition d'esprit, plus la faculté de voter sera étendue, plus le nombre des votants sera proportionnellement petit, relativement au nombre total des membres du collége; il en résultera par conséquent que les intrigants, les ambitieux, seront maîtres du scrutin qui sera l'œuvre d'une minorité; toujours ardents à se pousser, ils ne négligeront pas cette occasion de succès et disposeront des fonctions politiques. Ainsi, plus on aura agrandi le cercle électoral, moins le vote sera l'expression de la volonté générale que vous cherchez vainement, et plus les choix seront mauvais. — Nouvelle et immanquable cause d'instabilité et de faiblesse pour le gouvernement.

En reconnaissant que les plus sages (c'est-à-dire le petit nombre) doivent gouverner la multitude, Rousseau ajoute, avec raison, *pourvu qu'ils la gouvernent dans son intérêt, et non pas dans le leur*; mais avec la surveillance générale, active, incessante de l'opinion, avec la liberté de la presse, poussée au degré de développement qu'elle a acquis parmi nous, il est matériellement impossible que la partie éclairée, propriétaire, commerçante de la nation, entreprenne de gouverner contre l'intérêt de la nation elle-même. Ainsi la garantie que réclamait Rousseau, nous l'avons, ou jamais peuple ne l'aura sur la terre; et s'il faut cette garantie, cette condition, pour permettre aux plus sages de gouverner la multitude, qu'on me montre dans notre France une condition, une garantie qui puisse

engager à confier à la multitude le droit de gouverner les
plus sages? Un pareil gouvernement ne serait, à vrai
dire, qu'une négation, une absence de tout gouvernement, l'anarchie mise en possession légale de l'État, une
seconde édition de la Pologne, destinée aux mêmes convulsions sociales et à la même destruction politique!

En résumé, il n'y a rien dans le monde, surtout en
politique, qui n'ait des inconvénients. L'intervention du
peuple dans le gouvernement est indispensable pour garantir sa liberté. Mais pour peu que le peuple fasse un
usage imprudent du pouvoir légal que lui donne cette intervention, et qu'à l'appui de cet abus du droit il mette
l'emploi de sa force, tout est détruit, et le gouvernement
disparaît. Ceci, je pense, n'a pas besoin d'être prouvé.

Malgré la propagation des lumières en Fance, il existe
toujours une masse immense de peuple qui en manque,
ou qui n'en a que de fausses : si divisée que soit la propriété par l'effet de nos excellentes lois civiles, il existe
toujours une masse immense de peuple qui ne possède
rien, ou à peu près rien. Là, est incontestablement la
majorité numérique et la force : là, sont et seront toujours des privations, des souffrances, des travaux pénibles :
là, se trouveront toujours le mécontentement, l'inquiétude,
le désir d'améliorations, non pas graduées et paisibles,
mais promptes et radicales; là, couveront toujours des
ressentiments injustes dans leur violence, quoique fondés
sur de tristes et déplorables réalités! Telle est l'éternelle
loi de la nature humaine : vous pouvez la nier sans
doute, mais vous ne pouvez la changer; et si vous laissez
flotter indécise cette foule de volontés, de passions et de
bras, n'espérez jamais établir un ordre quelconque dans

l'État, une force quelconque dans le gouvernement, une liberté quelconque pour les citoyens, sans cesse exposés dans toutes les questions politiques, non à une décision raisonnée et légale, mais à une lutte violente et déréglée contre les mauvaises passions et les intérêts délirants.

On me répondra, je le sais, que pour remédier à cette crise sans cesse imminente, il faut éclairer le peuple et améliorer sa position. J'adhère de toute mon âme à ce vœu philanthropique; tel est le véritable moyen d'arriver à la solution définitive de la difficulté. Mais ce n'est l'affaire ni d'un jour, ni d'un an, ni d'un siècle peut-être! Préalablement vous détruirez la possibilité de ce résultat, si vous accordez au peuple une action politique qu'il ne devrait avoir qu'une fois ce résultat obtenu, et si vous choisissez, pour augmenter l'action gouvernementale de la démocratie, le moment d'une révolution toute récente où le peuple a tranché par la force les questions qui, dans l'ordre ordinaire et normal de la société, doivent être décidées par les lois. Vos intentions sont bonnes, je l'accorde; mais vous vous lancez dans des combinaisons qui en rendront l'accomplissement impossible : car ces combinaisons, sources d'insubordinations, de luttes, de crises tumultueuses dans le moment présent, vous ôteront précisément les moyens actuels d'améliorer le sort du peuple et de l'éclairer.

CHAPITRE XII.

La force des institutions gouvernementales ne vient point de leur origine, mais de leur analogie avec les besoins et les mœurs des peuples.

La grande et perpétuelle erreur de nos politiques est de croire toujours que la force ou la faiblesse d'une institution gouvernementale est puisée dans *son origine*; de croire qu'une dynastie n'a de base que dans le passé; qu'une constitution n'a de base que dans la sanction du scrutin; que tout pouvoir qui n'implique pas la réalisation d'un principe absolu et rationnel, n'a pas en lui-même sa cause de force et de durée. — Tout cela est faux et absurde; c'est de la vieille et fausse logique féodale ou révolutionnaire, une véritable logomachie d'écoliers.

Qu'une dynastie n'ait pas d'antécédents régulièrement héréditaires, qu'une constitution n'ait pas été régulièrement votée ou acceptée par le peuple qu'elle doit régir, ce n'est pas là ce qui doit rendre la dynastie impossible ou la constitution impuissante. — Elles pourraient au contraire réunir ces prétendus gages de force tant préconisés de chaque côté par les légitimistes et par les républicains, que cependant elles pourraient fort bien aussi n'avoir ni stabilité dans le présent, ni certitude de durée pour l'avenir.

La chose est fort claire, ce me semble : la dynastie de Charles X avait huit siècles de base héréditaire, et trois jours l'ont expulsée du sol français. — Les trois ou quatre constitutions républicaines de la France, depuis

1791, avaient été bien populairement fabriquées et bien populairement votées, et il a suffi de vingt-quatre heures pour détruire chacune de ces constitutions.

Ce n'est donc point dans l'origine des institutions gouvernementales que se trouve principalement le germe de leur force. C'est dans leur analogie, leur similitude, leur convenance aux mœurs et aux besoins des peuples qu'elles doivent régir. — Lorsqu'une constitution n'est pas convenablement pondérée, il importe fort peu que le peuple l'ait faite lui-même ou l'ait régulièrement votée : elle croulera tout aussi bien, et même n'en croulera que mieux, parce que le peuple dira tout naturellement : Puisque je l'ai faite, je puis bien la défaire. Et comme la seconde qu'il fera, sera probablement plus mauvaise que la première, on voit facilement où doit conduire cette instabilité perpétuelle. De même pour une dynastie héréditaire, si, par son caractère, ses mœurs, ses tendances, elle ne satisfait pas aux besoins nationaux, ses huit siècles d'hérédité ne lui sont comptés pour rien. On l'exile du présent, on la renvoie régner dans le passé.

Si vous prenez la thèse contraire, vous aurez un résultat tout contraire aussi.

Supposons une constitution irrégulièrement fabriquée : la Charte de 1814, par exemple, octroyée par un pouvoir auquel personne en France ne reconnaissait le droit de l'octroyer, présentée à un corps législatif et à un sénat qui n'avaient aucun droit de l'accepter ; loi fondamentale, par conséquent, qui ne s'appuyait sur aucun droit, sur aucun principe. — Eh bien ! comme ses combinaisons gouvernementales étaient bien conçues, modérées, convenables aux besoins de l'époque, transaction-

nelles entre le passé et l'avenir, cette Charte, sans principe
et sans droit dans son origine, s'est acclimatée, s'est imprégnée dans la nation; la nation s'y est attachée, l'a
adoptée, l'a pratiquée, l'a défendue; et quand la royauté
qui l'avait octroyée a voulu la reprendre, elle n'a pu détruire son ouvrage. C'est, au contraire, son ouvrage qui
l'a détruite elle-même; et quoique les défenseurs de la
Charte, dans une préoccupation funeste, aient ensuite
changé ou modifié quelques-unes de ses combinaisons,
elle existe toujours, cette Charte tutélaire; ses trois pouvoirs régissent le pays, font nos lois, veillent à leur exécution; et si cette Charte n'existait pas, nous n'aurions
plus en France une seule des conditions organiques de
l'ordre social. Tout le monde s'en aperçoit maintenant,
et le temps n'est pas éloigné où tout le monde verra que
tout le bien que nous en éprouvons vient de la Charte elle-
même, et que l'anxiété qui trouble encore le jeu de nos
ressorts politiques, vient des conditions intempestives
qu'on y a introduites par la révision.

C'est donc une œuvre oiseuse et puérile que de discuter
la bonté théorique des lois relativement à un principe
donné, si l'on n'examine en même temps l'état des mœurs
politiques du pays auquel ces lois doivent être appliquées.
C'est ici, et ce sera toujours le cas de rappeler le mot du
législateur ancien : — *Je leur ai donné, non pas les meilleures lois qu'on pût faire, mais les meilleures lois qu'ils
pussent supporter.*

CHAPITRE XIII.

La Loi n'est point le Gouvernement.

—

Il y a deux choses que l'on a toujours confondues dans notre histoire, et que l'on confond aujourd'hui plus que jamais : *la loi* — *et le gouvernement*.

On s'est imaginé que le pays *devait être gouverné par la loi*, et les plus sages esprits se sont laissés égarer par cette maxime prétentieuse, dont le plus léger vice est de n'avoir aucun sens, quel qu'il soit. De là on a conclu que la liberté était le *despotisme des lois*, que le Roi devait être le *premier sujet de la loi*, et mille autres non-sens à l'aide desquels on fait de beaux discours qui remplissent les têtes de mille chimères insaisissables. — De sorte que lorsqu'on vient ensuite à l'application, il se trouve qu'on ne trouve rien, et que tous les jours on a un peu moins de gouvernement, jusqu'à ce qu'enfin on arrive à ne plus en avoir du tout et à ne plus savoir où le prendre.

La loi n'est point le gouvernement, — le gouvernement n'est pas la loi. C'est en réalité le gouvernement qui appartient au Roi, et non pas la loi, et c'est précisément ce que signifiait l'ancienne formule *si veut le roi, si veut la loi*; formule née de l'inspiration d'un sentiment vrai des choses, mais rédigée inexactement par des hommes qui n'avaient point perdu, comme nous, leur temps à discuter la rigueur métaphysique des mots.

Dire *si veut le roi, si veut la loi* ne signifiait point pour eux, toutes les volontés du roi sont des lois : mais signifiait, l'âme, la source, la virtualité de la loi viennent de l'autorité royale, qui concentre en elle seule tous les intérêts du pays, parce que l'intérêt royal est de les protéger tous avec justice et avec impartialité. C'est donc de l'autorité royale qu'émane la justice; c'est d'elle aussi qu'émane le réglement de tous les grands intérêts de l'État, la direction de l'État, le gouvernement de l'État, *la loi* de l'État. — Car hors de la royauté, il n'y a que des *intérêts particuliers*, à quelque région de la société que l'on veuille s'adresser.

Maintenant pour apporter plus d'exactitude dans la discussion qui nous occupe, j'irai plus loin, et je dirai ce qui distingue *la loi*, du *gouvernement* lui-même. On verra alors que l'on a exagéré ridiculement et désastreusement le domaine de la loi; que l'on a restreint ridiculement et désastreusement le domaine du gouvernement, et par conséquent la puissance royale qui en est et qui en sera toujours la représentation indélébile et sacrée.

Il y a deux choses, en effet, dans la vie des peuples, dans l'organisation nationale, dans l'existence réelle et successive des grandes masses d'hommes formées en corps de nation. — Il y a des intérêts fixes, précis, matériels ou moraux, mais appréciables d'une manière circonscrite et se résolvant en quelque sorte en *faits accomplis*, qui se renouvellent, qui s'appliquent à divers individus dans la société, mais qui peuvent se régler d'une manière à peu près certaine, se prêter à certaines formules dont des juges ou magistrats font l'application aux faits semblables, à mesure qu'ils se représentent et se renouvellent. — Cet ordre de faits sociaux est, à proprement parler, le seul qui puisse être réglé par *la loi*.

Mais il y a la vie générale, la vie éventuelle, la grande

activité des corps sociaux, soit dans leurs rapports intérieurs avec leurs diverses parties, soit avec les autres
corps de nation; relations toujours vives, toujours variées,
toujours mobiles et changeantes, agissant sur une grande
échelle, réagissant presque toujours dans tout le pays simultanément en impressionnant, souvent en sens contraires, les intérêts divers les uns par les autres; nécessitant,
exigeant impérieusement une solution prompte et assurée,
dans un moment donné : de telle sorte que si la décision
arrive après que le moment opportun est passé, la solution,
fût-elle bonne en elle-même, ne vaut plus rien, n'a plus
d'efficacité, et fonctionne souvent à contre-sens. — Eh bien,
tous ces grands rapports sociaux d'économie, de commerce,
de diplomatie, doivent rester dans le domaine du gouvernement, dans le ressort de la puissance arbitrale, volontaire, indépendante du gouvernement du ROI. La loi ne
peut et ne doit point y intervenir, surtout lorsqu'elle est
faite selon les formes consacrées aujourd'hui en France.
— Et le grand mal de notre situation, le grand embarras
qui empêche l'État de vivre, de respirer, qui nous pousse
graduellement dans un tas de bavardages désordonnés et
impuissants, ressemblant chaque jour un peu plus au cré-
tinisme du Bas-Empire, c'est que l'on a dépouillé le gouvernement du ROI de ses véritables attributions et de
tout son libre arbitre, pour transporter ces attributions
dans le domaine de la LOI, qui est et qui sera toujours
inhabile, impuissante à diriger ces grands intérêts d'une
manière utile et profitable à la société.

Il y a deux grandes raisons, deux motifs péremptoires, irréfutables, qui établiront victorieusement l'idée que
je viens d'émettre.

La première, c'est que si on laisse tous ces grands intérêts dans le domaine de la loi, jamais ils ne seront réglés
avec unité, promptitude et opportunité : de sorte que,
d'hésitations en hésitations, de retards en retards, de contradictions en contradictions, si, par grand hasard, arrive enfin une décision législative favorable, elle arrivera
à peu près toujours après que le mal qu'elle devait prévenir sera accompli et irréparable, ou bien après que le
bien qu'elle aurait dû faire sera devenu impossible : à
peu près comme une consultation de médecins qui aurait
duré si long-temps, qu'elle aurait prescrit le traitement
à suivre, deux ou trois jours après la mort du malade.

La seconde, c'est qu'à part même cet inconvénient radical et absolu, il est infiniment probable que la décision
législative sera en elle-même mauvaise et mal combinée.

N'examinons aujourd'hui que le premier point, — à
mon avis c'est le point capital, — tout véritable homme
d'État le comprendra.

Voyons d'abord ce qui se passe sous nos yeux. Nous
avons à faire de grandes lignes de chemins de fer? —
On a voulu faire intervenir la loi pour en régler les
conditions, la conception, l'exécution. — Alors on a marché de contre-sens en contre-sens : on a fait et défait;
on a voulu, puis on n'a plus voulu, — et qu'arrive-t-il? —
nous n'avons pas de chemins de fer; et nous les aurons,
si jamais nous les avons, dans de plus mauvaises conditions et beaucoup plus tardivement que dans les pays où
le gouvernement peut agir (1).

Nous voulons avoir un commerce, une marine, une

---

(1) Ce chapitre a été écrit en 1839

grande navigation marchande?—On veut faire intervenir
la loi, et qu'arrive-t-il? Il arrive que depuis dix ans la
législation continue et aggrave la destruction qu'elle devrait prévenir, empêche le bien qu'elle devrait créer, et
notre législation des sucres, en impôts, en droits, en
combinaisons faites et défaites, a causé à elle seule plus de
mal au pays, que les malheurs de la guerre ou les calamités de la nature n'auraient pu nous en faire. A force
de discussions de tribune, de rapports, de commissions,
de projets de lois, de consultations de toutes sortes, qui
n'ont eu d'autre effet que de perdre un temps précieux
et irréparable, on a si bien travaillé et si bien embrouillé
les choses, que maintenant nous aurons cent fois plus de
peine à réparer la moitié du mal, que l'on n'en aurait
eu à faire le bien complet de la navigation et du commerce, si cette partie de l'économie commerciale n'avait
pas été fatalement enfoncée dans le domaine de la législa-
lation. — Et même, si l'on veut que j'en dise mon avis
bien sincèrement, je crois que tant que cette partie de
l'économie publique sera dans le domaine de la loi, nous
serons sans cesse déçus dans nos espérances, et nous verrons les mesures qui sont prises, tellement contrebalan-
cées par les combinaisons auxquelles on nous forcera de
consentir, qu'en définitive elles ne produiront jamais le
bien dont nous nous serons flattés.

Nous avons eu enfin la fantaisie de créer une seconde
France en Afrique. Dieu sait toutes les belles phrases de
tribune, tout l'héroïsme de nos grands hommes de scrutin,
toutes les investigations du budget de l'armée, de l'administration, de la colonisation, toutes les entraves, tous les
embarras, toutes les surveillances légales dont cette grande

entreprise a été hérissée ! — Eh bien, comment toutes ces précautions législatives réussissent-elles ? Elles vont toutes à contre-sens, et on décuple le mal par tout ce grand échafaudage destiné à le prévenir. — Eh mon Dieu, comment, en chemins de fer, en commerce des sucres, en colonisation de l'Algérie, en toute grande entreprise, aurait-on pu plus mal faire que l'on n'a fait par le système législatif suivi en France ? — Il m'est absolument impossible de le deviner.

Je sais bien qu'on me dira : — Mais en laissant la volonté du gouvernement, issu de l'autorité royale, libre d'agir dans cette grande sphère d'intérêts, ne serait-il pas possible aussi que le gouvernement se trompât ? — Sans doute, la chose est possible ; mais elle est beaucoup plus improbable, et dans les choses humaines, il faut toujours risquer une chance quelconque pour le mal si on veut avoir la chance du bien. A force de précautions législatives pour éviter le mal, on arrive à rendre le bien impossible, et même toute action impossible dans le moment opportun et d'une manière convenable. Si ces grands intérêts étaient, ainsi qu'ils devraient l'être, considérés comme *matières de gouvernement*, et non pas comme *matières législatives*, on aurait toujours un immense avantage. C'est que la décision, si elle était bonne, pourrait être prise en temps opportun, tandis que, dans la voie où nous sommes, cela est absolument impossible et le deviendra de jour en jour davantage.

Le gouvernement est l'action directrice et arbitrale du pouvoir ; il faut, de toute nécessité, en courir les mauvaises chances, si l'on veut avoir la possibilité des bonnes. Dans la voie contraire, on détruit le bien en germe, de

peur qu'il ne se corrompe en se développant. On arrive
à la torpeur, à l'impuissance, au néant. Il faut donc
rendre à la société le moyen de vivre et d'agir, dût-elle
accidentellement mal agir et mal vivre. —Voilà ce que
signifie l'axiome : *Si veut le roi, si veut la loi.*

La *loi* proprement dite est autre chose; elle n'est que
le réglement préservatif et conservateur des intérêts particuliers, dans l'ordre des faits accomplis et appréciables
d'une manière exacte et à l'avance. Les grands faits éventuels et vitaux de la société ne peuvent entrer dans son
domaine. On peut l'essayer, sans doute; mais alors on
sera obligé de les rétrécir, de les tronquer, de les châtrer,
de manière à les éteindre. Et si l'on sort de l'ordre des
faits secondaires, la loi peut tracer une barrière autour
du gouvernement. —Voilà tout. — Encore faut-il que la
barrière soit très-large, et que, dans l'enceinte, la royauté
puisse se mouvoir librement et sans entraves. Quant aux
abus que le gouvernement,—et par ce mot, j'entends la
ROYAUTÉ,—peut faire de la puissance que je réclame pour
lui , je montrerai qu'on les grossit à plaisir pour s'en
alarmer. Mais auparavant je dois compléter l'exposition
de principes que j'ai commencée.

La Prusse est, je crois, un des États européens que
l'on est convenu d'appeler *absolutistes.* — Je crois encore,
si je ne me trompe, que les intérêts commerciaux en ce
pays sont considérés comme *matières de gouvernement,* et
que le gouvernement étant en Prusse dévolu à la royauté,
c'est la royauté, par ses agents, qui règle les dispositions
des douanes, tandis qu'en France les douanes sont réglées
par la LOI faite par la chambre élective, le roi n'ayant que
provisoirement et par exception, le droit de régler les cas

d'urgence, avec l'obligation d'obtenir, le plus promptement possible, la ratification de la chambre élective.

Les deux systèmes sont donc bien tranchés. — En Prusse, le ROI, en France, la LOI, sont les régulateurs des tarifs et des douanes. Eh bien, maintenant, comparons les résultats.

Voyez combien le système des douanes a été calculé habilement en Prusse, pour agglomérer successivement autour d'elle, par l'union des douanes allemandes, tous les intérêts de production et de consommation, pour le plus grand bien et la plus grande prospérité des sujets du roi de Prusse. Voyez comment ce réseau douanier, ingénieusement calculé, tend progressivement à englober les relations commerciales dans l'atmosphère, dans le rayon d'action de la Prusse! Voyez la Belgique elle-même, cette sœur jumelle de la France, circonvenue, presque captée, et penchant vers cette alliance commerciale, contraire à ses vrais intérêts et surtout aux intérêts de la France!

Maintenant, comparez à cette habileté tenace de la Prusse, à ses calculs prémédités et suivis avec autant de patience que de justesse, la marche à la fois despotique et contradictoire du système de nos douanes françaises, telles que l'omnipotence parlementaire nous les a faites. Voyez combien, au lieu d'être combinées vers l'agrandissement extérieur du commerce français, nos douanes, si péniblement réglées par nos assemblées électives, resserrent de plus en plus nos relations, épuisent notre marine, et dégoûtent de nos alliances, de nos rapports, de nos échanges commerciaux, la plus grande partie des peuples des deux continents, qui ont presque tous une tendance naturelle pour nous, une préférence marquée pour nos produits et nos mœurs. — Dites, répondez sincèrement ; trouvons-nous à l'avantage de nos pouvoirs démocratiques, à l'avantage de notre souveraineté électorale, une supériorité marquée sur le pouvoir monarchique de la Prusse, pour ce qui concerne au moins le système et les combinaisons des douanes des deux pays? Et ne voit-on pas que nos pouvoirs électifs de France sont encore bien plus incapables dans le fond qu'ils ne le paraissent au premier coup-d'œil, car ils ont un grand pays *agricole* et *maritime* à féconder, double caractère que la Prusse est bien loin de réunir au même degré, surtout le dernier.

Reprenons le fil de notre discussion.

Après avoir montré que les réglements d'économie commerciale devaient être traités comme *matières de gouvernement*, et non pas comme *matières législatives* ; après avoir montré, par quelques exemples, que les réglements d'économie commerciale étaient mal combinés, inopportuns, fâcheux et mauvais, quand ils étaient faits sous forme législative, au lieu d'être laissés à la décision arbitrale du gouvernement lui-même, j'ai dit que ce n'était point l'effet accidentel de quelques circonstances qui causait ce mal ; que ce mal ressortait de la nature des choses ; que c'était le résultat normal de notre fausse organisation législative, et que, par conséquent, en nous obstinant à suivre la même voie, nous arriverions presque toujours au même résultat. Je vais dire comment et pourquoi il en est ainsi. On en conclura peut-être qu'il en sera de même pour beaucoup d'autres objets, et l'on aura raison. Je ferai comprendre, tôt ou tard, qu'une assemblée élective n'est propre qu'à être purement *législative*, encore dans une sphère assez restreinte, et qu'elle désorganise tout,

aussitôt qu'elle veut se mêler de régler législativement les
matières de gouvernement. Jamais une assemblée élective ne doit gouverner, ni directement, ni indirectement.
— Écoutez.

Il y a toujours, dans la marche séculaire des sociétés
humaines, un point de départ *au mal* comme *au bien*.
L'un et l'autre, avant de fermenter, de se développer, de
s'étendre dans la société tout entière, pour sa détresse ou
pour sa prospérité, apparaissent comme un germe, dont
la fécondation produit le malheur ou le bonheur des nations.

Mais il n'est pas donné à tous les esprits d'apercevoir
ce germe à sa naissance. Il n'est pas donné à tous les
hommes politiques, même à beaucoup d'entre ceux qui
ont de grands talents, d'avoir ce coup-d'œil prompt et
sûr, qui saisit les causes dans leurs racines, qui en prévoit les effets, et qui en calcule les conséquences.

Et parmi le petit nombre d'hommes à qui ce coup-
d'œil supérieur est départi par la Providence, il en est
encore un bien plus petit nombre qui, en outre du don
de la *vue*, soient favorisés de la faculté de l'action. —
Ceux-là sont les véritables puissances, les véritables domi-
nateurs de l'humanité. — Ils voient justes et agissent de
même. — Quand le don de la vue et celui de l'action sont
séparés, on n'a que de faux grands hommes, qui ont tout
juste assez de talent pour faire de grandes et brillantes
inconséquences, pour constater de grands et brillants
avortements. — A quelques institutions que ces hommes
s'appliquent, peu importe, monarchiques ou libéraux, ils
sont toujours incomplets et impuissants. Ce n'est pas aux
institutions qu'il faut s'en prendre. Si bonnes, si fortes

que vous les supposiez, elles ne fonctionnent jamais toutes seules. Qu'est-ce que la loi sans l'homme? — Rien : automate, lettre morte : — c'est le souffle vivant qui fait tout.

Supposons donc, pour comparer le résultat des deux genres d'institutions, que les pays soumis simultanément aux unes et aux autres, soient dirigés par des hommes forts, complets, ayant le don de voir et l'instinct de l'action.

Dans un pays soumis aux institutions démocratiques, dans un pays où la loi, faite par le pouvoir électif, a envahi le réglement des *matières de gouvernement*, supposons un homme de vue et d'action à la tête de ce gouvernement ; supposons-le moral autant qu'intelligent , et voyons comment il sera contraint d'agir.

Le germe d'un grand mal ou d'un grand bien social se révèle à sa pensée; il aperçoit dans la société ce germe fatalique qu'elle n'aperçoit pas elle-même. Il sait que son devoir et sa mission sont d'user de la puissance pour neutraliser le germe du mal ou féconder le germe du bien que la société ne peut pas apercevoir encore. Mais le gouvernement est lié. Tout doit être fait législativement. Il faut donc, pour avoir les moyens de faire avorter le mal et de faire germer le bien, qu'il ait la permission des *représentants électifs* d'une société qui ne peut encore en avoir connaissance. Il est donc arrêté dès le premier pas. « A quoi bon demander ce consentement, dira-t-il?... Je » ne l'obtiendrai pas. »

C'est ce qui m'a été répondu en 1837, à Paris, par un des hommes d'état les plus influents de cette époque. Je lui faisais voir que la plupart des mesures votées depuis

la révolution de juillet étaient toujours arrivées tardivement, et après le développement du mal dont elles auraient dû et pu faire avorter le germe, si elles l'avaient
saisi, dès son origine, à sa naissance. Je lui faisais voir
comment ces mesures, bonnes en elles-mêmes, mais votées trop tard, rendues incomplètes par les scrupules de
ceux qui les votaient, parce qu'ils en comprenaient très-
imparfaitement encore la nature et la nécessité, avaient
toujours manqué leur effet. Comment, les voyant privées
d'efficacité, le gouvernement avait été découragé de les
appliquer dans toute leur portée, ce qui les avait rendues
plus inefficaces encore, et avait peu à peu conduit à les
laisser tomber en désuétude. De sorte que le gouvernement qui les avait proposées trop tard et trop faiblement,
avait eu tout l'odieux de leur impopularité, sans recueil-
lir l'avantage de leur action. — Mauvais calcul, qui nous
a conduits où nous sommes.

Car, qu'on ne s'y trompe pas : ce parti conservateur,
évidemment poussé par sa conscience à prendre des mesures antipathiques à ses préjugés libéraux ; ce parti des
221 qui par ses scrupules amortissait toute la force du
gouvernement auquel il reprochait ensuite d'être faible ;
ce parti d'ordre et de repos, qui ne combattait que les
abus des mauvais principes, mais qui respectait au fond
de son cœur ces mauvais principes eux-mêmes qu'il prend
pour des vérités.... quel usage a-t-il fait de ses droits législatifs qu'il a transformés en droits de gouvernement?....
Il a produit précisément le résultat qu'il voulait éviter.
— Il combattait les partisans de la monarchie à institutions républicaines, et il a soumis la monarchie aux institutions les plus républicaines qui jamais aient annulé

la royauté. N'est-ce pas le résultat évident de sa conduite parlementaire? N'est-ce pas ce que nous avons sous les yeux ?

Nous en sommes donc réduits à penser, ou qu'il n'y avait pas un seul homme d'état assez perspicace pour apprécier un résultat si évident et si prochain, ce qui n'est pas supposable; ou bien que, le voyant, ils ont fait comme s'ils ne le voyaient pas, et se sont laissés aller au torrent, sous prétexte de l'amortir ou de le diriger.

Cette dernière supposition est la vérité. —Tel est le reproche amer que je leur faisais dans l'intimité. —Voici leur réponse :

Sans doute, ces mesures proposées plutôt et plus complètes, auraient produit un plus grand bien. Mais le pouvions-nous? Les nations, dans leur ensemble, les populations disséminées sur un grand empire, n'aperçoivent ni le bien ni le mal dans *leur germe*, elles n'en reconnaissent l'existence que par *leurs effets*. Il faut donc que le germe du mal et du bien se prononce, se manifeste, se ramifie; que, par des faits, il devienne sensible à l'intelligence des masses, pour que l'opinion en soit bien convaincue, pour qu'une réaction salutaire s'opère dans les grandes villes, dans les villes secondaires, enfin dans les *arrondissements électoraux*; que la nomination des députés s'en ressente, et qu'on nous envoie alors, à la chambre, des députés disposés à sanctionner les mesures que nous méditons depuis long-temps, et qu'alors enfin, alors seulement, nous avons l'espoir de voir transformer en lois par la majorité. Mais si, avant cette époque, si, dès le premier instant que nous apercevons le germe du mal, nous présentions à la chambre élective les mesures motivées

par l'appréciation intime que nous faisons de l'état des
choses, elle les repousserait, elle prendrait cette appréciation pour une rêverie de notre cerveau, elle n'aurait aucune sympathie pour l'ordre d'idées que nous lui présen-
terions, et nous tomberions au premier pas abandonnés
par la majorité. Nous avons donc agi prudemment et
comme il convient, dans une société régie par une constitution libre, en attendant pour proposer les lois dont il
s'agit, le moment où il nous était possible de les faire
adopter.

Dites donc, répondis-je à mon illustre interlocuteur,
que vous avez agi comme il ne convient jamais d'agir,
mais comme on est quelquefois entraîné à le faire dans
une société anarchique, soumise à une formule politique
impuissante, à un semblant de gouvernement. — Quoi !...
l'homme serait fait pour vivre en société, et la Providence
lui aurait donné une telle nature que, dans cette société,
il faudrait nécessairement attendre que le germe du bien
eût avorté, avant de pouvoir le féconder par l'action du
gouvernement, et que le germe du mal se fût développé
au point de devenir inguérissable, avant de pouvoir y
porter remède ?... Ne voyez-vous pas qu'entre le moment
où le germe du mal vous apparaît, et celui où il sera ra-
mifié et développé de manière à se rendre perceptible dans
les faits jusques aux extrémités de l'empire, pour y produire une réaction favorable dans les colléges électoraux,
il s'écoulera toujours un espace de temps assez considérable, pour que le mal soit devenu tel que le remède soit
complètement impuissant à le guérir ? Ne voyez-vous pas
que c'est ce qui a causé l'avortement de vos lois de septem-
bre ? Ne voyez-vous pas que c'est la cause de l'anéantisse-

ment fatal où notre monarchie s'affaisse de plus en plus? Ne voyez-vous pas que c'est toujours à son origine, dans son principe, que le mal doit être saisi, si on veut le combattre avec succès? Quand vous l'apercevez vous-même, peut-être est-il déjà trop tard, et vous préconisez un système où il vous faudra forcément rester inactifs, et attendre je ne sais quel long délai, pour oser seulement essayer de proposer un remède insignifiant et retardataire?—Et c'est là, selon vous, l'état normal d'une constitution libre?... Selon moi c'est l'anéantissement normal de tout gouvernement et de toute véritable société.

Et c'est ici que se reproduit, dans toute sa lumière féconde, la distinction que j'ai faite entre les *matières purement législatives*, et *les matières de gouvernement*. — Que vous soumettiez au régime éminemment retardataire des pouvoirs électifs, les matières purement législatives; eh bien! à la rigueur, cela peut encore passer. Une loi sur les testaments, sur les mariages, sur les contrats et obligations, qu'elle soit faite un an, deux ans, trois ans plutôt ou plus tard, cela ne peut avoir un effet décisif et fatal pour un ordre de mesures qui peut durer et fonctionner plusieurs siècles; mais les mesures de douanes, les mesures d'économie sociale, les mesures qui règlent les rapports vitaux, instantanés, changeants, d'une société mobile et agitée, *les matières de gouvernement* en un mot, vouloir les soumettre à un mécanisme législatif, où le germe même des choses sociales ne peut jamais être apprécié, à un mécanisme législatif, qui ne peut agir que par la réaction lente et très-incertaine des extrémités du corps électoral sur le centre et sur la tête du gouvernement, de telle sorte qu'on ne commence à chercher le remède

au mal, qu'après lui avoir laissé atteindre son développement presque complet?..., et qu'on ne peut chercher à
féconder le germe du bien qu'après l'avoir laissé avorter.... Eh mon Dieu! c'est l'infaillible moyen d'échouer
constamment dans les plus justes desseins, dans les meilleures entreprises! Avec un pareil système, vous secourrez
vos colonies quand elles seront mortes, votre marine
quand elle sera éteinte, votre commerce quand il sera
anéanti, vos propriétaires de vignes quand ils seront rui-
nés. Vous attendrez des électeurs le droit de réprimer les
factions, quand les factions, par leurs menées, auront
corrompu tout l'empire et peut-être les électeurs eux-
mêmes. Vous vous enfermez dans un cercle vicieux dont
vous ne sortirez jamais; et moi, jamais je ne consentirai à
y entrer tant qu'il me restera un peu de cœur dans l'esprit, et un peu d'esprit dans le cœur!

Voilà ce que je disais à Paris, en 1837, aux hommes
que je croyais encore mes amis, quand le pouvoir, placé
comme sur une sorte de *bief de partage*, ne savait encore
de quel côté il allait incliner.—Étais-je donc, comme on
l'a dit depuis, un téméraire, un homme sans calme et
sans modération? Ou ne m'est-il pas permis de croire que
je développais avec chaleur des maximes que j'avais étu-
diées et calculées de sang froid; que j'exprimais, avec
franchise et dévoûment, des prévisions fortes et motivées, dont les événements n'ont que trop justifié la vérité?

CHAPITRE XIV.

De la Puissance arbitrale dans l'autorité publique.

—

Si régulière, si légale, si constitutionnelle qu'on puisse concevoir une organisation gouvernementale, il faudra toujours, si l'on veut que la machine puisse jouer et se ployer à tous les besoins de la société, laisser au pouvoir qui la dirige, je ne dirai pas une certaine latitude *arbitraire*, parce que ce mot est flétri dans le langage politique, mais une certaine latitude *discrétionnaire*, pour assortir et approprier l'action administrative aux nombreuses modifications que les faits sociaux présentent à chaque pas.

Au sortir d'une révolution, le gouvernement a plus besoin que jamais de cette latitude *discrétionnaire*.

Si, au contraire, et par méfiance, on enchaîne le gouvernement sous des règles inflexibles et minutieuses, qui s'efforcent de prévoir tous les cas éventuellement possibles; si l'on cherche à rédiger d'avance une décision toute faite pour chacun de ces cas, de telle sorte que le gouvernement n'ait plus ni à penser, ni à délibérer, ni à décider, mais qu'il soit seulement chargé d'appliquer à chaque circonstance la règle qu'on lui aura impérieusement prescrite, il en résultera des lois compliquées, contradictoires, mal faites, qui affaibliront le gouvernement en le tenant perpétuellement sous le coup d'une fausse *suspicion légitime*, et qui, en même temps, désorganiseront la société elle-même, en la soumettant à des règles de détail qui, si bien qu'on se soit efforcé de les calculer, s'appliqueront toujours fort mal aux faits réels et variés de chaque jour.

Pour désigner cette latitude discrétionnaire indispensable au gouvernement, je me sers du mot *puissance arbitrale*, pour éviter le mot *pouvoir arbitraire*.

J'ai recours à ce changement dans le langage politique, pour deux motifs : — Premièrement, parce que le mot *puissance arbitrale* est infiniment plus juste et rend mieux ma pensée; secondement, parce que, comme je viens de le dire, le mot *pouvoir arbitraire* est un mot perdu de réputation, un mot honni, conspué, qui prêterait à mille fausses récriminations.

Il y aurait un chapitre bien intéressant à faire sur l'influence pernicieuse des mauvaises locutions politiques. Contentons-nous de faire observer que la loi elle-même l'a reconnu de la manière la plus positive, quand, au lieu du mot pouvoir *arbitraire*, elle s'est servi du mot pouvoir *discrétionnaire*, toutes les fois qu'elle a autorisé la volonté individuelle du juge à suppléer l'insuffisance inévitable des injonctions légales, et à remplacer les impossibles prescriptions que la législation ne pouvait tracer d'avance pour des cas éventuels et insaisissables.

Entrons en matière et précisons bien notre marche.

Je distingue deux forces actives dans toute organisation gouvernementale, — qui doit comprendre elle-même trois régions dictinctes, l'ordre judiciaire, l'ordre administratif, l'ordre politique ou purement gouvernemental. — Ces deux forces qui doivent se trouver balancées dans la direction des trois régions, judiciaire, administrative et politique, sont la *puissance légale* et la *puissance arbitrale* des agents de l'autorité publique.

Ces deux puissances sont légales si l'on considère leur origine, car toutes deux doivent être établies par la loi. Mais elles sont de nature différente dans leur action, et voilà pourquoi je les distingue.

J'appelle *puissance légale*, celle dont la loi investit ses agents judiciaires, administratifs, politiques, d'un bout à l'autre de l'échelle sociale, en traçant des règles fixes et précises, expression présumée de la volonté générale, et dont il n'est pas permis aux fonctionnaires des trois ordres de s'écarter, sous quelque prétexte que ce soit, parce que leur volonté individuelle ne doit pas prévaloir sur les commandements de la société elle-même.

J'appelle *puissance arbitrale*, celle dont la loi investit ou devrait investir ses agents judiciaires, administratifs et politiques, et qui laisserait en certains cas à leur volonté individuelle, à la décision de leur *libre-arbitre*, le droit de prononcer, d'ordonner, d'agir suivant la nature et l'exigence des affaires.

Ici, je dois faire remarquer combien le mot *arbitral* que j'emploie est plus juste que le mot *arbitraire*, quoiqu'il ait évidemment pour but d'exprimer la même idée.

L'un et l'autre viennent évidemment de la puissance de liberté morale, du libre-arbitre donné à l'homme par la Providence. Mais ce mot *arbitraire* implique caprice, égoïsme, despotisme privé des intérêts dans l'usage de cette volonté individuelle, tandis que le mot *arbitral* range l'usage du pouvoir laissé à la volonté individuelle par la loi, sous l'empire de la raison et de la conscience. Le fonctionnaire devient alors *arbitre*, arbitre amiable et décisif, non dans son intérêt isolé, mais dans l'intérêt de la société elle-même.

Cette faculté accordée au gouvernement d'apprécier les faits et d'y appliquer celle des deux répressions qu'il jugerait convenable, est l'attribut indispensable du pouvoir. C'est ainsi qu'il est libre d'agir, limité par la loi, mais non enchaîné par elle; c'est ainsi qu'il peut donner à sa marche une direction intelligente appropriée à la nature des éventualités, à l'intensité du danger, aux circonstances atténuantes ou aggravantes qui l'accompagnent. En un mot, c'est ainsi qu'il est légal sans être esclave, et arbitral sans être arbitraire.

C'est surtout dans les matières civiles, administratives, commerciales, qu'il conviendrait de régler ainsi nos lois. Alors la discussion parlementaire, traçant seulement les limites entre lesquelles le gouvernement serait renfermé, et lui laissant, entre ces limites, la faculté d'agir arbitralement d'après l'appréciation des faits, en premier point, les discussions des Chambres ne seraient plus interminablement chargées d'un tas énorme de dispositions réglementaires qui consument tout leur temps, qu'elles font toujours mal, parce qu'il est impossible qu'elles les fassent bien; et, d'un autre côté, les éventualités administratives étant alors appréciées par le gouvernement, il ne serait pas, comme il l'est maintenant, réduit à l'impuissance ou à une pitoyable inefficacité, quand la règle strictement établie par la loi ne s'applique pas exactement ou suffisamment aux éventualités qui surviennent.

Ceci bien entendu, je dis qu'il n'y a ni gouvernement, ni liberté, ni société possibles, si les agents de l'autorité publique en sont réduits à la puissance purement *légale*, et s'ils ne sont en outre investis d'un certain degré de *puissance arbitrale*, qui laisse à leur volonté, à leur conscience individuelle, une part, souvent fort large, dans la direction sociale de l'État : — direction qui, comme je l'ai déjà dit, comprend les trois régions judiciaires, administratives et politiques.

L'horreur du pouvoir absolu, qui primitivement a réglé nos sociétés modernes dans son seul intérêt, absorbant tout dans son inique égoïsme, a poussé naturellement l'opinion publique dans une réaction opposée; alors il a été dit, enseigné et reçu, comme une grande et universelle vérité, que la loi seule devait agir, et que la volonté individuelle des agents de l'autorité publique devait disparaître ou se taire. On a voulu créer une puissance fictive dans la loi, tellement maîtresse des volontés de ces agents, qu'elle pût à la fois agir par eux et sans eux, qu'ils devinssent ses esclaves, qu'ils lui prêtassent leur action, comme un automate obéit aux ressorts qui le poussent, comme le clavier d'un instrument rend tel ou tel son fixe et prévu, quand on pèse sur telle ou telle touche; de sorte que l'ordre gouvernemental pût être noté et chiffré comme une partition qu'il ne s'agirait plus que de lire et d'exécuter.

Tout cela, je le répète, a été le résultat naturel de la juste horreur inspirée par le pouvoir absolu, despote inique, qui avait faussé dès leur origine, et à son profit, l'organisation de nos sociétés modernes. Mais cette réaction, pour être naturelle, n'en est pas plus juste. Elle ne constitue pas moins une chimère, un véritable rêve, une complète impossibilité. D'une erreur extrême on s'est précipité dans une nouvelle erreur, plus généreuse dans ses motifs, mais tout aussi extrême et tout aussi vicieuse dans son excès. Là, comme partout, la vérité est dans le *juste-milieu*. C'est donc là que nous allons la chercher.

En effet, eût-on organisé des milliers d'automates judiciaires, administratifs et politiques, tellement enchaînés, tellement bridés, tellement circonscrits dans leur cadre légal, qu'ils ne pussent en sortir ; eût-on organisé toute la partition gouvernementale de telle sorte qu'en posant le doigt sur telle touche du clavier législatif, il rendît nécessairement le son demandé, encore faudra-t-il une volonté humaine, une main humaine, un œil humain, pour monter les automates, toucher le clavier, lire la partition ; mais si la volonté humaine monte mal les automates, lit mal la partition, touche mal le clavier, comment la loi y suppléera-t-elle par sa seule volonté métaphysique ? La loi peut bien, jusqu'à un certain point, tracer une barrière qui retienne, mais non pas créer un mobile qui anime et fasse agir. Il lui faudrait pour cela une part de la puissance divine, et nos législateurs n'auront pas sans doute assez de présomption pour essayer cette usurpation sur la Providence.

On arrivera donc toujours à avoir pour premier mobile une volonté humaine qui, pour l'exécution des lois, doit agir contre d'autres volontés humaines qui y font obstacle.

Et de là résultent deux choses :

1º Complète impossibilité d'anéantir la volonté humaine chez les agents chargés de l'exécution des lois ;

2º Complète impossibilité de prévoir tous les cas éventuels des nécessités judiciaires, administratives et politiques, que peuvent faire naître les mille résistances des volontés humaines à l'exécution des lois.

Ainsi se démontre l'impossibilité d'organiser la société

humaine sous l'empire d'un *légalisme général et absolu*.
Cette chimère, que poursuivent les théoriciens démocratiques de l'école révolutionnaire, doit nécessairement arriver
ou à frapper le gouvernement d'impuissance totale, ce qui
plongerait la société dans le marasme politique et dans
l'anéantissement; ou à chercher un mobile constant, une
puissance *arbitrale*, perpétuellement agissante, dans la
volonté populaire, faisant et défaisant les lois selon les
tumultueux caprices de ses passions, à mesure que la puissance purement légale des agents de l'autorité publique
deviendrait successivement insuffisante : de sorte que,
pour avoir refusé une puissance arbitrale modérée et restreinte à l'élite intellectuelle de la société, on serait réduit à accorder une puissance arbitrale, sans frein, sans
limites, sans ordre et sans terme, à l'être collectif le plus
ignorant, le plus passionné, le plus changeant, le plus
arbitraire, — au peuple.

Ce problème, — de légalisme général et absolu, — nous
ne sommes pas les premiers qui ayons cherché son impossible solution. Bien des peuples républicains l'ont essayé
avant nous. Et je dois dire que, non-seulement ils ont
échoué dans cette tentative, ce qui n'impressionnerait pas
beaucoup mes contradicteurs, car ils me répondraient :
« Ils s'y sont mal pris; nous nous y prendrons mieux,
» parce que nous avons plus d'expérience qu'eux » ; mais
je dois dire plus, c'est que cette tentative de légalisme
absolu et général les a poussés instantanément dans l'arbitraire le plus extrême, dans la violence la plus individuelle, pour suppléer à l'insuffisance des lois générales !

Ainsi, pour ne citer que des exemples bien connus, la
république romaine avait organisé les droits des citoyens

sur la plus forte échelle; nulle loi ne pouvait devenir
telle sans le consentement du peuple assemblé. Les magistrats du peuple veillaient à ce que les gouvernants ne pussent s'écarter des lois; ils accusaient devant le peuple les
sénateurs et les hommes consulaires; la moindre infraction
à la loi autorisait une poursuite dont le bannissement ou
la mort pouvait devenir le terme. Que de précautions
contre l'arbitraire !

Eh bien! c'est de là que l'arbitraire est né; c'est là qu'il
s'est nourri; c'est là qu'il a pris des forces d'autant plus
insurmontables, que la république ne pouvait s'en passer.
C'est là, ainsi que je l'ai démontré, ce qui a rendu si terrible et si fréquente l'action de la dictature; c'est là ce qui
nécessitait dans les mœurs privées la puissance paternelle
d'abord arbitraire et sans bornes, la puissance maritale,
presqu'aussi absolue, et la puissance des censeurs, le plus
choquant arbitraire de tous ceux que l'esprit humain
pourra jamais imaginer; arbitraire qui, avec la dictature,
a été la plus puissante cause de la grandeur romaine et
de la durée de la république! Et l'on voit par là, que cette
prétendue liberté politique, qui devait naître de l'empire
absolu des lois, nécessitait au contraire d'intolérables
chaines qu'il fallait supporter dans toutes les réalités pratiques de la vie. —Et plus on tomberait sous l'empire d'un
légalisme général, plus on arriverait à l'arbitraire dicta-
torial et censorial, dans l'État et dans la famille, ou à la
dissolution de la famille et de l'État.

Ainsi lorsque l'action des lois générales devient impuissante, parce que les agents de l'autorité publique, li-
mités dans leur action, n'ont pu réprimer les obstacles que
les lois générales n'ont pu prévoir, comment veut-on

que la direction gouvernementale continue?... Il faut
alors que la machine craque et se dissolve, ou que l'arbitraire gigantesque et hideux de la dictature vienne faire,
par les armes et la violence, ce que l'on n'a pas voulu
laissé faire aux agents de l'autorité publique, par une
puissance arbitrale, consciencieuse et limitée. On a ainsi
tout-à-coup ce que l'on n'a pas voulu supporter graduellement et en détail. On a, par la proscription et
la terreur, ce que l'on n'a pas voulu recevoir de la
subordination et de l'obéissance morale. — Est-ce donc
là ce grand progrès politique dont on fait tant de fracas? Est-ce là, opposants insensés, que vous trouverez la
sécurité publique, la liberté commerciale, l'amélioration
morale et réelle de la race humaine? Non, je vous le crie
avec toute la spontanéité de ma conscience, c'est là que
vous trouveriez l'impuissance des lois, le trouble des familles, la mort de toutes les libertés publiques et du véritable progrès social!

Cette impossibilité d'anéantir entièrement la volonté
humaine devant la loi, on la trouvera partout, et toujours d'autant plus frappante qu'on aura voulu établir
une liberté politique plus absolue dans la loi. Ainsi, en
Pologne, par exemple, chez ce malheureux peuple, aussi
généreux que témérairement irrationnel dans toutes ses
conceptions, là où la royauté était élective, impuissante,
enchaînée, là aussi, chaque citoyen avait, contre tout
envahissement des partis, la garantie légale de la résistance arbitraire. La dictature y était renversée de sa base
sur son sommet; les gouvernés l'exerçaient contre le gouvernement. Le *droit de confédération* et le *liberum veto*,
derniers excès où la résistance arbitraire puisse jamais se

porter, remplaçaient la sage puissance arbitrale dont le gouvernement était complètement dépouillé. On en connaît le résultat ; la liberté détruite d'abord, la nationalité perdue ensuite, et la puissance arbitraire d'un despote étranger substituée à l'éternelle anarchie d'un peuple qui voulait vieillir sans sortir jamais des rudiments grossiers de sa première enfance !...

Non, jamais on ne parviendra à faire de la loi une machine active et vivante, sans donner une part de puissance arbitrale aux agents que l'on aura chargés de son exécution. Que l'on s'accoutume bien à cette idée que nous sommes hommes, et que c'est ainsi que Dieu nous a faits ! Certes, quand il créa la race humaine, n'aurait-il pas pu lui imposer des règles organiques telles, qu'elle pensât, marchât, agît régulièrement, et que la loi générale prévalût dans chaque organisation individuelle, en dictât les volontés, en limitât les conséquences, en précisât la portée et l'action ? Dieu ne l'a pas voulu, et la liberté morale, la puissance arbitrale, qu'il a laissée à chacun de nous, on se flatterait de l'effacer du cœur de la société elle-même, d'improviser pour des hommes libres un gouvernement esclave, sans libre arbitre, sans volonté, automate chargé de diriger des êtres volontaires et intelligents !..... Ceux qui persisteraient dans un tel dessein, seraient complètement fous.

Oui, ils seraient complètement fous, et de plus, inexprimablement inconséquents : car notre législation tout entière, dans sa partie la plus régulière, la plus importante, dans celle où il importe le plus de donner des garanties à la liberté, à la vie, à l'honneur, reconnaît, constitue, établit sur les plus fortes bases, cette *puissance ar-*

bitrale, qui cherche, dans la volonté individuelle des agents de l'autorité publique, un supplément aux dispositions générales des lois.

Je veux parler de l'organisation judiciaire, civile et criminelle.

Au sommet de l'échelle se trouve d'abord la cour de cassation, puissance arbitrale et suprême, s'il en fut jamais ; car, lorsqu'elle a prononcé définitivement, par cela seul qu'aucun pouvoir ne peut réformer son arrêt, son arrêt n'a d'autre légalité réelle que le sens reconnu à la loi par la cour de cassation elle-même. Qu'elle tranche une question dans un sens, ou qu'elle la tranche dans le sens opposé, selon que sa conscience intime l'y décide, la décision n'en est pas moins puissante.

Et comme chaque cour royale a, dans son ressort, une puissance arbitrale souveraine, il a fallu concentrer et courber toutes ces puissances arbitrales, sous celle de la cour de cassation, pour conserver l'*unité*. Quelle plus grande preuve pourrait-on trouver de l'impuissance des lois précises, contre la volonté intellectuelle de leurs agents, que de voir l'application de la même loi donner chez les diverses cours royales une jurisprudence différente, si la volonté, la puissance arbitrale de la cour de cassation ne ramenait forcément l'unité par le pouvoir central et décisif dont elle est investie ? Sorte de dictature permanente et discrétionnaire, ravivant la loi par la volonté individuelle du juge, et l'empêchant de se dissoudre en controverses argutieuses.

A ce pouvoir arbitral de la cour de cassation, il faut ajouter le droit positif, par un simple réglement de juges, de changer les juridictions personnelles, d'ôter aux citoyens leurs juges naturels, et cela sans règle précise, sans autre mobile décisif que l'impression consciencieuse du magistrat qui prononce, évaluant et pesant dans son libre arbitre les circonstances de fait qui lui sont exposées.

Si l'on examine maintenant notre justice et notre instruction criminelles dans leurs admirables détails, partout, à tous les pas, l'on verra *la volonté individuelle* du juge, chargée en quelque sorte d'un blanc-seing par la loi, d'une procuration libre et générale, pour procéder à la découverte de la vérité, en respectant les droits des accusés. Les détails sont trop connus de tous, pour que je perde mon temps à les répéter ici. J'appelle seulement l'attention sur ce chapitre du code qui précise les fonctions des présidents des cours criminelles. Là, on verra la conscience et la moralité de la volonté humaine dignement reconnues par la loi; là, on ne verra ni détours, ni méfiances, ni ambages. — *Le président est investi d'un pouvoir discrétionnaire, en vertu duquel il pourra prendre sur lui, tout ce qu'il croira utile pour découvrir la vérité.* — *Le président devra rejeter tout ce qui tendrait à prolonger les débats sans donner lieu d'espérer plus de certitude dans les résultats.*

Parmi tant de détails que je ne puis citer ici, il ne faut pas oublier cependant un des plus importants. C'est que les chambres d'accusation, quelque définition qu'on leur impose, *prononcent toujours comme jury*, et que par conséquent l'accusation, à sa source même, naît principalement de la puissance *arbitrale* du juge.

Et l'application de la peine, la loi essaie-t-elle de la préciser de manière à enchaîner la puissance arbitrale du juge? Bien au contraire, car entre le *minimum* et le *maximum* de la détention et des amendes, elle laisse une grande latitude où le pouvoir personnel du juge est maître suprême. La loi prononce la peine, mais c'est le juge qui en fixe le degré : de quelques cents francs à des milliers de francs d'amende, de quelques jours de prison à pluiseurs années de prison, il y a loin. — Eh bien! la différence n'est point l'œuvre de la loi, c'est l'œuvre du juge, c'est l'œuvre de l'homme. C'est par son appréciation individuelle que vous serez condamnés ou à six mois, ou à deux ans de prison. — Jeunes formalistes du légalisme universel, trouvez moyen, je vous prie, d'organiser autrement la justice humaine.

Si de la justice criminelle et correctionnelle, où tant de puissance arbitrale est laissée à la volonté individuelle du juge, vous passez aux jugements civils, vous y verrez partout, en dépit des lois précises, la même tendance arbitrale. Je pourrais en citer, non pas un exemple, mais mille. Je me borne au plus saillant. — Un acte est régulier, parfait, légal. Toutes les formalités, toutes les conditions essentielles, toutes les conditions les plus minutieuses mêmes, ont été fidèlement observées. D'un bout à l'autre, l'acte porte le cachet des lois. — Eh bien! qu'il soit argué de *simulation* : le voilà qui tombe sous la puissance arbitrale du juge. Il l'arrache à l'égide de la loi, il le traîne devant sa conscience, il le dépouille de son extérieur infaillible, et s'il découvre, selon l'appréciation toute puissante de son for intérieur, un indice pour lui démonstratif de la *simulation*, la loi se tait, elle abandonne l'acte hypocrite; le juge le brise et le foule aux pieds.

Mais non-seulement les magistrats ont une puissance arbitrale inhérente à leur conscience individuelle et à leur volonté morale, pour la décision d'une grande part des affaires soumises à leur juridiction (et sans cela nulle justice loyale ne serait possible) ; mais ils ont encore une puissance arbitrale coërcitive, instantanée, sur toute résistance humaine qui voudrait influencer ou troubler l'usage souverain de leur grande prérogative. Alors, sans désemparer, sans avoir recours à aucun autre pouvoir social, en présence même du délit, la magistrature punit les coupables et se fait justice à elle-même. — Je me trompe. En maintenant sa propre puissance, c'est à la société tout entière qu'elle fait justice; c'est à la paix de la société tout entière qu'elle consacre la puissance arbitrale qu'elle en a reçue !

Par ce simple et rapide aperçu, on voit que, même dans les matières judiciaires, il n'est pas vrai que la loi puisse parler seule, prescrire seule, vouloir seule, par l'organe de ses agents; qu'elle puisse anéantir ou supprimer la volonté de l'homme, et la remplacer par sa seule volonté. Partout elle vous montre, revêtu de sa puissance, le magistrat, l'homme, l'individu ; partout elle reconnaît en lui ce cachet de bonté morale et de dignité personnelle que Dieu a gravé sur son front, comme dans le miroir de l'âme; partout elle efface ce stigmate honteux de dégradation, de servilisme, de matérialisme légaliste, que des argumentateurs étroits voudraient répandre à pleines mains sur la foule entière des fonctionnaires publics, comme sur une race d'ilotes, comme sur une plèbe dégradée, comme sur un vil troupeau d'automates sans réalité !

Et si, dans les matières judiciaires, dans celles où la précision, la règle infaillible d'avance tracée, la fixité des intérêts, qui, quoique variés, ont cependant toujours la même nature et la même portée, semblaient autoriser l'espoir d'une volonté légale, imployable et sans exception, il faut cependant laisser à la volonté arbitrale de l'homme une large issue, sans laquelle la loi elle-même serait impuissante dans son absolutisme, que sera-ce donc dans l'administration, dans la politique, dans la gestion compliquée, éternellement mobile, changeante, complexe, de tous les vastes intérêts d'un peuple, soit dans la paix, soit dans la guerre? Malheur au peuple qui, par un esprit d'étroite méfiance, enchaîne ses administrateurs et ses gouvernants, et qui les réduit à voir le bien et à ne pouvoir l'accomplir; qui les oblige à rester pharisaïquement liés à la lettre d'une prescription stérile; qui nivelle l'homme de génie et l'administrateur idiot dans une commune égalité d'impuissance, et qui, sous prétexte d'empêcher le mal, de prévenir l'arbitraire, commence follement par empêcher le bien, et par rendre vaines l'ardeur et l'activité de ses plus dévoués serviteurs!...

En jetant sur ces feuilles ces émotions de mon âme, je ne me fatiguerai point à réfuter ce tas de sophismes argutieux que les apôtres de la méfiance universelle invoquent contre le pouvoir. Au point de révolution où est venue la nation française, au point d'expérience qu'elle a acquise pour fruit de nos longues agitations, de nos essais infructueux, de nos catastrophes si multipliées et presque toujours si peu fécondes en résultats profitables, c'est avec les hautes inspirations de l'esprit, avec les grands sentiments du cœur que les vérités sociales doivent être désormais comprises et adoptées. Si ma pensée n'entre pas jusque dans votre âme, allez en paix, soyez sûrs que je ne vous accablerai pas de syllogismes ou de dilemmes : en pareille occasion j'en fais trop peu de cas. Je les laisse à ce peuple d'argumentateurs qui voudraient transporter le barreau à la tribune politique, et qui, confondant toutes les vérités morales pour les appliquer hors de leur portée réelle, ne concluent jamais si mal que lorsqu'ils ont habilement raisonné !

CHAPITRE XV.

De l'Indépendance des divers Pouvoirs dans l'État.

Tout pouvoir social qui est complètement organisé, dont les attributions sont légalement définies et circonscrites conformément à sa nature, doit être *indépendant et souverain* dans l'exercice de ses attributions.

Car si dans l'exercice de ses attributions, il est soumis à l'action d'un autre pouvoir, d'un ordre et d'une nature différente, il est par cela seul détruit et anéanti dans son essence même.

Ainsi, l'*électorat* est un pouvoir ; il faut le définir, le circonscrire dans la vraie limite de ses droits, s'assurer qu'il ne puisse franchir ces limites. — Mais une fois cela fait, l'électeur doit être *indépendant, souverain,* dans l'exercice de son droit. Si un pouvoir quelconque avait le droit de modifier sa décision, son vote, il n'y aurait plus d'électorat. — Il serait anéanti.

Ainsi, le *jury* est un pouvoir. Il faut le régler, fixer

ses attributions, s'assurer qu'il ne puisse les dépasser;
mais cela fait, les jurés doivent être *indépendants, souverains* dans l'exercice de leur droit; si un pouvoir quelconque pouvait modifier leur verdict, il n'y aurait plus
de jury. — Il serait anéanti.

Ainsi, la magistrature, *l'ordre judiciaire* est un pouvoir. Il faut le renfermer dans sa sphère, il faut que tout
envahissement dans l'ordre législatif, administratif, politique, lui soit impossible; mais une fois cela fait, l'ordre
judiciaire doit être *indépendant, souverain;* et si un pouvoir autre que lui pouvait intervenir, modifier ou détruire
ses arrêts, il n'y aurait plus d'ordre judiciaire. — Il serait
anéanti.

Appliquez la même règle au pouvoir législatif de la
triple unité du roi et des deux chambres.

Appliquez la même règle au pouvoir royal, comme
seul pouvoir exécutif dans l'État.

Dans l'un et l'autre cas, vous aurez le même résultat.

Il doit en être de même du *pouvoir communal,* et de
tous les pouvoirs sociaux possibles, quand ils sont fondés
sur la nature même des choses, sur un véritable droit,
sur un véritable besoin social.

Quelque hardie, quelque opposée que soit cette doctrine
à tout ce qui s'est pratiqué jusqu'à nos jours, je crois possible d'en démontrer la justesse.

En effet, on ne verra jamais un pouvoir quelconque
introduire le désordre dans l'État, parce que ce pouvoir
a trop d'indépendance dans l'accomplissement des fonctions légales qui lui sont propres, qui sont inhérentes à
sa nature. S'il en était ainsi, la société se mentirait à elle-

même, car elle trouverait un motif de trouble dans la nature d'un pouvoir nécessaire à sa conservation.

Mais on verra toujours, lorsque le désordre s'introduit dans l'État par l'action d'un des pouvoirs préposés à sa direction, que c'est ou parce que les fonctions de ce pouvoir sont mal définies, incertaines, mal en rapport avec sa nature, ou bien parce qu'il est sorti des fonctions qui lui ont été assignées, et qu'il a fait irruption sur les attributions d'un autre pouvoir.

Il est donc certain que tout pouvoir social doit être défini et circonscrit de telle sorte qu'il ne puisse sortir des fonctions qui lui seront assignées par les lois, conformément à sa nature :

Qu'il doit être assujetti à toutes les garanties propres à l'empêcher de violer la *légalité*, et propres à l'y ramener s'il s'en écarte.

Mais dans l'ordre de ses fonctions, dans les attributions qui lui seront justement données, dans *le cercle légal* en un mot qui lui sera tracé, il doit être libre, indépendant, souverain ; — ou il n'est plus rien.

Ceci ne s'oppose point à l'établissement d'une hiérarchie administrative et centrale, ayant pour objet d'empêcher les pouvoirs divers de sortir de leurs attributions et de la légalité.

CHAPITRE XVI.

Conclusion.

—

Résumons les principes généraux de gouvernement que nous avons posés jusqu'ici.

Le droit et la volonté politique n'existent que dans la partie de la nation *capable de vouloir politiquement avec connaissance de cause*. Quiconque n'a pas l'intelligence morale d'un débat, n'a ni puissance morale de vouloir, ni droit de juger ce débat. Ainsi la capacité politique n'est pas un moyen de restreindre l'exercice d'un droit universel existant par lui-même, en dehors d'elle; mais elle est la source, la cause efficiente du droit politique lui-même.

Le droit de gouvernement, par l'essence même de la nature sociale, naît donc de la capacité morale. Hors de là, je n'admets aucune souveraineté. L'état social, s'il créait une souveraineté inhérente à l'incapacité sociale, se mentirait à lui-même. Ce serait un droit qui n'aurait aucun sens.

La souveraineté, toujours soumise aux principes éternels de justice qui dominent le monde, réside donc, en droit comme en fait, dans la région de la société qui a la capacité morale nécessaire pour diriger l'État avec connaissance de cause. — En dessous, il y a une force aveugle qui peut bien détruire le gouvernement, mais qui ne peut le régir.

La volonté de l'homme n'est pas la source de la loi.

L'élection n'est pas la source du pouvoir.

Entre la volonté et la loi, il n'y a aucun rapport, aucune analogie quelconque.

Entre l'élection et le pouvoir, il y a antipathie radicale.

Tout *pouvoir élu* n'est pas un pouvoir de gouvernement; par le fait seul de son élection, il est impuissant à gouverner.

La royauté et l'aristocratie héréditaire peuvent seules gouverner, parce qu'elles ne sont pas électives. Une assemblée élective peut intervenir pour tempérer le gouvernement en lui servant de limites, mais elle ne peut jamais intervenir pour gouverner.

LIVRE VI.

DE LA ROYAUTÉ.

CHAPITRE PREMIER.

De la Royauté.

La royauté a sa source dans la nature, en ce sens qu'une réunion quelconque d'hommes a besoin d'un chef qui donne à la société le moyen de réaliser son action. La royauté ne vient pas du ciel dans son application directe à telle ou telle personne, à telle ou telle famille ; mais elle ressort de la nature même de l'homme, beaucoup plus que de son choix.

C'est, de tous les pouvoirs, le pouvoir le plus essentiellement représentatif de la société, parce qu'il est le plus indispensable à sa sécurité, à sa durée, à son existence même. La royauté n'est point une institution préméditée et conventionnelle : c'est un grand fait national, émané, non d'une volonté accidentelle et arbitraire des peuples, mais des événements mêmes qui constituent leur vie historique ; c'est un fait connexe à leur existence nationale, qui naît d'elle, qui vit, prospère, se sauve ou périt avec elle ; c'est, dans la vie d'une nation, ce qu'est dans la vie d'un homme l'expérience traditionnelle et successive des diverses époques de ses travaux, expérience qui s'ajoute à son être moral, le compose, l'augmente, le cons-

titue enfin dans toute la force et dans toute la valeur qu'il
peut acquérir.

La couronne n'est donc point un privilége. C'est le premier droit du pays; c'est le fondement de tous les droits.
C'est le seul lien commun qui tient la nationalité en faisceau puissant et glorieux.

Un roi n'est point simplement un homme. — Il s'opère
en lui, par le seul fait de la grande mission qu'il a reçue
de la Providence, et de la position spéciale où il est placé,
une sorte de transfiguration intérieure, dans laquelle
l'homme s'éteint, s'efface, disparaît, pour faire place au
gouvernement qui s'incarne et se personnifie en lui. Par
cela seul que le roi n'a plus d'intérêt particulier comme
homme, il n'est plus homme. L'intérêt général du pays
s'infuse en lui et constitue son être véritable. La royauté
est une institution animée, qui ne vit pas, qui ne meurt
pas, mais qui dure; qui traverse les siècles dans sa ma-
jestueuse permanence, rappelant le passé, réglant le présent, préparant l'avenir : base stable de l'ordre et du repos, au milieu des flots agités que les passions populaires
soulèvent contre la hiérarchie sociale, contre la propriété,
contre les lois; base tellement indispensable, que le jour
qu'elle fléchit tout croule à la fois !

Il est difficile de dire et d'établir d'une manière précise son mode d'action. ses limites, son étendue dans son
organisation primitive. Cela varie à l'infini. Je ne veux
pas m'enfoncer dans des hypothèses idéales ou dans des
perquisitions historiques trop obscures.

Mais nous pouvons, en examinant une société assez
avancée, découvrir la nature des intérêts qu'elle présente;
et comme la première condition du gouvernement est d'ac-

corder protection et sécurité à ses intérêts, ils nous indi-
queront eux-mêmes comment le pouvoir royal doit être
établi pour avoir la force de les protéger sans avoir les
moyens de les opprimer. — Voilà le problème.

CHAPITRE II.

De l'Hérédité du Trône.

Si, dans l'état sauvage, une peuplade suit un chef,
c'est d'abord parce qu'il lui en faut un, ensuite parce que
la supériorité individuelle de l'homme, qui peut être chef,
domine les autres. — L'élection peut venir plus tard ; mais,
dans le premier âge, elle n'est certainement pas la forme
de déclaration du pouvoir, car elle suppose déjà une organisation sociale et des règles établies.

A mesure que la civilisation s'avance, la différence
d'homme à homme s'efface, et l'égalité de mérite s'établit
entre un grand nombre. C'est ce qui fait que le pouvoir
qui ne peut plus naître par l'empire de la seule supériorité individuelle, devient aussi d'une élection très-difficile
et très-périlleuse, à cause de la grande quantité des con-
currents et des passions de leurs partisans.

De là est venue, presque chez tous les peuples, la nécessité reconnue de *l'hérédité du pouvoir royal*. Si quelques-uns ont voulu essayer la royauté élective, on en
connaît les résultats.

L'hérédité du pouvoir monarchique est en effet de toutes les institutions la plus essentielle au progrès social.

Cette hérédité qui, dans l'origine, n'a été fondée que sur une routine grossière de possession enracinée dans quelques familles de chefs, est devenue le point fixe autour duquel se sont groupés pour agir tous les instincts, toutes les ressources de la civilisation moderne.

L'hérédité du trône n'est plus entendue dans le sens primitif qui en faisait la transmission d'un domaine de famille, d'une propriété particulière. — Elle est aujourd'hui la transmission fixe de la plus grande charge politique, pivot indispensable et suprême de notre ordre social, dont la fixité a pour but d'unir sans secousse les générations entr'elles; de faire de la vie historique des nations un tout compacte, sans fissure et sans solution de continuité gouvernementale.

La souveraineté du peuple est exclusive de l'hérédité du pouvoir royal, car ce sont deux droits qui ne peuvent subsister simultanément. L'hérédité du trône, pour être quelque chose, doit être autre chose qu'un *fait* opéré du consentement des gouvernés, à chaque changement de règne; elle doit être un *droit* auquel il ne leur soit pas permis de résister; sans cela, la couronne n'étant transmise du père au fils que par l'effet du consentement populaire, quoiqu'elle pût rester plus ou moins long-temps dans la même famille, elle ne serait pas héréditaire, elle serait en réalité élective; et le consentement populaire venant à manquer, le simulacre de l'hérédité s'évanouirait. Cette hérédité ne serait jamais qu'une fiction précaire, le consentement de ceux qui l'auraient établie ne pouvant lier leurs descendants, *peuple souverain* comme eux, et partant, maîtres de changer de races royales.

C'est en effet parce que le *prince royal* est le fils du roi et non point parce qu'il est habile, fort et courageux, que nous le saluerons un jour roi de France (1)! Si on ne lui reconnaissait de droit royal que dans son mérite et dans l'assentiment des populations qui ont eu le bonheur de l'entendre, qu'arriverait-il? C'est que dans la lignée royale, quand un jour ou l'autre, apparaîtrait un prince médiocre, les peuples auraient donc le droit de s'instituer juges de sa capacité, et de l'exclure si cette capacité ne leur convenait pas? Ce n'est pas là de la monarchie! et pour ceux qui la comprennent bien, un roi, même médiocre, serait encore un immense bienfait, comparé aux aberrations de la souveraineté du peuple qui voudrait élire un chef. C'est la royauté, c'est l'institution elle-même qui, par sa force et sa vertu intrinsèque, est l'âme de la société. Otez cette clé de la voûte, et vous verrez bientôt si vous pourrez soutenir l'édifice. — Il croulerait à l'instant, et vous n'auriez pas la force de soulever un de ses débris!

Si l'on veut réfléchir à la base sur laquelle j'ai établi l'hérédité du trône, on verra qu'elle ressort des intérêts de la race humaine elle-même, qui veut que l'homme en société agisse conformément à ses principes, sous peine de trouble social. Or, l'élection de la royauté étant contraire à la nature de l'homme, parce que la société n'a aucun moyen de l'exécuter avec discernement et connaissance de cause, doit être rejetée comme allant directement contre les fins de l'ordre social; car la royauté est établie comme centre d'unité et d'action pour diriger l'ensemble de la société, et l'élection de la royauté serait la cause la

---

1 Ces lignes furent écrites en 1839.

plus directe de dissolution sociale et de ruine pour l'État.

Cela est si vrai, que les peuples qui avaient faussé cette institution en la rendant élective, la Suède, la Bohême, la Hongrie, ont été obligés de revenir au droit héréditaire. La Pologne, qui attachait un prix si haut à conserver sa royauté *élective*, a, par le fait, laissé la couronne deux cents ans dans la famille des Jagellons, et n'y a renoncé que quand cette famille s'est éteinte. A diverses autres reprises, elle a agi de même pour d'autres familles, quoique, pour un temps moins long, et vingt fois elle a été au moment de périr par le fait de l'élection royale.

Et si les Polonais allaient chercher des rois en Suède, en France, en Saxe, ce n'est point par un caprice du sort, c'est que la nature des choses pousse une nation qui veut créer un roi, à chercher hors de chez elle les personnages qui ont quelques antécédents propres à les rendre rois, et à leur procurer l'appui des autres puissances. De nos jours, nous l'avons vu pour la Belgique. Elle a demandé un roi à la France, et l'a pris dans la maison de Saxe, parce que la France n'a pas pu ou n'a pas voulu le lui donner. Ainsi sera-t-il pour la Grèce, si elle devient royaume. Ainsi serait-il pour l'Italie, si elle s'affranchissait et formait un royaume indépendant. On peut donc dire que l'élection de la couronne est un grand obstacle à la nationalité d'un peuple, tandis que l'hérédité du trône devient toute nationale et ferme l'État aux influences étrangères.

CHAPITRE III.

Dangers de la Royauté élective.

La société humaine sentant, par instinct, qu'elle a besoin d'un chef, quand les événements lui présentent ce chef, elle le suit. Elle s'imagine parfois qu'elle l'a élu; mais c'est une illusion : elle le reçoit et l'accepte. S'il lui plaisait d'élire roi celui que les événements n'ont pas fait roi, elle s'apercevrait promptement que son omnipotence électorale n'est qu'une chimère, et qu'il vaudrait mieux encore que le sceptre tombât en quenouille que de tomber en scrutin !... L'assentiment est donc alors l'instinct et le salut de la société, et cet assentiment se change promptement en obéissance, parce qu'elle comprend que, sans chef, elle ne serait pas libre, mais annulée et dissoute.—Telle est l'histoire de la souveraineté populaire, que le jacobinisme a voulu remplacer par son féroce et stupide roman !...

Quand la monarchie est ainsi ébauchée, la société comprend que tout ce qui peut assurer la durée de cette direction centrale est bon, que tout ce qui la compromet est mauvais. Elle comprend que toute solution de continuité dans le pouvoir royal, si courte qu'elle fût, serait une solution de continuité dans l'État. Les citoyens meurent, non la nation : le roi meurt, non la royauté. De là l'hérédité de la couronne, hérédité qui représente le premier des besoins sociaux, l'être, l'unité, la durée. C'est pourquoi la royauté élective ne représenterait rien; ce serait

un non-sens anti-représentatif. C'est la négation du pouvoir qui voudrait constituer le pouvoir; c'est l'individu
qui voudrait enfanter la société.

La volonté la plus générale que l'on puisse concevoir
chez un peuple, — où cependant j'ai prouvé qu'il n'existe
jamais de volonté générale, — ne peut jamais créer le plus
petit pouvoir de gouvernement; de même qu'en économie
commerciale, le crédit le plus étendu qu'il vous plaira
d'imaginer, ne peut jamais créer le plus petit capital.

La volonté nationale, poussée à son plus haut degré
d'action, peut, tout au plus, consacrer officiellement un
pouvoir qu'elle trouve déjà tout fait par les événements
et par la nature des choses; de même que le crédit, à son
plus haut degré d'action, peut disposer d'un capital déjà
créé par la nature ou par le travail de l'homme, et le
concentrer en quelques mains pour en faciliter l'emploi.
Si on veut aller plus loin, en politique et en économie,
on détruit, par des créations factices, le pouvoir politique d'un côté, la fortune sociale de l'autre; on imite ce
qu'ont fait l'assemblée constituante dans un ordre d'idées,
et les banques des Etats-Unis dans un autre. Les publicistes et les économistes modernes n'ont commis qu'une
seule erreur : les uns et les autres, ils ont pris la forme
pour le fond, l'effet pour la cause. — Venons à la preuve.

Napoléon, sans filiation royale, fut nommé empereur
au scrutin. — J'en conviens. — Mais s'il avait plû à la volonté du scrutin de nommer empereur Cambacérès, Sieyes
ou Lebrun, croit-on que Lebrun, Sieyes où Cambacérès,
eussent été empereurs?... La destinée des peuples aurait-
elle été dupe de cette mauvaise plaisanterie? — Vous voyez
un arbre robuste; vous dites : *c'est un chêne*, et vous vous

asseyez sous son ombrage. Mais croyez-vous, par la déclaration que vous faites et par le nom que vous lui donnez,
avoir créé sa force, sa grandeur, et la protection qu'il
vous accorde? Insensés!... ne dites plus que ce sont les
peuples qui créent le pouvoir;— dites bien plutôt, que
c'est le pouvoir qui fait les peuples, et vous serez plus
près de la vérité, sans y être cependant tout-à-fait arrivés!

Napoléon, donc, était devenu *le pouvoir*, par son génie,
par ses victoires, par l'enchaînement des grandes choses
qui l'avaient grandi; il était devenu puissant, par l'effet
de sa nature et de sa destinée; et l'obéissance de ceux qui
se sentaient plus faibles et plus petits que lui, était un
fait relatif qui découlait de sa puissance même, au lieu
de la créer; l'élection fut alors tout ce qu'elle peut être :
déclarative et non pas *créatrice* de ce fait. La France eut
le bon sens de se mettre à l'abri sous la protection de ce
pouvoir; loin de le créer, elle l'invoqua pour échapper à
l'impuissance anarchique dont la souveraineté du peuple
l'avait frappée.

Un pouvoir électif n'est pas un gouvernement, précisément parce qu'il est élu; l'élection ne doit être qu'une
déclaration, une formalité, une légalisation qui rend offi-
ciel, authentique, un fait antérieur existant en dehors
d'elle. Si l'élection est prise au sérieux, si elle se croit
réelle et créatrice.... le pouvoir cesse.... il n'y en a plus.

Là où les gouvernés sont souverains, ils sont tout, et
le gouvernement n'est rien.

L'élection, je le répète, peut être *déclarative* du pouvoir:
jamais elle ne peut en être *créatrice*. Encore c'est son bon
côté que je montre ici ; car je suppose qu'elle a fait
une déclaration conforme à la réalité des choses, tandis

que, les trois quarts du temps, sa déclaration n'est qu'un verdict de mensonge, arraché par l'intrigue à la corruption.

L'exemple de Napoléon explique la *légitimité* du pouvoir à sa naissance. La souveraineté du peuple n'y est pour rien. Elle est pour bien moins encore dans la continuité, dans la durée de la légitimité du pouvoir.

Prenons, pour point de départ, un pouvoir né d'un grand fait, comme Napoléon, pouvoir reconnu par l'assentiment du peuple, mais non créé par lui.— Il n'y a que deux moyens de le continuer à la mort de l'homme qui en est revêtu : — l'élection ou l'hérédité.

L'élection !.... mais, alors elle ne serait plus la déclaration d'un pouvoir déjà fait; elle serait la création d'un pouvoir à faire. Or, vous voilà de rechef en face de l'impossible. — Mille nains surgiront sur-le-champ qui voudront que le peuple les transforme en géants; mille frêles roseaux voudront qu'on les déclare chênes et qu'on s'abrite sous les vastes ombrages qu'ils n'ont pas; et cette farce électorale se transformera promptement en stériles ou sanglantes mystifications.

C'est alors qu'apparaîtra d'une manière éclatante la stupidité du contrat politique qu'on suppose entre la souveraineté du peuple et la royauté !.... Ce contrat ne serait autre que celui-ci : — « Nous te faisons roi pour t'obéir » tant qu'il nous plaira. Notre volonté fait ton droit. » Avec notre volonté, ton droit cesse. Le droit de régner » disparaît en toi, aussitôt que la volonté d'obéir s'éteint » en nous. » — Voilà ce que c'est que le pouvoir délégué par le peuple souverain. C'est là qu'on peut appliquer avec raison l'axiome de droit : *donner et retenir ne vaut.*

Pauvres dupes ! vous couronneriez le néant, et vous croiriez avoir fait un roi !....

Il est bien évident, en effet, que le gouvernement par *mandat* est une impossibilité. Le mandat, tirant toute sa force de la volonté de celui qui le donne, ne peut dominer et gouverner cette volonté. Le *mandataire ne peut donc pas gouverner le mandant.* Il y a contradiction flagrante dans les termes et dans les choses. Ce sont alors les sujets qui sont les gouvernants, et les gouvernants qui sont les sujets.

Aussi le bon sens instinctif de l'humanité a reconnu, dans tous les siècles, que la royauté, qui ne pouvait naître de l'élection, ne pouvait être continuée par l'élection. L'hérédité fut dès-lors établie, non par les raisonnements des théoriciens, mais par la conviction naturelle de l'esprit humain, dans lequel la Providence a empreint l'hérédité comme une puissance *réelle*. — C'est devant cette puissance réelle, et très-réelle, que la race humaine s'est inclinée, malgré les murmures de l'orgueil et de l'ambition. — Retenez bien cet axiome-ci : « L'origine du pouvoir, » c'est lui-même ; la durée du pouvoir, dans la vie des na» tions, c'est la filiation par hérédité, — autrement dit, » la *légitimité !* »

Sans doute, si, à la mort de chaque roi, il se trouvait dans la nation un homme rayonnant de génie et de grandes actions, qui devînt par lui-même un nouveau centre d'incontestable admiration et d'irrésistible commandement, on n'aurait pas besoin de l'hérédité royale, parce qu'on ne courrait pas les dangers de l'élection. L'élection ne serait point réelle, elle serait un simulacre, une vaine formalité. Ce Napoléon, perpétué par le génie, redeviendrait empereur une seconde fois par lui-même, et le peuple, par une déclaration d'obéissance sous forme d'élection, constituerait de nouveau sa prétendue souveraineté en esclavage viager sous la volonté d'un grand homme.

Mais les choses ne sont pas ainsi : la nature n'est pas si féconde en royautés spontanées. C'est pourquoi il faut la royauté héréditaire, c'est-à-dire la *légitimité*, afin d'éviter la royauté élective, le plus fatal de tous les fléaux pour la race humaine.

J'ai fait voir que les capacités, même illustres, qui pourraient être un titre au choix du peuple pour les fonctions secondaires, étaient impuissantes pour établir une candidature à la royauté, parce que la royauté n'est pas une de ces fonctions ordinaires que le peuple puisse créer ou seulement décerner. Le peuple, surtout dans un grand pays qui compte trente-deux millions d'habitants, ne pourrait jamais savoir quelle est celle des nombreuses notabilités qui se présentent, qu'il doit investir de la couronne : il serait alors la dupe et la victime de tous les intrigants et de tous les factieux. Chaque province, chaque grande ville voudrait faire prévaloir son choix, et on aurait tant de rois qu'on n'en aurait plus. Le peuple déferait aujourd'hui le roi qu'il aurait fait hier; il déferait demain le roi qu'il aurait fait aujourd'hui! Le peuple n'agit bien, en pareil cas, que lorsqu'un grand fait, un fait éclatant, un fait impérieux l'entraîne, le domine, et lui ôte, en réalité, *toute liberté de choix*. Il ne choisit bien que lorsqu'il ne choisit pas du tout; lorsqu'une notabilité spéciale, isolée, placée dans une haute et lumineuse sphère d'influence, écarte toute concurrence et toute candidature. Ainsi de *Napoléon*, empereur; ainsi de *Louis-*

Philippe, roi. — Or, en pareil cas, peut-on, sans dérision, appeler élection une investiture semblable? — Non, ce n'est point une élection, et voilà pourquoi c'est une royauté !

Si, comme on le prétend, les peuples faisaient habituellement avec intelligence l'élection d'un roi, pourquoi aurait-on recours à l'hérédité royale? Pourquoi reconnaîtrait-on une dynastie quelconque? Pourquoi ne ferait-on pas la royauté élective? Pourquoi ne s'en remettrait-on pas au choix du peuple, qui élirait habituellement le roi avec intelligence? Ce mode ne devrait-il pas être préféré à l'*hérédité* dynastique qui, elle, agit évidemment sans intelligence, et qui peut donner un successeur médiocre à un homme de génie?

Non : il n'est pas vrai que le peuple puisse élire un roi avec intelligence. C'est le contraire qui n'est malheureusement que trop certain, et c'est pour cela que l'institution dynastique est la plus grande, la plus précieuse des libertés publiques; la plus grande garantie de l'ordre social et du repos de l'humanité.

La royauté élective.... Mais c'est une institution si profondément anarchique, que nos libéraux eux-mêmes, malgré leurs beaux principes qui ne sont en réalité que de faux semblants destinés à échafauder leurs ambitions personnelles, n'osent pas y avoir recours dans les occasions qui sembleraient le plus autoriser un tel acte. — Voyez en Espagne!... ils ont encore préféré *une reine légitime, une reine de race et de sang*, un enfant qui n'avait pas *trois ans* quand elle fut couronnée, aux chances d'une élection qui, selon eux, aurait pu donner à l'Espagne le plus illustre, le plus grand de ses patriotes, pour roi, et le faire asseoir sur le trône de Charles-Quint et de Philippe II ! —Oui, une chétive petite fille, un berceau sous la tutelle d'une femme, toute précaire que fût une pareille royauté, leur a paru encore préférable à l'élection d'un roi, à ce grand égarement d'orgueil national, poussé par la souveraineté du peuple dans le plus profond abîme de l'impuissance ! —Et en cela, ils ont fait preuve de discernement ; car Isabelle, sur les genoux de sa nourrice, était cent fois plus reine que le plus éloquent, le plus profond, le plus patriote des hommes d'état des Cortès, qui n'aurait jamais été roi par l'élection !

L'élection de la couronne étant donc une cause de mort pour une nation, ne peut être érigée en principe, pas plus que le suicide ; et l'hérédité devient une conséquense inévitable de la nature même de l'homme, un besoin social auquel il doit satisfaire, sans songer le moins du monde ni au droit divin, ni à la souveraineté populaire.

Ici, je ne crois pas hors de propos de jeter un coup-d'œil sur la France. Après la révolution de juillet, le trône s'est trouvé vacant. Or, c'est un fait positif, certain, historique, qu'il n'y a pas eu *élection* pour décerner la couronne. Le parti radical s'en est plaint avec violence et a inventé contre la royauté nouvelle la qualification de *quasi-légitimité*, afin de la flétrir dans l'esprit des peuples. Et cependant c'est à cette circonstance incroyablement heureuse de *quasi-légitimité*, que la France a dû d'échapper à toutes les horreurs anarchiques que la fatalité lui imposait comme une couronne d'épines, comme un sacre de sang, comme un vaste tremblement du sol qui aurait ébranlé l'ordre social jusque dans ses fondements !

Cette *quasi-légitimité*, cette proximité de l'hérédité du

trône, a été pour Louis-Philippe, comme pour Guillaume et Marie, non pas un droit, mais un *fait* qui, mettant le prince dans une position toute spéciale et toute particulière, que personne ne pouvait lui disputer, le rendait, par cela même, le seul citoyen français qui pût ceindre la couronne désertée, sans craindre aucune concurrence. C'est précisément pour cela qu'il n'a pas été nécessaire de recourir à une *élection* : c'est parce qu'il n'y avait qu'un degré à franchir pour arriver au trône que la transition a pu se faire paisiblement et sans secousse ; et très-certainement si Louis-Philippe d'Orléans n'eût pas été le premier prince du sang, s'il eût été *un homme comme vous et moi*, croyez-vous qu'on fût allé le chercher dans les rangs ordinaires de la société pour en faire un roi par *acclamation*?... car voilà le mot propre. Nous avons eu un trône *acclamatif*, et non pas *électif*.

Non, sans doute, si Louis-Philippe n'eût été qu'un homme comme vous et moi, si la *quasi-légitimité* n'en avait pas fait à l'avance le roi que la destinée protectrice réservait pour le pays ; ou bien, pour mieux encore trancher la difficulté, si Louis-Philippe et sa famille eussent été complices des ordonnances, et que la vindicte nationale les eût enveloppés dans la déchéance de la branche aînée, alors, certes, il aurait bien fallu par force avoir recours à l'élection, ou organiser la France en système républicain. Quel que fût celui des deux malheurs qui eût prévalu, j'adjure tous les gens sensés de réfléchir aux terribles conséquences qui en seraient résultées pour la patrie. — L'élection d'une nouvelle race royale !.... Où ? comment? par quel moyen l'aurions-nous faite?... C'est bien alors vraiment qu'il n'aurait pas suffi de dire : *ceci*

est un roi, pour faire sortir la royauté du néant ! Vous
figurez-vous tous les départements, toutes les villes, tous
les villages en émoi, cherchant, consultant, s'enquiérant,
demandant un roi comme qui cherche un maire ou un
adjoint ? Imaginez-vous cette indécision universelle, cette
incertitude énervante, ce champ de bataille ouvert à tous
les partis, à toutes les intrigues, à toutes les factions de
l'intérieur et de l'étranger. — Un roi ?... on en aurait fait
fait vingt peut-être, mais très-certainement on n'en aurait
pas fait un !

Cette triste vérité paraît maintenant dans tout son jour.
Immédiatement après la révolution de juillet, nous n'aurions pas conçu la réalité du mal comme nous le voyons
aujourd'hui, parce qu'alors le retentissement de nos maximes constitutionnelles nous trompait sur l'état de la France.
Nous la croyions beaucoup plus avancée en liberté, en
morale, en civilisation, qu'elle ne l'est effectivement. Tout
ce qui s'est passé depuis est bien propre à nous détromper.
Quant à moi, je le dis sans m'inquiéter des clameurs
qu'on poussera contre moi, la France est, à mes yeux,
de cent ans plus reculée que je ne le pensais alors. Loin
d'avoir besoin de plus de liberté, elle en a trop ; elle est
incapable de soutenir celle qu'elle a. Si elle ne veut pas
devenir esclave, il faudra, par force, qu'elle ait la modestie de se faire une part plus modique dans les droits
publics et d'augmenter au contraire l'action et les préro-
gatives du pouvoir. Libre de tout frein, comme elle l'est,
il lui est certainement loisible de persévérer dans la mauvaise voie où on l'a fourvoyée ; mais ce sera tant pis pour
elle, et nous, nous aurons fait notre devoir en l'en aver-
tissant.

Si donc la *quasi-légitimité* ne s'était pas trouvée là, tout à point, après la révolution de juillet, pour nous tirer d'embarras, je suis convaincu que nous n'aurions point eu en France de *monarchie* nouvelle. Il n'y avait plus ni roi ni royauté possibles. Quelque informe système républicain, quelque fédéralisme abâtardi, admis par certaines provinces, repoussé par certaines autres ; toutes les ambitions en émoi, tout le monde voulant parvenir, dans le civil, dans le militaire, dans la magistrature, dans l'administration ; chaque empirique arrivant avec son système en poche, constitution sur constitution, congrès sur congrès, guerre sur guerre, discordes civiles dans la moitié du pays, ruine et misère partout.... Ainsi se serait épuisée la France, au sein de toutes les convulsions anarchiques, jusqu'à ce que la Providence eût suscité quelque génie bienveillant et despotique qui, d'un bras inexorable et d'une volonté de fer, eût nettoyé les écuries d'Augias, et reconstitué par la force l'ordre social détruit par le désordre et la violence !

Ici l'on m'arrête, et j'entends l'objection éternelle : — Non, me dit-on, la destinée d'une grande nation, d'une nation de trente-deux millions d'habitants ne dépend pas ainsi d'un homme ! C'est ravaler la France que de faire entendre que si Louis-Philippe n'eût pas existé, tout serait soudain tombé dans le bouleversement et le chaos !

Je ne fais aucun cas de cette objection. Je la brise et la mets sous les pieds. Je répète, au contraire que, dans mille circonstances, et j'en atteste l'histoire universelle, le sort des plus grands peuples dépend de l'individualité d'un seul homme, d'un seul fait, d'une seule circonstance. — Un homme perd ou sauve un État. — Un homme perd ou sauve une armée. — Un homme perd ou sauve la plus riche maison de commerce. — L'humanité est ainsi faite, et lorsque j'entends déclamer des phrases pompeuses sur la puissance des masses, je lève les épaules de pitié, parce que plus la masse est grande, plus elle est incapable de se mouvoir et d'agir avec discernement. Un petit pays de quelque cent mille habitants pourrait à la rigueur se passer d'un homme. Mais une nation de trente-deux millions d'habitants ne le peut pas, et s'agitera, se tourmentera, se fatiguera d'elle-même, jusqu'à ce qu'elle l'ait trouvé !

Napoléon est tombé, dit-on, et cependant tout grand, tout fort qu'il était, la France, faute de lui, n'a pas péri ! — Mais pourquoi? Parce qu'il l'avait imprégnée de sa force, de sa puissance, des créations de son génie; parce qu'il l'avait arrachée à l'anarchie, parce qu'il lui avait rendu le goût de l'ordre et du travail, parce qu'il avait rétabli ses finances, parce qu'il lui avait donné des lois civiles, parce que les débris de sa grandeur, en un mot, survivaient à Napoléon lui-même; et c'est précisément parce que nous avions trouvé cet homme au sortir de nos discordes civiles, de ces discordes honteuses, dignes fruits de la souveraineté du peuple; c'est parce que nous avions trouvé cet homme, que nous avons été ensuite en mesure de nous en passer !... Et maintenant que fait-on?... que font ces insensés, ces grands phraseurs populaires qui courent après les ovations de carrefours et les triomphes de la propagande?... Ils poussent tout justement la France vers ce pitoyable état d'où le vainqueur de Marengo la tira par son génie !...

CHAPITRE IV.

De la Loi salique.

—

L'hérédité royale peut être soumise à diverses règles organiques, mais son utilité la plus grande étant la *fixité* de la transmission du pouvoir, pour éviter la lutte des ambitions rivales, il suit de là que c'est une grande imprudence de toucher aux règles établies dans une monarchie, et de les changer tout-à-coup : car alors les esprits se divisant dans l'État, les uns tenant pour l'ancienne règle, les autres pour la nouvelle, l'hérédité du trône devient un sujet de trouble; les peuples puisent à pleines mains l'anarchie à la source qui devait leur verser l'ordre et la fixité du pouvoir.

La loi salique importée en Espagne par la maison de Bourbon, lors de son établissement royal dans la Péninsule, est-elle en soi une bonne ou une mauvaise institution ? — Question bien difficile à résoudre, et sur laquelle on a dit, corrigé et dédit d'étranges choses dans ces derniers temps.

Je n'en dirai ici que quelques mots et fort épisodiquement, car il est évident que la suppression de la loi salique en Espagne n'a été qu'un expédient, un mode de la révolution espagnole, bien loin d'en être la cause.

La loi salique n'a rien en soi de normal, d'essentiellement monarchique. Nombre de monarchies absolues ou constitutionnelles ne reconnaissent point cette loi, et ne s'en sont pas plus mal trouvées. Elle suppose que l'*homme* seul est capable de gouverner, et que seul, il a chez chaque peuple le caractère de nationalité suffisant pour y conserver la nationalité du gouvernement. — L'orgueil masculin, en proclamant une telle assertion, a donné aux faits un démenti fort imprudent. Élisabeth d'Angleterre, Isabelle de Castille, Marie-Thérèse de Hongrie, Catherine de Russie, ont suffisamment prouvé que chez les femmes elles-mêmes, le sceptre ne tombait pas toujours en quenouille. La longue suite de nos rois fainéants de la première race, ainsi que les rois dégénérés issus du sang de Charlemagne, prouve que la virilité de l'homme lui donne fort souvent au contraire plus de barbe au menton que de jugement dans le cerveau.

On peut même à cet égard citer un exemple frappant tiré de l'histoire de Russie, et auquel on n'a pas fait, ce me semble, assez d'attention. Jamais une monarchie ne demande plus de force et de virilité que dans son époque de transformation de l'état brut et sauvage à la forte organisation du pouvoir civilisateur, dans une immense étendue de terres, sous une prodigieuse variété de climats, de mœurs, et parmi une multitude de peuples divers. — Tel était précisément l'état de la Russie depuis Pierre-le-Grand jusqu'à nos jours.

Eh bien ! ouvrez l'histoire de Russie ; vous y verrez le sceptre impérial transmis cinq fois consécutives entre des mains de femmes, sans que la force monarchique en ait été ébranlée, sans que le progrès de la civilisation et l'unité du pouvoir en aient été affectés, sans que la nationalité russe en ait reçu aucune atteinte.

En effet, vous voyez d'abord Catherine Ire, veuve de Pierre-le-Grand ; Anne, nièce de ce monarque ; puis la duchesse de Brunswick, régente sous le court empire de

son malheureux fils le prince Ivan ; ensuite l'impératrice
Élisabeth, fille de Pierre-le-Grand et de Catherine Ire ;
enfin Catherine II, qui s'est fait un si grand nom dans le
dix-huitième siècle : encore faut-il observer que cette dernière, cette Catherine d'Anhalt, n'était même pas d'origine russe, étant issue de la maison d'Ascanie, ce qui ne
l'a point empêchée d'être éminemment Russe par le cœur
et par l'esprit.

C'est donc un orgueil fort ridicule au sexe masculin de
se prétendre seul capable de tenir les rênes du gouvernement. J'ajoute que dans le même royaume, en France,
par exemple, exclure les femmes du trône et les admettre
à la régence, c'est un double contre-sens, au milieu de
beaucoup d'autres.

Néanmoins, je ne poursuivrai pas cet examen des mérites ou des vices de la loi salique. Je dirai seulement
qu'il est très-imprudent, surtout dans un moment de crise
sociale, d'établir cette loi dans une monarchie qui jusqu'alors ne l'aurait pas reconnue, ou de la supprimer
dans une monarchie qui en aurait depuis long-temps fait
une des règles de la succession au trône. Cette règle n'a
rien d'assez mauvais, ni rien d'assez utile en soi, pour risquer, en l'établissant ou en la supprimant, de troubler la
fixité de l'hérédité monarchique.

Cependant, c'est ce que Ferdinand VII a fait en Espagne ; ce qui est essentiellement anti-monarchique ; car si le
roi peut changer l'ordre de la succession à la couronne,
il n'y a plus d'hérédité. Le caprice du roi en tient lieu.
C'est l'anarchie en possession de toute la force du pouvoir.
De toutes les conceptions gouvernementales, c'est la pire.

CHAPITRE V.

Des Changements de Dynasties.

—

Si l'on entend par légitimité, l'*hérédité du trône consa-crée dans une famille, pour éviter les convulsions anarchiques au renouvellement de chaque règne*, je suis partisan de la légitimité.

Et c'est le fondement de toute monarchie, qu'elle soit absolue ou constitutionnelle.

Mais les choses humaines ne sont pas éternelles,

Mais tous les principes souffrent des exceptions,

Mais ces exceptions, au lieu de détruire la règle, la confirment.

Ainsi, depuis quatorze cents ans la monarchie française est héréditaire, et cependant trois dynasties ont régné en France.

Et à chaque changement de dynastie, les lois de l'hérédité ont été violées.

Et cependant la loi héréditaire a été maintenue et confirmée jusqu'à nos jours.

Ainsi, lorsque le premier Capet qui monta sur le trône de France, ceignit cette couronne, il usurpa la puissance, il renferma l'héritier légitime dans une prison et prit sa place, confirmé qu'il fut dans le pouvoir, non par un scrutin, mais par l'adhésion des seigneurs et du peuple.

Il est donc dans l'histoire des peuples monarchiques, des époques solennelles où l'impérieuse nécessité des faits commande une déviation politique à la loi de l'hérédité, déviation qui ne détruit pas le principe, mais en transporte l'application dans une autre famille.

Un grand événement national, un de ces événements qui font les rois, intervertit quelquefois l'ordre de la succession, sans détruire le principe ni la succession elle-même. Cet événement national, c'est, par exemple, la révolution de juillet, grande nécessité historique qui a fait contre la troisième dynastie, ce que d'autres événements avaient fait il y a huit cents ans, contre la seconde pour la troisième. C'est un changement de dynastie, non de royauté. La royauté est toujours la même dans son essence et dans son principe; elle n'aurait pu en changer sans périr. Lorsque Napoléon disait : *mon prédécesseur* Charlemagne, il disait vrai; comme empereur, Charlemagne était son aïeul par la sainte filiation du pouvoir. Quand Louis XIV disait : *l'État !... c'est moi*; il n'avait qu'un tort, c'était d'intervertir l'ordre des idées. Il aurait dû dire : *Moi !... c'est l'État* : car ce n'est pas la France qui représente la couronne, c'est la couronne qui représente la France. De Clovis jusqu'à Louis-Philippe, je ne vois pas d'interruption morale : le personnel dynastique a pu changer, mais non le principe de la royauté.

La monarchie est le seul gouvernement qui convient à la France. La monarchie ne peut exister sans l'inviolabilité et l'hérédité de la couronne.

Mais il ne suit pas de là que l'institution dynastique soit infaillible, éternelle, que cette règle puisse se maintenir toujours, sans exception. Cela ne s'est vu nulle part, dans aucune monarchie sur la terre. Il arrive dans toutes des crises historiques où les faits parlent si haut que l'imperfection inévitable de toutes les institutions humai-

nes ne peut lutter contre eux. Alors un changement de
dynastie devient inévitable et nécessaire pour conserver
la royauté elle-même,

Déjà trois fois en Angleterre, deux fois en France, la
dynastie légitime a été expulsée, pour faire place, non à
la souveraineté du peuple, mais à une nouvelle dynastie,
fonctionnant d'après le même principe de légitimité que
la précédente; et comme je l'ai déjà fait observer, la légitimité héréditaire, loin d'être supprimée et détruite par
cette exception soufferte, a fonctionné beaucoup mieux,
beaucoup plus régulièrement que dans la dynastie précédente. — Fait historique qui résout complètement la
question.

Ce n'est donc pas le droit abstrait, la théorie légitimiste qu'il nous faut discuter. Ce serait de l'encre, du
papier et du temps perdus.

Lorsqu'on veut apprécier sainement la révolution de
1830, c'est le point de fait révolutionnnaire qui est en
discussion, non le droit légitimiste. Il faut savoir si l'é-
poque fatale et providentielle d'un changement de dynastie était arrivée ou non ; il faut savoir si la volonté
d'un parti, si rationnelle qu'elle fût en théorie, pouvait
lutter efficacement contre le temps et les faits, ces deux
ministres irrésistibles de Dieu !...

Eh bien, je ne le crois pas : je suis, au contraire, très-
fermement convaincu que si l'on avait essayé, au mois
d'août 1830, de placer Henri V sur le trône, au lieu de
sauver la royauté on l'aurait complètement perdue. Je
suis convaincu que la méfiance qui se serait, non sans
motif, attachée à la sincérité de la régence du jeune prince

(1), aurait ôté toute force, même la plus précaire, aux actes de son gouvernement ; de sorte que la recrudescence révolutionnaire l'aurait promptement dévoré au milieu d'une nouvelle catastrophe pour toujours irréparable. Henri V n'aurait fait que paraître et disparaître. Il n'y avait qu'un seul homme au monde qui pût sauver la royauté : c'était Louis-Philippe. Dieu l'a désigné ROI, la France l'a agréé, la monarchie a traversé le détroit fatal où elle allait périr, si l'on eût voulu maintenir l'hérédité légitime du trône dans toute la rigueur du principe.

Jetez un regard impartial sur votre histoire de France. Vous y verrez d'une manière uniforme et rationnelle se reproduire les causes des changements dynastiques. Vous verrez que chaque dynastie, commencée par un homme fort d'esprit et de cœur, après une durée plus ou moins longue, après une alternative de grands règnes et de règnes faibles, finit par s'user, s'appauvrir et s'affaiblir tellement que, soit par son dépérissement intrinsèque, soit par la relation fausse de ses traditions personnelles avec les modifications que les siècles, en s'écoulant, ont fait subir au pays, et que la dynastie elle-même n'a pas bien comprises, vous verrez, dis-je, que par l'une ou l'autre de ces causes, le personnel dynastique devient hors d'état de supporter la charge immense sous laquelle il ploie, et que si une personnalité nouvelle, grande, forte, vigoureuse, ne venait soutenir le lourd fardeau de la

---

(1) Que la régence eût été laissée à la famille royale, ou qu'elle eût été déférée à quelque notabilité du parti libéral, le résultat aurait été le même :—la méfiance de tous les partis, et l'impuissance du gouvernement à maîtriser l'entraînement révolutionnaire. Cela n'a point besoin de preuve. L'évidence ne se discute pas.— Voyez l'Espagne.—On aurait fait bien pis en France.

royauté, la vieille dynastie et la vieille royauté périraient
ensemble, sans aucune résurrection possible. Sans doute, la
transmission dynastique de l'hérédité dans une autre race,
est une œuvre pénible, laborieuse, ardue ! Dieu sait déjà,
et nous le savons en partie, de quelle immense charge de
peines, de souffrances, de dangers, Louis-Philippe subit
le martyre incessant et chaque jour aggravé, pour s'être
dévoué à cet enfantement d'une monarchie placée entre la
chute d'un vieux trône et le couronnement présumé d'un
berceau royal ! — Mais Dieu sait aussi, et les événements
nous apprendront, je l'espère, de quelles bénédictions un
pareil dévouement doit être payé, lorsque le succès de ce
pénible labeur couronne une si grande entreprise, et sauve
tout un peuple des dangers qu'il avait accumulés sur lui
par son imprudence et ses erreurs !

Et, dites-moi ! que serait devenue la monarchie française, si elle était restée immuablement liée à la légitimité des rois fainéants de la première race? Si Pepin-le-
Bref et Charlemagne n'avaient pas surgi pour arrêter le
dépérissement monarchique par leur forte tête et leur
main puissante? —Que serait devenue ensuite la monarchie française, quand les descendants dégénérés de ces
grands hommes ne purent plus en soutenir le poids, si
Hugues Capet, par une usurpation providentielle, et par
cela seul usurpation légitime, au dire d'un des plus grands
défenseurs de la monarchie (1), ne fût venu au secours de
la France et de la monarchie, qui penchaient également
sur le bord du même abîme ? — A Dieu ne plaise qu'en
arrivant au troisième cataclysme dynastique, je veuille

_____

(1) M. de Maistre.

outrager les mânes du vieux roi mort dans l'exil, ou la
douleur d'un jeune prince pour lequel l'exil du sol natal
doit être aussi pénible que la mort! Non, je l'atteste, ceux
qui m'attribueraient cette intention haineuse et coupable,
calomnieraient les sentiments les plus intimes de mon intelligence, car le malheur a des droits sacrés sur mon âme.
Mais l'intérêt d'une grande nation, les nécessités impé-
rieuses du gouvernement qui seul peut la sauver, nous
obligent à reconnaître que Charles X, par ses illusions et
ses alentours, le duc de Bordeaux par son enfance, livré
pour prétexte au pouvoir d'une régence incertaine, précaire, suspecte, ne pouvaient plus soutenir le poids de la
légitimité que la destinée avait personnifiée en eux.
Comme les rois impuissants de nos deux premières dynasties, ils seraient tombés, et la royauté avec eux, si la Providence n'avait suscité une autre main pour prendre le
sceptre vacant par le fait; car il est vacant, quand il tombe de la main qui ne peut plus le porter (1). — Les dynasties ne peuvent éternellement se maintenir. Huit cents
ans de durée ont assuré à la troisième dynastie de France
une vie historique qu'aucune dynastie dans le monde n'a,
je crois, égalée. — Son lot n'a-t-il pas déjà dépassé les bornes
assignées aux institutions humaines, et faut-il, pour lui
faire une impossible et plus grande part, jeter aux vents

_____

(1, Remarquez que Pepin-le-Bref, quand il voulut prendre le trône, consulta le
pape Zacharie sur cette question-ci : Quand un roi ne peut plus régner pour le
bien de son peuple, et qu'un de ses sujets le peut, auquel des deux appartient
légitimement le trône? — Le pape décida que le trône appartenait au sujet capable, et que le roi en était déchu. — Je ne donne pas ceci pour une théorie de
droit politique, Dieu m'en garde; mais seulement pour faire comprendre comment, dans le cours providentiel des événements, le droit lui-même *naît souvent
du fait.*

toutes les leçons de l'histoire, et précipiter notre pays dans une interminable série de troubles civils et de révolutions?...

CHAPITRE VI.

Si veut le Roi, si veut la Loi.

—

Lorsqu'autrefois les sages de la monarchie française répétaient en s'inclinant cette formule sacramentelle : — *Si veut le* ROI, *si veut la* LOI, — gardez-vous de croire que ces hommes si éminents dans les régions de la pensée, si vénérables dans les régions de la vertu, voulussent abdiquer la dignité de la nation et leur propre indépendance personnelle... gardez-vous de croire qu'ils attribuassent au caprice accidentel du ROI, toutes les grandes manifestations de la loi, et le droit arbitraire de disposer de la vie et de la fortune de ses sujets.

C'est bien ainsi que les esprits irréfléchis, imbus des sophismes démocratiques, ont calomnié les saintes maximes de la monarchie; mais avant d'en faire comprendre le véritable sens, avant de montrer comment elles assuraient à la nation les immenses avantages du *gouvernement du roi*, — qui seul a formé le faisceau national et créé l'être politique de la France, — que l'on remonte dans notre histoire, que l'on examine comment sont nés tous les malheurs et les crimes de chaque époque, soit que la royauté en fût l'agent, soit que les peuples en fussent les auteurs, soit que les pouvoirs intermédiaires en fussent les occasions et les instruments. Partout et toujours on verra que les tendances de chaque époque, les ignorances de chaque époque, les passions de chaque époque, les vices et les vertus de chaque époque, se réflétaient, se représentaient exactement, fidèlement, graduellement, dans les catastrophes politiques et sociales. Cette vérité du gouvernement représentatif ne nous a jamais manqué ; et si elle avait été rendue plus directe et plus prompte par l'élection permanente des populations barbares ou à demi-civilisées, la représentation n'en eût été que plus fatale.

Que l'on cherche en même temps les grandes institutions qui sont nées des grandes individualités de chaque époque : ces lois, ces ordonnances, ces réglements tutélaires qui ont graduellement organisé, civilisé la France ; on les verra toujours naître, grandir, fonctionner, sous le patronage de l'autorité royale. — Soit que le roi fût un grand homme agissant lui-même ; soit qu'il fût un homme médiocre, laissant agir de grands ministres, toujours c'est de ce dogme fondamental de la royauté mis en action, de ce dogme politique fait chair, que la protection du progrès social a jailli comme d'une source féconde, arrêtée sans doute quelquefois, empêchée, suspendue, mais jamais épuisée ni tarie ; et c'est toujours le *si veut le roi*, qui fut la force, le levier, le point d'appui de la civilisation.

Et en même temps il s'est trouvé que les hommes les plus imbus de ce dogme politique, contre lequel on s'indigne aujourd'hui, que ces hommes vénérables et saints dans l'ordre de l'humanité, — je laisse en dehors de ce débat les idées religieuses, — il s'est trouvé, dis-je, que ces hommes dont la mémoire doit être à jamais bénie des Français, plus ils étaient les défenseurs de l'autorité royale, plus ils étaient les défenseurs de la liberté, de l'honneur, de la·fortune des sujets! — Ce simple rapprochement ne dit-il pas que la maxime fondamentale du pouvoir royal avait un sens bien autre vraiment que le sens ridicule et grossier qu'on lui attribue, pour y substituer la triple impossibilité de la souveraineté du peuple?

J'ai déjà expliqué la véritable signification de l'axiome dont il s'agit; mais j'ai besoin de faire comprendre, par d'autres exemples, comment le pouvoir pour être unique n'est point pour cela absolu ou arbitraire. Car ce n'est point épisodiquement, accidentellement, qu'il a eu pour le pays cet effet tutélaire, progressif, infaillible, c'est toujours. C'est toute notre vie politique.

Voyez donc dans notre vieille histoire, d'abord toutes les bases de la législation romaine, qui, dans son ensemble au moins, était la raison écrite et consacrée, émanée d'abord de quelques jurisconsultes isolés, ou des rescripts impériaux, puis reconnue et légalisée en France par l'application faite au nom du roi, par les officiers du roi, qui proclamaient eux-mêmes que la justice, comme la loi, émanait du Roi. Puis, toutes nos grandes ordonnances, l'ordonnance de la marine et du commerce, l'ordonnance des eaux et forêts, tous nos grands monuments de sagesse et d'organisation sociale, émanant aussi de la même source et du même dogme politique. Enfin, après une révolution qui, depuis 1789 jusqu'à 1800, avait bouleversé la société, la justice et les lois, pour avoir voulu faire marcher trop rapidement les lois, la justice et la société, des codes immortels vous ont été donnés. Qu'ont-ils fait, et comment ont-ils été faits?

Qu'ont-ils fait?... Ils ont réuni, coordonné, élucidé par un meilleur ordre, fruit de l'expérience, toutes les vérités, toutes les règles, tous les éléments d'ordre, de progrès, de sécurité, que les jurisconsultes et les officiers de l'autorité royale avaient préparés pendant des siècles (1).

Comment ont-ils été faits?... Ils ont été faits par la volonté d'un homme-roi, de NAPOLÉON, entouré, aidé de jurisconsultes choisis par lui, souvent présidés par lui; ces codes immortels n'ont été discutés ni amendés par les prétendus pouvoirs représentatifs de nos assemblées électives. Grâce à Dieu, elles n'ont été consultées que pour la forme. Elles ont accepté les codes tels qu'ils leur ont été présentés tout faits par les jurisconsultes de Napoléon. Et la maxime *si veut le* ROI, *si veut la* LOI, a été bien magnifiquement justifiée par cet exemple; car si, au lieu de recevoir simplement ces codes, le corps législatif avait fait ce que fait aujourd'hui la chambre élective; s'il avait discuté, paraphrasé, amendé les quatre ou cinq mille articles de lois civiles, commerciales ou criminelles, article par article, avec grand fracas de contradictions, de passions et d'intrigues ministérielles ou anti-ministérielles, je le demande, quand les codes auraient-ils été finis, et comment auraient-ils été faits?

On le voit donc par un simple coup-d'œil historique, il n'est pas vrai de dire que la maxime *si veut le roi*,

_____

(1) Sans doute il y a eu, dans le cours des siècles, des erreurs successives qui tenaient à la barbarie des temps; mais elles ont été successivement réparées. La souveraineté du peuple, dans la révolution, loin d'avoir accéléré ce progrès, fruit naturel du temps et de l'expérience, y a porté une suspension complète et un désordre effroyable.

si veut la loi, enfante nécessairement l'oppression du droit et de la justice. La pensée contraire serait infiniment plus probable, même à ne consulter que le fait.

— — — ❧ — —

CHAPITRE VII.

La Royauté est la source de l'unité nationale et le principe de la civilisation.

—

Les apôtres de la souveraineté du peuple se parent exclusivement du titre de *patriotes !...* C'est un grand mot : mais je dirai à ces fiers politiques que, sans la royauté, ils ne se diraient ni patriotes ni français, car ils n'auraient ni France ni patrie. — C'est la royauté qui, par un long travail de douze siècles, a constitué, a conservé la France. C'est la royauté qui, par sa lutte continue, a rassemblé autour d'un cercle commun toutes les provinces éparses, qui constituent notre puissant empire : toutes de noms différents, de mœurs différentes, d'origines différentes, n'ayant en elles aucun instinct sympathique qui pût les agglomérer et les réunir. C'est la royauté seule qui leur a imprimé une attraction concentrique ; c'est elle qui en a fait un tout national, parce qu'il était royal. Sans la force du trône, leur ensemble se serait cent fois brisé, éparpillé en vingt lambeaux différents. — Lisez donc votre histoire, grands patriotes que vous êtes, et vous verrez que c'est la royauté qui vous a fait une patrie !

Et je ne dis pas la royauté rationnelle, métaphysique, théorique. — Non, je parle de la royauté historique, je parle du dogme politique fait chair, de la royauté faite homme, de nos rois, de nos dynasties, tels que la filiation de la vie nationale nous les a faits, et non pas tels que la démocratie les aurait rêvés et choisis. — Car, croyez-moi, ces choses-là ne se font pas de mains d'homme, et la volonté populaire n'y peut rien.

Et non-seulement la royauté, le pouvoir dans son acception la plus positive et la plus indépendante, est le centre nécessaire autour duquel se groupent les citoyens et les provinces d'un empire : non-seulement elle est le moyen d'attraction qui les empêche de se désunir, tandis que la souveraineté du peuple les pousse inévitablement à se diviser sous le choc perpétuellement renouvelé des intérêts et des volontés individuelles; mais la royauté, le pouvoir, sont encore les sources actives et fécondes de la civilisation, du progrès réel; tandis que la souveraineté venue d'en bas a toujours, en dépit d'elle-même, une action délétère, énervante, qui sème partout l'atonie, le dégoût, l'impuissance; qui donne quelquefois à la civilisation une apparence de faste et d'éclat, vernis trompeur, qui bientôt fait place à la misère et à la barbarie.

J'ai déjà cité la souveraineté du peuple ayant en cinq ans décomposé la France, et Napoléon l'ayant reconstituée en dix-huit mois. Quelque jour on pourra citer l'Espagne dont la décomposition s'opère sous nos yeux, plus lentement il est vrai, ce qui tient au caractère particulier du peuple ibérique, et dont la reconstitution, plus lente par le même motif, s'accomplira par en haut, jamais par en bas. Les peuples ne se sont jamais civilisés eux-mêmes. Laissez un peuple barbare se gouverner, il se rendra plus barbare encore, et tout peuple civilisé qui entrera dans la même voie, se rendra de nouveau barbare comme les nations primitives.

C'est la force concentrique du trône qui seule a formé le lien du faisceau national; c'est elle qui l'a conservé, et sans l'action perpétuelle de ce principe sacré, l'histoire de France nous aurait montré, non pas trente-deux provinces fraternellement unies en un seul royaume, mais trente-deux petites souverainetés guerroyant les unes contre les autres, jusqu'à la destruction complète de la nationalité française.

CHAPITRE VIII.

La grandeur et la force de la Royauté sont indispensables au bonheur de la Nation.

Quand nous plaidons la cause de la monarchie, quand nous demandons de la force pour la royauté, de la dignité, du respect, des moyens d'influence pour la famille royale, ce n'est point pour la royauté, ce n'est point pour le roi et les princes que nous parlons. Quels que soient nos sentiments personnels pour ces objets de notre attachement et de nos respects, ils ne sont pour nous, dans les grandes circonstances où la France est placée, que les premiers moteurs du gouvernement, les premiers pivots de la paix publique, les premiers instruments, immuablement efficaces et nécessaires de l'organisation libérale du pays. Vouloir établir un ordre social libre, durable, prospère, avec une royauté précaire, sans influence, sans dignité, sans moyen d'action sur les imaginations vacillantes de la multitude, nous paraîtrait une entreprise insensée, misérable, criminelle envers le pays : car ce serait lui préparer une organisation politique incapable de le protéger et de le défendre contre les factions qui le menacent de toutes parts.

J'oserai donc le dire, parce que telle est ma pensée : dans les questions de la liste civile, des dotations, des apanages, la famille royale, personnellement considérée, est bien moins intéressée que le pays lui-même. Ce n'est pas pour le roi que la royauté est créée, c'est pour la France. C'est pour qu'il y ait un point stable, immuable, éternel s'il était possible, où tous les ressorts de la machine gouvernementale puissent se rattacher; c'est pour que l'unité de la France ne soit pas un vain mot, une chimère théorique qui ferait place à mille divisions intestines, renouvelées par des tentatives incessantes et inextinguibles; c'est pour que l'établissement monarchique traverse les fluctuations momentanées et successives des événements, et qu'au milieu de ces variations perpétuelles, il y ait quelque chose de fixe, de durable, qui lie le passé, le présent, l'avenir, qui soit comme une logique vivante unissant sans cesse les effets à leurs causes, et ne permettant pas aux novations excentriques d'interrompre la durée des améliorations nationales par de brusques solutions de continuité. Cette liaison, cette connexité de tant de faits administratifs et gouvernementaux, dans un pays qui a 200 lieues d'étendue dans tous les sens, et 33 millions d'habitants, ah ! croyez-bien que c'est une œuvre pénible, ardue, qui nécessite un labeur constant de chaque jour et de chaque nuit ! Croyez-bien qu'au milieu de tant de milliers d'intérêts divers et souvent contraires, il

faut une bien grande force morale, une bien grande continuité de vues pour maintenir intact le faisceau social et
la tranquillité du pays! Au milieu de tant de mobilités
diverses, si la royauté elle-même n'est pas fixe, grande,
hors de doute, hors d'atteinte, se maintenant brillante et
forte par sa propre existence, par les influences puissan-
tes des ressources incontestées qui lui auront été données
par la prévoyance nationale, alors n'espérez jamais qu'elle
puisse remplir son office, son grand œuvre de conservation et d'unité. Si la royauté a besoin d'être protégée, elle
ne pourra vous protéger; si elle est obligée de tendre
viagèrement la main, si elle n'est pas profondément enracinée dans le sol national, si son existence et sa force
ne sont pas indépendantes des variations accidentelles de
la finance et du crédit, votre royauté ne sera qu'une dé-
ception démocratique. Plus vous l'aurez calculée à bon
marché, plus elle vous coûtera cher, car toutes les sources de la prospérité publique seront taries par l'instabilité
générale de la politique. Vous aurez économisé quelques
millions, et vous perdrez des milliards !....

Oui, voilà ce qu'il faut dire, ce qu'il faut répéter, ce
qu'il faut crier au peuple, si vous avez dans les entrailles
quelque attachement, quelque amour, quelque dévoûment pour sa cause; faites-lui comprendre que dix millions de plus par an dans le budget, ce n'est pas une demi-
journée de nourriture pour chaque citoyen français. Faites-lui comprendre, au contraire, que le moindre ébranlement politique causé dans le gouvernement par l'affaiblissement du pouvoir royal, par ces crises dissolvantes
où l'impunité des factions fait pressentir la faiblesse organique du pouvoir chargé de les réprimer, propage à

l'instant dans la France entière la cessation du travail, la mort du crédit, la suspension du commerce, et ôte à toute la classe laborieuse son industrie, son pain, sa vie, pour de longues semaines qui laisseront après elles mille traces de misères, mille nouveaux germes d'inquiétudes et de désœuvrement! La France! c'est un vaste océan, c'est une mer immense, où circulent sans cesse des milliers de projets, de calculs, d'entreprises, de travaux; où des millions d'êtres humains attendent leur existence, leur bien-être, leur joie, non pas d'un capital borné, fini, acquis, partagé parcimonieusement entre eux par une sorte de législation agraire, qui arracherait quelque fortune aux uns pour la distribuer aux autres, mais d'une reproduction vivace, incessante, féconde, dont l'activité seule peut suffire à l'alimentation de la grande famille nationale!... Il ne faut pas que ce mouvement s'arrête, s'interrompe un instant! Que dis-je? il ne faut pas seulement qu'on en conçoive la crainte, car la crainte seule du mal, en pareil cas, c'est le mal lui-même. Que signifie donc, je vous le demande, une économie de quelques millions, si en affaiblissant la base même du gouvernement royal, en lui ôtant cette respectabilité tutélaire qui le met hors de doute et de contestation, on rend incertaine et précaire la stabilité du gouvernement lui-même?... Un jour, un seul jour d'incertitude et de crise, fera perdre mille fois plus au pays, et surtout à la classe pauvre, que de misérables retranchements n'auront assuré d'économie au trésor!...

Voilà pourquoi nous disons toujours que la première liberté du pays, la première fortune du pays, le premier bonheur du pays, c'est la force et la stabilité du gouvernement. Voilà pourquoi le premier intérêt de la France,

c'est de constituer sa royauté dans une telle sphère d'indépendance et d'élévation, qu'il soit avéré et constant, aux
yeux de tous, que les factions n'auront jamais la possibilité de l'attaquer dans cette atmosphère de gloire et de
puissance. Voilà pourquoi il faut que la famille royale
soit influente, vénérée, en dehors, au-dessus de toutes les
chances étroites et mesquines de la vie commune. Voilà
pourquoi toute mesure qui tend à rendre la royauté invulnérable aux infirmités des institutions humaines, sera,
de tous les moyens de bonheur et de travail, le plus efficace, le plus influent, le plus salutaire pour le peuple.
Voilà pourquoi il faut une liste civile, des dotations, des
apanages.

En partant de ces grandes considérations sociales, on
verra pourquoi les dotations royales, de quelque nom
qu'on les qualifie, rempliront toujours mieux leur but
si elles sont constituées en fonds de terre, en domaines
nationaux, héréditaires, historiques, qu'en rentes, en
papiers mercantiles et fiscaux, liés inévitablement par la
pensée à mille considérations variables, précaires, sans
dignité et sans influence morale. Tout ce qui se rattache
à la royauté doit être immuable, noble et pur comme
elle; il faut en outre que ses ressources soient indépendantes, inaltérables, certaines : en un mot, la royauté
étant dans l'État la base fondamentale de toute fixité,
doit être fixe par elle-même, et non point par une force
d'emprunt, annuelle ou viagère. La royauté n'est pas
bâtie pour un jour, pour un an, pour un règne; elle
doit être bâtie pour toujours : elle ne garantit le présent
que si elle a la certitude de son avenir. Si elle n'a
pas un siècle devant elle, elle n'a pas sa vie d'aujour-

d'hui et son existence de demain. Ce n'est plus une réalité, c'est une chance, une incertitude ; et quelle absurdité de vouloir établir la confiance publique, la prospérité de tous, sur l'incertitude de la base elle-même qui
doit porter l'édifice national !....

CHAPITRE IX.

Excellence de l'Institution Monarchique.

Il faut une révolution qui détruise la royauté, pour
qu'on comprenne bien ce que c'est que la monarchie, pour
qu'on se rende un compte bien exact de sa supériorité sur
tout autre système de gouvernement. Tant que la monarchie est debout, ce qui est bien visible, bien saillant, ce
sont les inconvénients de détail qui en résultent. Les faiblesses du roi, les erreurs des ministres, les priviléges
des favoris, les injustices partielles qu'éprouvent certaines
classes de la société, tout cela est apparent, tout cela saute
aux yeux, tout cela tombe sous le tranchant d'une vive
et facile critique.

Mais pendant que les esprits les plus vulgaires aperçoivent facilement toutes ces choses, les grands ressorts
de l'État que la monarchie, par sa seule existence, par
son seul aplomb, tient dans une grande et puissante harmonie, ne sont aperçus que des esprits supérieurs et ex-
périmentés. Eux seuls comprennent que l'équilibre pacifique de toute la machine politique, depuis le trône jusqu'à
la dernière commune, produit une infinité de bienfaits
permanents et sans relâche, dans toute la nation, par la

sécurité, par le bien-être, par la tranquille activité, maintenus à chacun dans la sphère qui lui est propre. La monarchie, dans le corps social, c'est comme le principe de la vie, comme la santé dans le corps humain : on en jouit sans s'en rendre compte; on n'en comprend le bienfait général que lorsqu'elle est troublée en quelques points.

Oui, même avec un mauvais roi, — pourvu qu'il ne soit pas un tyran féroce et sanguinaire, et dans l'état actuel des choses ces personnalités monstrueuses sont impossibles, — même avec un mauvais roi, dis-je, la monarchie, par cela seul que la vaste machine de l'État conserve son action, son unité, sa direction certaine et non interrompue, répand encore dans le corps social cent fois plus de bien-être que de mal. — Supprimez la monarchie, au contraire, anéantissez la royauté, le pivot central venant à manquer, tous les ressorts de l'État se disjoignent ou se cassent, la confusion gagne, le désordre est partout, la propriété s'inquiète, le commerce s'éteint, et malgré les plus beaux axiomes politiques écrits sur le papier, la société tombe dans l'inquiétude et dans le dépérissement.

La force de l'institution monarchique est si grande, si tutélaire, qu'elle suffit souvent par elle seule à tirer parti, même des défauts de l'*homme-roi*, pour les faire concourir à la grandeur de l'État et à sa prospérité. Comme hommes, les deux rois les plus critiquables de la troisième dynastie sont évidemment Louis XI et Louis XIII : l'un, modèle de dissimulation, d'égoïsme, de cruauté même; l'autre, incapable, sans volonté, oublieux, ingrat, réduit au misérable rôle de premier courtisan de son premier ministre. Eh bien, du premier de ces règnes date la concentration des forces de la France en un seul faisceau; du second, datent l'abaissement des puissances rivales de la France, et sa suprématie glorieuse sous le règne suivant. Ce sont ces deux règnes qui ont fait la France.

Le vice du gouvernement électif, au contraire, est si grand, qu'il emploie d'immenses moyens de succès pour arriver à une immense déconvenue, à un épuisement général. C'est pourquoi, si l'on ôte le gouvernement à la royauté, et si on le donne à une assemblée élective, il importe peu, je l'assure, que cette assemblée ait du talent, du patriotisme, du génie même, si l'on veut. Tout cela se gaspillera, se neutralisera, se perdra dans le désordre, dans l'impossibilité de l'application. Après avoir jeté quelque éclair de courage et de grandeur au milieu des calamités publiques, aussitôt qu'il faudra agir régulièrement, avec ordre, en même temps qu'avec promptitude et décision, l'assemblée gouvernante n'y entendra plus rien : elle tendra les ressorts qui devraient être relâchés; elle relâchera les ressorts qu'il faudrait tendre. Alors l'État tombera tout à la fois dans la témérité de l'enfance et dans la débilité de la vieillesse, miraculeusement combinées pour sa ruine irréparable.

CHAPITRE X.

De l'Attachement des Peuples pour leurs Rois.

Si la royauté, dans les monarchies absolues elles-mêmes, était une institution despotique naturellement oppressive des intérêts nationaux, comment se ferait-il que, dans presque tous les royaumes de l'Europe et du monde, une

sorte d'instinct populaire eût spontanément consacré la
fête ou la naissance du ROI, comme la fête du pays, comme
la fête éminemment nationale?

Si la royauté, dans les monarchies constitutionnelles,
n'était qu'un automate sans volonté gouvernementale,
instrument passif de l'obéissance ministérielle aux caprices
électoraux, comment, dans les pays essentiellement parlementaires et représentatifs, tels que l'Angleterre, par
exemple, la fête du monarque serait-elle la fête nationale
plus encore peut-être que dans les monarchies absolues?
— C'est qu'il n'en est point ainsi dans la réalité.

L'attachement des nations à leurs rois se fait jour chez
tous les peuples qui n'ont pas brisé les traditions paternelles de leur organisation native; de là vient l'élan instinctif qui se manifeste par leur entraînement vers la
royauté, par leur vénération pour les races royales, que
tant d'impressions et de faits ont, en quelque sorte, in-
corporées dans la nationalité même des peuples. N'appelez
cet instinct d'amour, ni servilité, ni calcul, ni préjugé.
— Servilité!... Eh mon Dieu, combien de populations
héroïques ont volé à la mort sans autre pensée que de
défendre à-la-fois le drapeau du roi et l'indépendance du
pays! — Calcul!... Eh, chez tous les peuples monarchiques, c'est la pensée spontanée des classes les plus inférieures, qui jamais n'ont rien pu attendre de la faveur
des cours! — Préjugé!... Soit : en ce sens que les populations impressionnées ne s'expliquent pas à elles-mêmes
les motifs rationnels de leur croyance et de leur foi monarchique. Mais à ce compte, toutes les grandes vérités
sociales, tous les grands sentiments de l'homme, tous les
instincts de l'ame, sont des préjugés. — Or, la vie morale

des peuples ne se compose que de ces vérités et de ces
sentiments. — Oh ! c'est précisément parce que l'instinct
du peuple pour la royauté n'est pas raisonné, qu'il porte
avec lui le cachet et la preuve de sa source originelle !
Comment en Angleterre, en France, en Autriche, en
Prusse, tant de millions d'hommes se seraient-ils unis
dans une complicité commune ? Comment, lorsque vous
voulez faire un roi en France, en Belgique, en Grèce,
partout, êtes-vous obligés de recourir aux races consacrées
pour leur demander un homme en qui rayonne une étincelle de ce magnétisme héréditaire, devant lequel les peuples s'inclinent ?... Pourquoi, libéraux espagnols, n'avez-
vous pu lutter contre D. Carlos, qu'en vous agenouillant
devant le berceau d'Isabelle ?

Parlons de l'Angleterre. — J'aime à citer ce peuple, le
plus libre et le premier libre de tous, qui a cependant conservé intact et franc, le culte de la vieille patrie et de la
royauté. — Ces gens-là ne renient pas leur mère-nourrice ;
ils n'ont ni dédain, ni mépris pour leur passé. Ils ne
s'appellent pas la *jeune Angleterre* et l'*Angleterre nouvelle*.

De Londres jusqu'aux deux bouts du monde, ils s'enor-
gueillissent de leurs antiques lois ; ils se disent les enfants
de la *vieille Angleterre : — The sons of old England !* Ce
peuple britannique, si fier de ses libertés parlementaires, a
pris lui-même, pour symbole du salut de l'État, la conservation de la personne sacrée du Roi. Le *God save the
King* est l'hymne sacramentelle de sa politique, expression séculaire de sa foi dans la royauté. Sur toutes les
régions de l'Océan, ce peuple libéral et voyageur, investi
de la double indépendance de la tribune et de la mer,
n'hésite pas un instant à reconnaître la suprématie repré-

sentative de la couronne. Sur le Gange comme sur la
Tamise, au fond de l'Asie comme devant la Tour de Londres, il personnifie la représentation de la vieille Angleterre, dans les *hourras* solennels qu'il consacre au patron
royal de cette terre native des institutions constitutionnelles!

Et lorsque leur jeune reine apparut pour la première
fois devant le peuple assemblé; lorsqu'elle leur montra,
dans une solennité civique, la fierté virginale de ce front
de dix-huit printemps, portant sans plier le fardeau de la
couronne britannique; cette jeune fille avait-elle racheté,
par des preuves de capacité politique, de courage militaire, d'intelligence administrative, le privilége éventuel
de gouverner l'Angleterre? Avait-elle justifié, par ses actes, ce grand et sublime rôle qu'elle allait jouer dans la
politique du monde? — Non, elle venait, elle, enfant, mais
enfant de race royale, prendre le trône et le sceptre constitutionnel; et pas une forte main d'homme en Angleterre ne se sentait aussi forte que cette faible main d'enfant; pas un lord, pas un député n'aurait pu soulever ce
sceptre qu'elle portait sans en sentir le poids! Et cent
mille Anglais présents, hommes graves et austères, si fiers
de leur liberté, découvrirent leur front et s'inclinèrent
devant cette jeune fille qui ne pouvait justifier son droit
qu'en leur disant ceci : JE SUIS REINE PARCE QUE JE SUIS
REINE !...

C'est que dans toute société conséquente à ses éléments,
dans toute société dont les traditions paternelles n'ont pas
été pulvérisées par le démon de l'orgueil, il y a un élan
naturel de dévoûment, de tendresse native des peuples
pour la famille royale qui les gouverne : nous le voyons

en Autriche, en Prusse, en Angleterre, et pendant bien des siècles nous l'avons vu en France : ce n'est pas un instinct de servilité, qui dans la vie historique et séculaire de la France, inspirait aux peuples, même malheureux et souffrants par le fait des administrateurs secondaires, cet amour persistant pour la royauté, qui formait le principal caractère de la grande famille française, et presque le trait dominant de sa nationalité. — Non, ce n'est pas un instinct d'esclave, un élan de servilité qui, lors de la maladie de Louis XV, roi d'ailleurs fort peu méritant par lui-même, entraîna partout à la fois la population dans les temples, pour demander la conservation des jours du ROI. — C'était un haut et sublime instinct de sociabilité qui jetait un grand cri de douleur, sans bien se rendre compte de la part que l'intérêt individuel avait à cette manifestation générale. La société se confondait avec le gouvernement ; la monarchie vivait dans le peuple comme dans le roi. Les sujets n'avaient pas besoin de recourir à l'analyse métaphysique pour comprendre la relation naturelle et nécessaire de la tête et des membres du corps social. Cette pensée n'était pas une pensée pour eux, c'était une sensation. Sensation vraie et profonde, dans laquelle il y a plus de force politique que dans toutes les idées factices d'équilibre et de droits artificiels. Toutes les fois qu'un état sera constitué selon les besoins et les mœurs de son époque, c'est un sentiment de confiance, une affection réciproque qui unira les sujets et le gouvernement : car c'est d'une affection réciproque entre la faiblesse protégée et la force protectrice, que la société elle-même a reçu l'être. Ce n'est qu'en rentrant dans cette condition primitive de sa naissance, que la société peut trouver la liberté dans la hiérarchie et le repos dans l'action. Jusque-là, elle aura pour chefs des égaux auxquels elle ne voudra pas obéir ; ces chefs auront pour sujets des supérieurs auxquels ils n'oseront pas commander. Point d'affection d'un côté, point d'autorité de l'autre ; la souveraineté partout, l'obéissance nulle part ; et la sécurité du peuple partout ébranlée, parce qu'il la cherche vainement dans la réalisation d'un pouvoir qu'il n'a pas.

LIVRE VII.

CHAPITRE PREMIER.

Des Institutions Républicaines dans la Monarchie.

—

Les institutions républicaines sont des institutions par lesquelles, confondant toutes les idées de pouvoir et de liberté, on déplace perpétuellement la puissance publique de haut en bas, imaginant que le peuple est d'autant plus libre qu'on lui a livré une plus grande portion de pouvoir, et que, par conséquent, il serait parfaitement libre le jour où il aurait toute la puissance. En vertu de cette conception, on joindrait à la monarchie des institutions d'après lesquelles la force populaire disposerait de tous les pouvoirs législatifs, municipaux, administratifs, militaires, judiciaires; et l'on soutiendrait qu'on agit ainsi pour consolider le trône, au moment même où ce trône serait radicalement détruit !

Introduire l'action des masses populaires dans le gouvernement de la monarchie constitutionnelle, ce n'est point en effet donner à cette monarchie les bases larges et solides dont on la flatte. C'est, au contraire, introduire dans les rouages de cette monarchie le levier perpétuellement agissant qui doit les détruire. Que si on n'introduit dans

le gouvernement pour surveiller l'action monarchique,
que la partie éclairée, instruite, propriétaire, industrielle
de la population, ce sera un point d'appui sans doute;
mais ce seront des institutions qui n'auront rien de républicain, car elles établiront choix, hiérarchie, et feront
diriger le grand nombre par un nombre comparativement
très-petit; mais les masses, les masses souveraines, les
masses nombreuses, pauvres, ignorantes, fortes, leur
donner accès dans le pouvoir, c'est le leur livrer en entier;
c'est mettre la monarchie constitutionnelle sens dessus
dessous, au lieu de l'étayer; c'est n'organiser d'autre gouvernement qu'une interminable anarchie.

Les institutions républicaines sont donc destructives de
la liberté et du progrès social, c'est-à-dire, de l'amélioration de la race humaine dans ses facultés morales et dans
son bien-être matériel. J'appuierai mon assertion par une
discussion théorique; puis, je demanderai à l'histoire des
preuves à l'appui de mes raisonnements.

Les mots *institutions républicaines* sont bien vagues : ce
n'est pas ma faute, mais bien celle de certains hommes politiques qui, voyant la nation s'effrayer du mot *république*,
mot qui par lui-même est clair et porte avec soi une idée
complète, lui ont substitué les mots *institutions républicaines*
pour nous amener à tolérer la chose elle-même sous le
déguisement des mots. Un peuple régi par des institutions
républicaines, est en république. Que serait-ce donc qu'une
république, si ce n'était un gouvernement composé d'institutions républicaines ?

Mais pour faire illusion, on a imaginé de joindre un
trône, et un trône héréditaire, à des institutions républicaines; et l'on a affirmé que, de cette fusion, toute nou-

velle dans l'histoire du monde, naîtrait un ordre de choses
admirable, une liberté sans bornes, un progrès social rapide et soutenu.

Tout cet échafaudage ne repose que sur une équivoque : et c'est vraiment sur cette équivoque que les réformateurs populaires ont compté. Comme nous sommes
accoutumés à l'union d'un trône héréditaire avec les institutions constitutionnelles de la monarchie représentative,
on a espéré que nous confondrions les institutions républicaines et les institutions représentatives, et que nous
admettrions ainsi sans balancer la monarchie républicaine, le trône soutenu par des institutions républicaines. Nous allons montrer ce qui distingue ces institutions
de la monarchie représentative, et ce qui caractérise les
institutions républicaines. Cette différence une fois établie,
la solution sera facile.

Je ne parlerai pas de ces institutions républicaines où
le peuple agit par lui-même au lieu d'agir par des représentants. Celles-là sont trop impossibles dans nos mœurs
modernes et dans nos températures variables. Les amis
du peuple voudront peut-être, quelques jours, le traîner
tout entier sur la place publique, pour le faire discuter,
délibérer, juger, et gouverner en plein air, avec quelques
degrés de glace, par une averse de neige, ou sous une
pluie battante; mais nous n'en sommes pas encore là. Ils
se contenteront, pour le moment, de faire agir le peuple
par représentants, et c'est dans l'extension du système
électoral chargé de produire cette représentation, qu'ils
placent les institutions républicaines destinées, selon eux,
à soutenir le trône, et selon moi à le détruire.

Pourquoi s'effrayer des institutions républicaines pour

la royauté, a-t-on dit? Elles peuvent très-bien s'allier ensemble.

Les élections de la garde nationale, les municipalités, ne sont-elles pas des institutions républicaines ?

Cependant on ne conteste pas que ces institutions ne doivent entrer comme élément dans une monarchie constitutionnelle.

Sans doute, mais il faut s'entendre.

Dans une république, il y a des élections, il y a des gardes nationales, il y a des municipalités.

Ces institutions doivent aussi exister dans une monarchie constitutionnelle. Pas le moindre doute à cela.

Mais s'ensuit-il que dans ces deux genres de gouvernement, elles doivent avoir la même base, le même développement, les mêmes règles ? Pas du tout : et c'est dans ce sens seulement qu'on soutient que, dans une monarchie constitutionnelle, il ne faut pas d'institutions républicaines.

Ainsi, comme dans une république, il y aura des élections; mais selon d'autres lois électorales;

Comme dans une république, il y aura des municipalités; mais établies sur d'autres bases;

Comme dans une république, il y aura une garde nationale; mais autrement organisée, autrement commandée.

Voilà toute la difficulté à résoudre : savoir comment on doit régler et modifier ces institutions pour qu'elles soient propres au genre de gouvernement monarchique ou républicain que comportent les mœurs de la nation aux lois de laquelle on travaille.

Mais on ajoute encore : La monarchie constitutionnelle n'admet-elle pas l'intervention de la chambre élective ? La chambre des députés n'est-elle pas par elle-même une institution républicaine ?

Voici ma réponse :

Sans doute, du moment qu'on abandonne l'action du peuple lui-même, pour se borner à le faire intervenir par députés ou représentants, les institutions républicaines reposent sur des droits électoraux, tout comme les institutions de la monarchie constitutionnelle ; mais le degré d'extension où l'on veut pousser le système électoral, change nécessairement la nature du gouvernement, et c'est là précisément ce qu'il ne faut pas perdre de vue.

Ce qui caractérise fondamentalement la république, c'est la représentation des masses populaires, des majorités numériques ; la représentation du nombre, indépendamment des classifications de fortunes, de lumières, de capacités, de garanties. Dans ce système, par cela seul que vous êtes citoyen, vous êtes électeur ; c'est là que gît votre titre. Votre acte de naissance et la preuve de votre identité personnelle suffisent à vous faire participer au pouvoir souverain.

Voilà comment le système électoral devient institution républicaine.

Mais dans la monarchie constitutionnelle, le système électoral suit d'autres règles et d'autres principes. Il doit amener, non pas la représentation du nombre, non pas la représentation de la majorité numérique des citoyens ; mais il doit convoquer électoralement l'ensemble des capacités, des notabilités sociales, des lumières acquises, des garanties politiques, et ne pas dépasser cette barrière.

Voilà comment le système électoral peut s'adapter à la monarchie constitutionnelle, et s'allier à un trône héréditaire.

Mais prétendre conserver ce trône héréditaire, et le soumettre à l'action souveraine des majorités numériques, des masses populaires, c'est mettre en présence dans le gouvernement deux principes tellement contraires, que c'est y organiser une guerre intestine qui durera jusqu'à ce que l'un des deux ait dévoré l'autre; c'est-à-dire jusqu'à ce que le pouvoir suprême soit devenu électif, ou que le droit électoral soit devenu illusoire; c'est aboutir ou à la république ou au despotisme. Nous devons encore ajouter que le système que nous combattons, n'admettant dans l'élection de la chambre des députés d'autre principe que la souveraineté législative du peuple, à plus forte raison il ne peut tolérer une seconde chambre indépendante de cette souveraineté populaire. La constitution de 1791 était folle, mais très-logique; tant qu'il existera dans l'État une chambre des pairs héréditaire ou royale, nos institutions ne seront pas républicaines. Rome même ne fut pas un véritable système républicain, parce qu'on y conserva le sénat héréditaire. — Grande faute, dit Rousseau, car il aurait fallu détruire le patriciat en même temps que la royauté! — Il a raison : ce fut une faute contre le principe de la souveraineté du peuple, mais non pas contre le véritable intérèt de l'État. Sans cette prétendue faute, Rome n'eût pas conquis l'Univers et fourni cette longue carrière de gloire civile et militaire; elle n'aurait pas eu ses sages lois civiles et son esprit d'ordre et de conservation dans la conquête; elle n'aurait pas donné au monde la preuve matérielle, qu'il est plus facile de concevoir la durée d'une république avec une assemblée héréditaire, que la durée d'une monarchie entièrement subordonnée à une assemblée républicaine. — Cette

preuve, la malheureuse Pologne s'est chargée d'en compléter la seconde partie, et l'on verra dans les chapitres
suivants quelles leçons terribles l'anarchie polonaise, et
l'anéantissement de cette généreuse nation, donnent à
ceux qui voudront les comprendre. C'est là qu'est écrite
la destinée inévitable et fatale de tout peuple qui croira
follement avoir un gouvernement, une existence, une
nationalité, en élevant un trône populaire entouré d'institutions républicaines ! Et si les malheurs de la Pologne
ont été plus grands, plus constants que ceux des autres
nations, et terminés par une destruction plus affreuse,
malgré le patriotisme et la valeur de ses habitants, c'est
que nul peuple républicain, ni dans l'antiquité, ni dans
les temps modernes, n'a eu des institutions aussi républicaines que celles de la Pologne, et n'a fait en même temps
la faute de vouloir y joindre l'institution d'un pouvoir
monarchique; de sorte que la Pologne a eu constamment
à souffrir les vices des deux systèmes, sans avoir les
avantages d'aucun des deux. — Voilà ce que c'est qu'une
monarchie républicaine.

CHAPITRE II.

Dans une Monarchie entourée d'Institutions républicaines, les vertus des grands Citoyens sont souvent fatales à l'État.

Il est facile de voir que les institutions républicaines
sont aussi opposées au progrès et à la liberté, que les institutions de la monarchie constitutionnelle y sont favora-

bles; et nous rencontrons ici l'anomalie politique, selon moi la plus étonnante qui puisse exister.

C'est que les institutions républicaines, sous un certain point de vue, développent la force morale du citoyen, précisément dans le même rapport qu'elles détruisent la force morale de l'État; de sorte que du plus grand des biens elles font sortir le plus grand mal possible, par la combinaison fausse qu'elles font des éléments sociaux.

Les institutions républicaines obligeant le citoyen à une activité politique constante, le tenant en haleine, lui confiant la surveillance et la direction des affaires publiques, le faisant participer à la souveraineté dans tous les actes de la haute administration et de l'administration inférieure, le forment, l'habituent, le dressent à toutes les vertus publiques; et si ces vertus sont indispensables à l'établissement d'une république, il est vrai de dire que le propre de ce genre de gouvernement est aussi de les conserver, de les réchauffer, de les vivifier journellement.

Mais ces vertus ne sont nécessaires dans la république que pour suppléer précisément à la force centrale de pouvoir qui fait marcher les autres gouvernements; c'est parce que l'État et la liberté périraient à chaque instant sous les factions, si les citoyens manquaient d'énergie, de surveillance, de dévoûment, qu'ils sont stimulés par leur intérêt commun à manifester ces hautes vertus; c'est parce que ce gouvernement par lui-même protége moins l'État qu'il dirige, qu'il faut que chaque citoyen intervienne perpétuellement pour protéger et l'État et soi-même.

Il résulte inévitablement de là de grandes vertus chez les citoyens et de grandes calamités dans l'État, des orages

sans interruptions, des luttes intestines interminables;
plus les institutions seront républicaines, plus les citoyens
seront grands, et plus l'État sera faible et agité, jusqu'à
ce que, dans ces chocs tempétueux, sans cesse renouvelés,
les chances fatales des destinées humaines, et les intrigues des États voisins favorisant la mauvaise cause au
détriment du bon droit, l'État périsse, et que de vertueux
citoyens meurent en combattant pour ne pas être esclaves, parce qu'ils n'ont pas su vivre pour être libres.

C'est ce qui paraîtra jusqu'à la dernière évidence,
quand nous examinerons l'influence des institutions républicaines sur les vertus et sur les malheurs de la Pologne; et chose étrange ! j'entreprendrai de prouver (et je
crois y réussir) que ce ne sont pas les fautes personnelles
des Polonais, mais bien au contraire que ce sont leurs
grandes vertus, les vertus qu'ils devaient à leurs institutions républicaines, qui ont spécialement perdu leur patrie, et qui sont un des plus insurmontables obstacles à
sa résurrection! Ainsi je complèterai la démonstration de
cette vérité fatale que vainement on voudrait méconnaître:
—Que les mauvaises institutions rendent les vertus individuelles complices et causes des malheurs publics, tandis
que les institutions sages et bien calculées peuvent quelquefois employer au bien public jusqu'aux imperfections
et aux faiblesses des citoyens; et ce n'est pas une des
moindres instructions de l'histoire ! ce n'est pas une de ses
leçons les moins profitables dans un moment où il nous
faut convenir que nos caractères et nos mœurs publiques
sont si faibles et si changeants!... Oh ! le ridicule projet,
que de vouloir faire une république de la France au
19me siècle!

En thèse générale, les institutions républicaines sont opposées au progrès social, parce qu'elles absorbent toute la force, le temps et la vie des citoyens. Il faut alors forcément, dans l'État, des esclaves comme dans l'antiquité, des serfs comme dans la république polonaise, pour suffire aux travaux industriels; de sorte que le progrès matériel et la liberté sont constamment arrêtés dans leur développement général. Et n'est-ce pas une liberté politique bien singulière que celle qui ne peut exister qu'avec le concours de l'esclavage? — Rousseau le reconnaît lui-même dans son *Contrat Social*; à chaque pas, il prouve l'excellence des institutions républicaines et l'impossibilité de les établir. Ce n'était pas la peine de perdre tant de génie à colorer si fortement un tel tableau.... Et pour résultat, en supposant l'établissement de cette liberté républicaine, il nous en fait une peinture si rigide, qu'elle serait certainement, pour nos peuples modernes, le plus insupportable esclavage.

Mais comme je l'ai déjà fait observer, les institutions républicaines portent encore en elles-mêmes un obstacle bien grave aux progrès sociaux. En effet, elles mettent la direction du gouvernement à la merci des masses populaires qui, dans les premiers temps de la société et toujours, sont nécessairement remplies d'ignorance, de fanatisme et de préjugés religieux : en voulant représenter ces masses ignorantes dans le gouvernement, on y introduit forcément tous leurs vices; de là, naissent des empêchements sans nombre aux procédés nouveaux, aux améliorations pratiques dans les arts, dans la médecine, dans la politique elle-même; de là, naissent l'intolérance, l'ostracisme, l'ingratitude, je dirai presque la haine pour toutes les supériorités intellectuelles ; et le peuple, pour éviter qu'elles ne servent à lui imposer une direction qu'il prétend conserver lui-même, leur ôte le moyen de le servir afin de ne pas courir le risque d'en être dominé.

Les institutions républicaines ne seraient donc bonnes que pour un peuple destiné à rester toujours pauvre, isolé, sans arts et sans commerce, vivant heureux dans sa simplicité, parce qu'il ne connaîtrait pas d'autre genre d'existence. Et pour le maintenir ainsi, il faudrait le dresser en haine du reste du monde, afin que le contact des autres peuples ne détruisît pas chez lui son attachement à son incomplète civilisation.

CHAPITRE III.

Les Institutions Républicaines sont antipathiques à la France.

Les mœurs de la France sont imprégnées d'une répulsion native contre les institutions républicaines ; l'instinct des Français les porte beaucoup plus vers les travaux et les jouissances de la vie privée, que vers les préoccupations orageuses de la vie publique.

Cela est si vrai que les places, les fonctions publiques, sont généralement considérées comme un état lucratif, ainsi que toute autre industrie privée, et recherchées en raison des salaires qui y sont attachés. Or, rien n'est plus anti-républicain, dans le monde entier, qu'une telle disposition d'esprit. Cette disposition d'esprit a cependant ses avantages et ses inconvénients.

Les inconvénients sont graves : car les Français voulant être libres, c'est-à-dire protégés par les lois dans la
disposition de leurs personnes et de leurs fortunes, et
cependant voulant consacrer la presque totalité de leurs
forces et de leur intelligence à ce qui touche particulièrement et leurs fortunes et leurs personnes, il en résulte que
le gouvernement et la nation n'ont jamais une entière et
paisible cohésion. Tantôt la nation, par insouciance, par
apathie, laisse agir ses gouvernants avec trop de latitude,
et tôt ou tard ses intérêts en souffrent. Tantôt, s'aperce-
vant de ce mal, elle se porte trop rapidement à l'excès
opposé, veut se mêler de tout, intervenir dans tout, et
gouverner son gouvernement; de sorte que d'un état
d'inertie et de mollesse politique, elle passe à un accès
de fièvre démocratique, et, dans cette intermittence éternelle, elle se précipite de secousse en secousse, d'excès en
excès, sans jamais rester dans le juste-milieu qui seul
convient cependant à ses mœurs sociales.

Pour obvier à cet inconvénient terrible, que faudrait-il ?

Il faudrait accoutumer peu à peu la nation à l'usage
des droits publics qui doivent constituer son état régulier
et normal de vie politique; il faudrait, par une marche
lente et graduée, l'acclimater à la pratique des devoirs
publics, et infuser dans ses mœurs une activité légale,
paisible, rationnelle, qui peu à peu deviendrait pour elle
tout à la fois un élément de conservation et de liberté :
mais la plonger dans des institutions républicaines, c'est
la plus insigne de toutes les folies, le plus fatal de tous
les contre-sens. Les institutions de la monarchie constitutionnelle sont déjà presqu'au-delà de ce que nos mœurs
politiques actuelles peuvent supporter; y substituer des

institutions républicaines, c'est parler à la plus grande
partie de la nation un langage qu'elle ne comprendra seulement pas, et dans lequel il lui sera impossible de répondre.

Étendre le système électoral à tous les citoyens, à toutes les fonctions, à tous les pouvoirs, c'est la conséquence
inévitable et forcée du principe de souveraineté populaire.

Eh bien ! cette extension électorale qui constitue, à proprement parler, les institutions républicaines, est antipathique à la nation ; cette extension électorale peut flatter
momentanément quelques-uns de nos défauts nationaux,
surtout notre vanité et notre désir de nivellement : mais
elle est contraire à nos intérêts, à nos mœurs, à nos habitudes agricoles et industrielles ; et par conséquent engager la nation dans cette route, c'est la pousser à un développement intempestif de droits politiques, qui la dégoû-
terait infailliblement des droits véritablement utiles
qu'il lui est indispensable de pratiquer, et auxquels déjà
elle n'apporte ni assez de zèle ni assez d'exactitude. Décréter des institutions républicaines, ce serait donc détruire
la liberté.

Voyez ce qui se passe seulement pour le jury. Sans la
crainte d'une condamnation qui, prononcée par les tribunaux, porterait atteinte à l'honneur des jurés délinquants,
et sans la perspective d'une amende de 500 fr., qui de
nous n'est profondément convaincu que très-souvent les
assises seraient impossibles, et qu'une partie considérable
des jurés manquerait à l'appel ? — L'un aurait ses moissons à faire, plus tard ses vendanges, ensuite l'ensemence-
ment de ses terres ; l'autre ses armements à conduire, ses
constructions à surveiller, sa fabrique à diriger ; celui-ci

les affaires de ses clients, cet autre le soin de ses malades;
celui-là marierait sa fille, ou formerait un établissement
pour ses fils; et celui qui n'aurait rien serait encore plus
empêché que les autres, car il aurait besoin de tout son
temps pour le consacrer au travail, seule source de son
existence et seul soutien de sa famille. Bref, dans l'immense complication de tous nos intérêts particuliers, de
tous nos travaux, de tous nos arts et de toutes nos industries, chacun ne trouve guère trop de son temps pour
lui-même (1). Or, que l'on imagine un système politique
qui rassemblerait perpétuellement les citoyens pour nommer les députés, les pairs, les officiers, les juges, les administrateurs, qui exigerait des renouvellements fré-
quents, car telle est la nature des institutions républicaines, parce que sans cela elles sont promptement corrompues : que l'on imagine, en outre de cela, que tous ces
déplacements et toutes ces fonctions électorales devraient
être gratuites (2); que les fonctions politiques et administratives qui seraient ainsi déférées, devraient être, sinon
gratuites, du moins réduites aux salaires les plus stricts, les
plus modiques; et que l'on dise si la nation est assez imbue du désir d'exercer démocratiquement ses droits, pour
se laisser jeter ainsi tout entière sur la place publique;
et si les agitations du forum seraient pour elle d'assez

---

(1) Chez les peuples républicains de l'antiquité, dont les intérêts industriels
étaient cependant mille fois moins développés que les nôtres, les citoyens, pour
pouvoir exercer leurs droits publics, étaient obligés d'avoir des *esclaves* pour
suffire à toutes les industries et à tous les travaux. La conséquence des institutions républicaines, c'est la destruction des arts industriels, ou la création d'une
classe d'*ilotes* ou d'*esclaves* pour y suffire.

(2) On ne pourrait leur donner une indemnité de déplacement comme aux
jurés. Le budget tout entier n'y suffirait pas.

douces jouissances pour la porter à faire le sacrifice de son temps, de son repos, de ses intérêts privés? Aurait-on des lois pénales contre les citoyens délinquants, comme on est obligé d'en avoir pour les jurés? Et cependant y a-t-il une fonction plus évidemment utile, plus généreuse, plus libérale, plus essentielle à la liberté que le jury? Ne sent-on pas, au milieu de tous ces rassemblements électoraux incomplets, combien les intrigants, les ambitieux qui, eux, n'ont d'affaires pressantes que leurs intrigues et leurs ambitions, et qui par conséquent seraient toujours les plus exacts à l'appel; ne sent-on pas, dis-je, combien toute cette lèpre des grandes villes prendrait un immense avantage sur la masse trop paisible et trop inerte des citoyens bien intentionnés, mais tièdes, et trop souvent absents des comices!... Les institutions républicaines!... je le dis hardiment, je ne connais pas de fléau plus destructif de la liberté.

Nous avons eu, depuis 1791, plusieurs systèmes de gouvernement, tous fondés sur des institutions républicaines: tous ont péri par l'effet spécial et direct des vices que je viens d'indiquer, et qui sont inhérents à la nature de ces institutions comparées à la nature de nos mœurs nationales. Postérieurement, nous avons eu deux gouvernements différents : le système impérial, gouvernement absolu; le système de la charte, gouvernement constitutionnel. L'un a disparu par l'effet des circonstances inhérentes à son principe de despotisme central, presque aussi mauvais que le despotisme anarchique des institutions républicaines. L'autre n'a pas encore péri, mais a été violemment ébranlé, parce que la faction absolutiste et la faction républicaine se le sont disputé comme un

champ de bataille où elles tentent de vider leurs différents éternels : de sorte que c'est, en résultat, le génie du
bien, le génie de la monarchie constitutionnelle, qui veut
continuer à verser sur la France les bienfaits dont elle a
déjà recueilli les premiers fruits, tandis que le démon
féodal et le démon révolutionnaire s'efforcent de l'immo-
ler, pour se disputer ensuite son sanglant héritage !

Vainement a-t-on cherché à la chute de nos gouvernements républicains des causes accidentelles étrangères à
leur nature. C'est dans cette nature même qu'ils ont
trouvé leur ruine; c'est dans cette dissolution toujours
imminente d'un pouvoir à la fois attaqué de toutes les
extrémités du pays, livré à toutes les factions comme une
pâture offerte et facile, miné par tous les ressentiments
féodaux qui s'impatronisent au milieu des droits populaires par l'influence encore subsistante de leur clientèle,
par l'influence encore subsistante des affections sacerdo-
tales.

Ceci parut bien au 18 fructidor. Vainement un homme
d'un grand talent, Benjamin Constant, homme qui d'ailleurs a soutenu les principes constitutionnels que nous
défendons après lui, a-t-il prétendu, postérieurement, que
nos gouvernements républicains étaient morts par l'effet
des coups-d'état qu'ils avaient frappés pour se maintenir.
C'est une erreur qui ne supporte pas l'examen. Ce n'est
pas le 18 fructidor qui tua le gouvernement républicain.
Bien au contraire, ce coup-d'état lui donna quelques jours
de plus à vivre; car sans ce palliatif, il succombait à
l'instant même sous l'effort de la contre-révolution. Mais
ce remède violent ne put sauver le gouvernement républicain, parce que ce gouvernement portait en lui le germe

déjà développé de sa mort. Il n'était pas né viable, et la nation, lasse d'assister à cette longue agonie, le laissa sans défense contre le 18 brumaire.

Ce ne fut donc pas le coup-d'état frappé par le gouvernement républicain qui le tua, mais ce fut le coup-d'état frappé contre lui par Bonaparte; et ce dernier réussit. Sur ce coup-d'état fut fondé un gouvernement fort et durable, parce que tout illégal, tout violent, tout arbitraire que fût le 18 brumaire, il répondait aux sympathies nationales, en ce sens qu'il détruisait des institutions républicaines, antipathiques à la nation malgré l'exaltation passagère de quelques esprits généreux, qui, dans leur sublime désintéressement, croyaient que les masses populaires consentiraient au sacrifice de leurs intérêts matériels, comme ils se sentaient la force d'y consentir eux-mêmes!... Mais Bonaparte, à son tour, passant d'un excès à l'autre, au lieu de s'arrêter dans le juste-milieu, au lieu de borner l'extension des droits politiques à la juste mesure que comportent nos intérêts et nos mœurs, se précipita dans une concentration de pouvoirs qui détruisit tout équilibre, tout contrôle, toute liberté politique dans l'État; et qui, lorsque la fortune de son puissant génie vint à pâlir sous les coups de l'Europe entière et des éléments conjurés, le laissa seul et sans appui, géant glorieux et abandonné, dont la ruine fit trembler l'univers encore ébranlé de nos jours par le long retentissement de sa chute!

CHAPITRE IV.

De la Pologne.

—

Aucun ordre économique, peu ou point de troupes,
nulle discipline militaire, nul ordre, nulle subordination;
toujours divisée au-dedans, toujours menacée au-dehors,
elle n'a par elle-même aucune consistance, et dépend du
caprice de ses voisins.

J.-J. ROUSSEAU.

Pour montrer à nu tous les vices des institutions républicaines associées au pouvoir monarchique, je ne puis mieux faire que d'examiner les déplorables effets que cette législation bâtarde et fausse a eus pour la Pologne.

Issues d'une origine commune, sorties des peuplades esclavonnes, établies sous le même climat, dans de vastes plaines limitrophes, la nation russe et la nation polonaise, par une bizarrerie historique dont il n'est pas de notre sujet d'expliquer ici les causes, adoptèrent deux principes opposés de gouvernement. Les Russes se soumirent au despotisme le plus absolu, les Polonais s'armèrent de la plus complète liberté politique. Les premiers ont établi un puissant empire, qui menace d'absorber la vie européenne; les seconds ont disparu du rang des nations, et ne donnent signe d'existence que par les convulsions douloureuses d'une agonie réitérée, que des sympathies généreuses, mais aveugles, s'efforcent de prendre pour une résurrection.

Examinons les causes de cette différence. Ce n'est pas, certes, que le despotisme soit un meilleur régime que la liberté: ce n'est même pas qu'il soit nécessairement plus favorable aux nations naissantes, quoique leur ignorante barbarie les y dispose souvent; mais c'est que les abus d'un gouvernement trop fort, tout fâcheux qu'ils sont , sont infiniment moins dangereux que les abus d'un gouvernement trop faible.

La Pologne a-t-elle péri par la corruption et la mollesse de ses habitants? — Non , jamais plus de vertus civiles, plus de probité, plus de dévoûment, plus de courage patriotique n'ont honoré un peuple digne d'être indépendant et libre.

La Pologne a-t-elle péri par l'effet d'un territoire trop borné et d'une population trop restreinte pour résister aux agressions de ses ennemis? — Non : car la Pologne, d'abord supérieure à la Russie, a dans toute sa carrière prouvé que l'esprit belliqueux de ses habitants ne connaissait pas de triomphe qui lui fût impossible. Quand ses forces ont pu être réunies et agir, en dépit des institutions républicaines qui les divisaient sans cesse, elles ont toujours été victorieuses. Sans le grand Sobiesky, ce Charles Martel du Nord, l'Allemagne, et peut-être l'Europe entière était subjuguée par les Turcs. Loin d'être plus faibles que leurs voisins, ce furent les Polonais qui vainquirent pour eux et les sauvèrent. Leur histoire militaire prouve qu'ils avaient des forces plus que suffisantes à leur défense, s'ils avaient pu en faire usage.

Pourquoi donc la Pologne a-t-elle péri, quand elle présentait tant de ressources pour une existence heureuse et triomphante? — C'est ce que nous allons examiner.

Pour éclaircir cette question, il faut nous rendre compte d'abord de l'organisation du gouvernement polonais; puis examiner, dans les faits historiques, la réaction

de cette organisation intérieure sur l'indépendance extérieure de cette grande et malheureuse nation.

Ce n'est pas que je veuille, ni que je puisse épuiser ici
un si vaste sujet. Je ne prendrai que les traits principaux,
que les points culminants de cet ensemble législatif. Je
prie donc qu'on ne cherche pas dans cet exposé un système complet de politique, mais seulement le tableau des
causes principales qui ont décidé la marche du gouvernement polonais et la destinée de la nation.

Le principe de la constitution polonaise était celui-ci :
*Nul homme libre ne peut être taxé ni gouverné que de son
aveu.*

Quoique la population fût divisée en *gentilshommes* et
en *serfs*, elle ne présentait dans ses mœurs aucune trace
de féodalité.

Les emplois et les dignités n'étaient point héréditaires;
ils s'éteignaient par la mort, et ne donnaient aucun droit
de redevance d'une terre sur une autre; un gentilhomme,
domestique d'un autre gentilhomme, n'était point son
vassal; mais, comme lui, membre du corps politique qui
rétablissait entr'eux la plus complète égalité. Ils composaient la cité, ils étaient les citoyens de l'État, tous égaux
et frères. — Les serfs remplissaient le rôle des ilotes à
Sparte, des esclaves dans toutes les républiques de l'antiquité; car lorsque la vie entière du citoyen est consumée
dans les travaux du forum ou du camp, il faut des esclaves pour lui fabriquer des vêtements et du pain.

Pour s'assurer que les citoyens ne pourraient jamais
être taxés et gouvernés que de leur aveu, voici les précautions principales qui, après diverses combinaisons,
furent introduites en lois constitutives :

Le roi était électif, nommé par les citoyens.

Les citoyens des provinces, constitués en diétines, nommaient leurs députés à la diète générale.

Ils leur donnaient un mandat exprès et précis pour l'exercice de leurs fonctions législatives.

Ces députés, après la session, étaient tenus de rendre compte à leurs commettants.

La diète rassemblée à époque fixe (tous les deux ans) par la volonté de la loi fondamentale, n'avait pas besoin de convocation royale.

Et pour prévoir le cas où la nécessité du progrès rendrait convenables des changements à la constitution, les membres de la première diète tenue après l'élection de chaque souverain, recevaient le mandat exprès d'examiner les nouvelles conditions qu'il pouvait être convenable d'imposer au nouveau roi, qui était obligé de s'y soumettre, et d'y jurer fidélité, sous le titre de *pacta conventa*; si ces conditions avaient été réglées dans l'interrègne, elles devaient être également sanctionnées par la diète, puis imposées au roi.

Je ne dis rien du sénat, car l'absolue nécessité pour le gouvernement d'avoir l'unanimité des suffrages dans les diètes, rendait à peu près nul l'appui qu'il pouvait y recevoir du sénat, dans le sein duquel il pouvait, au contraire, rencontrer de nouveaux obstacles.

On voit que les institutions si vivement réclamées par nos réformateurs actuels étaient toutes en vigueur. La souveraineté des citoyens était entière, tous les pouvoirs émanaient d'eux, ils exerçaient le suffrage universel, ils imposaient des mandats précis à leurs députés, ils les obligeaient à rendre compte de l'exécution de ce mandat après

la session : les progrès des lois constitutives étaient assurés par la révision qui commençait chaque règne, et les
pacta conventa ouvraient les voies à toutes les améliorations démocratiques qu'on pouvait désirer. — Certes, on
n'inventera jamais rien de plus logiquement populaire,
et ce sont bien là des institutions républicaines.

Cependant, comme l'esprit républicain est d'autant
plus ombrageux qu'il est devenu plus dominant, toutes
ces précautions ne parurent pas suffisantes aux patriotes
polonais. — En effet, théoriquement elles ne le sont pas;
car malgré toutes ces garanties politiques, ne pouvait-il
pas arriver qu'un roi, désireux d'un pouvoir plus réel,
eût la fantaisie de se débarrasser d'une portion des entraves mises à l'exercice de l'autorité précaire qui lui était
confiée? Ne pouvait-il pas se rencontrer un roi qui inti-
midât la diète ou qui la corrompît?—Il était donc urgent
d'organiser la résistance légale à cette usurpation éventuelle. Ceci est le chef-d'œuvre du genre républicain.

Les Polonais, pour prévenir ce risque toujours imminent dans une monarchie, si républicaine qu'on la fasse,
imaginèrent d'organiser et de légaliser à l'avance une insurrection toujours permanente et disponible contre tout
acte arbitraire de l'autorité royale. — Cette sanctification
de la résistance de fait à l'arbitraire, ils la consacrèrent
sous le nom de *confédération*.

« Brûlez vos maisons et errez dans votre pays les armes
à la main, plutôt que de vous soumettre au pouvoir arbitraire. » Tel était l'axiome que chaque fils recevait de son
père en entrant dans la vie politique. Cet axiome était
réalisé par la confédération.

La confédération se créait par la seule volonté de tous

les citoyens qui voulaient y concourir. Ils se réunissaient,
rédigeaient leurs griefs et leurs demandes, nommaient un
chef, un maréchal de confédération, signaient l'acte cons-
titutif de cette ligue patriotique, et toutes les conditions
étant remplies, la confédération devenait un être politique et légal; émané de la souveraineté populaire, son
existence détruisait par le fait tout autre corps constitué,
les tribunaux cessaient leurs fonctions, la guerre civile
organisée en confédération absorbait légalement toutes les
magistratures. — C'était la dictature du peuple; c'était la
contre-partie de la dictature romaine. — Et ici, je dois
faire observer que la dictature romaine est un contre-sens
évident dans un état fondé sur la souveraineté des citoyens,
tandis que la dictature polonaise était essentiellement conséquente et logique. Quand le peuple est souverain, c'est
évidemment au peuple seul que peut appartenir la dictature. Toute dictature exercée contre lui n'est en ce cas
qu'une usurpation de son droit, usurpation que rien ne
peut légitimer, puisqu'elle ne saurait avoir la sanction
populaire, d'où cependant, dans ce système, doivent émaner tous les pouvoirs. — On voit donc combien la monarchie polonaise était plus républicaine que la république
romaine, surtout n'ayant point de patriciat héréditaire;
car, je le répète, les titres et emplois déférés par le roi électif étaient viagers comme lui, ce qui est encore éminemment logique et rationnel.

Ici nous devons nous arrêter un instant.

Y a-t-il dans l'ensemble des institutions que je viens
d'exposer quelque chose qui excède les conséquences logiques et rigoureuses du principe de la souveraineté du

peuple? — Non, rien, absolument rien. Tout législateur
qui aura posé en principe la souveraineté du peuple, re-
culera devant les conséquences de ce principe, et le violera
lui-même, s'il repousse une seule des conditions du gouvernement dont je viens d'esquisser les principaux traits;
et, du moment qu'il manquerait lui-même de logique sur
certains points, et résisterait à certaines conséquences,
pourquoi nous accuserait-il, nous, de mal raisonner,
parce que nous repousserions telles ou telles conséquences du principe auquel lui-même ne serait pas fidèle?

Quoique les Polonais, dans ces âges d'ignorance, n'eussent certainement pas raisonné la théorie de leur gouvernement comme nous pouvons la raisonner aujourd'hui,
l'instinct du principe populaire qui vivait réellement en
eux et constituait leurs mœurs nationales, avait raisonné
et conclu pour eux. Cette force d'instinct les avait logiquement conduits à déduire toutes les conséquences de la
souveraineté du peuple. Il faut faire comme eux, ou renoncer à ce principe.

Et cependant était-ce tout? — Non, vraiment; il manque encore un trait au tableau, et ce trait qui a caracté-
risé les plus grandes, les plus nobles actions des patriotes
polonais, est aussi celui qui a tout perdu. — C'est l'unanimité des suffrages exigée pour l'élection du roi et pour
les résolutions des diètes générales.

Il faut faire violence à nos habitudes constitutionnelles,
judiciaires, administratives, à toutes les règles de nos délibérations, pour reconnaître la rigueur logique du principe de l'unanimité des suffrages; cependant cette rigueur
logique existe. Delholme l'a montré sans réplique dans ses

considérations sur la constitution d'Angleterre; Rousseau l'avait démontré avant lui (1).

En effet, la loi de la pluralité des suffrages n'est ni naturelle, ni logique, et par l'instinct de la souveraineté populaire, vous verrez, dans toute république, la minorité se refuser à subir le joug de la majorité, aussitôt que la possibilité s'en présentera pour elle, surtout quand il n'y aura pas une très-grande différence numérique de l'une à l'autre.

Comment, en effet, persuader à un citoyen qui ne veut être taxé ni gouverné que de son aveu, qu'il est libre quand on le force d'obéir à une loi passée, malgré son refus positivement exprimé? De quel droit cent citoyens, qui veulent une loi, obligeraient-ils quatre-vingt-dix citoyens qui n'en veulent pas, à lui obéir? Ceux-ci, accoutumés à l'exercice du pouvoir souverain, résisteront évidemment, s'ils le peuvent, à ceux qui voudront les contraindre à cette obéissance.

Cette résistance naturelle s'efface dans tout état où le citoyen n'étant pas perpétuellement actif, législateur, souverain, n'acquiert pas une immense idée de sa part personnelle de souveraineté; mais dans toute république, cette résistance de la minorité renaît par l'habitude même de l'exercice du pouvoir politique, et c'est de là que sortent les factions qui divisent continuellement les peuples

---

(1) Il essaie d'affaiblir ensuite sa démonstration, mais elle résiste à ses efforts.— Je saisis cette occasion de faire observer qu'en prenant pour épigraphes des citations de Rousseau, ce n'est point pour m'autoriser de son écrit sur le gouvernement de Pologne, qui, à très-peu d'exceptions, me paraît un contre-sens continuel, cherchant sans cesse à organiser des garanties contre le pouvoir, dans un pays où il fallait, au contraire, donner des garanties au pouvoir, à chaque instant menacé et détruit. On le verra plus tard.

républicains; seulement aucune république n'a eu la franchise de convenir du fait et d'y chercher un remède logique. — Les Polonais seuls ont eu ce courage de liberté, et pour accomplir jusqu'au bout leur système logique de l'indépendance des citoyens, ils ont converti en loi fondamentale la nécessité de l'unanimité des suffrages. C'est précisément à cette loi d'unanimité qu'ils tenaient plus fortement qu'à toutes les autres parties politiques de leur constitution, et c'est parce que leurs plus vertueux citoyens ont voulu conserver cette loi d'unanimité malgré les efforts de Stanislas-Auguste et de la maison Czatoryski, que la Pologne a péri. — Mais n'anticipons pas sur les événements.

Telles sont les principales parties de la monarchie républicaine de la Pologne. Je passe sous silence le reste des institutions politiques, judiciaires, administratives; toutes étaient rigoureusement déduites du principe de la souveraineté populaire; mais ce que j'en ai montré suffit pour concevoir l'ensemble de la machine gouvernementale.

Je sais qu'on va m'objecter tout d'abord qu'en construisant une monarchie républicaine aujourd'hui, ce ne serait pas sur ce patron qu'on voudrait la tailler (1); que les dangers sont évidents et qu'on saura les éviter. Ce n'est pas là une objection raisonnable.

Il ne s'agit pas de ce que l'on voudra, répondrais-je, mais de ce qu'on fera, qu'on le veuille ou non. Fera-t-on tout à la fois, que le peuple soit souverain et qu'il ne le soit

---

(1) Je dis au contraire, moi, que c'est ce modèle que veut suivre le parti qui est le plus violent, quoique le moins nombreux dans l'opposition, et qu'en admettant le principe, c'est ce parti qui triompherait inévitablement et qui perdrait tout.

pas? Que les institutions soient républicaines et qu'elles ne le soient pas? — Or, là est l'obstacle éternel, et on ne le vaincra pas.

Ou bien on s'arrêtera, et on abandonnera le principe de souveraineté, ainsi que les institutions républicaines qui en découlent logiquement, ou bien elles conduiront au résultat indiqué.

La Pologne n'a pas manqué de citoyens, de sages, de grands rois, qui, sans vues d'ambitions personnelles, ont voulu, par amour de leur patrie, corriger au moins les abus les plus fâcheux des conséquences logiques de la souveraineté du peuple, obligés qu'ils étaient d'employer des moyens illégaux pour tenter des améliorations impossibles, parce qu'elles choquaient les préjugés et les droits établis. — On a essayé, en respectant tout le reste, de rendre la couronne héréditaire; on a essayé, en respectant tout le reste, de changer la loi d'unanimité dans les diètes, et d'y substituer la loi de majorité. — Mais la nature des choses, inexorable et toute puissante, ne l'a pas permis. Pour y réussir, il aurait fallu d'abord commencer par changer le principe politique sur lequel le gouvernement était basé, et dans la lutte la Pologne a péri. — Or, ce principe, c'est celui des réformateurs modernes, c'est celui à l'aide duquel ils fanatisent une jeunesse généreuse, mais sans expérience. Quand une fois le char serait lancé dans la direction que l'on cherche à lui imprimer, il ne manquerait pas de logiciens intrépides pour le pousser jusqu'au bout de la fatale carrière! et dans sa course orageuse, après avoir écrasé les conservateurs les premiers, il renverserait plus facilement encore l'inconséquente résistance et la tardive sagesse des réformateurs !

CHAPITRE V.

Pourquoi, au lieu du progrès, la Pologne a trouvé la mort.

—

> Nous aimons mieux exposer l'État aux invasions
> étrangères, que de souffrir la moindre atteinte à
> notre liberté.
>
> *(Réponse des membres de la diète polonaise
> aux représentations des évêques).*

Je veux faire voir maintenant comment l'effet naturel
et inévitable des institutions républicaines de la Pologne,
fut de détruire l'indépendance de la nation par l'indépendance des citoyens; comment les vertus nées de ces institutions républicaines luttèrent d'héroïsme et de courage
pour empêcher les réformes salutaires qui, en donnant
action et vie au gouvernement, auraient rendu la nationalité polonaise invulnérable aux ennemis qui l'ont tuée;
comment cette nationalité si jalouse fut presque toujours
factice; car, bien avant le partage, l'influence politique
en Pologne, au lieu d'appartenir aux citoyens, appartenait
aux puissances étrangères, qui, successivement appelées
par chaque faction, finirent par les dévorer toutes, ainsi
que cela devait arriver inévitablement; et comment enfin
la Pologne, parvenue par ses institutions républicaines à
un degré d'anarchie miraculeux, sans gouvernement, sans
diète, sans nation, devint une vaste proie offerte aux despotes étrangers.

Je sais que des politiques superficiels négligent les causes et s'en prennent aux événements. La Pologne, disent-

ils, a péri, parce que la triple alliance l'a partagée. Cela
est très-clair assurément; mais quelles causes assurèrent
la possibilité et le succès de ce partage, voilà la question.
Laissons donc de côté les effets accidentels qui pouvaient
avancer ou retarder ce démembrement, déjà médité depuis
le siècle de Louis XIV, et retardé de cent ans par le génie du grand Sobieski. — Je ne pourrai tout dire, mais
je tracerai les traits principaux. Mes lecteurs suppléeront
au reste par leurs études ou leurs réflexions.

La Pologne renfermait deux principes de mort : les
institutions républicaines, et l'impossibilité de les réformer
dans un sens monarchique.

En première ligne, nous rencontrons sous nos yeux
la couronne élective.

Ce fut certainement une des plus grandes causes de la
destruction de la nationalité polonaise. Avant de dire
comment, faisons voir pourquoi ce mal terrible ne put
être guéri.

Sans doute, s'il eût été possible (ainsi que les mieux
intentionnés et les plus dupes de nos réformateurs actuels
s'en flattent), s'il eût été possible de rendre la couronne
héréditaire et de la concilier avec les institutions républicaines qui composaient le reste du gouvernement, il est
probable que la nationalité polonaise, quoique toujours
fort exposée, n'aurait pas péri. Mais voilà précisément ce
qui est et sera toujours impossible.

De toutes les choses absurdes, la plus impossible est
l'union dans le même État de la souveraineté du peuple
et de l'hérédité de la couronne. Les termes seuls impli-
quent contradiction. Comment le peuple serait-il souverain, si à la mort de son roi il était légalement obligé

d'accepter le fils aîné pour roi, qu'il le voulût ou non ?
Ce fait seul dépouillerait les citoyens de la souveraineté
pour toujours.

Comment d'ailleurs les Polonais auraient-ils pu imposer à un roi héréditaire leurs révisions des *pacta conventa*
au commencement de chaque règne ? Que serait-il arrivé
si le roi héréditaire avait refusé de les accepter ? Ou qu'on
lui aurait ôté la couronne, et alors l'hérédité était détruite,
ou qu'il aurait régné sans se soumettre aux nouvelles
conditions que les citoyens avaient le droit de lui prescrire,
alors la constitution républicaine croulait.

Rousseau avait tellement compris cette vérité, qu'il
disait aux Polonais : « Si vous faites votre roi héréditaire,
votre constitution est détruite, vos *pacta conventa* sauvés
par l'interrègne sont perdus. Mieux vous vaudrait un
roi absolu, pourvu qu'il fût électif, qu'un roi héréditaire,
quelques limites que vous missiez à sa puissance. »

Il est d'ailleurs dans l'essence des mœurs formées par
des institutions républicaines, de ne tolérer à aucun prix
l'hérédité de la couronne. C'est contre cet obstacle qu'elles
luttèrent toujours avec un acharnement d'autant plus
fort, qu'il est très-logiquement déduit de la nature même
de ce gouvernement.

C'est ce qui parut constamment toutes les fois qu'on
essaya de rendre la couronne de Pologne légalement héréditaire. Sous Jean Casimir d'abord, sous Jean Sobieski
ensuite (1) : les haines publiques assaillirent la vieillesse

---

(1) Ce fut Léopold, empereur d'Autriche, qui intrigua principalement pour empêcher que la couronne de Pologne devint héréditaire, afin de maintenir cette
vaillante nation dans le malheur et l'anarchie. Ainsi l'absolutisme protégea les
institutions républicaines !

de ce héros, sauveur de la Pologne et de l'Europe, pour avoir seulement proposé de procéder de son vivant à l'élection de son successeur, afin d'éviter après sa mort les anarchiques fureurs de l'interrègne. Et précédemment, une diète tenue sous Jean Casimir fut déshonorée en Pologne, et flétrie du surnom de Condéenne, pour avoir écouté seulement la proposition qu'on lui fit de décerner l'hérédité du roi vivant au fils du grand Condé. — Élire leur roi ou mourir, tel était le cri des plus vertueux citoyens. En quoi ils étaient très-conséquents au principe de leur gouvernement.

Aussi l'animosité publique se déchaîna contre Jean Casimir et contre sa femme Louise de Gonzague, à tel point que leurs meilleurs amis, les Zamoiski, les Lubomirski, subjugués par l'entraînement général, se tournèrent contre eux. Au milieu de mille dégoûts qui assaillirent alors le couple royal, Louise de Gonzague mourut tout-à-coup anéantie, en répétant le mot de Cinq-Mars, qui, tendant le cou aux licteurs de Richelieu, s'écriait : — *ergo moriendum !* et le roi Jean Casimir, accablé sous le fardeau de l'anarchie républicaine, abdiqua cette charge pesante, au milieu des larmes d'attendrissement et des malédictions alternatives de ses sujets. — On vit alors l'excès de démence où l'orgueil républicain peut se précipiter; car, pour éviter à la fois les princes qui se présentaient à la candidature au trône, et repousser les grands citoyens polonais qui, par leur courage et leurs vertus, auraient, en protégeant la république, humilié les vanités vulgaires, les républicains polonais donnèrent la couronne au plus nul, au plus inconnu, au plus stupide de tous les gentilshommes, qui n'eut d'autre titre à l'élection que

son incapacité même. — Ainsi régna Michel Koributh
pour la honte et le malheur de ses concitoyens ! — Voyons
maintenant les effets de l'élection royale.

Son premier et constant effet est de dénationaliser le
pays, en ce sens que toutes les puissances voisines interviennent d'abord par l'intrigue, ensuite par la corruption,
enfin par les armes, pour mettre sur ce trône électif un
roi qui convienne à leurs intérêts. Les divers partis républicains ne manquent jamais de solliciter cet appui
étranger dans leur lutte intestine, et la patrie devient à
l'instant le champ de bataille où se heurtent ses propres
ennemis.

C'est ainsi que l'élection de la couronne polonaise fut
presque toujours accomplie. Tantôt la maison de Saxe,
tantôt la France, tantôt la Suède, tantôt l'Autriche, tantôt la Russie et la Prusse, faisaient le roi polonais : c'é-
tait même un droit reconnu aux ambassadeurs étrangers
de présenter le candidat de leur souverain, et de soutenir
sa candidature devant les assemblées polonaises. De sorte
que les puissances étrangères, prenant ainsi pied et consistance en Pologne, où le parti républicain appelait souvent en outre leur influence matérielle, selon les passions
du moment, ce fut pour les États voisins un premier degré d'invasion morale et pratique, qui fit naître le projet
et la possibilité de l'invasion positive qui plus tard a tué
la Pologne. Et il faut remarquer que les patriotes les plus
exaltés à combattre alors l'étranger les armes à la main,
avaient sollicité d'abord l'influence étrangère pour protéger leurs intrigues électorales, et surtout pour empêcher la
réforme des institutions républicaines. Et toujours les
puissances ennemies, la Russie et la Prusse surtout, qui

avaient un si grand intérêt à la conservation de ces institutions républicaines, qui leur livraient la Pologne par l'a-
narchie, s'opposèrent à toute modification monarchique.
— J'en citerai des exemples frappants.

On voit donc comment l'effet des institutions républicaines, liées invinciblement à l'élection de la couronne,
prépara la destruction de la Pologne. — Nous montrerons
plus loin comment elles l'accomplirent.

Examinons les autres pièces de son édifice républicain.

Nous trouvons d'abord le droit du mandat impératif,
conféré par les électeurs, rédigé en cahier, imposé comme
condition obligatoire aux députés.

Ce mandat est essentiellement lié à la souveraineté du
peuple.

En admettant la souveraineté du peuple, non-seulement
il a droit d'élire ses députés, mais de leur prescrire aussi
ses volontés. Le devoir de ces députés est de se conformer
à ces volontés du peuple souverain, sans quoi il est évident qu'ils le dépouillent de sa souveraineté pour s'en
faire, eux, les détenteurs arbitraires. Or, du droit que le
peuple a d'exiger que ses députés se conforment à ses volontés, découle forcément pour lui le droit de les surveiller
afin qu'ils y soient fidèles.

Les citoyens polonais, excellents logiciens, déduisirent
soigneusement toutes ces conséquences. — Jaloux de leurs
libertés, ils frissonnaient d'horreur, en pensant que les
députés élus par eux pourraient se laisser séduire par la
Cour et concourir à les opprimer. — Alors, désertant de
toutes parts leurs provinces par un mouvement spontané,
ils se dirigeaient en armes vers Varsovie pour surveiller
eux-mêmes les actes de la diète. L'assemblée nationale dé-

libérait ainsi au milieu d'un camp en armes, où toutes les factions, tous les soupçons, toutes les exaltations patriotiques luttaient furieuses de civisme et de liberté. C'est qu'on appelait tenir la diète *sous le bouclier*... Est-il besoin de montrer les conséquences épouvantables d'un tel état de choses!... Non, sans doute, l'évidence suffit... Or, cette anarchie indomptable est précisément la conséquence rigoureusement logique de la souveraineté du peuple et du mandat électoral !...

De cette habitude prise par les citoyens d'exercer ainsi la souveraineté et de se dévouer sans cesse de leur personne à la défense de leurs droits (vertu républicaine s'il en fût jamais, car ils sacrifiaient leurs fortunes, leurs affections, leurs familles, leurs vies, à l'accomplissement de cette œuvre nationale), naissaient non-seulement l'anarchie la plus dévorante, l'impuissance absolue du corps de l'État, mais encore une férocité générale dans les mœurs publiques; tous les débats se tranchaient par le sabre. Rulhières cite comme la preuve d'un grand adoucissement des mœurs polonaises, le fait suivant : c'est que dans la tenue des diétines électorales d'une des dernières convocations, il n'y eut que huit électeurs massacrés... C'était un immense progrès, car, à d'autres époques, le sang avait coulé à grands flots.

Mais ce n'est pas tout : du droit d'imposer un mandat aux députés découlait forcément le droit de leur demander compte, à leur retour, de l'exécution de leur mandat.

Toujours logiques et conséquents, les Polonais ne se firent faute d'exiger cette reddition de compte. De là les diétines *post-comitiales*, pour juger la conduite des députés pendant la session, et nouveau risque de mort pour ceux

qu'on jugerait n'avoir pas été fidèles à leur mandat (1).
De sorte que, pendant la session, les députés ayant toujours
en perspective cette sellette sanglante où ils seraient placés
à leur retour, n'avaient aucune liberté d'esprit, aucune
latitude de délibération, obligés qu'ils étaient de se conformer strictement aux mandats de leurs commettants.

La funeste doctrine du mandat détruit le gouvernement constitutionnel dans son essence, en rendant toute
discussion parlementaire absurde d'abord, puisque les
questions sont décidées souverainement avant toute discussion, impossibles ensuite dans beaucoup de cas; c'est
une vérité dont l'histoire de Pologne offre mille preuves.
Je n'en citerai qu'une : A une certaine époque, les électeurs des provinces, irrités de voir que leurs affaires allaient mal (et comment en aurait-il été différemment, je
le demande, avec un tel régime ?) donnèrent pour mandat à leurs députés d'exiger que la délibération de la diète
commençât d'abord par examiner leurs réclamations, et
leur défendirent de souffrir qu'aucune autre affaire fût
discutée avant qu'on n'eût fait droit à leurs demandes. —
Or, comme plusieurs provinces avaient donné le même
mandat à leurs députés, il en résulta une impossibilité absolue de statuer sur quoi que ce fût, et la diète se sépara
sans avoir rien fait.

Plus nous avancerons dans notre sujet, plus nous trou-
verons la destruction politique naissant à chaque pas des

(1, Rousseau propose sérieusement de donner aux diétines *post-comitiales*, le
droit de prononcer la peine de mort contre les députés qu'elles jugeront n'avoir
pas fidèlement exécuté le mandat qui leur avait été imposé par la diétine *anti-
comitiale !!...*

institutions républicaines. J'examinerai dans le prochain chapitre ce qui touche l'impuissance du pouvoir exécutif, soit pour l'administration du dedans, soit pour la défense de l'État au dehors ; je ferai voir comment, pour arriver au partage de la Pologne, les puissances du Nord eurent soin d'y protéger les institutions républicaines, afin de détruire la nationalité polonaise par ses propres mains. Continuons l'examen des droits politiques exercés par les citoyens eux-mêmes, en vertu de leur souveraineté.

Nous en sommes au droit de confédération contre l'arbitraire.

Ce droit découle, comme tout le reste, de la souveraineté du peuple. Quand les citoyens croient que le gouvernement qu'ils ont créé veut les opprimer et les trahir, ils ont recours à leur propre souveraineté pour se défendre eux-mêmes.

Cela est très-logique : en y regardant de près, on verra que les associations nationales tentées en 1831, par la propagande française, n'étaient autre chose que les confédérations polonaises : basées sur le même principe, inspirées par les mêmes soupçons, elles auraient produit le même résultat, l'anarchie au dernier degré de sublimité, encore empirée par les circonstances politiques qui nous sont particulières.

Les confédérations étaient générales, quand l'élan était universel ; particulières, quand les provinces n'étant pas unanimes, les unes adhéraient pendant que les autres refusaient leurs concours. Souvent il y avait plusieurs confédérations agissant en sens opposé. C'était le désordre dans le désordre, l'anarchie dans l'anarchie, la destruction dans la destruction !

C'est là que se voit l'étrange folie des politiques qui s'imaginent qu'on peut organiser un gouvernement comme une proposition mathématique, où l'on réalise inexorablement toutes les conséquences d'un principe ; qui ne voient pas qu'il y a dans la vie politique des nations des circonstances éventuelles qu'il ne faut pas légalement prévoir, afin de laisser au corps social la faculté de se mouvoir et de vivre, et qu'il est certaines décisions politiques au-devant desquelles il ne faut pas aller par les lois, s'en remettant, le cas échéant, au bon sens et à l'intérêt général.

Ainsi, la résistance de fait au pouvoir qui viole les lois par la force, est un droit inhérent à la race humaine.

Mais il est absurde d'organiser d'avance cette résistance par les lois, parce qu'alors, au lieu de réserver ce remède comme élan spontané lorsque la force des choses l'exige, on en fait un poison journalier qui tue le corps politique. Pour préparer légalement la destruction du gouvernement, s'il devient mauvais, on commence d'abord par rendre tout gouvernement impossible, parce que la résistance de fait, qui ne doit être qu'une rare exception à travers les siècles, devient le régime habituel du pays.

Mais les Polonais, ne voulant rien laisser à l'arbitraire du bon sens, avaient régularisé d'avance toutes les résistances possibles, justes ou non ; ils avaient fourni à toutes les factions, à toutes les fureurs, à tous les crimes comme à toutes les vertus, le cadre tout dressé où elles pouvaient libeller leurs actes et légaliser la guerre civile. Ils avaient fait en réalité ce que les associations nationales ont essayé vainement, grâce à Dieu, d'introduire en France... Aussi, comme État politique, comme nation indépendante, j'oserais presque dire que la Pologne a péri sans avoir jamais vécu.

Mais les Polonais avaient à ce désordre national mille excuses que nos réformateurs républicains de 1831 n'avaient pas : les Polonais étant souvent privés de tout gouvernement, cette nouvelle irrégularité n'était qu'un contrepoids à d'autres irrégularités ; souvent le mal détruisait le mal opposé, et la Pologne se sauvait entre deux. Aussi quelquefois les confédérations produisirent d'heureux résultats ; chez nous elles ne produiraient que d'innombrables calamités !

CHAPITRE VI.

Continuation du même sujet.

L'inflexibilité des lois, qui les empêche de se plier aux événements, peut en certains cas les rendre pernicieuses, et causer par elles la perte de l'Etat dans sa crise.   J.-J. ROUSSEAU.

En examinant les vices destructeurs que renfermait la royauté de la république polonaise (à part même l'élection de la couronne), on se convaincra de la vérité de l'axiome que j'emprunte à J.-J. Rousseau pour épigraphe de ce chapitre. Le vice principal, fondamental, d'une monarchie républicaine, c'est qu'elle porte en elle-même le principe qui non-seulement doit empêcher tout progrès social, mais qui doit produire successivement, et toujours, de nouvelles dégradations politiques. Alors la légalité intervenant perpétuellement à l'appui du mal, il faut avoir recours à la violence, à l'illégalité pour faire le bien, de sorte que seulement en l'essayant on finit par arriver à la ruine de l'État. — C'est ce que je vais montrer, en examinant comme pouvoir exécutif la royauté de la république polonaise.

Quelques précautions que les peuples républicains aient prises pour la formation du pouvoir royal, ils le regardent toujours comme un ennemi campé parmi eux, et aux projets duquel ils doivent perpétuellement s'opposer pour empêcher qu'il ne les asservisse. Cela ressort de la nature même des choses.

La première conséquence qui en découle, c'est que non-seulement le peuple républicain conserve par devers lui la prédominance législative, ainsi que nous l'avons vu, et la pousse même jusqu'au despotisme, mais encore qu'il limite le pouvoir exécutif du roi dans les limites les plus étroites, et que, s'il est même possible, il le garotte de telle sorte qu'à peine s'il peut agir et se mouvoir. Dans cette mauvaise constitution, le peuple croit que sa liberté sera d'autant plus forte que le roi sera plus faible, sans voir qu'on arrive ainsi à la plus grande des calamités, à un gouvernement qui ne peut pas gouverner.

Ainsi firent les Polonais : et ce qu'il y a de remarquable, c'est que Rousseau, dans les conseils qu'il leur donne, toujours préoccupé de la crainte du pouvoir royal, les pousse, sous certains points de vue, à augmenter encore le vice de leur gouvernement. Je ne puis en exposer tout le rouage fort compliqué par toutes les institutions locales et par les confusions successives de l'anarchie : je prendrai seulement les traits principaux.

Dans la monarchie constitutionnelle, non-seulement l'action souveraine du peuple n'est pas admise comme moteur infaillible et universel du pouvoir législatif, mais le

trône a des attributions de pouvoir exécutif larges, fortes,
qui permettent cette action prompte et co-ordonnée dont
un grand État ne peut pas se passer au dehors, et qui assure en outre l'uniformité de l'exécution des lois au dedans.

Mais dans une monarchie républicaine, il n'en est plus
de même.

Les citoyens sont législativement trop forts pour vouloir laisser au roi la force exécutive nécessaire. Ils crain-
draient à chaque minute que le roi n'en fît usage pour
suppléer à ce qui lui manque d'influence dans la délibération des lois; plus ils ont fait le roi faible et dépouillé
sous ce point de vue, plus ils s'efforcent de le rendre faible encore sous le second rapport. C'est une guerre constante. Or, comme toute la force légale est d'un côté, et
de l'autre seulement un vain titre, l'issue de la lutte est
facile à prévoir.

Pour annuler l'influence du roi, et ne pouvant lui ôter
la nomination aux emplois du pouvoir exécutif (car alors
il ne lui serait absolument resté qu'un palais, et de l'or
à dépenser sans rien faire), l'ensemble du pouvoir fut di-
visé entre quatre grandes charges, à la nomination du roi,
mais inamovibles, irresponsables devant lui, et irrévocables par lui. C'était comme quatre rois de détail soumis
par la seule influence de la constitution et des mœurs,
au roi qui les nommait, car ils ne lui prêtaient seulement
pas serment : mais lorsque leur opinion personnelle, ou
l'empire des partis les mettaient en opposition avec le
roi, on sent les entraves, les obstacles qu'ils apportaient
à ses projets et à ses actes. Nous avons vu l'anarchie dans
le peuple, ceci constituait l'anarchie dans le gouverne-

ment. Il fallait qu'elle fût complète; sans cela les citoyens
polonais auraient crié tous d'une voix que la liberté était
perdue, et les confédérations armées auraient couvert le
pays.

Cela se vit bien toutes les fois qu'on essaya de porter
remède à cette anarchie systématique et préméditée. Le
grand Sobieski, ce Napoléon du 17ᵉ siècle pour le génie
militaire, en même temps qu'il était le plus libéral, le
plus désintéressé, le plus vertueux citoyen de la Pologne,
qu'il sauva vingt fois, avant et pendant sa royauté, le
grand Sobieski échoua dans la tentative qu'il fit pour
donner à sa patrie la force gouvernementale qui lui man-
quait. Avant de régner, il s'était adressé à Louis XIV
pour en avoir l'appui dans ses desseins. Le héros Polonais, d'accord avec d'autres illustres citoyens, fesaient entendre au roi de France que, pour conserver la Pologne
comme contre-poids des puissances du Nord, la France
avait un intérèt majeur à ce que l'anarchie fìt place à un
gouvernement fort et durable. Mais, abandonné de la
cour de France, il dut renoncer à son dessein. Nous verrons, plus tard, la Russie et la Prusse, suivant l'exemple
de Léopold d'Autriche, protéger en Pologne les institutions républicaines pour achever d'ôter à cet infortuné
pays tout moyen de résistance.

Lorsque Sobieski fut roi, les obstacles immenses qu'il
rencontra pour faire le bien du pays, malgré ses victoires, malgré son génie, malgré son influence sur l'armée,
malgré sa popularité, lui firent songer à rectifier la constitution polonaise; mais aussitôt qu'un pareil dessein
transpira, il n'y eut plus pour lui ni influence, ni reconnaissance, ni popularité. Il fut insulté en pleine diète,

dénoncé comme un traître, un despote, un ennemi de la
Pologne, qui, sans lui, aurait déjà depuis long-temps
péri.—Il faut que cela soit ainsi chez tous les peuples
souverains. Leur principale vertu, c'est l'ingratitude!...

Une des réformes de Sobieski était cependant bien simple; il ne demandait pas le droit de révoquer les titulaires des grandes charges ministérielles, il ne demandait même pas de réformes à celles de l'administration et
de la justice; il demandait seulement que les grandes
charges militaires fussent temporaires, et que les titulaires fussent obligés à prêter serment à la couronne. —
La diète refusa, et les citoyens des provinces s'indignè-
rent de la proposition royale.—Imaginez ce que c'était
qu'un roi, chef de l'armée, et qui avait, soit pour la
Lithuanie, soit pour la Pologne, deux grands hetmans et
deux hetmans de campagne, agissant sous lui, mais légalement hors de sa dépendance; de sorte que si, par leur
résistance à ses volontés, ils l'eussent obligé à renoncer
à une marche, à un siége, à un mouvement stratégique
quelconque (ce qui est arrivé à Sobieski lui-même), ils
n'étaient nullement coupables de désobéissance, mais seulement, comme en tout état de cause, responsables plus
tard devant la diète, des inconvénients qui auraient pu
en résulter, si l'on trouvait qu'il y eût lieu à les mettre
en accusation! Croyez-vous, et je m'adresse à tous les militaires, qu'il soit bien facile de défendre un pays contre
des puissances voisines, fortes par la discipline militaire
et par l'entière obéissance des soldats et des chefs au chef
suprême, quand on est réduit à n'exercer contre ses voisins jaloux que la misérable nullité d'une royauté républicaine, taillée sur le modèle que nous examinons?...

Mais qu'importe ! — La diète répondait : Nous aimons mieux être exposés à l'invasion étrangère que de souffrir la moindre atteinte à notre liberté ! — Eh bien ! elle a eu ce qu'elle aimait mieux, et l'invasion étrangère a dévoré la Pologne !...

Les deux grands maréchaux de la couronne dirigeaient dans ces deux royaumes toute l'administration civile et les relations avec l'étranger.

Les deux grands chanceliers et vice-chanceliers dirigeaient l'ordre judiciaire, portaient la parole royale aux diètes et répondaient aux ambassadeurs.

Les deux grands trésoriers dirigeaient les finances.

Il y avait en outre deux maréchaux de la cour, places inférieures aux deux grands maréchaux de la couronne, et se rapprochant plus des intérêts de la maison du roi.

Ces charges, jointes à celles des grands hetmans (1) qui dirigeaient l'administration de la guerre, composaient le quasi-ministère du roi de Pologne, ministère indépendant du roi, composé de ministres indépendants entre eux, nommés à vie par le roi, et ne pouvant être révoqués par lui !...

Tout cela était bien absurde, bien faible, bien anarchique ; tout cela laissait sans défense contre l'étranger le pays déjà dévoré par les factions ; tout cela empêchait le roi de suivre aucun plan, d'accomplir aucun dessein, d'avoir aucune fixité dans sa politique, dans sa diplo-

---

(1) Il y avait, sous les grands hetmans, deux hetmans de campagne, sortes de lieutenants-généraux, mais irrévocables et indépendants, de même que les vice-chanceliers sous les chanceliers. C'était un moyen de plus d'augmenter l'impuissance royale et le désordre. La levée des troupes, leur discipline, châtiment, distribution des quartiers, arsenaux, caisses, camps, forteresses, tout dépendait directement du grand hetman, IRRÉVOCABLE par le roi !!

matie, dans son administration.... Mais qu'importe tout
cela à un peuple souverain ?... Rien absolument. C'était
au contraire une grande satisfaction pour les républicains
polonais. Il se disaient : les ministres sont indépendants
du roi ; donc il ne pourra pas s'en servir pour nous opprimer. Les ministres sont indépendants l'un de l'autre ;
donc nous ne pouvons craindre qu'ils se coalisent pour
nous opprimer eux-mêmes : et cet inconcevable contre-
sens, revêtu de tout leur dévoûment, de toutes leurs vertus, de tout leur patriotisme, leur paraissait la plus mer-
veilleuse combinaison en faveur de la liberté !... (1)

Il en sera toujours ainsi, en organisant la souveraineté
du peuple dans le code législatif ; si faible que l'on fasse
la royauté, on la trouvera toujours trop forte ; on la dé-
molira pièce à pièce, on la désarmera, on la mutilera jusqu'à ce qu'elle ne soit plus qu'une esclave, vain fantôme
destiné à mourir de sa propre impuissance de vivre, si
toutefois le peuple souverain ne prend pas le parti de la
détruire violemment pour anticiper sur la marche du
temps.

Nous avons vu jusqu'à présent l'anarchie du peuple,
puis l'anarchie du pouvoir, chacune avec ses causes particulières, dérivant d'un principe commun. Terminons par
l'exposé du vice qui doit couronner l'œuvre en anarchi-
sant à la fois le pouvoir populaire et le pouvoir royal. —
Je veux parler du *liberum veto*, résultant de cette loi
d'unanimité de suffrages dont j'ai exposé précédemment
la nature.

---

(1) On essaya plus tard, dans l'interrègne qui précéda l'élection de Poniatowski,
de reformer cette indépendance fatale des grandes charges ministérielles ; c'est ce
que nous verrons en traitant du *liberum veto*.

Cette condition d'unanimité, en outre qu'elle flattait l'orgueil individuel de chaque citoyen, paraissait, à de véritables patriotes, un remède certain contre le despotisme, un remède sûr et héroïque! En effet, lors même que le roi aurait été fort, glorieux, appuyé de nombreux partisans, lors même qu'il eût corrompu le sénat, les nonces, les titulaires des quatre grandes charges, il suffisait de l'indépendance, de la vertu, du courage d'un seul citoyen parmi les membres de la diète, pour rendre vaine toute mesure qui pourrait être prise contre la liberté polonaise! Pour exercer ce *veto* terrible, il fallait en outre s'exposer à la mort et braver tous les dangers, car on conçoit la réaction furieuse qui surgissait à l'instant contre le citoyen qui osait à lui seul rompre la diète et annuler la puissance législative déléguée par le peuple; ce qui, détruisant momentanément la représentation, renvoyait à la nation elle-même l'exercice de la souveraineté.

En même temps que ce dernier moyen de défense restait à la souveraineté du peuple contre toute invasion du pouvoir sur la constitution, c'était une arme terrible pour les factions, puisqu'il suffisait d'un seul criminel audacieux pour suspendre la puissance législative. — Une fois la nation est restée trente ans sans lois, sans autorités légales, sans impôts légaux, sans armées, sans ressources, parce que toutes les diètes avaient été annulées et détruites par l'usage du *liberum veto!*...

Et pour dernier trait d'anarchie, ce droit fatal faisait que le roi, impuissant pour agir, pouvait, par réciprocité, neutraliser de son côté l'action de la diète; car il pouvait certainement trouver dans son parti un homme pour la rompre, comme le parti populaire.

Ainsi l'anéantissement de l'État était total. Aussi la Pologne, comme un géant enchaîné, au moment que l'éclat de ses armes à Podhaïce, à Kotzim, à Vienne, jetait un éclat miraculeux auquel je ne peux rien comparer que la campagne républicaine de Bonaparte en Italie, se trouvait tout à coup arrêtée, ruinée, déchirée, désarmée dans son intérieur, couverte de sang et de ruines!... Que l'on demande ensuite pourquoi elle a péri!...

Voici le vice. Pour changer cette loi d'unanimité (1), il fallait que la diète générale en décrétât l'abolition à l'unanimité, puisque ce principe constituait l'ordre légal existant. Ce qui vérifie bien ce qu'a dit Rousseau, que pour établir la loi du suffrage par majorité, il fallait au moins l'unanimité une première fois. C'est ce qu'il était évidemment impossible d'espérer, et la constitution était par elle-même irréformable dans le sens monarchique.

Or, que résultait-il, soit dans l'assemblée générale de tous les citoyens pour l'élection du roi, soit dans l'assemblée de la diète, de cette épouvantable rigueur officielle de la logique populaire?... Il en résultait une férocité de mœurs politiques qui ne s'est jamais, que je sache, rencontrée chez aucun autre peuple. Il fallait que toute délibération prît une fin. On ne pouvait pas rester éternellement sans roi et sans loi. Alors la majorité en appelait à la force. Tuer la minorité est un moyen infaillible d'arriver à l'unanimité. Le sabre devenait le dernier argu-

---

(1) Il faut remarquer que dans les confédérations, l'unanimité pour les délibérations (une fois la confédération faite cependant) n'était plus nécessaire. Les citoyens qui voulaient conserver la nécessité de cette unanimité dans le gouvernement, pour le rendre plus faible, s'en affranchissaient dans leur confédération pour être plus forts contre le gouvernement. — Double moyen de ruine

ment fréquemment employé. Le fer brillait dans le kolo
ou dans la diète. On y venait ostensiblement en armes.
Alors, ou la minorité périssait et la constitution était
pharisaïquement observée, puisque la délibération passait
ensuite à l'unanimité ; ou, ce qui était l'ordinaire, après
de sanglants débats, la minorité, pour ne pas périr, s'éloi-
gnait, cédait, laissait le champ libre à ses adversaires. —
Puis, répandue en factions dans l'État, elle renaissait en
confédérations, et la guerre civile ravageait le pays. Que
l'on s'étonne maintenant que la Pologne ait péri !

Pour réformer ces trois abus, l'élection de la couronne,
l'unanimité des suffrages, l'indépendance irrévocable des
quatre grandes charges administrative, judiciaire, financière et militaire, que n'a-t-on pas tenté ! Mais alors,
les plus vertueux citoyens ont frémi, ils ont crié que le
despotisme allait flétrir le pays ; ils se sont armés contre
l'étranger, quand le gouvernement, trompant les puissances rivales sur son but, en recherchait et en employait
l'appui pour ses réformes. Alors le gouvernement agis-
sait contre ces vertueux républicains avec une violence
horrible que nécessitait, sans la justifier, l'inflexible courage de leur résistance. Puis, quand une partie de ces
réformes furent près d'être accomplies, les républicains
eux-mêmes s'adressèrent à l'étranger pour avoir son appui
contre le roi. L'étranger, ouvrant les yeux sur la ruse du
gouvernement polonais qui l'avait fait servir d'instrument à cette réforme salutaire pour la Pologne, et par
conséquent contraire aux intérêts de ses ennemis, inter-
vint en faveur des républicains. La Prusse et la Russie
surtout les couvrirent de leur appui contre le ministère
polonais ; celui-ci, en pleurant de rage, dénoncé, flétri

comme composé de mauvais citoyens, fut obligé de signer lui-même la destruction des réformes qui avaient été opérées par lui dans l'interrègne qui précéda l'élection violente de Stanislas-Auguste (Poniatowski); et l'État, ébranlé jusque dans ses fondements, courbé sous l'influence étrangère invoquée tour à tour par le roi et par les républicains, fut anéanti par des voisins jaloux dont la guerre civile avait préparé l'inévitable triomphe.— Alors eut lieu le premier démembrement.

Car il faut remarquer que la Pologne ne fut pas détruite du premier coup. On la restreignit. Ses ennemis, par une indigne dérision, feignant d'employer la force à l'appui du droit, reprirent les provinces que la Pologne avait, disaient-ils, autrefois conquises sur eux, et les nommèrent *provinces reconquises*, faisant frapper, en l'honneur de cette prétendue justice de leurs armées, une médaille portant pour exergue : *Vindicata jura*...... diplomatique ironie dont toutes les âmes polonaises furent indignées.

Alors la Pologne toute sanglante, vivante encore dans la mort qui la pressait de toutes parts, cadavre politique, sans vie légale, mais recevant une sorte de vitalité posthume qu'elle puisait dans le désespoir, dans la vertu, dans le courage de ses malheureux citoyens, tressaillit jusque dans ses fondements. Les Polonais songèrent tout à la fois à reconstituer leur état politique et à se rendre indépendants. C'est alors qu'ils consultèrent Jean-Jacques Rousseau, qui, dans ses conseils, leur infusa, hors de tout propos, l'application des principes de son *Contrat social*, sinon en tout, du moins dans la plus grande partie de ses avis.—Mais pendant que le philosophe genevois écrivait,

Catherine, la philosophe russe, anéantissait et monarchistes et républicains, annonçant au monde civilisé que c'était par humanité, pour empêcher les Polonais de continuer à s'égorger entr'eux, qu'elle exerçait sur eux la terrible usurpation de ses armes, sous prétexte d'intervention. Ceci se passa en 1774 (1).

Mais tout n'était pas fini. Les Polonais s'avisaient trop tard. Il leur fallut payer la déplorable folie de ces institutions républicaines qu'ils avaient défendues pendant tant de siècles, et, en quelque sorte, imbibées de leur sang! Le 3 mai 1791, une constitution, basée sur l'*hérédité du trône*, l'abolition du *liberum veto*, etc., fut vainement proclamée par Stanislas-Auguste.... Il n'était plus temps : c'était avoir recours aux remèdes quand le mal avait déjà détruit tous les principes de la vie. Il fallut mourir.

Le parti qui se croyait seul national, celui qui tenait encore aux anciennes lois, et qui ne voulait pas consentir à la mort de ses chères *institutions républicaines*, se réunit à Targowice et se confédéra contre les réformes, appelant Catherine au secours de cette confédération coupable. — Un second démembrement effaça de la carte d'Europe la république polonaise en 1793. La diète réunie à Grodno s'exalta d'héroïsme; elle grandit de toute l'immensité de ce dernier désastre; et, sommée d'adhérer à cet infâme partage, elle cria, tout d'une voix : QU'ON NOUS DÉPORTE EN SIBÉRIE!... Alors la lutte suprême commença... Suwarrow enterra la Pologne sous les cadavres de ses défenseurs, et le grand Kosciuszko, étendu sur le champ funè-

1 L'écrit de Rousseau est de 1772.

bre de Macejowice (1), exhala dans ces mots le dernier cri de la patrie : *FINIS POLONIÆ !*....

---------- ✦ ----------

CHAPITRE VII.

Conclusion.

> Ainsi se sont perpétués, depuis un temps immémorial jusque dans la politesse de notre âge, et chez une nation justement célèbre, la liberté, le gouvernement et les lois des barbares.   (Rulhières, *Anarchie de Pologne*).

Lorsque des institutions vraiment républicaines, non dans les mots, mais dans l'essence même de la constitution, sont en vigueur chez un peuple peu civilisé, elles sont un obstacle presque invincible au progrès social, tout autant qu'à la conservation de l'indépendance nationale.

La chose est évidente. L'action souverainement dirigeante du gouvernement prend alors sa source dans les erreurs, dans les préjugés, dans l'ignorance du peuple, qui, soit par lui-même, soit par ses représentants obligés d'exécuter ses volontés, se reproduit fidèlement dans le gouvernement qu'il se donne. Que sert alors la délibération de l'assemblée représentative? A rien, puisque les députés, enchaînés par leur mandat, ne sont pas libres de

---

(1) La bataille de Macejowice eut lieu le 11 octobre 1794.—Kosciuszko ne mourut pas, et la France accueillit sa gloire. Le traité définitif de partage fut conclu en 1796, après l'abdication de Stanislas-Auguste, en 1795. Le roi détrôné vécut captif à Saint-Petersbourg.

voter selon les impressions que le débat produit sur leur
conscience, puisqu'on pose en principe que ce n'est pas
leur conscience qui doit décider, mais la conscience de
leurs commettants. Le gouvernement devient alors une
affaire d'arithmétique. Il ne faut pas discuter, il faut
compter les suffrages, et que tout soit fini, — c'est-à-dire
que tout soit perdu.—Aussi, je le répète, la doctrine du
mandat est, en ce sens, la plus exécrable que l'anarchie
ait jamais inventée, parce qu'au lieu de donner la liberté
au peuple, elle lui donne une puissance aveugle et irrésistible qui doit détruire la liberté, surtout quand elle
agit sans contre-poids.

J'ai déjà cité l'exemple de la Russie, qui, quoique soumise au joug de fer du despotisme, s'est rapidement développée, tandis que cette Pologne, qui, primitivement
guidée par le grand Zolkiewsky, avait planté ses ensei-
gnes triomphantes sur les murailles du vieux Kremlin,
où flottèrent depuis les aigles françaises, cette Pologne si
courageuse, si patriotique, si fertile, a disparu du rang
des nations !

L'exemple du Danemarck peut encore être cité, car à
la même époque où les Polonais constituèrent chez eux la
dépendance absolue de leur roi électif, les Danois constituèrent volontairement le pouvoir absolu de leur roi héréditaire ; et quoique la différence n'ait pas été aussi sensible que dans l'exemple précédent, elle s'est prononcée
dans le même sens ; elle prouve de même que, quels que
soient les dangers du pouvoir absolu, le despotisme d'un
seul est encore moins fatal que le despotisme de tous ;
parce que si un seul peut être barbare ou sans intelligence,
il peut aussi se trouver éclairé et bienveillant, tandis que

la multitude, constituée en puissance souveraine, doit nécessairement tout pervertir, même l'emploi de ses vertus.

Supposons un autre cas. Admettons les institutions républicaines en Espagne, en Portugal, je ne dis pas seulement dans le seizième siècle, dans le dix-septième siècle, mais aujourd'hui même, aujourd'hui que la civilisation est bien plus avancée : eh bien! quel résultat aurez-vous? Immanquablement la consécration du despotisme monacal, l'opposition la plus formelle au progrès des lumières, au développement social; et comme le peuple souverain tient à conserver intactes les institutions qui flattent ses passions, il s'oppose de toute sa force aux lois répressives et aux améliorations de la constitution. Aussi Rulhières observe, avec raison, que ce fut dans la ruine même du pays que se trouva la cause qui rendait la constitution polonaise inébranlable, car les citoyens mouraient à l'envi l'un de l'autre pour en conserver tous les vices. Je ne puis résister au désir de citer le passage même de Rulhières, et l'on verra que les doctrines que je défends sont les doctrines de la liberté même et du progrès véritable.

« Depuis ce temps, dit l'historien philosophe, la cons-
» titution, dans sa ruine même, paraissait devenue iné-
» branlable; mais la république polonaise, presque tou-
» jours destituée d'une autorité législative et souveraine,
» se trouva dans l'impuissance absolue de suivre les pro-
» grès que l'administration commençait à faire dans les
» autres pays. Tout ce qui exigeait des dépenses continues
» devint impraticable. Les armées, presque toujours sans
» paie, demeurèrent sans discipline et sans recrues. Il
» fallut renoncer aux tentatives qu'on avait faites pour
» créer une marine. Les châteaux et les villes, autrefois

» fortifiés avant l'invention de l'artillerie, n'eurent point
» d'autres remparts que leurs antiques murailles dégradées
» par le temps. Les arsenaux demeurèrent vides ; les grands
» établissements, qui annoncent la perfection des arts et
» les soins toujours actifs du gouvernement, ne purent
» seulement pas être proposés. Et si dans les siècles précé-
» dents la Pologne avait marché d'un pas égal avec les
» autres États, elle s'arrêta désormais au point où elle
» était parvenue, ou plutôt elle rétrograda de plusieurs
» siècles. »

Ainsi, la Pologne, d'elle-même, s'est isolée au milieu
de l'Europe. Anomalie étrange qui puisait sa force dans
sa faiblesse, et qui dans cette force même a trouvé sa mort !
Peuple sans alliances possibles, parce qu'il était organisé
en dehors de toutes les idées d'ordre et de légalité adoptées dans l'Europe entière ; peuplade esclavonne conservant
les mœurs, les camps, les usages de ses ancêtres, pendant
que le mouvement universel de la civilisation emportait
le reste du monde ! — Nouvelle preuve que le pouvoir
politique ne doit pas être donné à tous les citoyens, mais
seulement à la partie la plus éclairée de chaque nation.

En traçant ce tableau rapide, j'ai laissé de côté toutes
les causes accidentelles de désordre qui concoururent au
résultat final, les troubles religieux, la question des dissidents ; je n'ai pas traité la question des serfs et tout ce qui
s'y rattache ; tout cela était en dehors de mon sujet ; et les
objections qu'on pourrait en tirer, prouveraient dans ceux
qui y auraient recours, des vues superficielles et peu politiques. Toutes ces causes accessoires n'étaient que l'effet
des passions humaines qui mettaient en jeu les vices des
institutions républicaines que j'ai analysées. Mais la cause

première et profonde du mal était, comme je l'ai montré, dans ces institutions elles-mêmes. Là où l'on en établira de semblables, la race humaine ne manquera pas de passions, d'intrigues, d'ambitions, pour en tirer des résultats semblables. Que ce soient les mêmes passions, les mêmes troubles, les mêmes violences que dans la Pologne, ou que ce soient d'autres passions, d'autres violences, d'autres troubles, cela importe peu, et ne changerait rien au résultat.

Relativement à la question des serfs, je n'en dirai qu'un mot : c'est que l'esclavage, loin de détruire le républicanisme des institutions, en est au contraire le complément. Dire que la Pologne n'était pas en république, parce qu'il y avait des esclaves nommés serfs, c'est comme si l'on niait que Rome, Athènes, Sparte, fussent des républiques. De ce que les serfs polonais n'avaient pas le droit de cité, et ne votaient pas dans les diétines, ni dans le kolo pour l'élection du chef de l'État, conclure que le suffrage n'était pas universel, c'est comme si l'on niait ce suffrage dans les comices romains, alors même que les citoyens votaient tous, jusque dessus les toits des maisons qui bordaient la place publique, mais où très-certainement les esclaves ne votaient pas davantage que les serfs en Pologne. On doit d'ailleurs considérer que l'anarchie polonaise provenait de ce qu'un trop grand nombre de citoyens participaient à la fois au pouvoir politique; lors donc qu'il n'y aurait pas eu de serfs, le mal n'en aurait pas été diminué; au contraire, il aurait été augmenté, et les vices républicains des institutions gouvernementales auraient plus rapidement agi par l'effet d'une plus grande confusion. Aucune des causes de destruction que j'ai énumérées n'ont été l'effet des menées des serfs, mais bien, comme on l'a vu, des luttes légalement établies entre les citoyens. Les troubles occasionés par les serfs n'ont été qu'accidentels, et ne se rattachaient pas à ce tableau. D'ailleurs la nécessité de l'esclavage, je l'ai déjà dit, est le fruit des institutions républicaines, sauf quelques rares circonstances où le pouvoir démocratique étant tempéré par une certaine aristocratie, par la simplicité des mœurs, et certaines conditions de climat et de localité, peut se passer du dangereux auxiliaire de l'esclavage.

Si de toutes les considérations générales que j'ai résumées, nous descendons aux faits de l'époque actuelle, j'espère que les esprits raisonnables jugeront, comme moi, que la conduite du gouvernement français, relativement à la Pologne, a été conforme aux lois de l'humanité, de la politique et du bon sens. Je vais dire pourquoi, en passant rapidement sur les motifs que j'ai déjà plusieurs fois développés, pour me rattacher à ceux qui ressortent de la discussion ci-dessus.

Nous avons vu quel était le principe des mœurs politiques de cette grande et malheureuse nation. — Or, si tout gouvernement durable y a été impossible précisément à cause du trop grand développement de l'indépendance exercée par les citoyens contre le pouvoir, est-il permis de penser qu'au milieu d'une convulsion démocratique universelle, le principe républicain de la Pologne se serait laissé modifier par des idées raisonnables, et aurait consenti à donner à son gouvernement la force qu'il lui a toujours refusée ?... C'est folie que de l'espérer une minute. Organiser l'indépendance de la Pologne par un tel moyen et par les principes qui auraient amené leur triomphe, c'était déclarer la république universelle, en Europe au moins. Or, croit-on la république possible en Europe?... Quant à moi, je la crois vingt fois plus impossible encore en Europe qu'en France.

Que Napoléon eût entrepris le rétablissement de la Pologne comme état indépendant, c'était son rôle, c'était une grande, une noble mission, une mission inspirée par le génie de l'humanité! Napoléon, représentant du pouvoir, Napoléon, qui transpirait le pouvoir par tous ses pores, Napoléon, dont la forte volonté faisait plus de pouvoir avec un seul regard, que tant de petits grands hommes républicains n'en peuvent faire avec leurs déclamations prétentieuses et fausses, Napoléon avait précisément ce qu'il fallait pour exercer sur les Polonais cette violence morale qui aurait pu les obliger, pour leur bonheur, à modifier leur être national, afin de le ressusciter ! car c'est du pouvoir qu'il fallait faire en Pologne. En supposant la Pologne livrée à elle-même, il y aura toujours assez de liberté ; il y en aura toujours trop, dirais-je, s'il m'était permis de m'exprimer ainsi.

Ceci est ma conviction pénible, mais profonde. L'occasion que Napoléon a laissé échapper est à pleurer en larmes de sang ; car la résurrection polonaise, faite dans ses conditions véritables, aurait été un pas immense vers la tranquillité de l'Europe et le bonheur du monde. — Mais l'instant est passé. — Puisse-t-il revenir ! Puissions-nous voir un jour renaître à la vie politique ces généreux Sarmates qui, s'ils n'ont pas su vivre pour la liberté, se sont si noblement immolés pour elle !

LIVRE VIII.

DU GOUVERNEMENT DES TROIS POUVOIRS.

CHAPITRE PREMIER.

Du Gouvernement des Trois Pouvoirs.

—

Dans la vie historique des peuples, les gouvernements ne s'improvisent pas, ne s'inventent pas, si j'ose m'exprimer ainsi, comme une conception subite, enfantée par une volonté actuelle. Le gouvernement, reflet successif de la civilisation de toutes les époques, est le produit presque nécessaire de l'état du pays, de ses mœurs, de ses passions, de ses besoins, de ses intérêts. Sans cela, il serait un corps hétérogène, une superfétation, un effet sans cause, qui ne ferait que paraître et disparaître sans avoir pu fonctionner.

En effet, le gouvernement doit être la représentation, bien moins de la volonté mobile, changeante, des citoyens rassemblés et consultés à intervalles sur des questions que la plupart ne peuvent connaître, que des besoins et des intérêts successivement établis par le cours des âges jusqu'au moment actuel inclusivement. C'est de la direction traditionnelle de ces intérêts et de ces besoins, c'est de la conservation des droits et des biens qui en résultent, c'est des modifications nécessitées à la fois et produites par le progrès des lumières et l'expérience acquise de génération en génération, que le gouvernement doit être représentatif.

De là, la triple nature de la représentation nationale, qui, sous une forme ou sous une autre, se trouve plus ou moins dans tous les gouvernements possibles, et qui constitue leur vraie légitimité.

Analysée ainsi, la monarchie constitutionnelle nous présente ses trois grands corps politiques sous la forme qui me paraît faciliter le plus complètement l'exactitude de la représentation nationale, mais qui n'exclut pas la possibilité d'autres formes gouvernementales plus appropriées aux mœurs de certains peuples. Cependant ce genre de gouvernement a été vivement critiqué et a trouvé de violents adversaires.

Ce gouvernement, disent les partisans du pouvoir absolu, établit une lutte, un ver rongeur au sein de l'État, ainsi que s'exprimait M. de Bonald. Or, il n'y a point de lutte sans trouble; c'est une guerre civile régularisée à perpétuité entre les forces législatives qui s'affaiblissent et qui meurent sous leurs coups mutuels : pour éviter ce malheur, il ne faut qu'une seule force intelligente au timon de l'État, la royauté. Alors l'impulsion sera uniforme, sans lutte, sans déchirement, et l'harmonie se rétablira dans tout l'édifice social.

Ce n'est pas cela, répondent les réformateurs populaires. Nous convenons que le gouvernement des trois pouvoirs ne vaut rien : mais ce n'est pas parce qu'il occasionne une lutte qui tend à une innovation perpétuelle; c'est au contraire parce que les trois pouvoirs s'équilibrant, le gouvernement devient stationnaire. L'équilibre. c'est le repos. Or, quand on est en repos, on n'avance pas, on ne marche pas avec la race humaine. Donc, pas de progrès possible dans le gouvernement des trois pouvoirs. Il ne faut qu'un seul pouvoir, et c'est la souveraineté du peuple. Alors plus d'obstacle, plus d'empêchement. Tout prend la couleur du pouvoir unique et régulateur, et la société s'avance à pas de géant dans la carrière de la civilisation.

Mais on réplique, en disant : Montrez un peuple qui ait dû à sa propre impulsion les progrès de sa civilisation ? Ce sont toujours les hommes supérieurs qui ont civilisé les peuples, et presque toujours malgré eux. Jamais une innovation utile ne s'est présentée, depuis l'introduction des machines jusqu'à celle de la vaccine, à laquelle le peuple n'ait opposé l'obstination de ses préjugés. Si dès le commencement de la société on avait pratiqué les maximes populaires, nous serions encore dans les bois à manger des glands. Quand Pierre-le-Grand a civilisé la Russie, s'il eût pris l'avis de ses hordes grossières, l'eussent-elles autorisé à tout changer dans leur brutale organisation ? Eussent-elles demandé ces changements, si elles avaient eu une représentation populaire, unique pouvoir dans l'État ?... Les maximes de la souveraineté du peuple ne sont donc point fondées sur les besoins et la nature même de la race humaine. Elles sont bonnes à détruire un gouvernement, jamais à rien fonder de stable et de régulier.

Les républicains répondent encore : Vous trouveriez commode, n'est-il pas vrai, parce que, selon vous, les peuples ont besoin d'être tenus à la lisière, de vous établir ses conducteurs perpétuels et inamovibles, de faire régner un roi-mannequin, dont vous exploiteriez la puissance absolue à votre profit ? Et le peuple, en attendant, que ferait-il, lui? Il travaillerait, souffrirait, et jeûnerait. Ce n'est pas notre compte, ni le sien. Voici le peuple, il est souverain, car il est tout, tout est en lui, tout est pour lui; et si nos arguments ne suffisent pas, sa force est là qui tranchera la difficulté.

C'est dans cet inextricable détroit que la race humaine est balottée, depuis des siècles, de despotisme en révolution, et de révolution en despotisme.

Entre les deux extrêmes, entre l'absolutisme royal et l'absolutisme populaire, il y a pourtant un juste-milieu, c'est la monarchie constitutionnelle. Il ne faut ni l'admettre ni la repousser parce qu'elle a pris une couleur anglaise. Ses fondements sont bien plus vieux vraiment! Il n'y a pas de société humaine où l'on n'en trouve la base, si l'on veut attentivement en examiner l'intérieur.

Je veux prouver dans cette discussion trois choses :

Que la monarchie des trois pouvoirs n'a ni les inconvénients que lui reprochent les absolutistes, ni les inconvénients que lui reprochent les démocrates;

Que la monarchie des trois pouvoirs offre, dans l'équilibre même de ses pouvoirs, tous les moyens de progrès nécessaires à la société, et que nulle autre forme de gouvernement ne les présente au même degré qu'elle;

Enfin, que les trois pouvoirs indépendants et équilibrés existent en France, et qu'on aura plus de peine à détruire leur nécessaire influence, qu'il n'en faudrait prendre pour les reconstituer entièrement en vigueur.

Ce ne sera pas, ce me semble, un mauvais préliminaire que d'admettre immédiatement la justesse des reproches que les absolutistes et les démocrates s'adressent réciproquement; car si ces reproches sont fondés, il en résultera naturellement que la souveraineté du roi et la souveraineté du peuple sont deux principes de gouvernement beaucoup plus propres, chacun de son côté, à faire le malheur que le bonheur de l'humanité. Or, si cela est ainsi, il faut nécessairement en induire qu'il y a entre les deux un autre principe de gouvernement plus favorable et mieux pondéré; sans cela il faudrait admettre que Dieu a créé la race humaine pour la société, et que cependant il l'a faite insociable. La Providence, je l'ai déjà dit, ne peut ainsi se mentir à elle-même.

Or, le pouvoir unique de la royauté, sans contre-poids qui puisse en retenir l'action dans de justes bornes, est la source des abus les plus évidents. La folie de ce système est même si manifeste, que nulle part il n'a pu encore être réalisé; car, dans les monarchies les plus absolues, il y a toujours eu une limite de fait ou de droit aux caprices du despote. Seulement il faut dire que comme cette limite n'est jamais assez forte pour arriver jusqu'à l'équilibre, de beaucoup s'en faut, le pouvoir royal la surmonte ou la détruit, et règne sans obstacle jusqu'à ce qu'il meure de ses excès dans la tourmente d'une révolution. Tant qu'il subsiste, sauf les exceptions accidentelles, les travaux du peuple sont absorbés par les privilégiés, la dignité de l'homme est foulée aux pieds, tout se concentre dans l'intérêt de la cour et des courtisans; les guerres les plus coûteuses sont entreprises pour les plus frivoles sujets; en un mot, les démocrates ont raison, la souveraineté royale absolue est un détestable principe de gouvernement; mais leur système vaut-il mieux?—Point: il est pire.

Quand un homme est seul au pouvoir, il peut être vicieux ou imbécile, c'est très-clair; mais aussi il peut être homme d'esprit et de bon jugement; la chose n'est pas impossible; il s'en est vu des exemples. Mais ce qui ne se verra pas, c'est que le gouvernement de la multitude soit seulement supportable, tellement que dans les républiques, même les plus fameuses, nous avons vu qu'il fallait avoir recours à quelque palliatif plus ou moins fréquent, pour en neutraliser les abus qui auraient perpétuellement détruit l'État. Encore dans aucune république la démocratie n'a-t-elle jamais eu l'entier pouvoir, sans y joindre quelque mélange d'influence aristocratique.

Le propre de la souveraineté du peuple, sans contrepoids d'un autre pouvoir, est de manquer perpétuellement de tenue, de sagesse. De plus, le peuple est, dans ce gouvernement, nécessairement trahi par ceux en qui il se confie, qui deviennent trop puissants, parce que, ne trouvant sous eux que des individus isolés, ils peuvent employer contre chacun en particulier le pouvoir de tous, dont ils ont la disposition. Le pouvoir exécutif, dans un pareil État, n'est que temporaire, m'objectera-t-on... Raison de plus pour qu'on en abuse dans sa courte durée, et pour que les ambitieux qui en sont revêtus, troublent l'État, afin d'en conserver plus long-temps la direction. Puis la déraison des délibérations s'accroît en raison du nombre immense de ceux qui y concourent : et comme la masse d'un peuple sent le mal qui la touche, mais n'a pas la science nécessaire pour en découvrir les ressorts cachés et les remèdes souvent fort compliqués, au lieu d'adopter un traitement rationnel, le peuple fait comme les charlatans, il frappe l'effet du mal dont il ne connaît pas la cause réelle ; alors il met ses passions en place des lois. Ses finances sont embarrassées? Il ne paie pas, voilà la banqueroute. C'est très-simple et bientôt fait. Des hommes à talent s'opposent à ses volontés égarées?... Il leur coupe la tête; cela répond à tous les arguments. Les lois qu'il a faites gênent et entravent son caprice du moment?... Il les détruit ou les suspend: car on peut affirmer, sans crainte d'être démenti par l'événement, que le régime de la démocratie est l'habitude des lois d'exception, ou plutôt tout y devient loi d'exception (1).

Or, la volonté d'un despote unique peut être entravée; car enfin, il ne peut la faire exécuter que si les autres volontés s'y soumettent, et il arrive un moment où il éprouve de la résistance forte ou faible. Mais le peuple, dans la démocratie, ayant à la fois la souveraineté et la force, nulle de ses volontés ne peut trouver d'obstacle. Il faut que tout ploie, la raison, la justice, le bon sens. Aussi la souveraineté du peuple réalisée est, comme je l'ai déjà fait observer, le plus exécrable de tous les despotismes connus, parce qu'il est le plus ignorant et le plus fort; et comme il peut tout ce qu'il veut, il veut ordinairement tout ce qu'il peut.

Les absolutistes ont raison : la démocratie, quand elle est le seul pouvoir dans un État, quand les deux autres pouvoirs manquent, est le pire des gouvernements.

Il est donc convenu que tout gouvernement qui n'a qu'un pouvoir unique, royauté, ou peuple, est mauvais.

_____

(1) C'est ce qui s'est toujours vu aussitôt que la démocratie emporte la balance, même dans un État où elle ne règne pas seule. Voyez en 1680, sous Charles II, les communes d'Angleterre, violer la grande charte et l'*habeas corpus*, elles qui réclamaient la liberté. Voyez-les punir par la prison arbitraire les citoyens qui avaient fait usage du droit sacré de pétition dans un sens qui ne leur convenait pas.

Nous sommes dès-lors conduits forcément à cette conséquence, qu'il faut que le gouvernement s'organise, ou en
combinant les deux pouvoirs de la royauté et de la démocratie, ou en posant un troisième pouvoir entre les deux,
si nous découvrons que l'action simultanée de la royauté
sur la démocratie, et de la démocratie sur la royauté, ne
peut produire que le chaos, la discorde, une lutte perpétuelle destructrice de tout ordre et de toute liberté.

C'est un axiome aussi vieux que le monde, qu'on n'est
jamais assuré d'obtenir une décision libre et juste quand
elle dépend de deux juges, encore moins de deux pouvoirs.
Les intérêts humains sont si compliqués, surtout dans
notre civilisation moderne, que ce serait le plus grand
des miracles que ces deux pouvoirs fussent toujours d'accord ; et quand ils ne le seront pas, qu'en adviendra-t-il ?
Nécessairement l'esclavage de l'un des deux, ou la résistance, de fait, du plus faible au plus fort ; c'est-à-dire,
guerre civile ou révolution.

Ce fut le vice radical de la constitution de 1791 ; à quoi
il faut ajouter qu'elle avait porté l'erreur beaucoup plus
loin encore, en donnant une supériorité incontestable à
l'un des deux pouvoirs, le pouvoir délibérant, et une infériorité humiliante au pouvoir royal, au pouvoir actif,
qui dès-lors devait nécessairement perdre son indépendance
et devenir esclave des assemblées. Il eût été beaucoup plus
simple de supprimer la royauté et de déclarer que l'assemblée ou le peuple nommerait une commission chargée
d'exécuter les lois que l'assemblée aurait faites. Avec la
souveraineté du peuple en principe, il n'y a pas d'autre
gouvernement logique. Aussi la Convention, plus tard le
Directoire, arrivèrent là, quoique dans ce pitoyable essai

de gouvernement balancé, on eût imaginé de scinder la représentation nationale en deux, pour simuler un troisième pouvoir.

Mettre la royauté face à face avec la démocratie dans le gouvernement, ce n'est donc pas faire la meilleure, mais bien au contraire la plus détestable des républiques, parce que la république, bonne ou mauvaise, est au moins un état de choses arrêté, certain, qui durera ou qui croulera, mais enfin qui est à sa dernière transformation. Mais la monarchie où la royauté se trouve en tète à tète avec la démocratie, est forcément un état transitoire. A la première lutte, si la démocratie a le dessus, voilà la république. Si elle est vaincue, voilà le pouvoir absolu. Il faudrait faire une autre nature humaine, si l'on voulait qu'il en fût autrement.

Nos réformateurs, qui s'extasient avec une naïveté si crédule devant le programme qui leur offre une *royauté entourée d'institutions républicaines,* n'ont donc qu'un seul moyen de soutenir ce système insensé : c'est de dire que les intérèts du peuple et ceux de la royauté étant les mêmes, le roi et la députation du peuple seront toujours d'accord, que le gouvernement sera *harmonique* au lieu d'être *antagoniste,* et que le bonheur public sera le résultat de cette admirable combinaison.

Qu'on se berce d'une espérance pareille à dix-huit ou vingt ans, quand la vie apparaît rayonnante de franchise et d'union, quand le cœur vole sur les lèvres, quand aucune arrière-pensée ambitieuse, aucun égoïsme personnel n'a encore desséché la source de toutes les illusions bienveillantes, je le conçois : mais que des hommes faits, des hommes qui connaissent ou qui devraient connaître le monde, répètent sérieusement de telles balivernes; qu'après les cruelles expériences faites depuis quarante ans, ils veuillent de nouveau tenter l'impossible, bâtir sur le vide, se nourrir de chimères et repousser pour elles la véritable liberté, ce m'est, je l'avoue, un grand sujet de surprise et de douleur!

Non, la royauté et la démocratie seules, et tête à tête, ne seront pas d'accord. — Il faudrait d'abord, pour l'espérer seulement, mentir au principe de la souveraineté du peuple, et restreindre très-sévèrement le droit électoral. Car s'il descend jusque dans les classes pauvres, ignorantes et malheureuses, elles voudront instantanément améliorer leur sort; et comme il est impossible qu'elles en connaissent les moyens politiques, elles feront ce que fait toujours le peuple quand on lui donne le pouvoir, elles attaqueront ce qui les blesse dans l'ordre social, sans voir qu'en frappant sur l'effet au lieu de remonter à la cause, elles détruisent et rendent toute reconstruction impossible. — Alors la résistance de la royauté commencera, mais vainement : le nombre et la force seront du côté opposé, tout sera envahi.

Restreindrait-on le cens électoral aux classes riches et éclairées?... On n'en serait guère plus avancé, parce que la nature dissolvante du principe souverain qui demeurerait en dehors de la représentation, la vicierait par son influence en attendant qu'il la vicie par la force. C'est changer le mode de la maladie sans en changer la nature.

Et lors même qu'on réussirait à reprendre ainsi la souveraineté du peuple, resterait toujours la chambre élective, moins ardente, moins destructrice, il est vrai, que si elle était le produit d'une élection générale, mais ouverte à

toutes les ambitions, à toutes les factions, à toutes les intrigues. Qu'un homme supérieur, un de ces grands fléaux,
de ces météores de génie et de flamme s'en rende maître;
que des circonstances critiques lui donnent l'occasion
d'espérer non-seulement le ministère (ce qui, dans certains
cas, est suffisant pour l'exciter à tout bouleverser), mais
même la puissance suprême; que voilant son but sous des
prétextes spécieux d'intérêt public, il pousse l'assemblée
dans un sens contraire aux vues de la royauté, soit pour
la politique intérieure, soit pour la politique extérieure,
qui videra le conflit? qui jugera les débats?... La force,
la force seule, la constitution anarchique croulera sous le
premier effort de la chambre, si le peuple l'appuie; ou de
la royauté, si la force, qu'on ne peut se dispenser de laisser en ses mains, se dévoue à servir sa cause (1).

Et pour éviter ce dernier résultat, qu'arrive-t-il toujours dans un État ainsi constitué? Le voici. Comme on
prévoit que la royauté, se sentant envahie et opprimée
par la démocratie qui l'assiége sans relàche, voudra résister un jour par la force, on prend à l'avance des précautions contre elle, et on s'arrange pour laisser à sa disposition le moins de force possible. —Alors, comme je l'ai
démontré, on rend cette royauté faible et désarmée, impuissante pour le bien, de crainte qu'elle ne devienne
puissante pour le mal. On l'éteint, on la neutralise, on
ôte au bras chargé de l'exécution des lois toute sa vigueur;

---

(1) Si la chambre l'emporte, on arrive tout au moins à une royauté élective
ou à la présidence d'une république. Si la royauté l'emporte, on arrive au pouvoir absolu : dilemme éternel dont on ne sortira jamais.
On aura le système impérial ou celui des États-Unis. Or, ni l'un ni l'autre ne
conviennent à la France.

il ne peut ni maintenir l'ordre au-dedans, ni garantir la sécurité au-dehors, et l'on arrive ainsi à la plus détestable des républiques, celle où tout le monde commande, et où, par conséquent, personne n'obéit.

Je remplirais vingt pages, s'il le fallait, de raisons semblables : mais je crois en avoir dit assez pour prouver que le gouvernement des deux pouvoirs est impossible et mauvais.

Nous sommes donc inévitablement conduits au gouvernement des trois pouvoirs. — Quelles sont ses bases, non pas fictives et convenues, mais ses bases véritables prises dans la nature même de l'homme ? Comment ce gouvernement doit-il et peut-il être organisé ? Comment peut-on en rassembler les éléments ? — C'est ce que nous chercherons dans les chapitres suivants.

CHAPITRE II.

Définition des Trois Pouvoirs, et des Conditions de leur équilibre.

Au risque d'être traité d'esprit rétrograde, j'ai adopté les expressions de Montesquieu : la royauté, l'aristocratie, la démocratie, tel est pour moi le nom de chaque pouvoir.

Leur définition précise est difficile quand on veut l'appliquer à des faits réels, parce que nulle part ces pouvoirs n'existent complètement identiques à leur nature. Je ne prendrai dans chacun que la tendance générale qu'il apporte dans l'État où ces trois pouvoirs sont admis au partage du gouvernement. Par-là, nous remonterons à leur source même.

La royauté est le pouvoir d'action et d'unité ;

L'aristocratie est le pouvoir de résistance et de conservation ;

La démocratie, est le pouvoir d'innovation et d'acquisition.

Si quelques personnes trouvent ces définitions trop métaphysiques, j'espère qu'en lisant jusqu'au bout elles les reconnaîtront justes et claires.

Quand une fois la société est développée, tous les intérêts qu'elle présente peuvent être classés sous deux bannières bien distinctes :

Ceux qui possèdent le bien-être social (1), et qui veulent le conserver ;

Ceux qui ne le possèdent pas, et qui veulent l'acquérir.

Telle est en réalité la source des deux pouvoirs que je nomme l'aristocratie et la démocratie, pouvoirs qui sont et seront toujours en lutte, quelque organisation qu'on puisse imaginer dans la société.

Le mot aristocratie n'emporte pas cette idée seule chez la plupart des hommes qui s'en font les antagonistes. Ils voient toujours les satrapes insolents de l'Asie, les patriciens oppresseurs de Rome, les dix de Venise, les seigneurs féodaux du moyen-âge, et leur haine s'attache à l'institution elle-même, par l'effet des souvenirs odieux que

---

(1, Par *bien-être social,* il faut entendre non-seulement la fortune, mais encore les jouissances des arts, de l'amour-propre, de l'ambition, enfin tout ce qui excite les désirs de l'homme en société.

l'histoire des tyrannies humaines retrace à leur patriotique indignation.

Le sentiment qui les anime est juste : la conséquence qu'ils en tirent est mauvaise.

Les crimes horribles dont les hommes puissants qui composaient les classes supérieures, se sont autrefois rendus coupables, tenaient principalement aux mœurs de chaque époque; il ne faut pas craindre que l'aristocratie constitutionnelle du dix-neuvième siècle les imite. Elle ne le voudrait point; le voulût-elle, elle ne le pourrait pas.

Si l'on retrace les crimes de ces époques barbares, il sera difficile de dire qui l'emporte en férocité, de l'aristocratie ou de la démocratie. Si la première a eu plus d'occasions de s'y livrer, c'est qu'elle était plus puissante.

Mais si l'on ne peut contester que les intérêts de toute nation ne soient classés comme je les ai définis (et je ne crois pas qu'on le puisse raisonnablement), on verra que chacune des deux fractions doit avoir dans le gouvernement son bouclier contre les envahissements de l'autre, et les moyens d'empêcher que le pouvoir royal n'use de partialité dans le jugement de leurs débats.

Ainsi donc nous arriverons, même pour la France, quoiqu'elle soit le pays où les intérêts se soient le plus égalisés, à la composition du gouvernement des trois pouvoirs : la royauté, l'aristocratie, la démocratie.

Il faut examiner maintenant comment, en thèse générale, ils doivent être balancés pour parvenir à l'équilibre, et comment cet équilibre, loin d'être une source d'obstacles, est le moyen le plus efficace de protéger les progrès de la nation.

Les absolutistes argumentent vainement contre l'équilibre des trois pouvoirs, de la lutte qui s'établit nécessairement entr'eux pour parvenir à ce résultat. Il ne peut y avoir lutte entr'eux qu'autant que cette lutte existe réellement dans les intérêts sociaux qu'ils représentent. La combinaison des trois pouvoirs dans le gouvernement ne crée donc pas et n'envenime pas cette lutte; loin de là, elle la resserre et la pacifie sur un théâtre où elle peut s'accomplir légalement et sans secousses. Si l'un de ces intérêts était seul au pouvoir, qu'arriverait-il? C'est que la lutte doublerait d'intensité dans la société tout entière. L'intérêt gouvernant opprimerait tout, ou serait renversé.

Mais de ce que, une fois admis au partage du gouvernement, ils doivent se balancer, il ne s'ensuit ni déchirement, ni inaction. Sans doute, si chacun d'eux tenait indéfiniment à ses prétentions, rien n'avancerait. Mais dans l'impossibilité où chacun se trouve de faire prédominer exclusivement sa volonté, comme cependant il faut que les affaires humaines marchent et se terminent, ils se cèdent mutuellement quelque chose, et la transaction pacifique qui en résulte est précisément la mesure du progrès social. L'aristocratie voudrait tout conserver, la démocratie voudrait tout acquérir : telle est leur nature; mais ni l'une ni l'autre n'emportent la balance, chacune retranche une part de ses prétentions, la machine gouvernementale joue, et la société s'avance dans la carrière de la civilisation.

Sans doute, la démocratie trouverait plus commode et plus prompt de n'avoir point d'obstacle à sa volonté. Revendiquant ce qu'elle nomme les droits du peuple, il lui semblerait tout naturel que sa requête lui fût adjugée à l'heure même et sans amendement. Et cependant, d'après la nature même des choses, il est heureux pour elle qu'elle rencontre des obstacles qui l'obligent à réfléchir, à modérer, et graduer ses desseins. Il ne suffit pas, pour arriver à un résultat, de le vouloir et de ne trouver personne qui vous arrête. Il faut encore connaître la route qui y conduit et savoir la suivre. Or, dans sa première impétuosité, c'est ce que le peuple ne saurait certainement pas. Activer l'industrie, faire fleurir le commerce, faire circuler les capitaux, exciter le travail dans toutes les classes, maintenir les salaires au niveau des besoins du travailleur et des facultés du fabricant, tels sont les moyens qui augmentent l'influence, la richesse, le bonheur du peuple. C'est ce qu'il veut. Mais faites-le maître absolu, c'est très-certainement ce qu'il ne saura pas effectuer; et, tout étonné de ne pas prospérer quand aucun obstacle apparent ne l'arrête, il criera aux conspirateurs, aux accapareurs, s'emportera, violera la liberté, la propriété de ceux qu'il soupçonnera sans raison d'être la cause de ses maux. — Ce n'est que dans le débat constitutionnel des éléments les plus éclairés de l'aristocratie et de la démocratie réunis et circonscrits dans des limites légales, que se mûrissent peu à peu les véritables moyens de progrès; et souvent même l'opposition que le peuple rencontre à ses désirs, en l'obligeant à s'ingénier, à se reployer en lui-même, à développer toutes ses facultés pour surmonter l'empêchement qui l'arrête, accélère beaucoup ses découvertes et sa civilisation.

Il est donc visible que l'équilibre des pouvoirs ne réduit pas la société à l'inaction, ne la rend pas station-

naire, ne s'oppose pas à ses progrès. Il n'a au contraire
d'autre effet que de protéger le progrès en empêchant les
intérêts rivaux de s'opprimer mutuellement.

Voici une objection. — Si la nation peut ainsi développer ses progrès, le gouvernement tout au moins restera
stationnaire, et dans l'impossibilité de se perfectionner.
La royauté, l'aristocratie, la démocratie y seront immo-
biles, les deux premières sans que cela puisse leur nuire,
puisque dès l'origine du gouvernement elles sont évidemment les plus favorisées : mais il n'en est pas de même de
la démocratie : sa part de pouvoir aura été primitivement
faible ; or, à mesure qu'elle grandit et se développe dans
le corps social, il faut que sa part d'influence grandisse
aussi dans la machine gouvernementale : sans cela, l'é-
quilibre sera rompu par le fait, et les intérêts démocratiques ne seront pas suffisamment protégés dans l'État.

Je ne dissimule pas l'objection : la voilà dans toute sa
force. — Je dis qu'elle est fausse, et je le prouve.

D'abord, il ne faut pas penser que la royauté et l'aristocratie restent dans le gouvernement ce qu'elles étaient
dans leur formation primitive. Le temps se fait sentir là
comme ailleurs ; ce serait folie de s'imaginer que le roi et
les lords d'Angleterre sont ce qu'ils étaient dans le quin-
zième siècle. Admettez que leurs droits, leurs priviléges,
leurs fonctions soient les mêmes, quoique certainement
de très-grandes modifications y aient été faites, l'influence générale des mœurs, des sciences et de la civilisation agit sur eux autant et plus souvent que sur d'autres classes d'hommes ; il est donc faux de dire que cette
partie du gouvernement soit restée stationnaire et sans
progrès ; il est impossible qu'elle n'ait pas fait de grands

progrès moraux, et que cette amélioration ne soit pas sensible dans la décision des affaires.

Quant à la démocratie, comme le corps qui la représente se recrute perpétuellement par l'élection et se compose naturellement de ce qu'elle a de plus fort et de plus instruit, il est impossible de nier que cette partie du gouvernement ne suive les progrès de la civilisation.

On objecte que les intérêts démocratiques grandissant dans l'État, tandis que ceux de la royauté et de l'aristocratie ne peuvent que décroître, ou tout au moins rester stationnaires, il faudra donner une plus grande part dans le pouvoir à la démocratie, si l'on veut que ses intérêts soient convenablement représentés.

Je ne nie pas qu'il ne puisse venir une époque où il faille qu'il en soit ainsi; mais je dis que cette époque est toujours beaucoup plus reculée qu'on ne pense, et que, malgré le développement de la démocratie dans la nation, sa part primitive de représentation dans le gouvernement lui est très-long-temps suffisante. Je vais plus loin : je crois que, sans y rien changer, dans beaucoup de circonstances, elle pourrait devenir trop forte, précisément par la raison qui fait craindre qu'elle soit trop faible (1). Cela

---

(1) Lorsque le moment arrive d'augmenter la part de la démocratie dans le gouvernement, c'est sans doute une grande épreuve. Cette modification est très-difficile à obtenir, mais il faut que ce soit ainsi, car il y a mille à parier contre un que la démocratie élèvera cette prétention avant que le moment soit venu de l'admettre. Lorsque le moment sera réellement arrivé, la raison publique obligera naturellement les deux autres pouvoirs à céder. Tout cela n'est qu'une affaire de temps; et c'est précisément dans la lenteur de cette transition que se manifeste l'excellence du gouvernement constitutionnel. Ceux qui ont observé de près la marche de la réforme en Angleterre, se convaincront de la justesse de cette observation.

paraît un paradoxe; rien n'est pourtant plus certain. — Je réclame l'attention du lecteur.

Les publicistes qui voudraient faire pénétrer partout le principe de l'élection, sont dominés par cette idée fausse qu'un peuple ne voit jamais ses intérêts bien défendus que par ceux qu'il a choisis, qu'il a nommés, qu'il a chargés lui-même de ce soin. L'expérience cependant a prouvé bien souvent le contraire; et, dans les trois quarts des systèmes républicains, le peuple a été trahi, abusé ou négligé par ceux en qui il s'est confié.

La liberté, la gloire, le bonheur d'un peuple, sont défendus efficacement par tous ceux que leur propre génie et leur propre intérêt portent à défendre l'intérêt national. Or, à mesure que les siècles s'avancent et que la civilisation marche, cette disposition généreuse des esprits pénètre et pénétrera toujours jusque dans les rangs les plus élevés du pouvoir aristocratique; de sorte que, non-seulement la démocratie sera protégée dans l'État par la chambre élective qui la représente, mais elle acquerra dans l'autre chambre un nombre toujours croissant de défenseurs intrépides et dévoués, du moins pour tout ce qu'il y aura de légitime et de moral dans ses prétentions. Ce n'est point par un caprice du sort que cela s'est remarqué de prime-abord dans l'aristocratie anglaise, et que beaucoup plus tard (malheureusement pour la France) et avec moins de lumières, cette disposition d'esprit a pénétré dans l'aristocratie française. Telle est la loi inévitable de l'humanité : d'autant que la démocratie, renfermant dans son vaste sein une masse immense d'ardeur, d'activité, de fortune, d'influences actives sur l'opinion, l'aristocratie elle-même sacrifie sur l'autel de la faveur publique. Elle fait comme Alexandre qui portait ses drapeaux au bout du monde pour plaire aux Athéniens!

C'est donc une grande erreur de croire que la démocratie soit trop imparfaitement représentée dans l'équilibre des pouvoirs, parce que la chambre élective n'aura pas été modifiée dans un sens plus populaire, parce qu'on n'aura pas augmenté le nombre de ses membres ou de leurs électeurs. Aux yeux d'un véritable publiciste, tous ces arguments qu'on prétend si péremptoires et si forts ne sont souvent, dans leur application, que de véritables non-sens, ou des moyens, malheureusement trop efficaces, de perturbation sociale.

Mais il y a bien d'autres motifs à l'appui de mon opinion.

Les pouvoirs politiques sont forts, surtout par la force et l'assentiment des éléments extérieurs analogues à leur nature. A mesure que la démocratie augmente et se développe dans l'État, le point d'appui qu'elle offre à la chambre élective devient à chaque instant plus fort, et cette chambre augmente par cela seul de puissance, sans qu'il soit nécessaire de démocratiser encore plus sa composition. Si l'État court un risque, c'est qu'elle devienne trop forte, et non qu'elle devienne trop faible. Que sera-ce donc si, en examinant les faits du gouvernement des trois pouvoirs, nous voyons que le pouvoir démocratique y est juge souverain de la levée des hommes et des impôts!... c'est-à-dire que le gouvernement tout entier est presque dans sa dépendance absolue! Que sera-ce donc, si nous voyons que, dans ce gouvernement des trois pouvoirs, le roi n'est investi du droit d'augmenter le nombre des membres du corps aristocratique qu'afin de ramener son esprit à celui de la chambre démocratique, si la pairie persistait intempestivement à s'en éloigner!

Un tel gouvernement est au moins assez démocratique. Vouloir le démocratiser encore plus, c'est folie; c'est vouloir rendre tout gouvernement impossible.

CHAPITRE III.

Les trois intérêts de la Société doivent être représentés dans le Gouvernement.

Lorsque les partisans de la souveraineté du peuple prétendent qu'il faut uniformité dans le dogme qui prédomine toute la législation d'un pays, ils ont sans doute raison : il n'y faut point de contradiction, d'anomalie. Mais cela ne signifie pas du tout qu'il ne faut, comme ils le disent, qu'un seul principe, et que de ce principe doivent découler toutes les lois.

La société, ainsi que je l'ai démontré, porte trois principes dans son sein. Eh bien! pour qu'elle soit régulièrement organisée, il faut que toutes les lois soient empreintes non d'un seul de ces principes, mais de ces trois principes sagement combinés et équilibrés. Alors il y a uniformité, harmonie dans le corps social. Mais faire prédominer un seul principe, comme le demande l'école radicale, c'est réellement opprimer la société, au lieu de la gouverner.

Sans doute il serait plus commode de n'avoir qu'un ressort dans la machine sociale; mais ceux qui prêchent un tel système ne connaissent que bien imparfaitement la nature humaine. Les gouvernements libres ne peuvent pas être simples; il faut nécessairement qu'ils soient complexes, précisément parce qu'ils doivent protection à tous les intérêts. La vraie liberté n'est qu'à ce prix.

Sans développer cette vue qui nous écarterait du sujet principal, disons que, considéré sous l'aspect où nous l'envisageons, le principe conservateur de l'aristocratie est dépouillé du cortége odieux de priviléges oppressifs qui le souillent dans les annales de l'histoire. Mais qu'on ne croie pas que ce n'est pas le même principe. L'aristocratie constitutionnelle était défigurée par les mœurs, par les préjugés, par l'ignorance de nos ancêtres; mais au fond de tout cet entourage féodal, au milieu de tout cet extérieur gothique, se trouvait cet instinct de conservation, de dignité, de force, qui caractérisait l'indépendance et l'honneur de la noblesse : ce principe dont Montesquieu a peut-être fait un éloge exagéré, soumis qu'il était lui-même à l'influence de son temps, mais qu'un véritable publiciste, tout libéral qu'il est, ne peut méconnaître. Malheureusement les abus étouffaient la vertu de l'institution, et l'aristocratie ne produisait en quelque sorte que des fléaux dans l'État. Mais pourquoi?... Précisément parce qu'elle était sans contre-poids, parce que la démocratie, trop faible et trop opprimée, n'avait pas encore obtenu sa part dans l'exercice des pouvoirs politiques.

Cette vérité paraîtra plus clairement encore si l'on compare l'histoire de France à l'histoire d'Angleterre. Dans la première, nous trouvons une aristocratie féodale qui opprime le peuple, et que le pouvoir royal est obligé de combattre lui-même dans l'intérêt de la liberté générale, non pas de la liberté de *droit*, puisqu'il tendait sans cesse

à la monarchie absolue, mais dans l'intérêt de la liberté
de *fait* qu'il voulait laisser à ses sujets, afin que l'État,
mieux administré, fût plus uni. plus fort, et rendît la
puissance royale plus grande. En Angleterre, au contraire,
nous voyons l'aristocratie féodale aussi, car son origine
était la même que celle de la noblesse française, et cependant, toute féodale qu'elle était, toute fière, toute vaine,
toute nourrie de priviléges et de blason, elle défendit
constamment la liberté politique de la nation contre le
pouvoir royal, et de crise en crise, elle parvint à faire
triompher cette liberté dans la révolution de 1688, qui
l'a définitivement établie.

On voit donc que si l'aristocratie féodale opprimait en
France la liberté du peuple, ce n'est pas tant à cause de
son essence aristocratique elle-même, que par l'effet d'autres circonstances qui détruisaient l'économie de la lutte
qui aurait pu amener, tôt ou tard, l'équilibre des trois
pouvoirs. Nous pourrions rechercher ici ces causes fâ-
cheuses, et nous n'y aurions pas grand mérite, puisque
de grands écrivains, tels que Delolme. etc.. ont déjà indiqué la principale; mais ce serait tout-à-fait superflu. Le
fait seul suffit pour faire voir que la nature de l'aristocratie,
même féodale, n'est pas, par son essence même, aussi antipathique à la liberté que les partisans de la souveraineté
du peuple voudraient le faire croire.

Je prie que l'on me permette de plaider un peu longuement la cause du principe aristocratique, dans la monarchie constitutionnelle; je dois agir ainsi, car dans le
gouvernement des trois pouvoirs.ou. pour mieux dire, des
trois principes, c'est celui-là qui est surtout attaqué; c'est
celui-là qui supporte tout l'effort apparent du parti poli-

tique qui veut bien reconnaître encore, en face de la démocratie, le principe de la royauté, à condition cependant
que cette royauté, officiellement proclamée, se laissera
miner et détruire en réalité; qu'elle courbera sa tête désarmée sous le joug de l'électorat souverain, en attendant
que l'électorat souverain lui-même soit détruit au profit
de la logique radicale, qui l'accuse justement (1) de monopole et d'aristocratie; car, tant que le nivellement n'est
pas absolu, tant qu'il n'est pas parvenu à son dernier
terme, tant qu'il y a deux positions dans l'échelle sociale,
la plus haute des deux sera toujours, aux yeux de l'autre,
une aristocratie. On l'a vu dans la révolution elle-même,
comme dans les républiques anciennes. Après l'aristocratie de la naissance, on poursuivit celle de la fortune et
du commerce. Après celle-ci l'aristocratie de la gloire et
du talent. — La république n'a pas besoin d'hommes à
grands talents, disait-on, ils sont dangereux. Elle a besoin de vertus, de bons citoyens... Mais le civisme et la
vertu deviennent eux-mêmes une aristocratie à leur tour;
leur renommée importune la multitude. Socrate, Aristide,
Miltiade, Cimon, ne furent punis que de leurs vertus !...

Le principe aristocratique, naturel et juste, tel, en un
mot, que je l'ai défini, est tellement dans la nature humaine, qu'il se fait jour partout; et ce qui trouble principalement les républiques, ce n'est pas que le principe
aristocratique n'y existe pas, il s'y trouve en réalité comme
partout ailleurs; il y naîtrait presque immédiatement,

---

(1) *Justement,* non pas à mes yeux, moi qui n'admet pas la souveraineté du
peuple; mais *très-justement* aux yeux de tous ceux qui admettent ce principe,
sans le fausser par de vaines subtilités.

lors même qu'on parviendrait à créer une égalité parfaite au début des institutions : mais ce qui trouble les institutions républicaines, c'est qu'elles nient l'existence, et refusent part légale du pouvoir à ce principe aristocratique qui, dès-lors, établit une guerre sourde dans la société, hostilité féconde en malheurs civils. Il n'est guère d'institutions républicaines qui, pour avoir alors la paix, ne fassent quelques concessions au principe aristocratique, et n'admettent plus ou moins son influence : mais ce n'est qu'une paix plàtrée, et il faut, plutôt ou plus tard, que la guerre éclate avec violence, parce que, dans le système républicain, l'équilibre entre la démocratie et l'aristocratie ne peut jamais être rétabli. S'il l'était, il n'y aurait plus de république, mais un gouvernement constitutionnel. Me citera-t-on l'exception unique des États-Unis d'Amérique ?... Il nous serait trop facile de montrer que cette exception n'est pas concluante, de bien s'en faut !

Pour le moment, observons que le gouvernement n'ayant qu'un principe, la royauté, ou la démocratie ; ou bien le gouvernement en reconnaissant deux, la démocratie et la royauté (système faux qui reviendrait bientôt entièrement à l'un ou à l'autre), il laisse en dehors de lui la masse immense des intérèts aristocratiques, et pour n'avoir pas voulu s'en faire un appui, il s'en fait un obstacle qu'il est forcé d'asservir par la violence, s'il veut pouvoir gouverner.

La richesse, la propriété, la renommée, peuvent bien être évincés par le nombre, et c'est là forcément qu'on arrive, si la multitude envahit le pouvoir électoral, ou seulement en approche, ou seulement agit sur lui. Mais quand une fois toutes les grandes influences seront ainsi en dehors du gouvernement et de l'administration, comment la société sera-t-elle administrée, dirigée, en dépit de tous les efforts que l'indifférence ou l'inimitié des supériorités exclues opposeront à l'action du pouvoir, ne fût-ce que par leur immense force d'inertie?

Ceci, je le sais, n'embarrasse pas les démocrates absolutistes, et dans leurs illusions généreuses chez les uns, violentes chez les autres, criminelles chez un petit nombre qui finit enfin par attirer à lui toute la direction sociale, ils ont à leurs ordres la force de la souveraineté populaire, qui, disent-ils, peut dompter facilement la résistance aristocratique. — Ils le croient, mais ils se trompent. La force populaire peut vaincre un obstacle actif, tel que la tyrannie directe qu'on exerce sur lui, mais non la résistance des supériorités sociales qui tirent leur force de la nature même de leur existence. On peut les détruire, mais on ne peut les subjuguer : c'est pourquoi M. de Salvandy observe avec grande raison qu'avec l'aristocratie, il n'y a que deux systèmes possibles, celui de Napoléon (1) ou celui de Marat : il faut lui tendre la main ou lui couper la tête. — Car on ne se doute pas peut-être de la profonde logique qui régnait dans l'anarchique cerveau de Marat : cette logique de destruction, qui ne marchande pas avec les nécessités sous lesquelles elle s'est placée, et

---

(1) Je dois faire observer neanmoins que le systeme de Napoléon, relativement à l'aristocratie, fut incomplet, parce qu'il voulait s'en faire un moyen d'action sur le peuple, mais sans lui laisser aucune réaction possible sur la couronne en faveur du peuple : il voulait, en un mot, une *aristocratie dépendante* de lui. C'est pour cela qu'il se garda bien de rendre le sénat *héréditaire*. — Or, une aristocratie telle qu'il la faisait, etait evidemment un contre-sens politique; et n'ayant pas d'*indépendance* en temps prospère, elle ne devait pas avoir de *fidélité* en temps de malheur.

pour qui le crime n'est qu'un argument comme un autre, un invincible moyen de démonstration !...

Voilà pourquoi, lorsqu'on fausse les principes dès le début de la carrière, les malheurs arrivent ensuite, malgré le civisme et les bonnes intentions des premiers novateurs qui se laissent égarer. La logique des faits est plus puissante que la barrière des esprits. Vainement se roidissent-ils contre cette logique criminelle, d'autres l'adoptent à leur place; et par cela seul qu'on a dépouillé le principe aristocratique de sa légitime influence, survient plus tard la lutte cruelle qui veut extirper l'aristocratie elle-même, en immolant les hommes qui en sont accusés !...

CHAPITRE IV.

Le Gouvernement des Trois Pouvoirs est celui qui offre le plus de sécurité aux Citoyens, et qui nécessite le moins de lois d'exception.

L'organisation légale des trois pouvoirs qui doivent produire l'harmonie et l'équilibre dans le gouvernement, renferme deux ordres d'idées : celles qui sont générales, qui dérivent de la nature sociale elle-même, et qui, en conséquence, doivent se retrouver chez tous ces gouvernements, sous peine d'anarchie plus ou moins prononcée, plus ou moins visible, plus ou moins funeste; et celles qui sont relatives aux mœurs de chaque nation, mœurs dont les différences doivent apporter des différences analogues dans les relations des trois principes, des trois intérêts sociaux : l'action, la conservation, l'amélioration;

car, comme ces pouvoirs représentatifs sont nécessairement composés par les hommes de chaque nation, il est
clair que les mœurs politiques et les antécédents historiques qui les ont formés, doivent modifier considérable-
ment l'action de ces pouvoirs eux-mêmes. Un gouvernement, quel qu'il soit, ne s'établit pas sur une table rase,
et ne peut recommencer les choses *ab ovo*.

Pour faire comprendre ma pensée, je dirai que l'hérédité du trône, par exemple, est un principe général, qui
doit se retrouver dans toute monarchie des trois pouvoirs.
J'en dis autant pour l'hérédité d'une des deux chambres,
au moins pour une période de plusieurs siècles encore;
j'en dis autant pour le droit électoral, qui doit être fixé
dans la classe qui possède les propriétés et les lumières,
et ne doit jamais descendre plus bas, se fondant ainsi sur
la capacité présumée, et non pas sur le droit prétendu,
pour chaque citoyen, d'exercer sa part de la souveraineté
populaire.

Parmi les principes qui dépendent des mœurs et des
antécédents historiques, je citerai pour exemple l'initiative des lois accordée à un seul des pouvoirs, ou à deux,
ou aux trois; la théorie du mandat politique, donnant
ou ne donnant pas aux électeurs le droit de fixer à leurs
députés le sens dans lequel ils devront voter, etc., etc.
Quoiqu'il y ait même pour cet ordre d'idées des principes
fixes; qu'ainsi, par exemple, il soit essentiellement raisonnable que le pouvoir royal ait seul l'initiative en sa
qualité de pouvoir d'action et d'unité, et que les électeurs
n'aient pas le droit d'imposer aux députés un mandat spécial, qui enchaîne à l'avance les délibérations, et les rendent superflues, illusoires, vides de sens; néanmoins, il

est facile de faire voir que le mauvais principe de l'initiative accordée aux trois pouvoirs, et le mauvais principe du mandat électoral, peuvent être amortis par l'effet des mœurs nationales, de manière à ne pas produire leurs mauvais effets, tandis que chez d'autres nations ils restent dans toute leur énergie désorganisatrice. Il est facile, par exemple, de faire voir comment et pourquoi, en Angleterre, l'initiative des chambres et le mandat électoral sont sans inconvénients, et comment en France ces deux erreurs peuvent avoir les plus funestes conséquences.

Les principes que je crois généraux et absolus dans l'établissement de toute monarchie parlementaire, sont ceux-ci.

La royauté héréditaire, unique pouvoir exécutif dans l'État, ayant en conséquence toutes les attributions de l'exécution, sans responsabilité et sans obstacle légal : plus, sa participation au pouvoir législatif par la proposition et par la sanction des lois.

La chambre héréditaire, qu'on appellera haute ou basse, première ou seconde, peu importe, n'ayant aucune autre attribution politique que celle de la discussion et du vote législatif, n'ayant aucun privilége quelconque que son inviolabilité politique, inviolabilité qui doit également appartenir aux trois pouvoirs : — le pouvoir royal ayant la faculté illimitée de nommer les membres de la chambre héréditaire.

La chambre élective, nommée par un électorat déterminé et conféré à la classe propriétaire et éclairée dans la nation, ce qui permet d'étendre ce droit électoral en proportion des progrès de la civilisation, mais jamais en vertu du principe démocratique reconnaissant à chaque citoyen un droit inhérent à la seule qualité de citoyen pour participer au droit électoral, droit qui n'est point une liberté, mais un pouvoir. — La chambre élective ayant pour toute attribution politique son vote législatif, égal à celui des deux autres pouvoirs.

Voilà pour les pouvoirs politiques. Quant à l'ordre administratif et militaire, cela ne doit seulement pas faire question, il doit être tout entier dans la dépendance la plus absolue du pouvoir royal seul. L'ordre judiciaire doit émaner aussi du pouvoir royal avec l'inamovibilité, et l'adjonction d'un jury libre pour le criminel.

L'action du pouvoir royal doit être exercée par des ministres responsables, accusables par la chambre élective, et jugés par la chambre héréditaire.

Quant à la justice criminelle, dite de haute trahison, contre tout autre citoyen que les ministres, elle peut être convenablement confiée à la chambre héréditaire; mais on conçoit cependant qu'il pourrait en être autrement selon les mœurs d'une nation, quoiqu'il soit difficile de trouver une meilleure garantie pour les accusés tout autant que pour la société.

Voilà pour le gouvernement de l'État. Nous dirons quelques mots explicatifs de chaque article. — Nous verrons ensuite ce qui touche l'organisation du département et de la commune, dans lesquels, comme je l'ai déjà dit, les mêmes principes doivent être fidèlement reproduits.

Avant d'aller plus loin, je dois cependant faire une observation de haute philosophie, absolument indispensable.

Il n'existe rien de parfait sur la terre, et la perfection est plus difficile en fait de gouvernement qu'en tout autre chose. La machine gouvernementale ainsi organisée, dans certains cas, rencontrera des obstacles qui entraveront son action. Quelque système politique qu'on suive, cela est inévitable, jusqu'à ce que Dieu juge convenable de refaire la nature humaine et ses passions.

Il faut donc, dans ces cas imprévus, sortir de l'action ordinaire du gouvernement; et c'est ainsi que naissent les lois d'exception, lois temporaires qui ne sont en réalité que la suspension de la loi quand elle ne se trouve pas en rapport avec les exigences du moment.

Ces lois d'exception sont odieuses par leur nature, et ce qui rend, selon moi, les gouvernements démocratiques essentiellement odieux, c'est que plus ils sont démocratiques, plus la loi y est elle-même exceptionnelle : non-seulement ils sont forcés d'avoir assez fréquemment recours a la dictature, avouée ou déguisée, pour ne pas périr; mais cette grande loi exceptionnelle, toujours imminente dans un état populaire, n'est pas ce qu'il y a de plus exceptionnel dans de tels gouvernements; car la souveraineté du peuple y étant sans contrepoids, il arrive que la volonté du peuple fait loi en chaque circonstance, et que par conséquent n'étant lié par rien, et contrebalancé par rien, il fait une loi exceptionnelle pour chaque cas qui se présente. Aussi, dans de tels états, l'arbitraire et le despotisme sont-ils toujours en action; nulle propriété, nulle existence ne sont assurées. Toutes les républiques de l'antiquité sont là pour prouver ce que j'avance.

Dans une monarchie constitutionnelle, parlementairement organisée, je ne prétends pas dire qu'il n'y aura jamais de lois d'exception ; je dirais une sottise si je m'exprimais ainsi, parce que nulle prévoyance humaine ne peut s'appliquer à toutes les chances de l'avenir, et faire une règle générale qui s'adapte à toutes; mais, de tous les gouvernements possibles, ce sera celui où il y aura le moins de lois d'exception, et où elles seront le moins exceptionnelles possible. C'est ce grand avantage d'un gouvernement équilibré que nous allons développer; et l'on verra ainsi son immense supériorité sur le gouvernement d'un seul pouvoir, de la souveraineté du peuple.

Examinons d'abord combien les mœurs politiques d'une nation sont régularisées, légalisées, si j'ose m'exprimer ainsi, par la force de la monarchie constitutionnelle. Aussitôt qu'il y est question d'une loi d'exception, tous les esprits se soulèvent et la repoussent; la majorité nationale qui a besoin de la loi, s'indigne tout autant que la minorité qui repousse définitivement la mesure exceptionnelle. Un anathème général l'accueille, et avant d'oser la proposer, il faut que le pouvoir qui la demande en ait senti dix fois la nécessité.—Dans un gouvernement populaire, au contraire, cela ne ferait pas un pli. La majorité, entravée par les efforts de la minorité, agirait sur elle par le moyen le plus prompt et le plus direct, par la voie exceptionnelle, la plus exceptionnelle, comme étant le moyen le plus conséquent, le plus logique de faire ployer toute résistance à la volonté du peuple. Loin de voir de l'odieux dans une pareille mesure, on trouverait la loi d'exception un acte éminemment patriotique. Consultez l'histoire et vos souvenirs.

Me citerez-vous les lois d'exception portées sous la seconde restauration? Certes je ne les défendrai pas; mais je dirai que ce qui les rendait principalement blâmables, c'est qu'elles étaient rendues pour une mauvaise cause,

bien plus que leur intensité elle-même ; et j'ajoute, avec
une profonde conviction, que si un gouvernement populaire s'était trouvé dans des circonstances pareilles, il aurait eu recours à des mesures exceptionnelles bien plus
durables et bien plus cruelles.

Et lorsqu'enfin la nécessité d'une loi d'exception sera
reconnue dans une monarchie parlementaire, l'habitude
de l'égalité, de discussion, de controverse qui naît d'un
tel système, fera que cette loi, proposée en désespoir de
l'ordre social, lorsqu'enfin il sera impossible de s'en passer,
sera toujours la plus douce et la plus passagère qu'il soit
possible, parce qu'il lui faudra l'assentiment des trois pouvoirs ; et ce serait miracle qu'ils s'accordassent tous les
trois dans un dessein pervers. Si cela était, c'est que les
mœurs publiques seraient tout-à-fait corrompues : or, s'il
en était ainsi, comment éviter le mal, quelque système
qu'on suivît ?

Il résulte de là qu'aucun gouvernement ne garantit
aussi parfaitement la liberté individuelle et la propriété
de chaque citoyen, que le gouvernement des trois pouvoirs. Malgré le ridicule mépris que certains publicistes
affichent pour le système politique qu'ils nomment *anglais*,
voyez en Angleterre quel respect universel pour la liberté
et pour la propriété ! Voyez comment le gouvernement
s'arrête devant cette vieille maxime, que la foudre du
ciel peut entrer dans la demeure d'un citoyen, mais non
pas les ordres du roi ! Voyez ce respect des formes légales
et du texte des lois poussé, si j'ose le dire, jusqu'au dernier excès, et qui fait ployer tout raisonnement devant le
texte écrit, dont un citoyen s'arme contre le pouvoir !...
En a-t-il été de même en France sous notre ancienne mo-

narchie, qui, nous assure-t-on, faisait de si grands rois,
et qui selon moi, ne faisait que de grands despotes? En
a-t-il été de même dans aucun état démocratique?... Me
citerez-vous les États-Unis?... Eh! qui ne voit, du premier coup-d'œil, que le bonheur des État-Unis, c'est précisément d'avoir enté leur système politique sur les
mœurs parlementaires qu'ils tenaient de leur mère-patrie,
de sorte que les salutaires effets de la monarchie constitutionnelle prédominent encore là où elle a été remplacée
par une présidence élective.

Et cependant cette Angleterre, où une liberté individuelle si forte, où une propriété si ferme sont établies, a
eu son lot de lois exceptionnelles! L'*habeas corpus* y a été
suspendu, la liberté de la presse n'y a été pleinement
établie que près d'un siècle après la révolution de 1688...
N'importe! malgré tous ces obstacles, les mœurs légales
sont devenues plus fortes en Angleterre que dans quelque
pays que ce soit au monde!

Ce résultat est dû à l'excellence du gouvernement des
trois pouvoirs. C'est que la mesure exceptionnelle n'y est
jamais reçue réellement que comme exception, et ne peut
prendre racine dans les esprits. C'est un traitement violent pour une maladie violente, et que personne n'a la
folle idée de croire convenable au corps social, quand il
a repris sa santé, — ce qui est précisément l'opposé de
presque tous les gouvernements démocratiques. — Aussi
suis-je fortement convaincu de cette grande vérité : que
tout gouvernement démocratique se détruit par lui-même
à mesure qu'il dure, ainsi que tout gouvernement absolu ;
au lieu que la monarchie constitutionnelle acquiert chaque jour plus de force, à mesure qu'elle dure davantage.

Si les mœurs parlementaires ont été si facilement ébranlées en France depuis la révolution de juillet, c'est parce qu'elles n'avaient que quinze ans d'existence. Si les mœurs républicaines de Rome furent si vite corrompues quand vint le moment fatal, c'est que le système républicain y avait duré plusieurs siècles. (1) Nulles mœurs vraiment libérales ne peuvent résulter de ce régime qui n'est qu'un despotisme retourné de bas en haut.

Cette digression nous a momentanément éloignés de notre sujet. — J'espère cependant que mes lecteurs ne m'en sauront pas mauvais gré, car elle se lie intimement avec la matière même que nous étudions ensemble. Et même, avant d'aller plus loin, je demanderai la permission de me livrer à une digression nouvelle qui me paraît absolument indispensable, et bien placée ici. — Elle touche l'omnipotence parlementaire.

Ce principe est reçu en Angleterre, où c'est une maxime de droit public, que le parlement (le roi et les deux chambres) peut tout faire, excepté de faire qu'un homme soit une femme, et réciproquement.

Il en résulte deux choses : d'abord, que toute mesure, quelle qu'elle soit, qu'une circonstance imprévue puisse exiger, est légalement possible, de sorte que lorsqu'on sort momentanément du régime normal des lois ordinaires, ce n'est jamais par la force et par la violence, mais toujours par la légalité; ce qui fait que ce sentiment de

--- --- --- --- --- --- --- --- --- --- ---

(1) Qu'on ne m'impute pas d'attribuer à cette seule cause la décadence des mœurs politiques de Rome; je dis seulement que c'est une des causes inhérentes à tout état démocratique; à cette cause se joignent, comme ailleurs, celles qui naissent des évènements, du climat, de la religion, etc., etc.

légalité, base fondamentale de l'ordre social, n'est jamais blessé ni altéré dans la conscience nationale.

Ensuite, que quand il est nécessaire de réformer quelque abus, même dans la constitution de l'État, il n'est pas nécessaire de recourir à ces grandes perturbations sociales, qu'on essaie ailleurs de réaliser dans d'anarchiques assemblées primaires et dans les congrès qui en résultent ; mais le parlement, éclairé par la marche générale des esprits, et par les progrès des siècles, progrès auxquels il participe lui aussi, comme je l'ai démontré, porte en lui-même les moyens de rajeunir la constitution sans la violer, et surtout sans mettre en action cette immense force de la souveraineté populaire : terrible source de rénovation qui détruit tout sur son passage, et qui rend le sol tellement mobile qu'il ne peut plus supporter le nouvel édifice du gouvernement. — Le gouvernement constitutionnel a donc encore cet immense avantage, qu'il tend à rendre les révolutions de plus en plus rares, et n'eût-il que cet avantage, ce serait déjà une raison de le préférer à tout autre sorte de gouvernement.

Je sais qu'on peut m'objecter que l'omnipotence parlementaire peut fournir ainsi les moyens de violer la constitution elle-même, et que c'est de cette maxime qu'on s'est autorisé sous la restauration pour établir la septennalité et le double vote. Mais cela ne conclut à rien, si ce n'est que notre gouvernement mentait alors à son principe légal, pour rentrer dans sa nature vicieuse, l'ancien absolutisme auquel il voulait revenir par une voie détournée. Du meilleur instrument, on peut faire le plus détestable usage. La charrue du laboureur, le poignard d'un assassin, sont fabriqués du même métal. — Si la

France avait eu des mœurs parlementaires profondes, au
lieu de mœurs politiques brillantes, mais improvisées,
cela ne serait pas arrivé. C'est la faute des hommes, non de
l'institution. — Me dira-t-on que les hommes y seront encore de même, et que les mêmes causes amèneront dans
l'avenir les mêmes résultats?.... Pas du tout, si les Français ne sont pas la plus légère et la plus déraisonnable
nation du monde, s'ils comptent l'expérience pour quelque chose, et s'ils n'agissent pas, après de si rudes leçons,
comme avant de les avoir reçues. Or, c'est précisément
sur cette chance que je place mes espérances de bonheur
et de liberté pour ma patrie. Si cette chance ne doit pas
se réaliser, si l'expérience ne nous sert de rien, qu'à recommencer, comme à dessein, la route où nous avons
échoué, pour nous perdre sur les mêmes écueils, alors à
quoi bon discuter, à quoi bon raisonner?... Il sera malheureusement trop clair que le pays deviendrait de plus
en plus ingouvernable!... Mais malgré toutes les aberrations du parti libéral depuis la révolution de 1830, j'ai
meilleure opinion de lui que lui-même, et je suis convaincu que, tôt ou tard, il reviendra à la vérité que des
passions momentanées lui font méconnaître aujourd'hui.

CHAPITRE V.

De l'Autorité Royale dans le Gouvernement des Trois Pouvoirs.

L'hérédité du trône est la base indispensable d'une monarchie constitutionnelle; mais on objecte que le sort

peut être fatal, que le fils d'un homme de génie peut être un sot, le fils d'un roi libéral un tyran, le fils d'un héros un lâche, le fils de Marc-Aurèle un Commode, ou quelque monstre semblable.

Sans doute, et c'est là que se fait sentir la force providentielle du gouvernement des trois pouvoirs! C'est là que triomphe cet admirable équilibre qui sert de garantie contre les excès de l'homme couronné, et qui cependant n'enchaîne pas, ne neutralise pas les facultés de son génie, ainsi qu'on l'a si légèrement avancé!... Le plus simple examen convaincra de cette grande et fondamentale vérité.

Que le mécanisme de la monarchie constitutionnelle, retenant le pouvoir du trône dans les limites d'une sage légalité, empêche les abus monstrueux dont la France a gémi pendant les quatorze cents ans de notre ancienne monarchie, cela est si clair que je ne perdrai pas mon temps à le démontrer. — Cela serait d'autant plus superflu, que les adversaires actuels des trois pouvoirs ne prétendent pas que la royauté y soit trop forte. Loin de là, ils la trouvent trop liée, trop enchevêtrée, trop bornée dans son action. Un roi constitutionnel est, selon eux, un roi oisif, une espèce de marotte couronnée qui ne peut rien pour le bonheur du pays.

La royauté constitutionnelle, qu'on appelle oisive, ne fût-elle que le pouvoir pondérateur que Benjamin Constant a si bien défini, dont il a si bien fait ressortir les immenses avantages, pour tempérer à la fois la résistance trop stationnaire de l'aristocratie, ou l'action trop perturbatrice de la démocratie, elle serait déjà une institution éminemment favorable à la société, puisqu'en même

temps elle dépouille l'hérédité du trône de tous ses inconvénients éventuels, et ne lui laisse que ce qu'elle a de favorable à l'ordre social.

Mais il n'est pas vrai que la royauté constitutionnelle
soit oisive; il n'est pas vrai qu'un bon roi, sur le trône,
soit réduit à l'impuissance par les attributions restreintes
de cette royauté. Impuissant pour faire le mal, il est tout
puissant pour faire le bien, quand les factions ne détruisent pas la force virtuelle du gouvernement lui-même.

En effet, c'est dans son discernement profond des besoins réels du pays que le roi pourra trouver le système
politique qu'il convient de suivre. C'est dans sa connaissance des hommes qu'il pourra trouver le choix des ministres qu'il doit employer. Quand il les aura trouvés, il
les animera de sa pensée, de sa volonté, de ses vues.
Quand les chambres seront assemblées, son ministère
uni, compacte, rempli du génie royal qui l'inspire, pro-
posera des projets sages, raisonnables, coordonnés! Il ne
dira pas aux chambres : — Nous venons vous demander
quelle est votre volonté afin de nous y conformer. — Indigne avilissement de la royauté même! — Mais il leur
dira : — Nous venons vous proposer ce qui est bien,
pour que vous l'approuviez, et vous l'approuverez, parce
que cela est bien, et vous l'approuverez parce que vous
êtes dignes de comprendre la pensée royale et les besoins
du pays. — Alors, la bonté du système se révèle, entraîne
tout, aplanit tous les obstacles, et les chambres adhè-
rent, non parce qu'elles commandent au pouvoir royal,
mais parce qu'elles sont dignes d'adhérer à ses volontés
bienfaisantes.

Si, au contraire, le roi et ses ministres se trompent et

n'ont pas la force d'esprit nécessaire pour entraîner les chambres dans leur système en les pénétrant de leur propre conviction, alors le pays éclaire le trône et les chambres refusent; mais par l'admirable mécanisme du gouvernement constitutionnel, le roi reste inviolable. Au lieu d'une nouvelle révolution, on n'a qu'un changement de ministère. Voilà à quoi sert cette fiction tutélaire qu'on voudrait détruire!... Ici je dois faire observer que le vieil axiome : *lex fit consensu populi*, n'implique pas l'initiative de la chambre qui représente le peuple, car on a toujours dit *consensu populi*, et non pas *auctoritate populi*, ce qui est bien différent. Dire que le peuple doit consentir à la loi, c'est par le fait même convenir qu'il ne doit pas la proposer. Car on ne consent pas à ce que l'on propose, mais bien au contraire à ce qui vous est proposé.

C'est ainsi qu'il faut comprendre le mécanisme du gouvernement constitutionnel, c'est ainsi que la monarchie et la liberté peuvent s'allier pour le bonheur de la patrie. Que, si malheureusement une nation comprenait autrement la monarchie constitutionnelle, si elle croyait n'avoir un roi que pour lui faire dicter des lois étroites et mesquines par ses électeurs à trois cents francs ou à deux cents francs, peu importe le chiffre; alors, la faute ne serait pas à la monarchie constitutionnelle, mais bien aux démocrates insensés qui la corrompraient à sa source même; à ces publicistes de la souveraineté populaire, de l'initiative des chambres, des professions de foi et des mandats électoraux, qui enchaînent et détruisent à l'avance toute délibération dans les pouvoirs représentatifs, toute indépendance dans l'action de la couronne!... Et que serait-ce donc si ces publicistes destructeurs avaient réussi ou réussissaient à rendre la pairie élective !... Certes, c'est alors qu'on pourrait bien dire qu'il n'y a plus, ni royauté, ni monarchie, ni liberté possibles dans un pays ainsi organisé !

CHAPITRE VI.

De la Pairie dans le Gouvernement des Trois Pouvoirs.

La pairie est la réunion des forces aristocratiques du pays, concentrées en une seule chambre, qui doit servir d'intermédiaire entre la royauté et la démocratie représentée par les députés.

J'ai déjà dit que si l'on admet le principe absolu de la souveraineté du peuple, la pairie est un véritable non-sens.

En effet, elle n'aurait aucun droit, et elle ne servirait à rien.

Elle n'aurait aucun droit, car elle n'a aucun mandat du peuple, à moins d'être élective, c'est-à-dire à moins de cesser d'être.

Elle ne servirait à rien, car si la volonté du peuple souverain est exprimée par ses mandataires, à quoi bon une seconde assemblée, qui ne peut avoir d'autre effet que de retarder, de neutraliser, ou de frapper de nullité les volontés du *souverain*, déclarées par ses représentants?

Il est donc évident que l'institution de la pairie tient à une autre idée fondamentale. C'est ce qu'il faut examiner.

On ne doit pas perdre de vue ce que j'ai dit de la chambre élective. Selon moi, elle n'émane pas de la souveraineté du peuple; car si elle émanait de cette souveraineté, elle serait le seul pouvoir possible dans l'État.

Elle émane de ce principe, que dans toute société la masse ignorante et pauvre doit, pour son propre intérêt, être gouvernée par la classe instruite et aisée qui seule a les loisirs et les connaissances nécessaires à la bonne direction de l'État.

Cette classe instruite et aisée est ce que l'on appelle la *classe moyenne*. C'est là que doit être renfermé l'électorat, pour le bien du peuple lui-même.

Dans tout cela, il n'y a pas un mot de la souveraineté du peuple. C'est au contraire l'exclusion de cette souveraineté, puisque le grand nombre se trouve ainsi dirigé par le petit nombre.

Une fois la chambre élective basée sur ce principe, nous arrivons à la possibilité de la pairie. Sans cela, il n'y faut pas songer.

On conçoit que la chambre élective, représentant la classe moyenne qui l'a nommée, laisse un vide entre elle et le trône. En effet, il y a dans l'État des sommités de talents, d'illustrations, de fortune acquise par des services publics ou de grands travaux, qui, par la nature des choses, se tiennent en dessus, ou du moins en dehors de la classe moyenne. Ces grandes influences ont cela d'étonnant et d'heureux, que souvent elles peuvent être plus protectrices du peuple que la classe moyenne elle-même, qui se trouvant plus près de lui, a des points de contact d'où naissent quelquefois la jalousie et la rivalité.

Ces grandes influences ne peuvent, sans danger et sans

injustice, être laissées en dehors du gouvernement. Sup-
posez-les rassemblées, coordonnées, systématisées en un
corps collectif, entre la couronne et la chambre élective,
et vous aurez une véritable idée de la pairie constitutionnelle, troisième pouvoir dans l'État, chargé de maintenir
l'équilibre entre la couronne qui tend à l'agrandissement
de sa prérogative, et les députés qui, pour capter la faveur
populaire, tendent inévitablement à diminuer la force légale du roi.

Du moment que l'électorat est restreint dans une certaine classe, le reproche d'aristocratie est une absurdité;
car, dans l'un et l'autre système, la classe moyenne est
bien positivement aristocratique, comparée au reste du
peuple. Pour sortir de là, il ne reste absolument que les
assemblées primaires.

Mais la seconde chambre, qu'on l'appelle *sénat conservateur* ou *conseil des anciens,* qu'on la fasse élire par le
roi, ou par une certaine classe d'électeurs, ne sera pas
moins une aristocratie. La seule différence qui la séparera
d'une chambre des pairs véritable, c'est que cette assemblée bâtarde n'aura que les vices de la pairie, et n'en aura
jamais la force bienfaisante et protectrice.

On voit donc qu'en dépit d'eux-mêmes, les novateurs
les plus progressifs admettent une aristocratie dans leurs
combinaisons; et forcément ils en viendront toujours là :
car vainement diront-ils que tous les Français ont la possibilité de devenir électeurs en acquérant les conditions
requises; en point de fait, cela est radicalement faux, et
l'immense majorité de la nation ne pourra très-certainement pas atteindre le cens électoral, fût-il fixé à cent francs
et même au-dessous.

En réfléchissant à la définition que j'ai donnée de la pairie et à l'explication de sa nature, en réfléchissant à la nature de la royauté héréditaire et à la force toujours croissante de la chambre élective, dont la base s'élargit à chaque pas de la civilisation par l'augmentation de la classe moyenne, on pourra concevoir d'un coup-d'œil l'ensemble des trois pouvoirs constitutionnels, et l'on verra quelles devront être les règles de l'institution de la pairie.

C'est précisément parce que la force de la chambre élective tend à s'augmenter sans cesse, qu'il faut entre elle et le trône un corps permanent assez compacte et assez fort lui-même pour éviter toute collision dangereuse.

Il faut que ce corps ait quelque chose de stable, d'inébranlable, d'impassible. Il lui faut une autre nature que celle de la chambre élective; sans cela quel contre-poids pourrait-il établir? Singulière idée de chercher dans l'élection elle-même les moyens de balancer l'ardeur et la force électorale, et de croire qu'on aurait placé un troisième pouvoir dans l'État, quand on aurait seulement scindé en deux la chambre des députés, et donné à chaque moitié un palais séparé!...

Si la chambre des pairs est nommée par le peuple, c'est un double de la chambre des députés; loin d'être un pouvoir intermédiaire entre elle et la couronne, c'est une nouvelle force dirigée contre la prérogative du roi.

Si la chambre des pairs est nommée à vie par le roi, et, par conséquent, perpétuellement renouvelée par lui, on tombe dans l'inconvénient contraire. Elle court le risque de devenir l'instrument passif de la royauté. Elle n'aura plus aucune force contre elle. Elle n'inspirera au peuple que méfiance et qu'hostilité.

Quel est donc le moyen de résoudre la difficulté? C'est de rendre la pairie *héréditaire;* sans cela, elle sera difficilement autre chose dans une monarchie, qu'un instrument d'anarchie ou d'oppression.

Ici, deux objections se présentent :

L'hérédité est, dit-on, une chance perpétuelle d'injustice et d'imprudence. Trois cents pairs illustres peuvent avoir pour descendants trois cents imbéciles, auxquels on livre stupidement les destinées de l'État.

Le droit accordé nécessairement au roi, de remplacer les pairies éteintes par déshérence, et même de nommer de nouveaux pairs, lui fournit les moyens de modifier à son gré l'esprit et la majorité de la pairie.

Ces objections n'ont rien de sérieux et vont s'évanouir au premier examen.

C'est d'abord un pessimisme tout à fait étrange que de supposer les descendants de trois cents pairs, collectivement frappés d'imbécilité. Qu'on fît une telle objection à l'hérédité de la couronne, à la rigueur, on la conçoit, précisément parce qu'il n'y a qu'un héritier du trône ; mais qu'une masse d'hommes, élevés avec la perspective d'une carrière où ils ne peuvent se distinguer que par l'étude des lois, les connaissances historiques et le talent de la parole, se trouvent par cela seul destinés à devenir des ignorants et des sots, on me permettra d'en douter ; et l'histoire de tous les corps politiques héréditaires est là pour démentir une telle supposition, depuis le patriciat romain jusqu'à la chambre des pairs britanniques !

En effet, que l'hérédité de la couronne ait quelquefois corrompu les princes qui, dès leur enfance, entourés de flatteurs, apprenaient d'eux que les peuples destinés à leur obéir n'étaient qu'un troupeau d'esclaves dont ils pourraient un jour disposer à leur gré, je l'accorde : la perspective d'une puissance sans bornes enivre et pervertit, et les courtisans sont alors bien pires encore que la puissance elle-même.

Mais il n'en est pas ainsi pour les fils des pairs. Ils savent que leur puissance collective sera quelque chose dans l'État; mais qu'eux, individuellement, ne seront rien que ce que leur talent et leur vertu les feront. Membres d'une assemblée délibérante, ils savent que la raison et la parole y sont les seuls leviers de domination et d'influence, et que le seul moyen d'arriver au pouvoir sera de le mériter.

Et remarquez l'avantage immense d'une telle position. La certitude qu'ils ont d'une carrière politique dirigera nécessairement toutes leurs études et tous leurs efforts vers ce but. En Angleterre, les hommes élevés pour la carrière publique se forment promptement et acquièrent les connaissances spéciales de la haute administration. En France, on prend de trente à quarante ans l'homme que l'on porte à la députation. Mais dans sa jeunesse, il n'a eu aucun pressentiment d'une telle destinée, et ne s'y est pas préparé. Lancé dans d'autres voies, occupé de fortune, d'intrigue, de commerce, quelles études politiques a-t-il faites? A peu près aucunes; et le voilà qui porte dans la chambre élective son zèle et son incapacité.

Les pairs, au contraire, n'auront qu'un seul but depuis leur enfance : se rendre dignes d'une carrière certaine pour eux, et où, je le répète, la constitution ne leur laisse qu'un seul moyen d'influence, le talent et la vertu. Ainsi l'institution corrige et purifie le privilége; et si, pour le bonheur de la France, l'hérédité eût été conservée, on aurait vu les pairs, à vingt-cinq ans, plus calmes, plus forts, plus instruits que les députés à trente et à quarante.

CHAPITRE VII.

De la Chambre élective dans le Gouvernement des Trois Pouvoirs.

Après avoir défini la nature de la royauté et de la pairie constitutionnelle, nous allons passer à la chambre élective.

Je dois faire observer, d'abord, qu'en expliquant le mécanisme du gouvernement des trois pouvoirs, je n'ai pas cherché des raisons et des autorités dans les antécédents du peuple britannique : j'ai pu y prendre accidentellement des exemples, mais les motifs mêmes de mon opinion et du système que je défends ont été puisés par moi dans la nature intime de l'homme et des intérêts sociaux. J'ai fait voir comment ces intérêts constituaient la triple unité sociale, composée de l'action, de la conservation, et de l'amélioration; triple unité dont l'image doit se réfléchir dans l'organisation gouvernementale, si l'on veut que le gouvernement soit fidèle à son but, et puisse protéger tous les intérêts sans en opprimer aucun; si l'on veut, en un mot, qu'il soit libre, c'est-à-dire également éloigné de tout arbitraire, de toute violence, de tout absolutisme, soit royal, soit populaire.

Faisant aujourd'hui l'application de nos principes à la

composition de la chambre élective, nous montrerons facilement quelle force elle doit avoir pour obtenir dans la marche sociale les améliorations qu'il est dans sa nature de provoquer sans cesse, et en même temps dans quelles bornes elle doit être retenue, pour ne pas absorber à elle seule toute la force et toute l'action gouvernementale des deux autres pouvoirs.

La première vérité que nous rencontrons sur notre chemin est celle-ci : — C'est que la chambre élective n'est point la représentation de la souveraineté du peuple, mais seulement la représentation des intérêts démocratiques qui luttent pour acquérir le bien-être social complet dont ils sont encore privés; intérêts démocratiques qu'il est juste d'écouter, d'admettre, auxquels il faut accorder leur large et légitime représentation, mais qui, en réalité, ne sont ni souverains, ni la nation entière. Si l'on admet au contraire la souveraineté du peuple pour base du système électoral, alors il est manifeste que la royauté et la pairie peuvent plier bagage quand elles voudront. Là où il y a une assemblée élue, représentant le souverain, il n'y a plus d'autres pouvoirs possibles qu'elle, et l'on est immédiatement plongé dans la république la plus absolue et la plus arbitraire. Il n'y a aucun moyen de se soustraire à cette conséquence logique; et si je repousse le système de M. Cormenin, c'est que je nie très-positivement le principe duquel il fait découler ce système.

Non ! un peuple, dans son intégralité, n'est ni souverain, ni juge de la bonté de ses lois, de leur force et de leur maintien. Il ne l'est pas, parce que les dix-neuf vingtièmes d'un peuple sont radicalement incapables de juger de tels objets avec connaissance de cause, et je ne vois rien de plus absurde, par exemple, que de soumettre la ratification d'un pacte constitutionnel, c'est-à-dire la question la plus haute, la plus difficile, la plus étendue, la plus ardue que l'esprit humain puisse atteindre, à l'assentiment individuel de tous les citoyens; car ce serait prendre sur une telle matière l'avis d'une masse immense, dont on ne voudrait pas admettre le jugement pour les objets les plus ordinaires et les plus médiocres de la vie. C'est vouloir gouverner la société de bas en haut; c'est vouloir l'impossible, et je ne sais combien de constitutions absurdes, adoptées par le peuple français, donnent la mesure de ce qui peut arriver en pareil cas. Cela n'a pas le sens commun : incapacité et souveraineté ne peuvent loger ensemble. S'il en était ainsi, la Providence elle-même aurait organisé dans la nature humaine un suicide social constant et inévitable.

Il en est de même pour l'élection des députés : ce n'est point un attribut de souveraineté, mais le moyen légal, pour une vaste portion des intérêts nationaux, de se défendre, et de participer aux discussions publiques qui doivent régler la marche de l'État; de l'État où il n'y a que des autorités légales possibles, autorités bornées dans leurs attributions, comme la nature humaine dont elles émanent, et qui ne comporte aucune idée de souveraineté absolue.

Je le répète, si l'on sort de ce cercle d'idées, il n'y a plus aucune monarchie constitutionnelle possible. Il faut immédiatement tomber dans la république, c'est-à-dire dans l'anarchie la plus positive et la plus irrémédiable, en faisant l'application de ces principes à un peuple aussi mobile, aussi prompt, aussi passionné, aussi impétueux que la nation française, dont les mœurs publiques et privées sont d'ailleurs antipathiques à ce genre de gouvernement ; que la vanité seule, malheureux défaut inhérent aux qualités brillantes de notre caractère national, appelle et revendique sans en apprécier les conséquences fatales !

La royauté étant placée au sommet de l'État, comme moyen d'action et d'unité, la pairie comme représentation de l'esprit de conservation de tous les biens acquis et de tous les intérêts satisfaits, le troisième pouvoir, la chambre élective, doit venir comme représentation des intérêts progressifs, des intérêts qui n'ont pu encore acquérir tous leurs développements, et qui réclament des améliorations successives afin d'arriver au bien-être social. — Il faut donc que la source élective de cette chambre soit placée dans cette région sociale qui a le désir et la volonté d'obtenir les améliorations progressives, mais qui a en même temps assez de loisir, assez d'éducation, assez de lumières acquises pour ne pas confondre le possible et l'impossible ; pour ne pas exiger violemment ces réformes brusques et soudaines qui renversent et perdent tout, sous prétexte de refaire et d'améliorer tout à la fois.

Ceci nous conduit au cens électoral. Il n'est point, comme on l'a dit si follement, un monopole et un privilège ; il est une garantie d'ordre et de liberté que la société se doit à elle-même, et sans laquelle elle ne pourrait subsister un instant.

En effet, il importe peu ici qu'en droit le peuple soit ou ne soit pas souverain ; c'est du fait qu'il faut principalement s'occuper. Or, en point de fait, il est certain que si le peuple n'a pas la souveraineté de droit, il a toujours pour lui le nombre et la force physique. Si donc vous laissez intervenir ce nombre et cette force dans l'élection, il est incontestable que l'élection usurpera immédiatement toute souveraineté, et que les questions sociales ne seront plus un débat de raisons, d'arguments, de lois; mais une décision arithmétique et géométrique, où la force aveugle, et le nombre ignorant emporteront toute balance. Quelques phrases déclamatoires dont vous habilliez vos sophismes, c'est là que vous aboutirez immédiatement et toujours, c'est-à-dire à la destruction de toute sociabilité.

Il est donc indispensable que le pouvoir électoral soit restreint, soit borné, soit limité, dans une sphère de fortune et d'éducation qui soit le gage probable des lumières, de l'esprit et du discernement moral. Tout droit de suffrage, fondé sur la souveraineté du peuple, est évidemment la destruction de l'ordre, de la liberté, de la société elle-même.

Quant aux bases positives sur lesquelles il convient d'établir le droit électoral, on sent qu'il serait absurde de les fixer théoriquement et d'une manière absolue. C'est ici précisément l'œuvre du génie législatif et de la prudence. Les bases électorales qui conviennent à une nation, à telle époque de sa civilisation et de son existence, peuvent ne pas convenir à une autre nation, dans des circonstances et avec des antécédents différents : il faut soigneusement consulter les mœurs, le caractère, le degré de diffusion des lumières chez la nation dont on s'occupe; rechercher ses monuments historiques, respecter souvent certaines de ses habitudes; en un mot, suivre les conseils de l'expérience, de la sagesse pratique. Il est seulement des principes généraux qui doivent présider à ces travaux importants.

Le premier de tous, c'est qu'il importe beaucoup plus à la nation de veiller à la sagesse du corps électoral, que de courir après une augmentation croissante du nombre des électeurs. Il est à désirer sans doute que tous les citoyens qui ont des titres réels et fondés à exercer les nobles fonctions électorales, en soient investis; mais il est impossible, dans notre société compliquée, d'établir des règles électorales fixes qui aillent jusqu'à la limite précise des capacités électorales, sans rester en deçà, ou sans aller au-delà. Quelque effort, quelque combinaison législative qu'on fasse, on ne pourra établir un caractère légal assez précis pour s'appliquer à tous les citoyens qui devraient être électeurs, et pour exclure en même temps tous ceux qui ne devraient pas l'être. Or, il vaut mieux, pour la liberté et pour le bonheur public, que la loi omette quelques capacités électorales, que si elle admettait dans les colléges des esprits imprudents, inquiets, factieux, qui attiseraient les passions populaires pour s'en faire un moyen de parvenir. Le corps électoral, quoiqu'il ne renfermât pas tous les citoyens qui devraient en faire partie, serait bon et disposé à faire de bons choix; mais le corps électoral augmenté et vicié par des adjonctions imprudentes, sèmerait inévitablement le trouble et le désordre dans l'État. Ainsi donc, règle invariable, éternelle, sans exception dans tout le mode représentatif fondé sur l'élection. c'est qu'il faut sans doute en étendre le cercle le plus possible, tant que des motifs de prudence ne s'y opposent pas; mais quand on arrive près de la limite où le droit électoral doit finir, il vaut mieux s'arrêter un peu en deçà, que de courir le risque de la dépasser; car la

bonté des choix pour la députation importe beaucoup plus
à l'État que le nombre des électeurs.

Le second principe, dont pareillement on ne devra jamais s'écarter, au moins tant que notre ordre social sera
basé sur le droit de propriété, c'est d'accorder à la propriété la plus grande part d'influence, peut-être même la
seule influence dans le système électoral. Par propriété, je
n'entends pas uniquement la propriété foncière, mais bien
toute propriété foncière, industrielle, financière, susceptible d'être établie et précisée d'une manière certaine aux yeux
de la loi. J'ajoute que la fortune des pères étant dans l'ensemble la base proportionnelle sur laquelle on peut juger
l'éducation qu'ils donnent à leurs enfants, il résulte de là
que la propriété est le thermomètre à peu près infaillible
qui peut servir à découvrir la classe sociale où se trouvent
l'instruction et les lumières. Plus donc la propriété se divi-
sera par l'effet de nos excellentes lois civiles, plus les lumières se répandront, plus la moralité publique s'accroîtra, plus
les masses gagneront en discernement politique, et plus
par conséquent les droits électoraux pourront être étendus.
Mais c'est en pareille matière qu'il faut de la prudence et
de la lenteur, afin de ne pas faire marcher l'extension des
droits politiques plus vite que la division des propriétés,
et le progrès d'instruction qui en résulte. C'est en pareille
matière qu'il faut choisir pour se livrer à des innovations
électorales, non pas un moment de commotion, de changement, de révolution, mais un moment de calme et
de tranquillité, où le législateur puisse réfléchir et calculer
sur des bases certaines, sans être ému, troublé, entraîné
par l'effervescence des passions. — C'est pourquoi, selon
moi, l'abaissement du cens électoral a été en France une

haute imprudence, une immense faute politique, dont le temps seul pourra corriger les inconvénients, si nous avons pour cela le temps nécessaire; ce que j'espère encore, car je crois que la nation se désabusera des illusions dont des charlatans politiques l'ont enivrée, et qu'en définitive, elle montrera plus de bon sens qu'eux.

Une autre considération milite encore en faveur de la propriété, comme base du droit électoral : c'est que la propriété est amie de l'ordre et des lois, non pas seulement dans ses régions élevées, mais aussi dans ses modifications de médiocrité. On hasarde plutôt dans les troubles civils ses idées que sa fortune; et ceux qui n'ont pour titres que les prétentions brillantes de leur esprit, sont assez disposés à se jeter en étourdis dans toutes les innovations les plus hasardeuses. La propriété, la moyenne propriété surtout, agit avec beaucoup plus de modération et de prudence. Elle est la force, le contrepoids, et tout sera perdu, si l'on place ailleurs l'influence électorale.

Voilà quels sont, en cette matière, les principes généraux qui excluent, comme on le voit, tout principe de souveraineté du peuple, et le suffrage universel qui est la conséquence rigoureusement logique de ce principe funeste.

CHAPITRE VIII.

Du Gouvernement représentatif et du Gouvernement électif.

———

Il faut bien se garder de confondre le gouvernement représentatif, c'est-à-dire celui qui est composé des trois pouvoirs, avec le gouvernement électif.

Le gouvernement représentatif, c'est-à-dire celui qui, par de sages combinaisons basées sur les traditions et sur les mœurs nationales, porte à la direction des affaires les sommités intellectuelles des diverses classes qui composent la société, dans la proportion où leur influence morale concourt réellement à composer l'ensemble de la nation, est évidemment le meilleur gouvernement, car il est celui qui présente le plus d'harmonie entre le pouvoir dirigeant et la société dirigée.

Mais le gouvernement électif est tout autre chose.

L'élection ne constitue, ainsi que je l'ai prouvé, qu'un seul des éléments de la représentation nationale, et souvent le moins raisonnable, le moins avantageux.

Les autres éléments de cette représentation sont introduits dans les gouvernements par la succession des faits historiques, par les individualités habiles et heureuses qui osent prendre sur elles des résolutions constitutives, que le temps consolide parce qu'elles sont analogues aux mœurs réelles, aux besoins sociaux de la nation, et que la nation qui n'aurait pas eu l'unité de pensée nécessaire pour en concevoir le plan et en exécuter l'établissement, a assez de jugement pour en comprendre les bons

588   LIVRE VIII. — DU GOUVERNEMENT DES TROIS POUVOIRS.

effets, démontrés d'ailleurs par l'expérience, et par conséquent pour se rallier à ces institutions qu'elle n'a pas
créées, mais qui lui sont utiles et la protégent.

On sent que je veux parler de la royauté et de la pairie.

Ces deux grandes institutions sont éminemment nationales et représentatives, parce que leur essence même est
analogue aux besoins les plus instinctifs, les plus primor-
diaux d'une nation. — L'unité de direction. — La certitude
de la conservation. — C'est-à-dire l'esprit de durée et d'ordre
réunis joignent leur force pour maintenir la paix publique,
la propriété, la famille, le paisible enfantement de l'avenir national au sein du présent réglé, libre et pacifique.

Or, comme je l'ai dit, tous les gouvernements sont nécessairement plus ou moins représentatifs. — Mais celui
qui mérite ce nom par excellence, c'est celui où les trois
éléments que je viens d'indiquer, l'élection, la consécration par les faits du passé des principes d'unité et de conservation dans des institutions immuables, sont introduits dans une juste proportion. Alors le pouvoir électif
devient l'auxiliaire de ces institutions protectrices, quoique ces institutions aient nécessairement leur origine et
leur droit en dehors de toute élection, et le gouvernement marche conformément aux règles posées par Dieu
lui-même à tout progrès humanitaire et social. — Mais si
l'élection veut être tout, loin de constituer une vraie représentation nationale, elle la fausse, elle la détruit, parce
qu'elle ne représente qu'une partie des intérêts, des opinions, des mœurs, de la vitalité nationale elle-même.
Elle ne représente qu'une portion du présent, en excluant
inévitablement les principes moraux et tous les intérêts
matériels du passé qui ont encore de graves et importan-

tes conséquences dans le présent, et qui cependant se trouveront rapidement privés de toute représentation dans le
gouvernement, si l'élection y domine seule. — Un gouvernement tout électif ne pourrait convenir tout au plus
qu'à une nation qui naitrait du jour au lendemain toute
faite, sans avoir eu d'antécédents, sans origine séculaire,
sans histoire. Et quelle sécurité de durée dans l'avenir
aurait une nation sans passé?... Je l'ignore, car ce fait ne
s'est pas encore présenté. Les États-Unis seuls s'en rappro-
chent un peu. Mais c'est une exception de fait, qui n'a pu
se maintenir en droit que grâce à des circonstances locales
qui n'existent, à ma connaissance, en aucune autre partie
du globe. — Supposez Washington au milieu de l'Europe, et vous me direz combien de temps la constitution
des États-Unis y subsisterait!

On voit donc, ainsi que je l'ai dit en commençant,
combien est faux ce prétendu principe qui attribuerait à
l'élection seule une action vraiment représentative dans
l'État. Elle peut et doit y avoir part, voilà tout. Et souvent encore cette part est, très-positivement, la portion
la moins vraie et la moins représentative de tout le gouvernement.

L'élection, en effet, protée mobile, obéissant dans ses
transformations aux caprices les plus injustes, aux opinions les plus erronées et les plus passagères; l'élection,
quand elle domine, détruit nécessairement le gouvernement représentatif. Au lieu de corps politiques de diverses natures appropriées aux différents intérêts qui
doivent être représentés dans la balance gouvernementale, chacun selon son poids et sa mesure, l'élection n'envoie, pour la plupart du temps, que la représentation des

préjugés et des égoïsmes locaux, des passions ambitieuses, souvent même des factions qui se déguisent et qui prennent tous les masques pour tromper les électeurs, gens de bonne foi, mais qui, la plupart sans éducation politique, éloignés des grandes affaires, vivant dans leur atelier, dans leur ferme, dans leur comptoir, où ils travaillent utilement et honorablement pour le pays, ne connaissent ni les hommes politiques, ni les intrigues, ni les mensonges qu'on accumule autour d'eux pour capter leurs suffrages !...

Lorsque le pouvoir tombe dans une assemblée élective, qui l'absorbe en entier, et qui domine tous les autres corps de l'État, principalement la royauté et la pairie, on peut dire non-seulement que le gouvernement représentatif n'existe plus, mais on doit reconnaître qu'il n'existe plus aucune espèce de gouvernement ; que tout gouvernement régulier et légal est devenu impossible. — Les partis parlementaires s'agitent, se croisent, se coalisent. C'est un mouvement, une instabilité perpétuels. Dix fantômes de majorités contraires se succèdent rapidement, sans plan, sans système, entraînant chacune dans sa chute l'embrion de ministère qu'elle s'était efforcée d'enfanter. Les partis à la fois inquiets et charmés de ne sentir au-dessus d'eux aucune direction précise, se multiplient rapidement, se divisent et se subdivisent. Les colléges électoraux, ne comprenant plus rien à l'assemblée impuissante et bizarre, émanée de leurs scrutins, ignorent tout-à-fait ce qu'ils doivent faire pour composer une autre chambre, plus raisonnable et plus unie. Chaque dissolution et chaque élection générale qui lui succède, empire la situation : la chambre élective, au lieu de se retremper dans la nation, se détrempe de plus en plus à chaque renouvellement, et on arrive à ce point de gaspillage politique, que le fractionnement universel de l'opinion ôte tout espoir de trouver nulle part un point d'appui assez compacte, assez fort, assez étendu, pour servir de base à la régénération de cette société décomposée.

D'où l'on peut conclure, hardiment, sans courir le risque de jamais se tromper, que partout où l'élection devient le pouvoir dominant d'un gouvernement, tout gouvernement s'évanouit et devient impossible. — Un tel état de choses n'est qu'une transition vers une crise violente, dont personne ne peut prévoir le résultat.

L'Angleterre a eu long-temps un gouvernement représentatif, précisément parce que l'élection qui composait la chambre des communes n'avait pas la charge usurpatrice de composer la représentation de la nation, de la société anglaise tout entière. — Elle ne représentait que les fidèles communes de S. M. britannique. La royauté et la grande aristocratie des lords représentaient les intérêts permanents, durables, traditionnels du pays, et emportaient d'autant plus facilement la balance, que l'élection des communes elles-mêmes dépendait, en grande partie, de la couronne et de la pairie. Il ne restait de l'élection indépendante que ce qu'il en fallait pour apporter à la représentation totale la part d'ingrédient démocratique qui devait y entrer, et jamais cette part ne pouvait constituer une souveraineté populaire, annullant et maîtrisant le reste de l'État. Voilà la véritable vérité du gouvernement représentatif : mais à cet état de choses raisonnable et sensé, on a substitué en France la vérité du gouvernement électif, c'est-à-dire la destruction du gouvernement représentatif, et voilà pourquoi nous sommes arrivés à une situation misérable, qui, si elle continue, rendra notre pauvre pays la risée de l'Europe et du monde.

La participation du système électif à l'action du gouvernement d'un peuple, ne doit d'ailleurs être nécessairement ni un bien, ni un mal. — Elle est un bien, si elle est sagement combinée avec l'état de la civilisation et des mœurs, et si on ne lui confie dans l'enfantement législatif que les choses qui sont de son ressort et de sa capacité. — Elle est un mal, mal qui s'aggrave et qui peut aller jusqu'à tout désorganiser, si l'on place l'élection dans une situation et dans des principes qui l'exaltent au-delà de sa véritable importance, et qui poussent le pouvoir parlementaire des élus dans un ordre de délibération plus élevé que ses forces, plus progressif que ses moyens de progrès, plus actif que ses moyens d'action.

Or, c'est précisément ce qu'on a fait depuis la révolution de juillet, et voilà pourquoi notre chambre élective nous donne le triste spectacle que nous voyons.

Il faut être bien convaincu qu'il y a, dans l'époque transitionnelle où nous vivons, une immense difficulté à dégager, des débris accumulés par la démolition du passé, le nouvel ordre social que réclament les progrès de l'humanité. Pour vaincre cette difficulté, il ne suffit pas de dire, je veux, et de le vouloir en effet. Il faut une patience, une force, une science, un calcul de raison où une inspiration de génie, dont la mobilité fractionnée d'une représentation populaire est complètement incapable. — Exciter cette mobilité dans un moment où les plus folles idées de rénovation surgissaient de tous côtés ; placer les ba-

ses de cette action dans le principe faux, dissolvant, impraticable de la souveraineté du peuple; exalter la tendance présomptueuse d'une assemblée ainsi improvisée
dans un monde tout nouveau, en lui confiant l'initiative
de la législation, pour laquelle elle manque d'unité dans
sa conception et de généralité dans ses vues, et ne pas
voir qu'en agissant ainsi on dénaturait l'assemblée élective, on la rendait incapable, parce qu'on la faisait présomptueuse, et présomptueuse parce qu'on la faisait incapable, relativement à la mission presque surhumaine
dont on investissait sa faiblesse et son inexpérience, c'était
tomber dans le contre-sens le plus complet et le plus anti-
progressif. Eh bien! c'est ce qu'on a fait immédiatement
après la révolution de juillet; voilà l'aberration fatale
dont nous supportons les conséquences, et dont la vanité
nationale s'obstine à ne pas confesser la vérité!...

Le pouvoir royal, conservateur et organisateur par sa
nature, a compris promptement la faute qui avait été
commise, a constamment lutté pour atténuer l'effet de
cette détérioration fatale; mais en en atténuant l'effet, il
lui était impossible d'en faire disparaître la cause; et nous
avons vécu de cette sorte jusqu'à présent, poussés par le
préjugé révolutionnaire, à chercher le progrès social dans
l'extension démocratique qui l'empêche de s'accomplir, et
retenus par le pouvoir royal toutes les fois qu'une trop
grande faute avait été ou allait être commise.

Où trouver le remède à cette anomalie déplorable, anomalie de tous les instants, de toutes les minutes, sans
bornes, sans terme, qui puise en elle-même les moyens
de s'aggraver, et qui rend souvent impossible jusqu'à la
simple tentative qu'on voudrait essayer pour la corriger?

—En vérité, ce n'est ni dans nos institutions, ni dans quelles institutions politiques que ce fût, par lesquelles on voudrait les remplacer. — Tout gît ici dans l'aberration nationale elle-même. Le jour où la conviction de ce qui est remplacera dans la conscience publique les illusions qui y sont entrées et que le libéralisme suranné de la presse parisienne y entretient ; le jour où la nation comprendra que sa représentation élective n'a et ne peut avoir ni le droit ni les moyens de concevoir, de produire et d'accomplir le perfectionnement législatif qui doit réorganiser la France ; qu'elle n'a qu'une faculté d'examen et de surveillance de ce qui se fait ; que son action doit être répulsive ou répressive du mal, mais ne peut être créatrice et exécutrice de l'organisation elle-même ; le jour où la nation, moralement concentrée dans ses colléges électoraux, s'animera d'une salutaire volonté d'ordre et de repos, se bornant à élaguer, à aplanir, à pacifier le terrain sur lequel le pouvoir de la royauté doit élever l'édifice avec l'approbation sympathique des autres pouvoirs de l'État ; ce jour-là, la confusion, l'inconséquence, l'inconvenance, le désordre et l'envahissement disparaîtront de la chambre élective ; ce jour-là, si le pouvoir est confié à des hommes intelligents et patriotes, ils pourront agir. —Jusque-là, ils ne le pourraient même pas. La chambre, telle que les fautes de 1830 l'ont faite, ne le permettrait pas.

CHAPITRE IX.

Si la République est un progrès.

Il y a une foule de gens qui, étant dupes des grands mots de progrès, de mouvement de la civilisation, de destinée de l'espèce humaine, etc., s'imaginent que réellement ce qu'on est convenu d'appeler la république est un progrès, un pas en avant, et s'ils ne sont pas républicains, c'est qu'ils ne croient pas que la nation soit encore mûre et que la transition pût se faire sans bouleversement. Sans doute ces hommes ont raison de ne vouloir rien brusquer, car nos premières guerres de 93 et de l'empire prouvent surabondamment qu'il est dangereux pour un grand peuple d'adopter des formes politiques qui sont hostiles au repos de leurs voisins et presque exclusives de leur indépendance. Mais une erreur capitale que nous voulons essayer de détruire, c'est celle qui consiste à regarder la république comme une amélioration, comme un progrès, périlleux il est vrai et inopportun, mais incontestable en principe. Nous disons que c'est là une erreur des plus grossières, et il nous sera facile de le démontrer.

D'abord, nous ne nions pas les obstacles que peut rencontrer toute innovation, bonne en elle-même. Les prêtres du paganisme avaient leurs raisons pour trouver détestable la religion du Christ. Les charlatans qui ont long-temps vécu des aberrations de l'ignorance, ont dû trouver mauvais que des savants aient fait marcher la science. Nous comprenons qu'ils les aient livrés aux bû-

chers de l'inquisition. Nous comprenons aussi que la postérité ait flétri les inquisiteurs : car quand le Christ voulut substituer la morale pure de l'Évangile aux croyances grossières qui étaient répandues sur la surface du
globe, cette morale apportait avec elle le cachet de sa divinité ; elle annonçait aux peuples ensevelis dans les ténèbres du paganisme, des progrès incontestables. Aussi,
malgré les gibets des empereurs, malgré les fureurs
payennes, les torrents du sang des martyrs ont été une
semence féconde d'où ont jailli des milliers de générations
qui se sont prosternées devant la croix.

L'engouement de la Sorbonne pour Aristote, ses arrêts
contre la circulation du sang, les verroux fermés sur Galilée, les anathèmes lancés contre tant d'illustres génies,
n'ont pas empêché la science de marcher à pas de géant.
Mais du moins il a été reconnu que ces progrès, bien
loin de tendre à la dissolution des sociétés, les avaient
rendues et plus éclairées et plus heureuses.

Le parti républicain argumente complaisamment de
ces faits en faveur de ses doctrines. A chaque obstacle, à
chaque répression qu'éprouvent ses tentatives, il vous cite
les tribulations qu'ont dû traverser toutes les idées neuves
et fécondes, avant d'arriver à un commencement de réalisation. C'est là, sans doute, une consolation : mais pour
qu'elle soit réelle, il n'y manque absolument qu'une
chose, — la vérité. C'est peu, comme on voit.

Est-il vrai, en effet, que le système républicain soit une
de ces idées nouvelles et inappliquées qui ont le droit de se
dire excellentes, parce que rien encore n'a prouvé qu'elles
fussent mauvaises, que l'on ne repousse que parce qu'on
ne les connaît pas, et qu'on ne les juge que d'après des

antipathies préconçues? N'est-ce, en un mot, qu'un mauvais instinct qui nous a fait condamner cette forme politique? Mais non vraiment; la France a été soumise déjà au
système républicain, dans toutes ses phases, avec tous ses
tempéraments et tous ses développements extrèmes. Il lui
a donné d'abord ce que l'opposition dynastique d'aujour-
d'hui, dans un jargon qu'elle ne comprend pas elle-même,
propose chaque jour à l'admiration universelle — un trône
entouré d'institutions républicaines. C'est le temps où la
constitution de 91 fut établie comme base du trône de
Louis XVI; c'est le temps où la royauté, naguère pourvue de priviléges excessifs, essuya toutes les conséquences
de la réaction démocratique, et resta asservie à l'omnipotence de l'assemblée constituante; royauté avilie et discré-
ditée devant laquelle passaient encore les dérisoires apparences du respect et de la soumission, à peu près comme
lorsque les soldats juifs, imaginant d'improviser une
royauté pour le Christ, le couronnèrent d'épines, et se
prosternèrent à ses genoux dans le prétoire de Ponce-
Pilate.

Bientôt, et par le cours naturel des choses, le trône
entouré d'institutions républicaines devint une république
toute pure. Là, plus d'entraves monarchiques et aristocratiques : le système démocratique fonctionna seul, absolument seul. C'est le temps où l'immortalité de l'âme
fut décrétée, et la mortalité du corps mise à l'ordre du
jour sur toutes les places publiques de la France. C'est le
temps du maximum et des assignats, des coupes réglées
de tètes humaines, de la justice expéditive des échafauds
et des lanternes. Alors une égalité parfaite promenait son
équerre sur le sol de la patrie. Ce n'était pas seulement la

république ou la mort : c'était, au plus sublime degré, la république et la mort. La France était un magnifique cimetière sur lequel planait le génie de Maximilien Robespierre, comme l'horrible géant du Camoëns au cap des Tempêtes.

Cette phase de système républicain ne fut pas long-temps du goût de tout le monde. Alors le système se mitigea, et nous fûmes dotés, par la constitution de l'an III, de la république directoriale ou pentagone. Ce temps, c'était celui de l'impuissance et de la corruption la plus effrénée : c'était une sorte de régence démagogique, où les mœurs privées et l'autorité publique, également foulées aux pieds, donnaient, quelques années à peine après 89, un déplorable pendant aux excès de la monarchie absolue, telle que l'avait faite la cour de Louis XV. C'était aussi l'époque où, suivant le langage barbare alors usité, les partis n'étaient occupés qu'à se *prairialiser* ou à se *vendémiariser* aux dépens de la gloire et de la tranquillité nationales.

Le directoire tomba d'épuisement et de nullité ; survint alors une autre phase, le consulat : celle-là fut, il est vrai, tolérable et glorieuse ; mais pourquoi ? Précisément parce qu'on s'y occupa activement à défaire l'œuvre des divers systèmes républicains précédemment suivis. Le consulat, dernière transformation des idées démocratiques, tua la république : c'est de lui surtout qu'il est vrai de dire qu'il détrôna sa mère. Et il faut ajouter que ce n'est même qu'à ce titre qu'il est admis comme époque réparatrice dans l'histoire de nos révolutions.

Il est donc vrai que le système républicain a été éprouvé dans tous ses modes d'application. Il est né, il a vécu, il est mort; il a eu la destinée de toutes les institutions successivement proposées au choix des peuples. Par conséquent il n'a aucun droit de se donner aujourd'hui comme une doctrine neuve et irréalisée; par conséquent il n'a aucun droit de répondre à ses adversaires ce que Jésus et Galilée pouvaient avec raison répondre aux leurs. La république, une chose nouvelle! Mais rien n'est plus usé, rien n'est plus complètement expérimenté que ce régime-là. La république a eu trois, quatre formes, toutes les formes qu'elle a voulu choisir : car le peuple français, qui avait de longs et profonds ressentiments, contre les vieux abus monarchiques, lui a laissé très-patiemment chercher les moyens de suppléer la monarchie; et malgré cette patience, malgré cette bonne volonté de s'accommoder de ses divers essais, malgré les tenaces antipathies que l'absolutisme féodal avait fait germer dans tous les cœurs, la république a succombé. — On lui a préféré l'autocratie impériale. — Et c'est la république qui vient nous dire aujourd'hui : « Prenez-moi, je vaux mieux que la monarchie constitutionnelle!... »

Je sais bien que les républicains de nos jours se défendent vivement de vouloir continuer les républicains du dernier siècle. Mon Dieu! c'est absolument comme les légitimistes ravisés qui jurent que le gouvernement d'Henri V ne ressemblerait en rien au gouvernement de Charles X. Vaines protestations que tout cela! Promesses que les partis jettent toujours à la foule, quoiqu'ils soient bien sûrs d'avance de ne pouvoir les tenir. Ou s'ils croient pouvoir les tenir, c'est qu'alors ils sont d'une candeur qui fait singulièrement tort à leur intelligence; c'est qu'alors ils ne se connaissent pas eux-mêmes; c'est qu'ils ne connaissent pas leurs amis, leurs alliances naturelles, les nécessités inéludables de leur position dans la société française. Ce serait de la niaiserie politique à laquelle on ne trouverait d'égale que la niaiserie de ceux qui seraient dupes de cette admirable ingénuité. Mais soyez certains que les partis ont plus de perspicacité qu'ils n'en montrent. Les républicains surtout ont trop bien déroulé leur itinéraire pour ignorer le but où ils arriveraient, et quand leur point de départ est la déclaration de Robespierre, on peut affirmer qu'ils feraient, bon gré mal gré, d'horribles haltes dans la route.

CHAPITRE X.

Le progrès de la civilisation consolide la Monarchie Française, au lieu de pousser à la République.

Il y a une idée fatale, que les adversaires de la monarchie propagent sous toutes les formes. Non-seulement cette idée alimente les espérances de tous les partis démocratiques, mais elle frappe d'une sorte de découragement intérieur les amis eux-mêmes de la monarchie. Elle a pris, aux yeux du public, une consistance qu'on ne se hasarde même pas à analyser tant on craint de se trouver envahi par cette idée fatale. — Cette idée, la voici :

C'est que le progrès des lumières et de la civilisation suivant une marche ascendante chez les peuples, ils doivent, de progrès en progrès, devenir capables et désireux de se gouverner eux-mêmes. En effet, dit-on, si l'on examine les premiers âges de la monarchie française, on verra le pouvoir royal tendant à s'aggrandir sans cesse, à prendre une action plus large et plus forte, parce que le peuple, ignorant, pauvre, serf, ne pouvait revendiquer lui-même ses droits et les exercer. La monarchie alors n'était forte que parce qu'elle préparait la liberté du peuple, en brisant la puissance des seigneurs féodaux. Pour cette œuvre, le principe monarchique était utile. — Mais quand il eut atteint ce but, il se trouva en face du peuple lui-même. — Ici la scène change. Et déjà elle s'était modifiée, puisque, par l'affranchissement des communes, la monarchie avait fait arme du peuple, en l'armant contre la féodalité. Alors la force directrice de la royauté a eu un concurrent dans l'appui qu'elle s'était fait. Plus tard, et principalement depuis Louis XIV jusqu'en 1789, le pouvoir populaire a grandi, sinon en droit, du moins en fait, parce que les richesses et les lumières ont graduellement passé dans le tiers-état. Et l'on verra que les droits politiques, après diverses marches et contre-marches, sont arrivés à ce qu'ils sont aujourd'hui, c'est-à-dire à la consécration de ce principe, que la capacité des individus est la mesure des droits qui leur sont attribués par la société : d'où il résulte que tout citoyen capable d'exercer des droits politiques, d'intervenir électoralement dans la direction du gouvernement, doit successivement y être introduit.

Une fois ce principe admis, on en conclut que la civilisation propageant de plus en plus les richesses et les lumières chez les citoyens, l'extension des droits électoraux doit suivre un progrès semblable; que, par conséquent, on arrivera graduellement à un droit de suffrage à peu près universel. De cette marche progressive on conclut encore, quoiqu'on ne le dise pas aussi ouvertement, que le pouvoir électif représentant cette immense gerbe de lumières, doit obtenir graduellement une puissance corrélative, et devenir ainsi le premier, si ce n'est le seul pouvoir de l'État.

Voilà la perspective qu'on nous offre; qu'on y laisse encore pour la forme un trône, une royauté, une chambre des pairs, cela importe peu. — En définitive, c'est la république; — la république déguisée en tiers-parti; la république déguisée en opposition dynastique : car ce n'est pas une dispute de mots qui doit attirer notre attention, c'est le fond même des choses.

Au milieu de cette tendance générale de l'opinion publique, tendance basée sur un principe vrai qu'on fausse en l'appliquant d'une manière absolue, qui a fait courber devant le principe démocratique, en bien des circonstances, les esprits les plus monarchiques, dominés par cette grande clameur, je conçois qu'on me trouve téméraire de nier une opinion si généralement admise. Cependant je la nie, je la nie hardiment. Je dis que, dans la perturbation morale où cette tendance démocratique a jetée les esprits, se trouve la cause qui paralyse la royauté par la chambre, la chambre par la royauté. Je dis que les forces politiques du gouvernement sont déplacées, et que de là vient principalement l'impuissance de la chambre des députés; de là vient la suspension de ses travaux, la confusion de ses délibérations, le vague et la contradiction des lois détaillées qu'elle discute si laborieusement, et qui sont d'autant moins efficaces qu'elles ont été plus longuement débattues. Je dis, en un mot, que c'est du principe même de la prédominance électorale que naissent l'impuis-

sance de l'assemblée élective, l'absence de force dans le
pouvoir royal, et l'état d'incertitude, le manque de direction
gouvernementale qui anarchisent moralement la France.

A cela quel est le remède? Il est dans la chambre, il
est dans les électeurs, il est dans la pensée nationale qui
réagira d'elle-même contre les tendances démocratiques
aussitôt qu'elle en comprendra la véritable portée, aussitôt qu'elle en discernera les fâcheux effets. — Voilà ce que
j'ai nommé autrefois *le 18 brumaire de la pensée.* — Et tout
aussitôt ceux qui peut-être me comprenaient trop bien,
ont fait semblant de ne pas me comprendre ; ils ont porté
contre moi la ridicule accusation de pousser le pouvoir
dans la voie des coups d'État contre la chambre, contre
le pouvoir électoral. Je n'ai pas l'esprit tout-à-fait assez
étroit pour cela; c'est à la nation au contraire que je
m'adresse. Je veux lui montrer qu'on abuse d'elle contre
elle-même; je veux lui montrer qu'elle souffre, parce que
ses lois sont mal faites, ou ne sont pas faites. Je veux lui
faire voir qu'il en est ainsi, parce qu'elle prend à la direction de l'État la part qu'elle n'y devrait pas prendre, et
qu'elle n'y prend pas la part qu'elle y devrait avoir. Je veux
lui persuader que son intérêt, l'intérêt vraiment national,
le développement du bonheur et de la liberté publiques, demandent, exigent impérieusement, non pas la restriction des
droits électoraux, non pas la restriction des pouvoirs parlementaires, mais la fixation, la stabilité de ces droits,
mais un autre exercice de ces droits, mais un autre usage
de cette puissance; que le bonheur et la liberté publique
ne seront assurés, en un mot, que le jour où la majesté
royale, limitée, en droit, par la constitution et par la prérogative des chambres, sera laissée libre, en fait, d'agir

avec la latitude et la puissance arbitrale nécessaires pour mener à bien les affaires du vaste pays de France.

La nation écoutera-t-elle mes conseils ou les repoussera-t-elle? C'est ce que personne ne sait et ne peut dire. Toujours est-il que si elle les écoute, si j'étais assez heureux pour faire passer dans l'esprit public la foi qui m'anime, cette religion politique que l'étude consciencieuse des faits m'a inspirée, alors le 18 *brumaire de la pensée* s'accomplirait naturellement par la nation elle-même; le pouvoir directeur et le pouvoir surveillant reprendraient naturellement leur place; l'action et le contrôle seraient régulièrement exercés: la France, libre et prospère, verrait fonctionner pour sa gloire les rouages gouvernementaux, qui dans l'état actuel de notre organisation s'entravent et s'arrêtent mutuellement. Je n'ai point d'autre but. Qu'on m'approuve ou qu'on me blâme, chacun en est certainement bien le maître; mais ne pourrais-je pas demander aussi qu'on ne me calomnie pas avant de m'avoir lu, et qu'on m'écoute avant de me juger?

Revenons à la question qui fait le sujet particulier de ce chapitre.

Sans doute les droits politiques des citoyens doivent être mesurés sur leur capacité, et non pas sur un vain principe de souveraineté innée, complète, absolue, attribuée à tout citoyen par cela seul qu'il est citoyen. C'est un principe que j'ai toujours défendu. Sans doute encore, à un certain âge de la société, l'introduction et les progrès de ces droits politiques étaient indispensables pour lutter contre le pouvoir absolu, et pour détruire les usurpations que la royauté appelait *son droit légitime*. Mais parce que la société française a suivi cette marche pour monter de la servitude monarchique à la liberté constitutionnelle, en conclure qu'elle doit la suivre pour descendre de la liberté constitutionnelle à la servitude démocratique...., voilà l'erreur; voilà la fausse application d'un principe vrai en lui-même. Non, cela ne sera pas, cela ne sera jamais, par la seule et très-bonne raison que cela est impossible, et que cela serait fatal !

Voyez, en effet, quel a été le mobile, toujours le même, toujours raisonnable, à part les excès accidentels des factions, qui a poussé la nation française à la revendication des droits politiques?... Ce ne sont pas ces principes métaphysiques et absolus de souveraineté, malheureuses folies qui, depuis, ont égaré les esprits! Non, c'est le désir de surveiller le pouvoir, de contrôler ses actes, d'empêcher ses abus, de prévenir ses excès. Voilà ce qu'il y a eu toujours au fond de la volonté nationale; voilà ce qui était bon, utile, légitime dans la révolution. — Mais la pensée de remplacer le pouvoir royal par le pouvoir du peuple, la direction royale par la direction du peuple, le gouvernement du roi par le gouvernement du peuple, voilà bien ce qui a été le but des factions révolutionnaires et des esprits effervescents, mais ce qui n'a jamais été ni le vœu ni le but, ni l'intérêt national. Voilà ce qui ne peut jamais être réalisé en France, parce que le gouvernement ne serait pas alors nationalisé comme on le croit; il serait détruit, et la société française avec lui.

Et comme les droits politiques et la participation qu'ils donnent aux citoyens dans le gouvernement, ne constituent point un privilége qui leur soit accordé dans l'intérêt de leur puissance personnelle, mais bien au contraire dans l'intérêt de la société elle-même, du moment que la

multiplicité et l'extension de ces droits produiraient la
confusion et l'anarchie dans l'État, il est de l'intérêt des
citoyens de ne pas réclamer une puissance politique qui
tournerait contre eux, en affaiblissant trop l'action du
pouvoir chargé, par son unité, de régler la direction générale du pays. Qu'importe la progression théorique des
droits politiques, si les faits, si l'expérience de chaque
jour prouvent aux citoyens qu'il est de leur intérêt de ne
pas réclamer, de ne pas exercer une direction gouvernementale qui ferait leur mal au lieu de faire leur bien?...
Là est toute la question.

Qu'on ne l'ait pas comprise en 1830, qu'on ait été
préoccupé par les souvenirs du passé, qu'on ait cru qu'une
certaine mesure de droits politiques étant utile aux citoyens pour empêcher les abus et les dangers du pouvoir,
une plus grande mesure de droits politiques serait encore
un plus grand bien pour la société, je le conçois. L'esprit
humain, une fois lancé dans une carrière, ne s'arrête
pas naturellement à la limite précise du bien et du vrai;
il la dépasse presque toujours. Mais, quand il l'a dépas-
sée, est-ce donc une raison pour se croire logique en la
dépassant plus fortement encore? Ou n'est-il pas plus sage
de revenir à la vérité que de se plonger plus profondément
dans l'erreur?

L'esprit, l'orgueil de l'intelligence, lutte toujours, et se
refuse à l'aveu d'une faute. Mais les intérêts réels ne sont
pas aussi entêtés. Il y a dans la société un instinct qui
domine ses préjugés les plus tenaces, qui l'arrête en dépit
de sa volonté d'avancer, quand elle est dans une route
contraire à ses intérêts. Et voilà la cause qui éloigne les
citoyens de cette masse de fonctions électorales qu'ils ont

cru désirer avant de les connaître, et dont la multiplicité
les accable d'un fardeau sans utilité : voilà pourquoi (danger immense pour la liberté!) les droits électoraux mal à
propos étendus, détournent les citoyens d'exercer la portion de ces droits qui leur est utile : voilà la cause qui
dégoûte la chambre de ses propres travaux, parce que les
détails réglementaires, administratifs, qu'elle a envahis
comme une attribution nécessaire de son omnipotence directrice, sont tellement en dehors de ses fonctions réelles,
qu'elle s'y trouve mal à l'aise, et qu'elle sent elle-même
le peu d'ordre, de consistance, de vérité de ses travaux
législatifs. Voilà la cause qui fait que son droit d'*initiative*, dont on attendait de si grands résultats, ne produit
et ne produira jamais rien de grand ni de bon, et qu'elle
ne peut en faire que d'impuissants essais, sans portée,
sans but, sans succès.

Eh bien! plus on chargerait le pouvoir électoral et le
pouvoir électif de nouveaux droits, de nouvelles fonctions,
plus l'ensemble s'abâtardirait et s'éteindrait en leurs mains.
Plus ils auraient de droits, moins ils auraient de puissance; et comme le pouvoir royal perdrait nécessairement
ce que le pouvoir populaire croirait acquérir et n'acquer-
rait pas du tout, que pourrait-il résulter d'une pareille
marche politique, si ce n'est l'atonie et le néant?

A mesure donc que la civilisation et le progrès des lumières se répandront dans la nation, la société, précisément parce qu'elle sera plus éclairée, comprendra sa véritable position, son véritable intérêt. Au lieu de devenir
républicaine, elle deviendra monarchique; elle refusera
les dons empoisonnés qui lui sont offerts par les théories
démocratiques; et non-seulement elle les refusera parce

qu'elle comprendra les faits accomplis, mais aussi parce qu'elle comprendra que des faits futurs et prochains, conséquence inévitable de ses progrès en lumière, en prospérité, en industrie, rendront plus nécessaire que jamais à la société la force directrice du pouvoir royal, et de plus en plus dangereuse pour elle la mise en action de la direction populaire.

C'est principalement ce point de vue que je développerai dans la suite de ce chapitre. Je termine celui-ci par une réflexion qui me paraît d'un grand intérêt.

Il y aurait sans doute quelque inopportunité à heurter les préjugés républicains que je veux combattre, si l'opinion publique en était encore fanatisée comme en 1831. Cependant, même alors, à mes périls et risques, je n'hésitai pas à proclamer seul les vérités qui triompheront, tôt ou tard, des aberrations démocratiques ; mais aujourd'hui la réaction morale en faveur du pouvoir germe dans tous les esprits ; elle se fait jour dans la chambre. Elle est bien plus forte à Paris, dans le monde politique, que dans la chambre ; elle est bien plus grande encore dans la population des provinces, parmi les propriétaires, parmi les négociants, parmi tous les hommes pratiques qui voient chaque jour combien les prétendus principes progressifs des droits électoraux agissent en contre-sens des intérêts réels du pays. La France se lasse des illusions ; elle ne veut plus compromettre les réalités pour courir après leur ombre. Les déclamations oratoires, les amplifications de rhétorique la touchent peu.

Si l'opinion gouvernementale n'élève pas encore une voix unanime d'un bout de la France à l'autre contre les préjugés révolutionnaires, c'est qu'elle manque d'un centre commun, d'un foyer d'action, pour se manifester. Tous les yeux sont tournés vers le gouvernement pour savoir s'il donnera lui-même cette direction à l'esprit public qui l'attend; et comme le gouvernement évite non-seulement d'exprimer, mais même de laisser percer indirectement une opinion sur ce grave sujet, chaque citoyen garde sa pensée, ne pouvant prendre sur lui une résolution si importante. Chacun donc se renferme en lui-même; chacun gémit d'une tendance dissolvante qui paraît générale, parce qu'elle n'est pas combattue, et chaque citoyen se promet seulement de ne plus se laisser entraîner par une tendance révolutionnaire qu'il n'ose pas combattre, mais qu'il ne veut plus supporter.

Voilà comme je juge l'état de l'opinion publique en France. Les révolutionnaires s'obstinent vainement à la déguiser. Leurs efforts deviendront chaque jour plus impuissants. Partout la nation a soif d'être dirigée, d'être gouvernée. La pensée gouvernementale germe partout : c'est l'étincelle qui dort dans le caillou. Le premier choc de la discussion l'en fera jaillir, et la lumière véritable en sortira. Plus nous marcherons, plus l'opinion monarchique paraîtra nationale, plus l'opinion démocratique paraîtra fatale au bonheur public et à la liberté.

CHAPITRE XI.

Continuation du même sujet.

—

Je prie qu'on se souvienne du sens dans lequel le mot *république* a été défini dans la première partie de cette discussion. Je n'entends pas seulement, par ce mot, l'état d'une nation qui discute et fait ses affaires sur la place publique, mais bien toute organisation où la volonté populaire, directe ou représentée, agit sans contre-poids dans le gouvernement, ayant la pairie pour spectatrice impuissante, et la royauté pour ministre obéissant de la puissance électorale attribuée à titre de souveraineté à la généralité des citoyens. C'est le système progressif, envahissant, usurpateur de cette puissance électorale, que j'attaque de front, parce que cette progression, comparée aux mœurs et à l'état réel de la France, est une politique fatale qui lutterait contre les faits eux-mêmes, et ne produirait que désordre et confusion.

Deux éléments sont en effet nécessaires pour imprimer aux affaires une direction conforme aux intérêts d'un pays : la connaissance générale et spéciale de ces intérêts; le loisir de suivre l'application des théories aux faits gouvernementaux, avec constance et travail assidu, avec une logique incessante qui absorbe toutes les forces de la pensée.

Or, plus la civilisation d'un peuple augmente, plus sa population s'accroît, plus ses arts, son commerce, son industrie créent de nouvelles branches de travail, plus la concurrence produit des miracles, mais en même temps met les intérêts en lutte, et présente des obstacles sans cesse renaissants aux nouveaux venus qui veulent les surmonter et aux premiers exploitants qui veulent se maintenir. Plus, dans une situation pareille, les citoyens sont incapables, au milieu de la mêlée. de saisir le point de vue général où la législation doit être placée pour concilier ces intérêts rivaux et actifs, plus en même temps les citoyens occupés, dans leur vie pratique et dans leur intelligence, aux soins de ces intérêts qui pour eux prennent graduellement une plus grande importance, sont privés de la liberté d'esprit et du loisir nécessaires pour étudier à fond le gouvernement du pays, encore compliqué par ses relations extérieures dont la grande majorité des citoyens ne peut même apprécier les éléments.

Si donc aujourd'hui l'état complexe où notre civilisation française a mis le pays, est déjà un puissant obstacle à ce que les doctrines républicaines passent de la théorie à la pratique; si déjà les électeurs s'éloignent d'élections trop multipliées, parce que leurs propres affaires les absorbent; si déjà les députés regardent comme un grand sacrifice de quitter leur agriculture, leur cabinet, leurs bureaux, leurs manufactures, pour passer six mois à Paris à discuter longuement des matières dont certaines leur sont tout-à-fait inconnues; si déjà les affaires de l'État sont tout-à-coup suspendues pendant les six mois de la session, parce que les ministres, absorbés par de longues divagations parlementaires, souvent sans but, qu'il leur faut endurer, ainsi que les intrigues qui en naissent, n'ont pas trois heures par jour à donner aux affaires de leurs administrations respectives; si déjà il résulte, pour la

confection des lois administratives et réglementaires, d'é-
normes inconvénients issus de cet état de choses, inconvénients qui vicient les projets de lois d'abord et les lois ensuite, si déjà la chambre élective, composée de 459 membres, élus par 150,000 électeurs, n'a pas d'unité collective,
parce que ses membres, élus par tant d'intérêts divers
dans 86 départements, se rencontrent accidentellement
pendant la session avec le vif désir de se quitter le plus tôt
possible pour retourner à leurs affaires particulières dans
leur province; si déjà cette mobilité, ce défaut d'ensemble,
de plans coordonnés et complets, commencent à faire de nos
sessions législatives une espèce d'intermède languissant
qui paralyse momentanément la vie administrative de
l'État, au lieu de la ranimer et de lui imprimer une énergie directrice chaque jour plus nécessaire, que sera-ce
donc lorsque la civilisation croissante aura donné aux intérêts particuliers un bien plus grand développement,
aux industries concurrentes une bien plus grande ardeur
à se défendre l'une de l'autre, et par conséquent le besoin
indispensable d'absorber le temps et la force intellectuelle
de tous les citoyens qui s'y livreront?

Que sera-ce donc quand la population toujours croissante, et par conséquent toujours plus à l'étroit, plus pres-
sée, presque étouffée dans chaque carrière, deviendra
chaque jour plus affairée, plus avide à la fois de travail
et de jouissances? Et, en même temps que les citoyens auront ainsi moins de loisir physique et moins de liberté
d'esprit pour s'appliquer à l'étude des affaires publiques,
combien ces affaires elles-mêmes ne deviendront-elles pas
plus compliquées, plus difficiles! Combien le maniement
de leurs ressorts ne sera-t-il pas plus délicat, plus envi-

ronné d'écueils et d'incertitudes! Quelle patience, quelle
étude, quelle pratique constantes et suivies ne faudra-t-il
pas pour diriger la législation de cette vaste machine gouvernementale dans son centre et dans ses détails! Et c'est
dans cette situation presque inextricable, situation où les
désirs de la société la poussent, où ses travaux l'engagent,
où sa destinée future est en quelque sorte enchaînée d'a-
vance, qu'on parlerait d'accroître l'influence de l'élément
populaire, d'étendre graduellement les droits électoraux,
de manière à faire parvenir successivement dans l'arène
la plus grande partie des citoyens actifs du pays? Et c'est
dans cette situation, chaque jour plus complexe, plus sur-
chargée de difficultés nouvelles, que l'on voudrait donner la direction influente de l'État à la puissance démocratique? c'est-à-dire qu'à mesure que la mobilité deviendrait plus grande dans l'État, on voudrait introduire
une mobilité corrélative dans le gouvernement; tandis que
la voix du bon sens vous crie, en empruntant celle des
siècles et de l'histoire humaine, que, dans une telle situation, il faut au contraire que le gouvernement prenne
plus de fixité, plus de force et d'unité dans sa direction
souveraine, ou que les éléments de la société se disjoignent et se heurtent au milieu d'une effervescence sans
guide et sans chef!

C'est ici qu'on voit une nouvelle preuve d'une vérité
qu'on a vainement combattue. C'est ici qu'on voit la lutte
des opinions contre les mœurs et contre les intérêts. —
En France, les opinions sont plus ou moins démocratiques, mais les mœurs et les intérêts sont monarchiques.
Il n'est guère de théoricien de l'opposition dynastique et
du tiers-parti qui ne reculât à l'application des doctrines

du progrès électoral, quand il faudrait mettre la main à l'œuvre. Les mœurs résisteraient partout, le relâchement des ressorts gouvernementaux se ferait sentir partout. Partout les affaires souffriraient, partout les intérêts seraient victimes de cette lutte follement engagée entre les progrès démocratiques et la nature même des choses, et c'est alors que le *dix-huit brumaire de la pensée* réagirait avec un ensemble subit contre le vieux libéralisme, qui poursuit toujours la liberté à travers la dissolution du pouvoir !

Je dirai plus tard les raisons qui s'opposent à ce que l'initiative des chambres, celle de la chambre élective surtout, soit exercée avec succès, avec utilité pour la France. L'expérience le prouvera chaque année davantage. Mais ce n'est pas dans l'initiative elle-même qu'est le danger. Ce serait au pis-aller une mauvaise arme dont le dégoût public ferait justice; les chambres la laisseront rouiller; elles auront le bon sens de ne pas s'en servir, et la direction logique des intérêts nationaux aura un obstacle de moins à vaincre. Mais le danger véritable est dans le principe même sur lequel on a fait reposer cette ͵initiative, principe tout républicain, et qui, coordonné avec l'extension électorale, mettrait inévitablement les affaires publiques et privées sens dessus dessous dans l'État.

Car, voyez !... que faut-il pour diriger les affaires de l'État dans l'intérêt public, sans opprimer ou favoriser injustement tels ou tels intérêts privés, au détriment l'un de l'autre ? Que faut-il pour diriger la législation de l'État d'une manière complète, suivie et assez prompte surtout pour ne pas arriver tardivement au secours de la portion souffrante des intérêts, après que le mal dont ils souffrent

sera consommé et irréparable ? Que faut-il pour que, après
avoir réglé les affaires de l'intérieur de l'État, la puissance qui le dirige, calcule, médite, règle ses vastes et
nombreux rapports avec les nations d'Europe et d'outre-
mer, rapports politiques, rapports commerciaux, rapports
scientifiques et industriels ?... — Ce qu'il faut, avant tout,
le voici : C'est la connaissance suivie, constante, non interrompue des faits administratifs, judiciaires, politiques ; c'est la comparaison constante de tous ces faits
avec les causes qui les ont produits et avec les réalités
auxquelles ils s'appliquent. C'est, dans chaque partie du
gouvernement, une lente succession dans les hommes, afin
que les remplaçants puissent, en quelque sorte, s'inspirer,
s'imprégner du passé, continuer leurs devanciers, profiter
de leurs études, de leur expérience, de leurs erreurs même,
dont il ne faut pas se borner à connaître les effets extérieurs et grossiers qui frappent la masse des imaginations
les plus vulgaires, mais dont il faut apprécier aussi le
côté intérieur, les causes secrètes, les motifs qui, spécieux
quoique faux, pourraient égarer de nouveau, si une autre circonstance semblable se présentait : or, voilà ce qui
manquera essentiellement et toujours en France à tout
gouvernement qui recevra sa direction de l'impulsion du
peuple, des masses, de la foule !... Et je l'ai déjà dit,
parce que, éclairée ou non, la foule est et sera éternellement *la foule*; comme telle, elle sera toujours privée d'u-
nité, de suite, de direction, d'expérience. Or, la chambre
élective deviendra *foule* elle-même si, au lieu de lui soumettre un système dans lequel ses travaux puissent trouver un centre commun, vous lui demandez de créer un
système, de donner une direction que ses membres épars,

accidentellement réunis, souvent changés, désunis et séparés pendant la moitié de chaque année, ne peuvent absolument avoir. — La direction venant du gouvernement offre seule toute les garanties de plan, d'ordre, de logique, dont les intérèts nationaux ne peuvent se passer. Là, l'étude est toute spéciale aux choses publiques; là, la carrière des hommes est destinée à s'occuper de la théorie politique d'abord, des faits politiques ensuite : c'est leur étude, leur carrière, leur vie. Là, si vous aviez compris l'hérédité de la pairie, vous auriez vu qu'elle faisait, dans l'intérèt de la nation française, une école gouvernementale, où les hommes d'État se seraient formés par une éducation et une destinée spéciales, comme on forme ailleurs des avocats, des négociants ou des industriels de toutes sortes; là, vous avez dans chaque administration tradition des faits passés, archives, registres, documents, statistique des faits présents : le gouvernement, en un mot, est une sorte de GRANDE ENQUÊTE NATIONALE, où les âges passés et le temps présent se touchent et s'unissent pour préparer la direction, la fécondation de l'avenir. C'est là seulement que le loisir, les connaissances, l'étude et les documents gouvernementaux, soit pour l'intérieur, soit pour l'extérieur, se trouvent et peuvent se trouver. — Prenez le premier avocat de France, le premier médecin de France, le premier négociant de France, le premier poète de France : arrachez-les de leurs travaux et de leur cabinet, pour les porter soudainement à la chambre; que devez-vous trouver naturellement en eux? — Des hommes qui ont dirigé et consumé les forces de leur esprit aux travaux spéciaux par lesquels ils ont été placés si haut dans leur profession. — Mais les connaissances générales du gouvernement, les faits spéciaux et pratiques de toute l'administration du pays, l'expérience des rapports diplomatiques dans les faits actuels et passés ; mais, en un mot, tout l'ensemble gouvernemental, comment sera-t-il tout-à-coup improvisé dans ces hommes distingués ?

Maintenant supposez quatre cent cinquante supériorités semblables ; — vous voyez que je suis large et généreux ; — mais supposez aussi que leur mission est temporaire, que leur réunion est passagère, que, rendus à la carrière privée après la fin de chaque session, ils sont dépourvus d'expérience gouvernementale et qu'ils n'ont jamais étudié à fond les documents statistiques et administratifs du gouvernement. — Et ce n'est rien encore. Supposez que l'élection de ces mandataires est fréquente, mobile, livrée non pas à un collége électoral restreint, mais à la généralité des citoyens ; que par conséquent de nombreuses mutations viennent encore changer les éléments de l'assemblée élective où les notabilités du peuple seront envoyées : eh bien ! dites-le moi, quelle direction gouvernementale pourra jamais sortir d'une pareille assemblée ? Quelle suite aurez-vous dans l'administration ? Quel décousu n'aurez-vous pas dans les délibérations ? Quelle hâte, quel désordre n'aurez-vous pas dans l'exécution, si toutefois l'exécution elle-même n'est pas à chaque instant arrêtée par les contradictions, par les imprudences, par les impossibilités qui naîtront de cette macédoine confuse, sans ordre et sans fixité ?

Je reconnais volontiers qu'une assemblée élective, dans l'état normal du gouvernement constitutionnel en France, peut être éminemment propre à surveiller, à contrôler le pouvoir dans ses actes politiques, à compulser les documents qu'il produit, à comparer la direction qu'il propose aux effets qu'il en attend, parce que les habitudes intellectuelles des députés accoutumés à diriger leurs propres affaires, sont suffisantes à cet examen, dont on leur fournit les éléments. Voilà la mission véritable des pouvoirs électifs. Mais créer eux-mêmes la direction politique, maîtriser l'administration, contraindre les ministres du roi à suivre la volonté populaire, diriger, en un mot, le gouvernement du pays par la force toujours croissante du mécanisme électoral, ce serait la république, ou, pour mieux dire, le chaos. — Et plus la civilisation activera en France les progrès des lumières et de l'industrie, plus la nation comprendra cette grande vérité. Alors, dans l'intérêt de son bonheur et de sa liberté, elle se fera de plus en plus monarchique, et portera secours au pouvoir royal.

TABLE ET SOMMAIRES

DES LIVRES ET CHAPITRES.

———————⊕———————

DE LA SOCIÉTÉ, DU GOUVERNEMENT,
ET DE L'ADMINISTRATION.

———————

TOME PREMIER.

———————

Livre V. — Des Bases du Gouvernement.

Livre VI. — De la Royauté.

FIN DE LA TABLE DU PREMIER VOLUME.

www.ingramcontent.com/pod-product-compliance
Lightning Source LLC
Chambersburg PA
CBHW050741030726
47505CB00002B/349